图书在版编目(CIP)数据

察访中国：农村70年调查追寻 / 童禅福编著.—杭州：浙江工商大学出版社，2021.2
ISBN 978-7-5178-4232-3

Ⅰ.①察… Ⅱ.①童… Ⅲ.①新闻－作品集－中国－当代Ⅳ.①I253

中国版本图书馆 CIP 数据核字(2021)第 013166 号

察访中国：农村 70 年调查追寻
CHAFANG ZHONGGUO：NONGCUN 70NIAN DIAOCHA ZHUIXUN

童禅福 编著

责任编辑	张晶晶
封面设计	周晓丽
责任印制	包建辉
出版发行	浙江工商大学出版社
	（杭州市教工路 198 号 邮政编码 310012）
	（E-mail：zjgsupress@163.com）
	（网址：http://www.zjgsupress.com）
	电话：0571-88904980,88831806（传真）
排 版	浙江民振印务有限公司
印 刷	浙江民振印务有限公司
开 本	710mm×1000mm 1/16
印 张	22.5
字 数	293 千
版 印 次	2021 年 2 月第 1 版 2021 年 2 月第 1 次印刷
书 号	978-7-5178-4232-3
定 价	78.00 元

作者像

鐵肩擔道義

妙手著文章

祝福同志存

李大釗句　邵華澤書

楹联：中华全国新闻工作者协会名誉主席
人民日报社原社长邵华泽题赠

无限风光凝笔墨

祥梅先生文雅

有为事业赋春秋

庚辰年春日 梁平波书

楹联：浙江省委原副书记梁平波题赠

代　序
邵华泽社长的嘱托

中国政策科学研究会等 4 家单位联合举办的"政策科学论坛——'乡村振兴与发展农民合作社'研讨会"结束后的一天上午，我们拜访了邵华泽同志，88 岁的邵老饶有兴致地接待了我们。我们坐下之后，邵老开门见山，问道："童禅福你这次来北京干啥？"童禅福回答说："这次我受原中央政策研究室滕文生主任邀请，参加他主持的政策科学论坛。滕文生主任还专门安排我做了一次'关于农村承包土地经营中的问题及发展新型集体经济的意见与建议'的主旨发言。"他连声说："好！好！好！"这位人民日报社的原社长，曾任中国人民解放军原总政治部宣传部部长的邵华泽中将便精神矍铄地说开了：童禅福你这一辈子活得很有成就，浙江人民出版社出版了你的《一个老记者的路》后，你又连续写了 3 部"国字号"的大书［人民文学出版社 2009 年 1 月出版的《国家特别行动：新安江大移民》（简称《新安江大移民》）；浙江大学出版社 2013 年 12 月出版的《察访中国　社会调查四十年　咨询国是的报告》和人民出版社 2018 年 4 月出版的《走进新时代的乡村振兴道路——中国"三农"调查》（简称《中国"三农"调查》）。整理者注］。特别是《新安江大移民》和《中国"三农"调查》这两部书，影响很大。《中国"三农"调查》，新华社、《人民日报》、《光明日报》、《农民日报》及全国各大网站都报道了，特别是《人民日报》刊发的《一位农民老记者的深情阐述——〈走进新时代的乡村振兴道路——中国"三农"调查〉读后感》这篇文章，我仔细看了。你工作 50 年来，走访了近 1000 个村庄，近 10000 家农户，长期地调研思考，提出解决中国"三农"问题要坚持走以新集体经济为主体、多种经济成分并存的中国特色社会主义共同富裕道路的思路，这完全契合习近平总书记在 2018 年 9 月 21 日中央政治局第八次集体学习时提出的乡村振兴要"发展新型集体经济，走共同富裕道路"的思想。童禅福你真是办了一件了不起的大事呀！

再说《新安江大移民》这部书（当时，童禅福插话道："邵老，你是这部书的最早倡导者、总策划者。"），可以说，我是这部书的一个策划者吧！我老家虽然没有移民他乡，但我们村里和邻村都有后靠迁来的水库移民，还有很多在库区的亲戚、朋友和老同学也都移民走了。淳安县先后有 29 万多人别离自己的故土和乡亲，他们为国家做出这么大的牺牲（我理解的"牺牲"和"贡献"是不同的），他们在心灵上所受到的震动和重建家园中遇到的艰难是不曾亲身经历过的人所难以想象的。因此，我对新安江水库移民是很有情感的，我在担任人民日报社总编辑和社长的 10 年时间里，发了不少关于新安江水库移民疾苦的内部《情况反映》，解决了不少移民中的难题和困难。我认为在条件允许的范围内，各级政府对新安江水库移民的关爱是怎么样也不为过的。过去几十年，我一直在想，淳安县人民为社会主义建设做出了那么大的贡献，应该为他们"立传"，应该去挖掘这段被尘封的历史，告示世人。我曾打算亲自去写，但由于我身份不允许，我想找一个人，中国报刊副刊研究会的会长、副会长与我的关系都很好，还有全国写报告文学的好多大作家，翻来覆去地挑选之后觉得他们都不是最佳人选。首届范长江新闻奖评选期间，我发现了浙江省推荐的童禅福的作品入围了提名奖，童禅福不仅是全国先进工作者、全国广电系统的优秀记者，还是淳安新安江水库移民，我觉得这个人可以挑起这副担子。也真巧，后来童禅福受浙江省广电厅厅长委派，请我去浙江省做新闻写作讲座，来到报社后他又递交了他撰写的江西省新安江水库移民情况的调查报告，我一看，报告写得不错。我觉得他是一个新安江水库移民的直接参与者，有内动力，又担任多年的记者，也有这个功力，再说，他担任一定的职务，采访调研出版也方便。因此，我认为他是一个最合适的人选，就把这个任务交给了童禅福。后来，我们见面的机会多了，我每次见到童禅福，都会对新安江水库移民这部报告文学的指导思想、主题、框架和采访的对象做出具体的意见和指导，并指出报告文学要从国家的层面、从推进中国工业起步的角度反映出我国第一座自行设计和自制设备的大型水力发电站建设的重要意义。《新安江大移民》这部巨著的总基调不能写得悲悲戚戚，要写出淳安人民顾全大局、不畏牺牲的奉献精神，写出淳安人民艰苦创业、重建家园的移民精神，要写成一部水库移民的悲壮史。童禅福采访是下了功夫的，到北京、上海、杭州等地反复查找了建设新安江水电站的档案和当事人。最后，人民文学出版社出版的这部报告文学第一章的 5 节分别写了"毛泽东点题""谭震林拍板""苏联专家定坝址""副省长提交移民方案"，最后一节写了"周恩来调配水泥"。这一章几大事件的阐述就把新安江水库大移民这场国家特别行动的主题和意义有力地凸显了。《新安江大移民》这部书出版后，反响很好。我仔细看了，好多章节我看后，眼泪都看出来了。据说，这部书后来还评上了浙江省"五个一"工程奖。《新安江大移民》这部书是我经常惦念的一部书，这部书的出版彻底圆了我的一个心愿。

邵华泽社长发出感叹说：国民党也曾准备在新安江上开发水利建设电站，国民党办不成的事，我们办成了。中华人民共和国成立初期，在我们百废待兴、十分困难的情况下，当时对华东地区整个工业、农业发展发挥重要作用的新安江水电站，在短短几年时间里建成了。《新安江大移民》这部书不仅是研究新安江水库移民和我国大中型水库移民安置的迁徙史、建设史，也是研究我国工业起步，中国农民为社会主义建设做出巨大牺牲的奉献史、悲壮史。童禅福你做了一项伟大的事业，淳安人民和全国的水库移民都要感谢你。

童禅福情不自禁地说："没有邵老您老人家的积极倡导、嘱托与督促，不可能有这部书，没有您的热心帮助和悉心指导，更不可能有这部好书。移民要感谢，首先要感谢您这位伯乐，感谢这部巨著的总指导老师。"

最后，邵老又指着童禅福说："你这部《新安江大移民》的移民史写得很成功。我虽身居北京，但我有一批新安江水库移民的朋友，有的是全国党代会、全国人大和全国政协的代表和委员；有的是全国劳动模范、全国优秀党员。在江西、安徽、浙江，我们新安江水库移民涌现出一批优秀人物和先进典型。移民到安徽旌德县的我的淳安威坪老乡余的娜，她参加几届全国人大会议期间，都要把她担任村党支部书记的村里发生的变化到我这里来反馈一下。因此，在写好移民史之后，再写一部反映新安江水库移民的创业史，这样上下两部姐妹大书就更完美了。"

童禅福点点头说："我也有 75 岁了，我考虑考虑，争取完成您的嘱托吧！"

蔡建民

根据录音整理，2020 年 1 月 17 日

序 *

"无限风光凝笔墨；有为事业赋春秋。"

2000年春，协助省委书记分管浙江省管干部的梁平波副书记赠送我的这副楹联，在住宅厅堂已整整挂了20年，每天"凝笔墨""赋春秋"这遒劲的6个字都会无数次穿透我的眼球，触动我那根有事业追求的神经。这6个字几乎成了我的座右铭，让我每天去思考，该如何承担起自己应有的人生使命。

在完成本职工作的同时，受命于时任人民日报社总编辑邵华泽的嘱托，《新安江大移民》一书一直惦记于怀：一定要完成，这不仅是邵华泽社长的信任，也是淳安几十万移民父老乡亲的殷切期望。机会来了，可一定要抓住！

1993年4月13日，我到浙江省委办公厅报到，由浙江广电厅总编室副主任转任省委办公厅调研写作处副处长，事业也算一帆风顺。1996年，由省委办信息处处长升任中共浙江省委、省政府信访局局长。1999年元旦过后不久，时任浙江省委书记张德江视察省信访室后，专题听取了信访工作汇报，我汇报到最后，脱稿提出信访干部的健康补贴从30元提高到120元、信访局局长应由省委或省政府的副秘书长兼任等3条建议，张德江书记当场表态，同意了我提出的全部建议，并要求陪同视察的领导抓好落

---

* 书中无具名文章为编著者撰写。

实。我觉得这个时候，是我离开信访工作岗位去接触水库移民工作的最佳时机了。不久之后，我壮着胆来到分管干部工作的省委副书记梁平波的办公室，战战兢兢地把自己的思想和打算向这位曾是浙江管理宣传工作的领导和盘托出。梁平波书记听了觉得我也是心为一方事业，但他没有明确答复，只是说此事他可以建议安排调整。接着又说：这倒是一个完成自己事业的机会。当年的9 月 29 日，时任浙江省委秘书长王国平送我到浙江省民政厅报到。从此，我也有机会接触水库移民工作了。2005 年 3 月，卸任浙江省民政厅副厅长的岗位后，我就一头钻进《新安江大移民》采访写作中。不久，省长吕祖善又聘我为省政府参事，这也为我写作《新安江大移民》提供了良好的客观条件。2009 年 1 月，我撰写的报告文学《国家特别行动：新安江大移民》由人民文学出版社正式出版发行，邵华泽社长的嘱托完成了，我的一个心愿也了结了。

进入浙江省民政厅不久，对我十分了解的梁平波书记赠给我这副楹联，这是他对我工作的一种信任和寄托，从那时起我多长了一个心眼，对民政，特别是自己分管的几项业务工作，更是经常思考和琢磨，并提出自己的一些新见解。

2000 年 4 月，我调研撰写了《积极探索新的历史条件下社团党建工作的新路子——温州市社会团体党建工作的调查》，提出民间社团要建立党的组织建设，时任浙江省委书记张德江、副书记梁平波、组织部部长沈跃跃等领导都先后批示。社团党建列入浙江省委 2002 年的重点调研课题，省委于 2002 年 12 月 26 日下发了《中共浙江省委关于加强社团组织建设的意见》（全国最早），2015 年 9 月 29 日，中共中央办公厅下发了《关于加强社会组织党的建设工作的意见》。

2000 年 7 月，我调研撰写了《温州民办非企业单位复查登记工作调查与思考》，提出对民办非企业单位要实行规范管理的建议，时任浙江省委书记张德江、副书记周国富和民政部领导都做出批示，国家民政部在全国推广了温州民办非企业单位管理的经验。从此，民办非企业单位的复查登记工作在全国全面展开，我国对民办非企业单位的管理也正式步入规范化、制度化的轨道。

2001年我撰写的《国家、集体、个人联动的大胆探索——温州市社会福利社会化引出的思考》的调研报告提出，政府要积极引导、推进社会福利社会化发展的步伐的建议，调研报告在浙江省政府研究室《调查与思考》内刊和《中国民政》刊发后，全国各地代表涌向温州取经学习，现在，国家、集体、个人联动的社会福利社会化已成了政府和社会的共识。

2003年我调研撰写了《城市化进程与改革市管县行政体制的思考》，浙江省政府政研室和民政部内刊相继刊发全文，在全国率先提出了实行省直管县的体制。2005年10月，我起草撰写的《要着力推进义乌市行政管理体制改革》的调研报告，提出了实行"县市行政扩权"的建议，引起了省委、省政府的高度重视，时任浙江省委书记习近平在高度肯定调研报告的同时，并做出"考虑成熟，也可进行改革试点"的重要批示。不久，浙江省委、省政府办公厅下发了《关于扩大义乌市经济社会管理权限改革试点的若干意见》，此后，借用"国参"的力量，我撰写了《关于推进"省直管县"体制改革的建议》，党的十八大报告中已明确提出"有条件的地方可探索省直管县（市）改革"。

2003年初，我撰写了《"结"出百姓对党的深情——宁波市党员干部结对帮困调查》的调研报告，时任浙江省委书记习近平做了"宁波市帮困工作开展得扎实有效，调研报告也写得好，可在有关刊物上发表"的重要批示，《人民日报》、《求是》杂志和《今日浙江》等全国、全省主流媒体刊发后，引起了很大反响。当今，党员结对帮困已成为全党的一项基础工作。

2008 年，世界金融危机波及我国后，许多中小企业面临困境。我执笔撰写的《浙江省扶持中小企业的做法值得重视和支持》的建议通过国务院参事室上报后，时任国务院总理温家宝和秘书长马凯相继做出批示，国家银监会当年下发了《进一步改进小企业金融服务的通知》，时任国务院参事室主任陈进玉在一次会上指出："向国务院反映中小企业发展的问题和建议，当时国务院参事室是中央机关最早的。"

我来自农村，由于职业的原因，下农村调研的机会也很多，对农业、农民、农村应当说是了解的，对"三农"也有很深的情感，为"三农"写了不少新闻报道和内参。1986 年撰写的《磐安县前山乡高石溪村调查报告》，在全国最早提出"走下山脱贫之路的建议"。2010 年 2 月我撰写了《我国中小城市户籍制度改革的难点和思考》，在全国最早提出"农民享受的经济权利与户籍实行分离，农民户口不论迁往何处，农民依然享有承包地和宅基地长期不变的待遇"的建议。2010 年 8 月我撰写的《我国"三农"问题和就地就近城镇化——浙江省长兴县快速推进城镇化引发的思考》中提出"中国必须走就地就近城镇化的道路"的建议，直到浙江省文史研究馆组织调研组对兰溪市农村文化建设进行了系统的调研，终于发现"三农"问题的根子在于土地的经营模式，我执笔撰写的《历史大变局下农村新集体经济的调研报告》在国务院参事室和中央文史馆举办的内刊《咨询国是》上加了编者按全文刊发。

我认为自己是一个乐于"谋事参事"的人，当然许多事也"成事"了。我曾写过 200 多篇调研报告，省部级以上领导批示就超过 100 人次，习近平、胡锦涛、温家宝、李强、沈跃跃、夏宝龙、曾培炎、马凯、赵洪祝、袁家军、李泽民、刘锡荣、车俊、周国富等中央和省部级领导都曾在我撰写的调研报告上做出批示。经历了 50 年调研，对中华人民共和国成立以来近 70 年农村发生的变化进行了思考，从而写出《走进新时代的乡村振兴道路——中国"三农"调查》这部书。党的十九大结束后不久，人民出版社于 2018 年初就重点推出了《走进新时代的乡村振兴道路——中国"三农"调查》这部书，其目的就是为党中央确立的"乡村振兴战略"加大推力。特别是习近平总书记于 2020 年 7 月 22 日下午在吉林省梨树县八里庙村卢伟农机农民专业合作社现场调研会上，社员们的一番话感动了他，"把地交给合作社放心，比我们个人种得好""一年分红 8000 多元，逢年过节合作社还给大家分豆油、白面，发福利""我在合作社当农机手，每月领固定工资""我得空在家里种种菜，还能去市场上换个零花钱""我平时在外打工搞室内装修，一年收入 4 万多""我养了10 多头牛，一年收入七八万元呢"。习近平总书记在听取农民们这番充满激情的发言后十分高兴地说："厉害啊！土地流转了，大家腾出手来了，可以在合作社工作，也可以搞些副业，多渠道增加收入。你们的探索很有意义。"接着又说："农业合作社的道路怎么走，我们一直在探索。在奔向农业现代化的过程中，合作社是市场条件下农民自愿的组织形式，也是高效率、高效益的组织形式。国家会继续支持你们走好农业合作化的道路，同时要鼓励全国各地因地制宜发展合作社，探索更多专业合作社发展的路子来。"这说明《走进新时代的乡村振兴道路——中国"三农"调查》书中提出"在习近平新时代中国特色社会主义思想指引下，建立新集体经济为主体、多种经济成分并存的社会主义乡村新社区是新时代中国通向共同富裕的历史必然和发展趋势"的判断完全契合习近平总书记的"三农"思想。为此，我也就把有关报道、文章收集起来，汇编成该书的第一篇章《我为什么要写

〈中国"三农"调查〉》，其意也是继续为振兴乡村这场全国熊熊燃烧的烈火添一把柴。

2013 年出版了《察访中国 社会调查四十年 咨询国是的报告》一书，今再汇编"笔潭新编"和"序文选集"两大篇章，连同《我为什么要写〈中国"三农"调查〉》拼此一书，也勉强给个《察访中国——农村 70 年调查追寻》的书名吧！

在该书出版前，我请中华全国新闻工作者协会名誉主席、原人民日报社社长邵华泽为该书写几句话，当我收到"铁肩担道义，妙手著文章"这副楹联手迹时，我深深感到其意过重了，所以在给邵社长的电话中说："这楹联我担不起呀！"邵社长铿锵地说："你一生做了那么多的事，又是一个名人，这'楹联'完全适用于你。"最后连声说，"担得起！担得起！你确如李大钊先生说的'铁肩担道义，妙手著文章'。"

邵华泽中将题赠李大钊先生"铁肩担道义，妙手著文章"的警句即是邵老对我的信任和称赞，更是这位新闻老人对我的激励和期待。"铁肩担道义，妙手著文章"将作为我终生的追求。

目　录
CONTENTS

第一编　我为什么要写《中国"三农"调查》

三、新书作者与内参

四、新书作者的话

第二编　笔潭新编

第三编　序文选集

第一编　我为什么要写《中国"三农"调查》

　　2018 年 3 月人民出版社出版的《走进新时代的乡村振兴道路——中国"三农"调查》（简称《中国"三农"调查》）一书的序言开头写道：社会发展的阶段性是历史唯物主义的基本规律之一；20 世纪七八十年代中国农村全面推行的土地家庭承包责任制是亿万农民的呼唤和时代选择；在习近平新时代中国特色社会主义思想指引下，建立以新集体经济为主体、多种经济成分并存的社会主义乡村新社区是新时代中国通向共同富裕的历史必然和发展趋势。2018 年 9 月 21 日，习近平总书记在中共中央政治局第八次集体学习时强调指出："要把好乡村振兴战略的政治方向，坚持农村土地集体所有制性质，发展新型集体经济，走共同富裕道路。"我们坚信，在中国特色社会主义全面迈进新时代的进程中，"三农"问题将彻底告别历史，全面振兴就在"明天"。

人民出版社编者审读推荐语

书稿主要内容

《走进新时代的乡村振兴道路——中国"三农"调查》是童禅福研究中国"三农"问题和乡村振兴道路的专著,共计31万字左右。在加速推进工业化、城镇化和城乡一体化的进程中,"三农"问题逐渐凸显。从此,农村出现了"空壳村"问题,农民工问题,留守儿童问题,土地抛荒、土地碎片化和农村养老等问题。作者实地走访调查了中国具有代表性的农村,选择华北平原的河南、河北、天津,以及东南沿海的浙江等地的8村1乡作为考察重点,从中华人民共和国成立初期的土地改革,到互助组、初级社、高级社、人民公社,到党的十一届三中全会后全国推广土地家庭联产承包责任制,再到目前一些农村党支部书记带领村民进行土地适度集中,发展乡镇企业,壮大集体经济实力,实现没有暴发户没有贫困户、家家都是富裕户的社会主义乡村新社区。以8村1乡为标本,从1949年到2017年,时间长达近70年。从这几个乡村标本的半个多世纪经济社会发展和变迁中,运用马克思主义政治经济学的立场、观点和方法,进行概括、提炼,总结出一条以新集体经济为主体的农村共同富裕之路。

书稿特色

书稿文字干净，特色鲜明。

▲以事实为依据，数据翔实。作者作为一名资深记者、政府参事、研究馆馆员，用半个多世纪的时间走访了河南、河北、天津、江西和浙江等地的近千个农村。重点关注 8 村 1 乡经济、社会和文化发展的历史变迁。通过走访普通农户和基层党组织，实地调查了这些乡村近 70 年来在生产力、生产关系（土地政策的调整）上的变化。以大量第一手资料和原始凭证鲜活地展示了党的十一届三中全会，特别是实行家庭联产承包责任制，极大地调动了广大农民的生产积极性，解放了农村生产力后，我国农村发生的翻天覆地的变化。经过 40 年的发展，我国农村生产力面临一些新的问题和困境。如何解决这些问题、摆脱这些困境？作者进行了深入研究、思考，实事求是地提出了一些解决方案。

▲文字流畅，思想深刻。书稿文风朴实，语句通顺，行文流畅。作者农民出身，1965 年考上大学，始终心系农村父老乡亲；作为一位资深记者，并且在几届浙江省委领导身边工作过，作者始终关注农业、农村和农民问题。书稿的字里行间，无时无刻不流露出作者对农村 9 亿农民脱贫致富、共同富裕、乡村振兴的关切。本来，"三农"问题枯燥无味，然而，本书稿读来却有思想有温度有深度。没有对中国农民的深厚感情，没有对中国农村振兴的使命感、责任感，就不会 50 多年如一日，始终关注研究"三农"问题；没有一定的理论功底，就可能淹没在大量的数据当中，就不能得出令人信服的结论。

▲对破解"三农"难题提出富有启发性的意见和措施，可操作性强。作者有立场、有理论、有方法。作为中华人民共和国农村改革的亲历者，他既能深入其中，又能跳出来深入思考，对近 70 年来

我国农村政策的变迁，颁布的历史背景，以及对解决当时的农村经济、社会、文化等问题的积极作用及弊端都能进行客观科学的考察，并得出科学结论。土地制度是国家基础性制度，土地问题是解决农村社会所有问题的根本，我国农村土地制度经过近 70 年的大变革，生产关系有了全面调整，生产力取得巨大进步。目前，农村的生产力面临又一次解放的前夜，如何打脱贫攻坚战，如何建全面小康社会，如何振兴乡村，如何走新集体经济道路，如何带领农民走上共同致富的道路，书稿中都有翔实的阐述。这也是摆在各级政府部门面前的巨大课题。

2018 年 1 月 26 日

　　人民出版社 2018 年 3 月出版了《走进新时代的乡村振兴道路——中国"三农"调查》一书，当年 4 月13 日，由人民出版社、农民日报社、中国出版传媒商报社主办，中共天津市西青区委宣传部、天津广播电视台农村广播、西青区李七庄街王兰庄村承办，农民日报天津记者站、中国出版传媒商报天津记者站、天津市西青区新闻中心、李七庄街道办事处协办的新书新闻发布会，在西青区王兰庄村成功举行。人民出版社副总编辑陈鹏鸣在致辞中指出："《走进新时代的乡村振兴道路——中国'三农'调查》这部专著是我社在党的十九大提出乡村振兴战略之后出版的一部重要'三农'著作，我相信这部专著一定会助力于我国乡村振兴战略的实现。"会上，人民出版社向天津市 100 个农家书屋赠送了《走进新时代的乡村振兴道路——中国"三农"调查》一书。中共天津市委宣传部副部长石刚、人民出版社副总编陈鹏鸣和该书作者童禅福一同参加了赠送仪式。

中共西青区委常委、宣传部部长李桂强致辞

中国乡村振兴之路会越走越宽广

仲春时节的西青，绿树如茵，百花吐艳，杨柳依依。在这个美好的季节里，各位嘉宾在我们王兰庄集团会聚一堂，出席《走进新时代的乡村振兴道路——中国"三农"调查》新书发布会。首先，我谨代表西青区委宣传部，对各位嘉宾的到来表示诚挚的欢迎！对新书的发布表示热烈的祝贺！

《走进新时代的乡村振兴道路——中国"三农"调查》的发布，对于广大农村、广大农民，对于广大的城镇乡村来说，都是一件意义深远的事情。

农村、农业和农民的出路问题，是关系国计民生的根本性问题，也牵动着亿万人民的心。习近平总书记在党的十九大报告中指出，必须始终把解决好"三农"问题作为全党工作的重中之重。农业强不强、农村美不美、农民富不富，决定着我国全面小康社会的成色和社会主义现代化的质量。中国要强，农业必须强；中国要美，农村必须美；中国要富，农民必须富。总书记在前不久参加十三届全国人大一次会议山东代表团审议时强调，要深刻认识实施乡村振兴战略的重要性和必要性，扎扎实实把乡村振兴战略实施好。实施乡村振兴战略是一篇大文章，要统筹谋划，科学推进。

破解乡村振兴难题，路在何方？今天我们非常有幸地看到了童禅福同志所著的《走进新时代的乡村振兴道路——中国"三农"调查》一书。这本厚重的书对乡村振兴路径进行了非常有益的探索，使我们看到了乡村振兴的广阔前景和希望。

童禅福同志始终扎根农村，与农民同呼吸共命运心连心，将自己的心血都用在关注"三农"问题上，关注乡村振兴上，做了大量的调研，足迹遍及大江南北千村万户，撰写了这部对乡村振兴具有重要实证意义的巨著。今天，我们脚下这片土地就是王兰庄村，也是童先生书中所列举的一个乡村振兴的样本，王兰庄的探索实践，也为我国乡村振兴战略添加了一个生动的注脚。我们有理由相信，中国的乡村振兴之路一定会越走越宽。

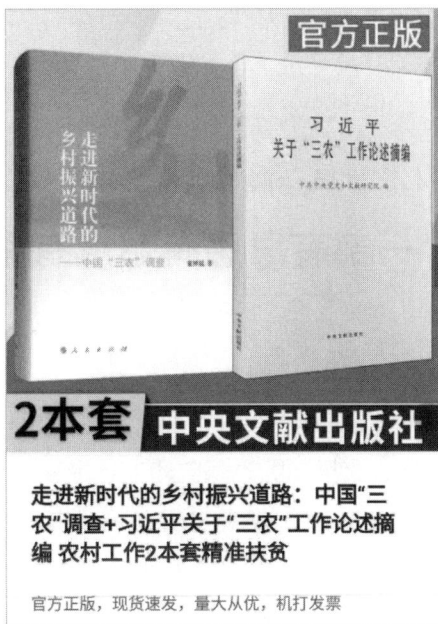

京东、当当等网购平台将《习近平关于"三农"工作论述摘编》和《走进新进代的乡村振兴道路——中国"三农"调查》两部书作为乡村工作套装书出售

西青区是天津市的民俗文化旅游区，享有"近代中国看天津，崇文尚武看西青"的美誉，这里是著名的爱国武术家霍元甲、韩慕侠的家乡，这里孕育了中国四大木版年画之一、享誉海内外的杨柳青年画，这里有着深厚的历史文化底蕴，这里的经济社会发展走在了全市的前列，欢迎各位朋友经常来西青采风游览，指导工作。

在此，再次感谢童禅福同志的呕血付出，同时再次感谢石刚部长和各位领导、各位新老朋友长久以来对西青区发展的关心和支持。

李桂强

人民出版社副总编辑陈鹏鸣致辞

一部有思想有温度有深度的实践理论著作

很高兴在天津市西青区王兰庄村举办这次活动，"百闻不如一见"，我早就听说郭宝印书记带领王兰庄村致富的感人事迹，昨晚我们来到村里，早晨又看了看村容村貌，感觉咱们村正像党的十九大报告中所描绘的"乡村振兴战略"那样，真正是"产业兴旺、生态宜居、乡风文明、治理有效、生活富裕"。我生在农村，长在农村，到了咱们村里，竟然不觉得这里是农村。要是全中国的农村发展得都像咱们王兰庄村一样，我想中华民族伟大复兴的中国梦也就实现了。

伴随着我国工业化、城镇化的快速推进，部分农村地区出现了农民工问题，留守儿童问题，"空壳村"问题，土地抛荒、土地碎片化和农村养老等问题。党中央高度重视"三农"工作，党的十九大报告明确提出乡村振兴战略。今年中央一号文件就是《中共中央、国务院关于实施乡村振兴战略的意见》。

童禅福同志多年来一直关心并研究我国的"三农"问题，我社新近出版的《走进新时代的乡村振兴道路——中国"三农"调查》是他研究中国"三农"问题和乡村振兴道路的又一部专著。童禅福同志持续多年实地调查走访了中国具有代表性的农村，选择了华北平原的河南、河北、天津，以及东南沿海的浙江等地的8村1乡作为考察重点，运用马克思主义政治经济学的立场、观点和方法，系统研究了从中华人民共和国成立初期的土地改革，到互助组、初级社、高级社、人民公社，到党的十一届三中全会后全国推广的土地家庭联产承包责任制，再到目前一些农村党支部书记带领村民进行土地适度集中，发展乡镇企业，壮大集体经济实力，实现没有暴发户没有贫困户，家家都是富裕户的社会主义新农村，探索出一条以新集体经济为主体的农村共同富裕之路。

由于工作的关系，在发稿阶段我就拜读过本书。拜读之后，我认为，本书的特点可以用童禅福同志姓名的谐音来概括，这三个字就是：懂得的懂、阐述的阐、幸福的福。

第一个字是"懂"。童禅福同志是真正懂得我国"三农"问题的专家，作为一名资深记者，作为浙江省人民政府参事、浙江省文史研究馆馆员，作者几十年如一日，凭着对"三农"深刻的理解和深厚的感情，足迹遍及大江南北千村万户，真正把基层"跑遍、跑深、跑透"。重点走访考察了 8 村 1 乡的经济、社会和文化发展的历史变迁。通过走访普通农户和基层党组织，实地调查了这些乡村近 70 年来的变化。以大量第一手资料和原始凭证鲜活地展示了党的十一届三中全会，特别是实行家庭联产承包责任制，极大地调动了广大农民的生产积极性，解放了农村生产力后，我国农村发生的翻天覆地的变化。经过 40 年的发展，我国农村还面临哪些问题和困境，如何解决这些问题、摆脱这些困境，作者进行了深入研究、思考，实事求是地提出了一些解决方案。

第二个字是"阐"。童禅福同志以流畅的文字，阐释了"三农"问题的根子在土地。作者农民出身，始终心系农村父老乡亲。作为一名曾在几届浙江省委领导身边工作过的资深记者，童禅福同志始终关注农业、农村和农民问题。党的十一届三中全会后开始实行的家庭联产承包责任制，解决了当时 9 亿农民的温饱问题，使农民逐渐走上小康道路。但单家独户经营那"一亩三分承包地"，很难推进农业新型现代化，制约了集体经济的发展，导致一些农村集体出现"空壳"现象。8 村 1 乡走以新集体经济为主体的社会主义乡村新社区的新路，实现了共同富裕。本书字里行间，无时无刻不流露出作者对农村 9 亿农民脱贫致富、共同富裕，以及乡村振兴的关切。本书文风朴实、行文流畅。本来"三农"问题枯燥无味，然而，本书读来却让人感到津津有味。没有对中国农民的深厚感情，没有对中国乡村振兴的使命感、责任感，就不可能写出这样有思想、有温度、有深度的理论著作来，更不可能得出令人信服的结论。

第三个字是"福"。本书就解决我国"三农"问题提出许多富有启发性的意见和措施，可操作性强，是"三农"之福。作为我国农村改革的亲历者和见证者，童禅福同志对近 70 年来我国农村政策的变迁、颁布的历史背景，以及对解决当时的农村经济、社会、文化等问题的积极作用及弊端都能进行客观科学的考察，并得出科学结论。作者既能深入其中，又能跳出来深入思考。当前，我国农村的生产力面临又一次解放的前夜，如何振兴乡村，如何走新集体经济道路带领农民共同致富，是摆在我们面前的重大课题。本书的出版，相信一定能给读者提供有益的参考。"好雨知时节，当春乃发生。"童禅福同志这部专著是我社在党的十九大提出乡村振兴战略之后出版的一部重要"三农"著作，出版正逢其时，我相信，这部专著也能像今天的这场春雨一样，"随风潜入夜，润物细无声"，助力于我国乡村振兴战略的实现。

人民出版社是党和国家最重要的政治性公益性出版单位，始建于 1921 年 9 月 1 日，是中国共产党成立的第一家自己的出版社，与党同龄。97 年来，人民出版社一直与党同行，也始终与党同心。"为人民出好书"是我社始终不变的出版宗旨。感谢童禅福同志将这本好书交给我社出版。接下来，我社要全力做好本书的宣传与发行工作，让更多的读者知道本书，阅读本书，充分发挥本书的社会效益。我相信，只要认真阅读，每位读者就一定能从书中汲取力量，为实施乡村振兴战略、全面建成小康社会奉献出更多才华。让我们共同关心农业、关怀农村、关爱农民，也关注《走进新时代的乡村振兴道路——中国"三农"调查》这本专著。

陈鹏鸣

新书作者童禅福讲述创作体会

寻访共同富裕的村落

去年 8 月 15 日我送书稿到人民出版社，短短 7 个月时间，《走进新时代的乡村振兴道路——中国"三农"调查》正式出版了，这是我一生中办的最大的一件事。当然，我要真诚感谢人民出版社。当时，我去送书稿，那是我一生中第一次踏进人民出版社的大门，内心真是忐忑不安，这部书稿人民出版社若不接的话，我估计全国没有一家出版社肯出版，那我多年的努力将付诸东流，一叠书稿将成为一堆废纸；但崔继新主任接下了，黄书元社长跟我签了合同。我要深深感谢崔主任，深深感谢黄社长，今天人民出版社副总编辑陈鹏鸣专程赶到天津参加新书发布会，我也是很感激的，当然，孔欢等编辑也花了很大的心血，我也是十分感激的。还有今天到会的中国出版传媒商报社社长伍旭升、农民日报社编委汪泽农、中共天津市委宣传部副部长石刚及西青区委宣传部部长李桂强，你们百忙中来参加我这本《走进新时代的乡村振兴道路——中国"三农"调查》新书的发布，我深深谢谢大家。

20 世纪 60 年代初期，我国经济进入全面整顿、恢复、发展时期。我是这一时期的受益者，当时，我和弟妹三人分别就读于高中、初中、小学。因父母被血吸虫病缠身，我们欠生产队的债越积越多，到我考取大学的 1965 年，欠的债务已超过 400 元了。那时这是一个很大的数字呀。是乡村里的集体经济给我创造了继续上学的条件，如果不是集体经济的相助，且不说我能否读到高中毕业、考上大学成为当年开化县仅有的7名大学生之一，可能早就在家务农挣工分了。我要感谢村里的父老乡亲，更要感谢当时土地集体所有的农业集体化制度。因此我在聆听习近平总书记所做党的十九大报告时，当听到习总书记讲到"壮大集体经济"几个字时，我情不自禁地鼓起了掌。

20世纪70年代初期，我大学毕业来到"七山一水二分田"的浙西常山县，拿起笔采写新闻，当起了记者。当时刚过立冬，常山港两岸沙土丘陵层层叠叠，橘林密布，绿叶墨翠，红橙衢橘，挂满枝头，传承千年，常山一景。据当地橘农说，因常山江边的小气候，这里孕育出的衢橘，尤其是五里、象湖一带，橘头剪得再短，还留着两瓣叶，这种橘吃起来特别有橘味，也特别鲜甜。常山不仅是橘乡，更是我国的油茶之乡。这里，峰峦苍苍，溪水泱泱，山高水长，青翠茶香。油茶，尽吸天地之灵气、幽谷之精华，深得雨露滋润，绵长而深厚，油茶籽榨出的油有"食用油之冠"的美称。当时，常山漫山遍野的油茶林，油茶花盛开如冬雪一般盖满树冠，在初冬的阳光下，花瓣闪亮，白透有光，束束花蕊，金黄透红。如遇上毛毛细雨，走进油茶林，那一颗颗油光光红彤彤的茶果躲缩在一朵朵茶

作者童禅福在江西资溪县农村调研　　韩香云/摄

花下，微风吹动，如同小猴依偎在母猴怀中撒娇，特别是那细细雨点飘落在花瓣上，再聚集成大滴雨点滴落在熟透的茶果上，在茶果上一滑就滴落回归大地。这一全过程，犹似油茶花开、结果一年的速成展示。繁花怒放，枝叶茂盛，硕果累累，花与果同期，成为油茶树一大奇观。

但就是在这样富饶的土地上，在那"宁要社会主义草，不要资本主义苗"的怪时代，肥沃的土地上庄稼就是长不好，弄得每个工分值只有二三分钱，也就是一个正劳力辛苦劳动一天也只能挣到二三角钱。安徽省小岗村 18 户农户按下生死状的大红手印，把生产队的土地承包到户了。1980 年冬天，五里村的干部群众也学习小岗村的做法，壮着胆把全村的土地包到农家耕种了。事情也真奇，割资本主义尾巴，割得人越干越懒，田越种越瘦。五里村当时 461 户1500 多人，是常山县一个大古村落，但这里的农民对土地的情感却越来越淡薄，人均口粮不足 300 斤。有一年，人均口粮只有 201 斤，人均年收入只有三四十元。还有一年，每 10 个工分只有 9 分钱。1978 年前后几年，每年有 1200 多人次外出讨饭。土地承包到户后，人变勤田变肥，1981 年五里村粮食总产量达到 126 万斤，比 1980 年增长54%，人均口粮达到 510 斤，全村无一人外出讨饭。我采写的长篇通讯《五里翻身记》在《金华日报》刊发后，时任金华地委书记的厉德馨抓住这个典型，在金华地区刮起了五里风，1982 年土地家庭联产承包责任制在金华地区如同钱江潮般汹涌蓬勃地全面推开了。

土地家庭联产承包责任制的伟大成功，彻底解决了农民的温饱问题，是农村治穷的一剂良方。但在常山 10 多年的记者生涯中，我几乎跑遍了 340 多个大队，却没有找到一个家家都富裕的村落。随后，在加速工业化、推进城乡一体化的进程中，农民大量离开土地，进城打工了。单家独户的土地经营模式已难以推进新时代的农业现代化，"三农"问题也由此凸显出来。我探访了华北的河南、河北、天津和东南沿海 3 省 1 市的农村，选择了刘庄等 8 村 1 乡及江西、贵州、安徽等省的农村，对 2 种不同土地经营模式的村落经济、政治、文化等进行调查剖析，寻找共同富裕的根本。

在刘庄等 8 村 1 乡，农民们几乎都住上了整齐划一的小别墅或排屋，每个村庄几乎都是"村在景中、景在村中"的都市化新农村。河南省新乡县刘庄村、浙江省宁波市奉化区滕头村、河北省晋州市周家庄乡这 2 村 1 乡，在 20 世纪七八十年代没有推行土地家庭联产承包责任制，但它们在 20 世纪 80 年代初，就开始实行土地"三包一奖"等新型集体经营模式，很快走上了农业现代化之路。浙江省杭州市萧山区航民村、东阳市花园村、台州市方林村，河北省滦平县周台子村，天津市西青区王兰庄村和蓟州区郭家沟等 6 个村，20 世纪 80 年代初，集体的土地、山林、水塘全部承包到户后，又先后重新全部收拢流转给集体，实行土地集体所有，采取新的土地经营模式，村上很快出现飞跃。这里除去老人与小孩，几乎人人有事做，家家有收入。这 8 村 1 乡的农户将承包土地流转给集体，入股分红或拿取租金，近年村集体分配给每人的，多则超过 2 万元，少则也在 3000 元以上。

刘庄村 19 位农业工人管理 1050 亩耕地，粮食亩产稳定在 2000公斤左右，其余劳动力全部进入企业工作；刘庄人实行退休制度，退休人员每月 800 元，人均可支配年收入超过 3 万元。滕头村退休老人福利金每月达到 2000 元，2016 年人均可支配收入 6.5 万元。周家庄乡建起了我国农村第一座农民文化宫，2016 年人均现金分配收入 14266 元，人均纯收入达到 19085 元，集体公共积累达到 3596 万元。航民村 23 个农业工人耕种着村集体 700 多亩农田，人均产粮超过 4 万斤，2016 年上缴国家的税金达 5.05 亿元，1996 年投资 2000多万元建起了综合性的文化中心；2016 年人均享受集体福利达到6000 元，人均可支配收入 5.8 万元。花园村投资 2 亿多元建起了花园娱乐城，2016 年人均可支配收入超过 16 万元。方林村投资 1100

多万元建起集村民学校、图书馆等设施于一体的文化中心，2016年人均集体分红达到9000元，人均可支配收入已达到9.8万元。王兰庄村2016年人均享受各种集体福利接近2万元，人均可支配收入超过3万元。

2011年，天津市一位副市长考察郭家沟村并进行了座谈之后，给村两委丢下了一句话："你们郭家沟要成为天津市乡村旅游的示范村，必须结合实际，大胆地想、大胆地试。"不久，郭家沟村成立了旅游综合开发公司，全村所有的耕地和山地全部流转给集体，实行公司化管理，公司建起了特色蔬菜采摘园、小杂粮种植园、脆枣采摘园和6个水上娱乐项目，还建起了800米长的绿色长廊。郭家沟采取"集体搭台、农家发财"的路子，2017年，45家农家院接待游客25.65万人次，为农家创造了2310万元收入，也为郭家沟集聚了765.94万元的集体资金，郭家沟全村51户181人，这一年，人均收入达到7.5万元。这个村先后大学毕业的5位年轻人和外出打工的人全部回乡创业。

地处燕山深处、古长城脚下的周台子村党支部书记范振喜连续4届当选党的十六大至十九大党代表，2008年他带领全村把承包到户的2200多亩耕地全部流转到村集体名下，实行新集体经济的经营模式，走出了贫困地区共同富裕的新路子。2016年该村人均可支配收入达到1.3万元，比全县农村居民人均可支配收入5565元多出1.34倍，全村700户，人均可支配收入在0.7万元至2万元的达到600户以上，年收入超过2万元的约40户，年收入0.65万元至0.7万元的低收入农户约60户。范振喜经常讲的一句口头禅是："我是村上的当家人，年轻人靠自己创业，小孩和老人我一定要管好。"该村小孩读书，从小学到高中，2000年起就实现了免费教育；考上大学的，每人发给奖学金。村上建起了老人公寓，村上60岁至70岁的老人只要缴2万元押金，就可拎包住进老人公寓的套房；70岁以上的老人免费入住，并实现了护理有专人。所有老人每月发给养老金120元。

　　刘庄等 8 村 1 乡近 2 万农户走上以新集体经济为主体、多种经济成分并存的社会主义乡村新社区道路后，这里没有暴发户没有贫困户，家家都是富裕户。这 8 村 1 乡几乎都获得了省里或全国美丽乡村的光荣称号。他们的带头人又几乎都是省里或全国的优秀共产党员、劳动模范、人大代表或党代表。而没有发展新集体经济、靠"单干"的村落，大都出现了"空壳村"问题、贫富差距问题、农民工问题、留守儿童问题、乡村文化衰落和养老等问题。

　　50 年来，我走访了近千个村落，曾踏进近万家农户的门槛，凭着我对"三农"的调查和认识，浓缩中华人民共和国成立以来我对"三农"的追寻和思考，写出了近 31 万字的《走进新时代的乡村振兴道路——中国"三农"调查》一书，在序言中我曾写道："在习近平新时代中国特色社会主义思想指引下，建立以新集体经济为主体、多种经济成分并存的社会主义乡村新社区，是新时代中国通向共同富裕的历史必然和发展趋势。"我们坚信，在中国特色社会主义全面迈进新时代的进程中，"三农"问题将彻底告别历史，全面振兴乡村就在"明天"。

童禅福

中国出版传媒商报社社长伍旭升讲话

一部展示人民心声的历史命题巨著

摆在我们面前的《走进新时代的乡村振兴道路——中国"三农"调查》这部厚重作品,让我们肃然起敬。大气、庄重,以"人民社的名义",展现的是人民(广大的农民)的心声,也传达出独特的"意义的意义""故事的故事""感动的感动"。

一、意义的意义。8 村 1 乡记叙的是 40 年来中国农村改革的缩影,具有历史保真的意义;这种历史的意义,更承载着"乡村振兴"的未来,更具有前瞻的价值与深刻的意义。

二、故事的故事。书中主要记录的是 8 村 1 乡发展农村新集体经济的故事。这些故事的背后,是一位 74 岁的老记者数十年矢志不渝记录思考农村改革发展的故事,是人民出版社作为党社、第一社慧眼识珠、高效率高质量出版的故事,是像樊国安、金慧英、黄正富等一大批媒体人、热心者、见证人鼓与呼的故事。

三、感动的感动。该书描写了一批农村改革带头人的感人群像。在这些感动的背后,是当地党委、政府给予的支持,当地村民的理解,以及社会各界的关注,它们汇聚成澎湃感人的共鸣,共同谱写出时代的强音。

王兰庄村党支部书记郭宝印、郭家沟村党支部书记胡金领等人身上的精神完全可以印证这些意义、故事与感动。

正因为如此,作为中宣部直接指导、有 63 年历史的出版传媒业权威媒体,《中国出版传媒商报》破天荒在头版头条外加一个整版报道了《走进新时代的乡村振兴道路——中国"三农"调查》这本书的出版追记，我们看重的不仅是图书所折射出的质朴、初心与使命，更看重乡村振兴的历史命题、时代契机所展现出的广阔作为。譬如，除了产业的振兴、生态的重建外，更有文化的重塑、社区的重构与乡愁的重温。我们理解，乡村振兴，经济是抓手，生态是载体，邻里是细胞，而文化是根髓。在完成了农村产业经济的振兴任务后，文化精神风貌的振兴将是未来乡村更重大的挑战与母题。

中国出版传媒商报愿意发挥智库咨询、咨询对接、产业创意、品牌传播等专业优势与服务的作用，为"乡村振兴"，为王兰庄村、郭家沟村的未来尽一份绵薄之力，做出我们的贡献。

伍旭升

人民出版社为《走进新时代的乡村振兴道路——中国"三农"调查》
一书精心设计的封面

农民日报社编委王泽农讲话

乡村振兴成功实践样本要大力支持宣传

很荣幸参加今天的新书发布会。本来农民日报社的陈书记、杨总编要来参会，因临时接到上级任务不能到会。我受报社编委会委托参加今天的发布会，也代表农民日报社对《走进新时代的乡村振兴道路——中国"三农"调查》一书的出版表示热烈的祝贺！对关注"三农"事业、支持"三农"发展的与会各位表示由衷的感谢！

人民出版社是名扬海内外的国家级出版社，始终肩负着崇高的历史使命，出版发行了一大批宣传党和国家大政方针的优秀读物。这次将《走进新时代的乡村振兴道路——中国"三农"调查》一书作为重点图书予以出版，体现了国家出版社的责任与担当，体现了对新时期中国特色社会主义历史时代的准确理解和把握。宣传好这本书，让更多的人了解乡村振兴战略在实现中华民族伟大复兴过程中的重大意义，让更多的"三农"实践者找到实现乡村振兴的有效路径，也是《农民日报》责无旁贷的义务。就在前天的《农民日报》第4版，我们刊发了天津记者站站长金慧英的报道——《"老记者"童禅福50载"三农"调研路》，这次新书发布会的消息明天就会见报，今后我们还将在恰当的时机安排对童禅福同志的专访，以及跟进《走进新时代的乡村振兴道路——中国"三农"调查》一书的相关报道。

作为党和政府指导全国农业和农村工作的重要舆论工具，《农民日报》始终如一地发挥政治优势，坚持党性原则，把政策宣传作为报纸的灵魂，在"三农"事业发展中发挥了有力的政策指导作用。

其实，《走进新时代的乡村振兴道路——中国"三农"调查》一书中的村庄有很多是我们农民日报社记者多次采访过报道过的。比如，今天的东道主王兰庄，我们 2002 年 9 月 20 日头版就报道过，题目叫《好支书郭宝印》。浙江省东阳市花园村党委书记邵钦祥被农民日报社等单位评为 2016 年"中国农村新闻人物"。天津市蓟州区郭家沟离北京比天津还近，以前我们就有报道，如今郭家沟用商业的眼光审视生态，用发展的眼光经营生态，将郭家沟建设成了山村风貌凸显、生态特色鲜明、人居环境最佳的旅游专业村。用新的新闻角度去审视就会有新的发现，像这些题材，包括王兰庄今天发展壮大集体经济的实践，我们都会陆续安排采访。

党的十九大报告首次明确提出了"实施乡村振兴战略"，前不久，《中共中央国务院关于实施乡村振兴战略的意见》对实施振兴

人民出版社向天津市 100 个农家书屋赠送了《走进新时代的乡村振兴道路——中国"三农"调查》一书。中共天津市委宣传部副部长石刚（右二）、人民出版社副总编辑陈鹏鸣（左三）和该书作者童禅福（右三）参加了赠送仪式

《走进新时代的乡村振兴道路——中国"三农"调查》一书作者赠送国家图书馆收藏的捐赠证书

战略进行了全面部署，对谋划新时代乡村振兴进行了顶层设计。我想，宣传报道好各地（尤其是《走进新时代的乡村振兴道路——中国"三农"调查》一书中的村庄）乡村振兴建设的成功实践，是《农民日报》作为党的农业农村工作舆论工具的职责，上述报道计划报社一定会大力支持。

最后，我想代表《农民日报》的记者向童禅福同志表示敬意。感受"三农"、报道"三农"、研究"三农"，我们有着共同的目标。50多年来，童禅福同志访遍千村万户，善于思考总结，相继写出了200多篇调查报告，年过古稀依然笔耕不辍，这种精神值得我们认真学习。

王泽农

天津市西青区李七庄街王兰庄村党支部书记郭宝印发言

共同富裕的道路要坚定不移走下去

郭宝印书记在新书发布会上发言

党的十九大报告首次明确提出了"实施乡村振兴战略"和"壮大集体经济"。这给我们谋划新时代乡村振兴提供了顶层设计，指明了发展方向。中国要强，农业必须强；中国要美，农村必须美；中国要富，农民必须富。如何振兴乡村？如何发展新集体经济，带领农民走上共同致富的道路？我们还有许多急需破解的难题。童禅福同志以对我们农业、农村、农民深刻的理解和深厚的感情，用大半生的时间访遍千村万户，倾尽心血撰写了这部对乡村振兴具有重要实证意义的书。我们王兰庄村的事例还非常荣幸地被收录到这本书中。

认真拜读了这本书后，我几乎一夜无眠！这本书的字里行间，无时无刻不流露出童老对我们农村、农民脱贫致富、共同富裕，以及对乡村振兴的关切。没有对中国农民的深厚感情，没有对中国农村振兴的使命感、责任感，就不会 50 多年如一日，始终关注研究

"三农"问题；没有一定的理论功底，就可能淹没在大量的数据当中，就不可能写得这样有思想、有温度、有深度。最重要的是，本书对破解"三农"难题提出了富有启发性的意见和措施，是部可操作性强的好作品！

在此，我代表我们王兰庄村的父老乡亲，对童老对我们农民、农村的关注、理解和支持，对童老为我们乡村振兴的真心付出，致以崇高的敬意！

同时，对市、区各级领导，以及新闻宣传出版业的各位领导和媒体朋友，多年来对我们王兰庄村的关心支持表示衷心的感谢！我们相信，我们王兰庄村带领全村人走共同富裕的道路、建成福利型社会主义乡村新社区的道路会越走越宽，我们还要继续努力让广大农民坚定社会主义信仰、理想，真正实现让农民无后顾之忧，真正实现城乡一体化，真正做到全村没有暴发户没有贫困户、家家都是富裕户，真正做到物质文明、精神文明一起抓，农民群众生活丰富多彩。

再次感谢童老先生，再次感谢各位领导、各位新老朋友长久以来对王兰庄发展的关心和支持。欢迎各位朋友经常来王兰庄采风游览，指导工作。

郭宝印

《走进新时代的乡村振兴道路——中国"三农"调查》在人民出版社出版发行后，《人民日报》《光明日报》《农民日报》和《中华读书报》，以及新华网、人民网、光明网等全国主要媒体分别给予了报道和评介。浙江省新华书店集团有限公司于2019年2月27日向各市、县（市、区）新华书店有限公司和宁波新华书店集团发出了《关于做好〈走进新时代的乡村振兴道路——中国"三农"调查〉宣传发行工作的通知》。该《通知》中说："这部30多万字的中国'三农'调查报告几乎涵盖了东西南北中的中华大地，也几乎跨越了新中国的70年历史。该书是党的十九大以后以新时代乡村振兴道路为主题的图书，请各书店做好该书的宣传推荐工作，店内做好展示陈列，店外积极向政府机关、社会团体、图书馆等单位进行展销推广。"

《天津日报》2018 年 4 月 14 日报道

《走进新时代的乡村振兴道路》昨首发

　　本报讯（记者　周凡恺）人民出版社出版的《走进新时代的乡村振兴道路——中国"三农"调查》新书发布会及赠书仪式昨天在西青区李七庄街王兰庄村举行，市委宣传部有关领导出席了该活动。该书是浙江省资深记者、首届范长江新闻奖提名奖获得者、浙江省文史研究馆馆员童禅福研究中国"三农"问题和乡村振兴道路的专著。今年已经 74 岁高龄的童禅福，以把基层"跑遍、跑深、跑透"的"三跑"精神，实地走访调查了中国最具代表性的农村，足迹遍及大江南北的千村万户，最终他选择了华北平原的河南、河北、天津，以及东南沿海的浙江等地的 8 村 1 乡作为考察重点，从中华人民共和国成立初期的土地改革，到互助组、初级社、高级社、人民公社，再到党的十一届三中全会后全国推广土地家庭联产承包责任制，直至目前一些农村党支部书记带领村民进行土地适度集中，发展乡镇企业，壮大集体经济实力，实现没有暴发户没有贫困户、家家都是富裕户的社会主义乡村新社区，作者以 8 村 1 乡为标本，从 1949 年到 2017 年，时间跨度将近 70 年。从这些乡村标本半个多世纪的经济社会发展和变迁中，作者运用马克思主义政治经济学的立场、观点和方法，形象生动地阐述了乡村振兴的伟大战略，这对新时代社会主义新农村建设具有典型示范意义。天津市的西青区李七庄街王兰庄村和蓟州区郭家沟村均成为童禅福书中所列举的乡村振兴的样板，王兰庄村和郭家沟村的探索实践，也为我国乡村振兴战略添加了一个生动的注脚。

王兰庄村党支部书记郭宝印在接受记者采访时说，党的十九大报告首次明确提出的"实施乡村振兴战略"和"壮大集体经济"，为我们谋划新时代乡村振兴进行了顶层设计，指明了发展方向。中国要强，农业必须强；中国要美，农村必须美；中国要富，农民必须富。如何振兴乡村？如何走新集体经济道路？如何使全体农民共同富裕？童禅福老先生在这部书中都进行了回答。可以说，这是一部有思想、有温度、有深度，最重要的是对破解"三农"难题具有启发性的好作品。

昨天，人民出版社向天津市100个农家书屋赠送了该书，与会者还走进荣获全国文化生态村、全国优秀小康村、天津市文明生态村、天津市美丽乡村等称号的王兰庄村，并参观了我市最大的村级图书馆——王兰庄村图书馆等文化设施。

《走进新时代的乡村振兴道路》昨首发

我市 100 个农家书屋获赠书

《天津日报》 2018 年 4 月 14 日第 7 版

天津《今晚报》2018 年 4 月 13 日报道

《走进新时代的乡村振兴道路——中国"三农"调查》新书发布

本报讯（记者 刘超）以新时代乡村振兴道路为主题的图书《走进新时代的乡村振兴道路——中国"三农"调查》新书发布会，今天上午在西青区李七庄街王兰庄村举行。

据介绍，《走进新时代的乡村振兴道路——中国"三农"调查》是童禅福同志研究中国"三农"问题和乡村振兴道路的专著。作为浙江省文史研究馆馆员，童禅福以 74 岁高龄的"老记者"身份，以把基层"跑遍、跑深、跑透"的"三跑"调研精神，相继写出了 200 多篇调查报告。该书由"集体化道路""新'三农'现象报告""践行乡村振兴战略的憧憬"等 12 个重要章节组成，以豫中、华北平原的河南、河北、天津及东南沿海的浙江等地的 8 村 1 乡作为考察重点，从半个多世纪经济社会发展和变迁中，运用马克思主义政治经济学的立场、观点和方法，概括、提炼，总结出一条以新集体经济为主体的农村共同富裕之路。天津市西青区王兰庄村和蓟州区郭家沟村发展的成功经验，收录于本书中。

本次新书发布会由人民出版社、农民日报社、中国出版传媒商报社主办，中共天津市西青区委宣传部等单位承办。新书发布会后，人民出版社向天津市 100 个农家书屋赠送了《走进新时代的乡村振兴道路——中国"三农"调查》一书。

《农民日报》2018 年 5 月 23 日报道

《走进新时代的乡村振兴道路》新书发布

日前，《走进新时代的乡村振兴道路——中国"三农"调查》新书首发式在天津市西青区李七庄街王兰庄村举行。这是人民出版社在党的十九大后以新时代乡村振兴道路为主题出版的第一部书。

《走进新时代的乡村振兴道路——中国"三农"调查》的作者童禅福实地走访调查了中国具有代表性的农村，选择华北平原的河南、河北、天津以及东南沿海的浙江等地的 8 村 1 乡作为考察重点，运用马克思主义政治经济学的立场、观点和方法，概括、提炼，总结出一条以新集体经济为主体的农村共同富裕之路，为新时代走向乡村振兴提供了可落地模式和实操经验。

发布会举办地王兰庄村，是被收录进该书的新农村建设典型。新书发布会后，在王兰庄村图书馆门前，人民出版社向天津市 100 个农家书屋赠送了该新书。

中国文明网报道《走进新时代的乡村振兴道路——中国"三农"调查》

人民网天津 2018 年 4 月 13 日电

《走进新时代的乡村振兴道路
——中国"三农"调查》发行

今天上午，《走进新时代的乡村振兴道路——中国"三农"调查》新书发布会在天津举办。该书作为党的十九大后首部以新时代乡村振兴道路为主题的图书，由人民出版社出版发行。天津市西青区王兰庄村、蓟州区郭家沟村被收录其中。

据悉，作为浙江省文史研究馆馆员，该书作者童禅福以 74 岁高龄的"老记者"身份，以把基层"跑遍、跑深、跑透"的"三跑"调研精神，以对"三农"深刻的理解和深厚的感情，足迹遍及大江南北千村万户。在实地走访

人民网 >> 天津频道

《走进新时代的乡村振兴道路——中国"三农"调查》发行

2018年04月13日17:43　来源：人民网-天津频道

人民网天津4月13日电 今天上午，《走进新时代的乡村振兴道路——中国"三农"调查》新书发布会在天津举办。该书作为党的十九大以后首本以新时代乡村振兴道路为主题的图书，由人民出版社出版发行。天津市 西青区王

人民网报道

调查了中国具有代表性的农村后，选择了华北平原的河南、河北、天津及东南沿海的浙江等地的 8 村 1 乡作为考察重点，从中华人民共和国成立初期的土地改革，到互助组、初级社、高级社、人民公社，到党的十一届三中全会后全国推广土地家庭联产承包责任制，再到目前一些农村党支部书记带领村民进行土地适度集中，发展乡镇企业，壮大集体经济实力，实现没有暴发户没有贫困户、家家都是富裕户的社会主义乡村新社区，以 8 村 1 乡为标本，时间从 1949 年到 2017 年，长达近 70 年。从这几个乡村标本的半个多世纪经济社会发展和变迁中，运用马克思主义政治经济学的立场、观点和方法，概括、提炼、总结出一条以新集体经济为主体的农村共同富裕之路。

活动现场，中共天津市委宣传部副部长石刚、人民出版社副总编陈鹏鸣向天津市 100 个农家书屋赠送了《走进新时代的乡村振兴道路——中国"三农"调查》一书。

新华网天津 2018 年 4 月 13 日电

《走进新时代的乡村振兴道路
——中国"三农"调查》新书发布会

人民出版社以新时代乡村振兴道路为主题的《走进新时代的乡村振兴道路——中国"三农"调查》新书发布会 4 月 13 日在天津市西青区李七庄街王兰庄村举行。

《走进新时代的乡村振兴道路——中国"三农"调查》是童禅福研究中国"三农"问题和乡村振兴道路的专著，共计约 31 万字。

童禅福，男，1969 年毕业于浙江农业大学，当过编辑，也做过记者，从政多年，现任浙江省文史研究馆馆员。从记者生涯到政府官员，童禅福一直密切关注"三农"问题。

50 多年来，以把基层"跑遍、跑深、跑透"的"三跑"调研精神，以对"三农"深刻的理解和深厚的感情，童禅福访遍千村万户，相继写出 200 多篇调查报告。这本对乡村振兴具有重要实证意义的专著，就是在这样的背景和基础上撰写而成的。

据人民出版社介绍，《走进新时代的乡村振兴道路——中国"三农"调查》由"导言""引子""集体化道路""阳关道与独木桥""挑战'三农'的报告""坚定走好自己的路""抉择道路的报告""新'三农'现象报告""践行乡村振兴战略的憧憬"等 12 个重要章节组成。

人民出版社副总编辑陈鹏鸣说，作者在实地走访调查了中国具有代表性的农村后，选择了华北平原的河南、河北、天津及东南沿海的浙江等地的 8 村 1 乡作为考察重点，时间从 1949 年到 2017 年，长达近 70 年。从这几个乡村标本的半个多世纪经济社会发展和变迁中，运用马克思主义政治经济学的立场、观点和方法，概括、提炼、总结出一条以新集体经济为主体的农村共同富裕之路。

"这本专著讲述了农村改革的故事，塑造了一批农村带头人的群像，体现了作者对'三农'问题和乡村振兴孜孜'寻路'的深刻观察和前瞻性思考。"中国出版传媒商报社社长伍旭升说。

业内人士表示，《走进新时代的乡村振兴道路——中国"三农"调查》一书，对乡村振兴路径提出了非常有益的探索。这本专著的出版发行，对广大农村、广大农民、广大的城镇乡村来说，都是一件很有意义的事情。

光明网天津 2018 年 4 月 16 日电

《走进新时代的乡村振兴道路

——中国"三农"调查》天津首发

　　4 月 13 日，以新时代乡村振兴道路为主题的《走进新时代的乡村振兴道路——中国"三农"调查》新书发布会在天津市西青区李七庄街王兰庄村举行。据人民出版社副总编辑陈鹏鸣介绍，《走进新时代的乡村振兴道路——中国"三农"调查》是童禅福研究中国"三农"问题和乡村振兴道路的专著。作为浙江省文史研究馆馆员，童禅福以 74 岁高龄的"老记者"身份，以把基层"跑遍、跑深、跑透"的"三跑"调研精神，相继写出 200 多篇"三农"题材的调查报告。该书是他 50 年持续关注"三农"问题、深入农村调查研究的呕心沥血之作，分别由"集体化道路""新'三农'现象报告""践行乡村振兴战略的憧憬"等 12 个重要章节组成，描述了从中华人民共和国成立初期的土地改革，到互助组、初级社、高级社、人民公社，再到党的十一届三中全会后全国推广土地家庭联产承包责任制，8 村 1 乡党组织带领村民进行土地适度集中，发展乡镇企业，壮大集体经济实力，实现没有暴发户没有贫困户、家家都是富裕户的社会主义乡村新社区建设的全过程。作者以天津市王兰庄、郭家沟等 8 村 1 乡为标本，运用马克思主义政治经济学的立场、观点和方法，形象生动地阐述了乡村振兴的伟大战略，对新时代社会主义新农村建设具有典型示范意义，同时也为我国乡村振兴战略添加了一个生动的注脚。

　　陈鹏鸣认为，如何振兴乡村，如何走新集体经济道路，如何使全体农民共同富裕，童禅福先生在《走进新时代的乡村振兴道路——中国"三农"调查》这部书中都进行了回答。可以说，这是一部有思想、有温度、有深度，最重要的是对破解"三农"难题具有启发性的好作品。

　　在新书发布会上，人民出版社向天津市 100 个农家书屋赠送了《走进新时代的乡村振兴道路——中国"三农"调查》一书。

浙江省新华书店集团向各市、县（市、区）新华书店有限公司和宁波新华书店集团发出了《关于做好〈走进新时代的乡村振兴道路——中国"三农"调查〉宣传发行工作的通知》后，各地新华书店门市部纷纷上架。图为淳安县新华书店一角

天津农村广播 2018 年 4 月 13 日报道

《走进新时代的乡村振兴道路 ——中国"三农"调查》新书发布会 今天在王兰庄村举办

　　今天（4 月 13 日），作为党的十九大后首本以新时代乡村振兴道路为主题的图书，《走进新时代的乡村振兴道路——中国"三农"调查》新书发布会在西青区李七庄街王兰庄村成功举办。这本书的发布对于广大农村、农民来说，都是一件意义深远的事情。

　　农业、农村、农民的问题，是关系国计民生的根本性问题。破解乡村振兴难题，路在何方？童禅福先生所著的《走进新时代的乡村振兴道路——中国'三农'调查》一书，对乡村振兴路径提出了非常有益的探索，使广大党员干部群众看到了乡村振兴的广阔前景和希望。

　　此书是一本研究中国"三农"问题和乡村振兴道路的专著，共计约 31 万字，由人民出版社出版，探讨了在加速推进工业化、城镇化、城乡一体化的进程中，"空壳村"、留守儿童、土地抛荒、农村养老等一系列问题。人民出版社副总编辑陈鹏鸣表示："乡村振兴战略，究竟怎么振兴，应该说各地还得结合自己的实际振兴。像福利型的、集体化的道路，这种振兴是一条道路。当然，各地还得结合自己的实际，探索乡村振兴的途径。这本书的出版，我们是希望能够为广大的农村工作者、关注'三农'的读者，提供解决'三农'

问题的钥匙。"

作为浙江省文史研究馆馆员，作者童禅福是一位 74 岁高龄的"老记者"。50 多年来，他秉承着把基层"跑遍、跑深、跑透"的"三跑"调研精神，密切关注"三农"问题，访遍千村万户，相继写出 200 多篇调查报告。该书由 12 个重要章节组成。作者将河南、河北、天津及东南沿海的浙江等地的 8 村 1 乡作为考察重点，概括、提炼，总结出一条以新集体经济为主体的农村共同富裕之路。天津市西青区的王兰庄村和蓟州区的郭家沟村作为农村集体经济发展的典型代表被收录进本书。作者童禅福说，他选择的这 2 个村子是非常有代表性的："我就是要选一个城乡结合的乡村，这个村庄通过集体经济的道路融进城市，全国我就选了这个点——王兰庄。30 年前它就把资源进行了整合，发展到今天，我觉得这是一条非常好的路。郭家沟是一个很小的村，地处山间。习近平总书记提出绿水青山就是金山银山，这个地方确实是一个绿水青山的地方。怎样把这些绿水青山变成金山银山？这个村庄经过集体资产整合发展，3 年时间就发展到人均收入达 7.5 万元。这 2 个典型一个在城郊，一个是山村，不同的办法，却都走上了共同富裕的大道。"

新书发布会后，人民出版社向天津市 100 个农家书屋赠送了这部书。本次发布会的举办地——李七庄街王兰庄村是童禅福书中所列举的一个乡村振兴的样板。王兰庄的探索实践，也为我国乡村振兴战略添加了一个生动的注脚。

昔日的"穷困村"变成了"花园村"，这里的 720 户 2216 人已过上了新时代社会主义福利型的新生活。

天津市西青区王兰庄村党支部书记郭宝印说："党的十九大提出乡村振兴战略，给我们提出了一个新的要求。第一，我们想搞一个以集体经济为主、其他民营经济结合的发展模式，带动全村经济的发展。第二，我们想围绕服务城市来发展我们自己。第三，还有一个文化的发展，所以我们想通过家风、家训、家教，提高村里全民的素质，达到党的十九大提出的要求。"

　　中国出版传媒商报主任记者樊国安在深入阅读了这本书之后表示，作为一名同行，他从中了解了大量社情民意，其中既有关于乡村发展的思考，更有表达心系"三农"、关注民生的调查和建议。童禅福用一部书，为高层领导决策提供依据，为基层百姓解决困难。这是一个新闻工作者今后应当发扬传承下去的可贵精神。"习近平总书记提出新闻界的记者要想有一个深入调研，就要跑，跑到基层去。我觉得，跑农村、跑基层、接地气，童禅福作为一位老记者，他已经做到了。"

京津冀图书展览会新书分享会

《走进新时代的乡村振兴道路
——中国"三农"调查》
受到读者高度称赞

2018 年 5 月 31 日，人民出版社带着《走进新时代的乡村振兴道路——中国"三农"调查》等新书参加了中国出版协会、河北省廊坊市委宣传部等单位联合举办的首届京津冀图书展览会。在新书分享会上，不少读者拿着新购的童禅福的著作请作者签名留念。

在新书分享会上，中国出版协会副秘书长刘丽霞在讲话中说，在京津冀图书展览会上，我们专门举办了新书分享会，特邀请人民

新书作者童禅福与小读者在一起

出版社带着《走进新时代的乡村振兴道路——中国"三农"调查》等新出版的书参会，具有特殊意义。今天介绍的这本书的作者童禅福就与农业、农村、农民有着不解之缘。他来自农村，大学毕业后从事新闻工作，后来又走上领导岗位。曾获全国广电系统优秀记者、浙江省优秀党员和全国先进工作者，该得到的荣誉和头衔他都有了。他从浙江省民政厅副厅长的岗位退下以后，本该好好安度晚年，尽享天伦之乐，但是，他心怀感恩之情，肩负历史责任，始终心系"三农"，脚步不停地为中国农民的富裕和幸福奔走、呼唤，他走访千村万户，去寻求解决"三农"问题之路，最终他在书的序言中提出："建立以新集体经济为主体、多种经济成分并存的社会主义乡村新社区，是新时期中国通向共同富裕的历史必然和发展趋势。" 74岁，他终于完成了《走进新时代的乡村振兴道路——中国"三农"调查》这部 30 多万字的"三农"著作，这是童禅福同志为"三农"做出的巨大贡献。

会后，《走进新时代的乡村振兴道路——中国"三农"调查》一书受到广大读者的高度称赞，几位农民读者拿着签名的书，深情地对作者说："回去我们好好读读这部书。"

李亦馨

《中华读书报》2019年6月12日报道

新时代的乡村振兴之路

童禅福先生所著《走进新时代的乡村振兴道路——中国"三农"调查》一书，最近已由人民出版社出版，读后颇有感触。今年是我国改革开放40周年。众所周知，中国全社会的经济改革是从乡村开始的，经过40年的发展，"三农"问题仍然是我国现代化进程中的一个关键问题，成为进一步深化改革的焦点。改革起始于乡村，还须重回乡村。习近平总书记在党的十九大报告中指出："农业、农村、农民问题是关系国计民生的根本性问题，必须始终把解决好'三农'问题作为全党工作重中之重。"如何遵循习近平总书记所提出的"按照产业兴旺、生态宜居、乡风文明、治理有效、生活富裕的总要求"，深化乡村改革，健全城乡融合的发展机制，进一步推进农村现代化，是我国当前社会整体发展所面临的一个基本问题。在妥善解决"三农"问题、振兴乡村成为"重中之重"的时代背景之下，童禅福先生这部著作的出版可谓适逢其时，为我们提供了值得借鉴的乡村建设与振兴的实践经验。

童禅福先生的这部书，不是一部"写"出来的作品，而是一部"跑"出来的著述。作为一名"全国先进工作者"和曾获得首届范长江新闻奖提名奖的资深记者，童先生十分善于"跑"，他"跑"遍大江南北，以河南刘庄村、河北周台子村、天津王兰庄村、浙江航民村及滕头村等8村1乡为标本，实地走访，深入调研，如实记述了这些村庄在漫长历史过程中所走过的道路与变迁。本书所记事件的

《中华读书报》2019 年 6 月 12 日报道

时间跨度，从 **1949** 年到 **2017** 年，长达近 **70** 年。从土地改革到互助组、初级社、高级社、人民公社，再到党的十一届三中全会后全国推广土地家庭联产承包责任制，直至如刘庄村、滕头村等乡村所实行的土地适度集中、发展乡镇企业、壮大集体经济的"集体制"，都做了客观翔实的记录。正是基于大量的实地调研数据，又鉴于当前农村土地家庭承包责任制下所普遍存在的某些基本问题，以刘庄村、航民村、滕头村等仍实行"集体制"而实现了集体富裕的乡村为对比范本，作者提出了"以新集体经济为主体、多种经济成分并存的社会主义乡村新社区"概念，为新时代乡村振兴之路做出了积极的有益探索。

回顾近 **70** 年来中国社会的整体历史发展过程，以土地所有权制度为核心的中国农村社会所经过的巨大变迁，大致有几个重大历史节点：一是中华人民共和国成立初期的"土地改革"，这一与千千万万农民切身利益相关的土地制度的革命性变革到 **1952** 年底基本完

新时代的乡村振兴之路

评童禅福《走进新时代的乡村振兴道路——中国"三农"调查》

浙江大学哲学系
硕士主任、博士生导师　董平

观点

◇ 在妥善解决"三农"问题、振兴乡村成为"重中之重"的时代背景之下，童禅福先生这部著作的出版，可谓适逢其时，为我们提供了值得借鉴的乡村建设与振兴的实践经验。

◇ 童禅福先生的这部书，不是一部"写"出来的作品，而是一部"跑"出来的现代化。

◇ "三农"问题的实质，是如何真正实现农村现代化的问题。没有农村的现代化，就没有国家的现代化。

◇ 将土地的所有权、承包权、经营权三权"分置并行"，无疑是新时代农村改革、乡村振兴的又一次重大制度创新。

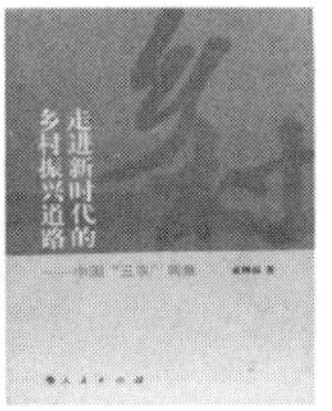

童禅福先生所著《走进新时代的乡村振兴道路——中国"三农"调查》一书，最近已由人民出版社出版，读后颇有感触。当下周知，中国社会的经济改革是从乡村开始的，经过四十年，"三农"问题始终是我国现代化进程中的一个关键问题，可谓深化改革的焦点。改革起始于乡村，还强调回归乡村。习近平总书记在党的十九大报告中明确指出："农业农村农民问题是关系国计民生的根本性问题，必须始终把解决好'三农'问题作为全党工作的重中之重。"如何遵循习近平总书记所提出的"经限产业兴旺、生态宜居、乡风文明、治理有效、生活富裕的总要求"，深化乡村改革、健全城乡融合的发展机制，进一步推进农村现代化，是我国当前社会整体发展所面临的一个基本问题。在妥善解决"三农"问题、振兴乡村成为"重中之重"的时代背景之下，童禅福先生这部著作的出版，可谓适逢其时，为我们提供了值得借鉴的乡村建设与振兴的实践经验。

童禅福先生的这部书，不是一部"写"出来的作品，而是一部"跑"出来的现代化。作为一个全国先进工作者、全国劳模曾经的"浙江新闻奖"操刀党的资深记者，童先生十分善于"跑"，他"跑"遍大江南北，以同南刘庄村、河北随庄村、天津三治庄村、浙江凤民村、滕头村等8村1乡为标本，实地走访，深入调研，如实记录了这些村庄在漫长历史过程中所走过的道路与变迁。本书所记事件的时间跨度，从1949至2017年，长达近70年。从土地改革、互助组、初级社、高级社、大公社，再到党的十一届三中全会全国推广土地家庭联产承包责任制，直到对刘庄村、滕头村等乡村所实行的土地集体集一化，发展乡镇企业、壮大集体经济的"集体制"，都做了系统翔实的记录。正是基于大量的实地调研数据，又基于当前农村土地家庭承包责任制下所还存在的某些基本问题，以刘庄村、随庄村、滕头村等奉行"集体制"而实现了集体富裕的乡村为对比的范本，作者提出了"新集体经济为主体、多种经济成分并存的社会主义乡村新社区"概念，为新时代乡村振兴之路做出了积极的探索与思考。

童禅福先生是浙江开化县人，他对浙江乡村的现代化发展成就尤为欣喜。当然，他对浙江乃至中国乡村现代化过程中所出现的种种问题也并不讳言。根据作者的考察，"三农"问题之所以如此突出，成为全国关注的焦点，主要有两个方面：一方面是土地承包责任制经营方式在长期运作过程中所产生的问题，实际上不利于耕作管理和培养地力，"第二是不利于农田建设"，"第三是不利于规模经营和产业培育"，尤其在耕地资源相对匮乏的地区，土地"碎片化"现象突出。另一方面，随着城市化的迅速发展，农民大量离开土地，进城打工，逐渐丧失对土地的热情，农村土地闲置、抛荒现象相当普遍，尤其相对偏远的地区，出现了大量的"空心村"，农村养老问题、留守妇女、留守儿童问题、教育与衔接问题，成为广泛关注的社会问题。与此形成鲜明对比的是，那些奉行"集体制"的乡村，则实现了共同富裕，成为全国瞩目的典型例子，表明生产资料的集体化制度，不仅没有在现代化过程中丧失其优势与功能，反而体现出了个体化生产所不可比拟的优越性。通过对庄等8村1乡的集体致富道路的切实调查研究，作者提出了"新集体经济为主体、多种经济成分并存的社会主义乡村新社区"的思考，论述了实现这一"新社区"创建的"三大要素"：一是"要有一个坚强的领导核心"。

这些坚持走集体化道路而实现了富裕的典型例子，表明生产资料的集体化制度，不仅没有在现代化过程中丧失其优势与功能，反而体现出了个体化生产所不可比拟的优越性。通过对庄等8村1乡的集体致富道路的切实调查研究，作者提出了"新集体经济为主体、多种经济成分并存的社会主义乡村新社区"的富有建设性的思考，并论述了实现这一"新社区"创建的"三大要素"：一是"要有一个坚强的领导核心"。

"三农"问题的实质，是如何真正实现农村现代化的问题。没有农村的现代化，就没有国家的现代化。如何使广大农民能够充分享有国家经济现代化过程所带来的经济发展成果，实现教育、医疗、文化、养老保险等社会公共生活保障体系的城乡一体化，从根本上、制度上消除城乡差别，是问题的核心。如何实现农业传统生产方式转型，形成崭新产业链，吸引农业人口从返乡创业，这是解决"三农"问题的关键。

将土地的所有权、承包权、经营权三权"分置并行"，无疑是新时代农村改革、乡村振兴的又一次重大制度创新。"8村1乡"所走过的集体化道路的实践表明，对包括土地在内的生产资源实行集体化经营，形成以新型集体经济为主体、多种经济成分并存的崭新格局，建立与新型生产方式相适应的分配机制，是解决"三农"问题、实现乡村振兴的有效途径，是崭新形势下的一种制度创新。

童禅福先生以实"跑"出来的诠释，以刘庄村等"8村1乡"为实例，确凿无疑地记载并予以勾勒了走向集体经济为主体、多种经济成分并存的乡村现代化的历程，又基于时代视阈，其于对乡村振兴系统性、协同性的探讨，展示了新时代乡村振兴的问题困境，揭示了新时代乡村振兴的前瞻性的问题困境，揭示了乡村的未来愿景。"人�之望，天下为公"，"使老有所终，壮有所用、幼有所长，鳏寡孤独废疾者皆有所养"，作为一个中华儿女、乡村的儿女，我们同乡村振兴之路奋斗。

《今日千岛湖》2019年7月11日第5版"理论与实践"

童禅福在淳安农村调研。　　摄影 韩香云

书香一脉

新时代的乡村振兴之路

评童禅福《走进新时代的乡村振兴道路——中国"三农"调查》

董平

童禅福先生所著《走进新时代的乡村振兴道路——中国"三农"调查》一书，我读后颇有感触。点燃燃起中国乡村的经济改革是从乡村开始的，经过40年，"三农"问题依然是我国现代化进程中的一个关键问题，成为进一步深化改革的焦点。改革起始于乡村，还须复归乡村。习近平总书记在党的十九大报告中指出"农业农村农民问题是关系国计民生的根本性问题，必须始终把解决好'三农'问题作为全党工作重中之重。在要言解决'三农'问题、振兴乡村成为'重中之重'的时代背景之下，童禅福先生这部著作的出版，可谓适逢其时，为我们提供了值得借鉴的乡村建设与振兴的实践经验。

这不是一部"写"出来的作品，而是一部"跑"出来的著述

"三农"问题突出的根源，主要在于两个方面

"三农"问题的实质，是如何真正实现农村现代化的问题

《书香一脉》中小学生主题读书（1）

"衢州有礼·知书达礼"

开栏话：最近，我市首届"衢州有礼·知书达礼"中小学生主题读书活动落下帷幕，活动吸引了众多小读者踊跃参与，饱享阅读中增长了学识，提升了品德，也有力地推进了"衢礼圣地·衢州有礼"城市品牌建设。本次活动共评出一等奖17名，二等奖35名，三等奖39名，优秀辅导奖8名。本报今起选择代表一等奖作品，与读者一起感受书香魅力，少年阅读的良好氛围。另外，第二届"衢州有礼·知书达礼"中小学生主题读书活动也已经启动，欢迎中小学生踊跃参与，相关的阅读推荐图书在书市新华书店有奖售购机。

对不起，严监生！

《衢州日报》2019年8月5日第6版"人文·悦读"

成，广大农民获得了土地所有权；二是从 1953 年 12 月中共中央通过《关于发展农业生产合作社的决议》，推行农业生产合作化，从互助组、初级社到高级社，掀起了中国农村的社会主义高潮，到 1956 年底，广大农村的"合作化"制度基本完成，土地所有权由个人所有转变为集体所有；三是从 1958 年 8 月开始，旋即迅速向全国推行的"人民公社"制度，到 1961 年，全国农村以土地为核心的生产资料所有权，确立为人民公社、生产大队、生产队"三级所有、队为基础"的集体所有制；四是 1978 年党的十一届三中全会以后，实施全面经济改革与开放政策，农村实行土地家庭联产承包责任制，土地再次被"分配到户"经营，但土地所有权仍为集体所有。

广大农民在这一历史过程中的经历是复杂的，既有喜悦，又有艰辛。作者在本书中以诸多实例表明："公社化"以前基于土地集体所有的农业生产合作制度，确乎有其独特的优越性，如浙江省的松崖村与千鹤村、河南省刘庄村等，都迅速实现了农业生产丰收，提高了百姓的生活水平。但"大跃进""公社化"之后，"浮夸风"盛行，生产"大呼隆"，严重挫伤了农民的生产积极性，最终使农村经济发展陷入停滞状态。改革开放之后，全国实行土地家庭联产承包责任制，这一生产方式的重新调整，重新激发起了农民的生产积极性，并迅速取得成效，基本解决农民的温饱问题。但作者在实地调研中关注到，农村经济的发展，"在经历了几年短暂的繁荣之后，很快就陷入徘徊和停滞"。其根本原因是，"20 世纪 90 年代以来，以家庭联产承包责任制为主要内容的小农经济已经不能解放生产力、发展生产力，提高农业生产能力，改善农业生产条件，推进新时代农业现代化，'三农'问题自然也由此逐渐凸现了出来"。

按照作者的考察，"三农"问题之所以越来越突出，成为全面建成小康社会的一个重中之重，根源主要有 2 个方面：一方面，土地承包责任制经营方式在长期运作过程中所产生的问题，突出表现在"三个弊端"："第一，不利于耕作管理和培养地力"；"第二，不利于农田建设";"第三,不利于规模经营和产业培植",尤其在耕地资源相对匮乏的地区,土地"碎片化"现象突出。另一方面,随着城市化的迅速发展,农民大量离开土地,进城打工,逐渐丧失对土地的热情,农村土地闲置、抛荒现象相当普遍。与此相伴的是,出现了大量的"空壳村",农村养老问题,留守妇女、留守儿童问题,医疗保险、学校教育问题等,成为"三农"问题中亟待解决的最主要问题。与此形成鲜明

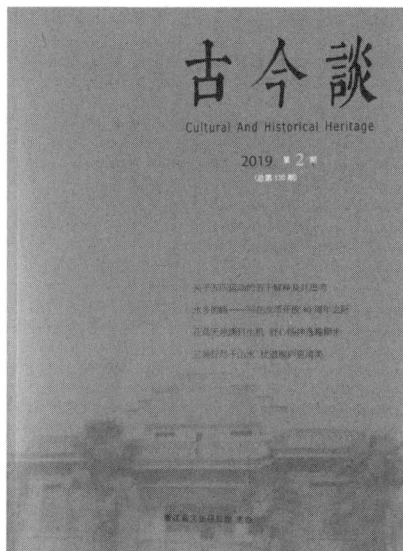

《古今谈》刊登本文
《新时代的乡村振兴之路》

对比的是,那些仍然实行"集体制"的乡村,则实质上不存在"三农"问题。河南省刘庄村在史来贺的带领下,一直实行"集体制",以村为经济核算单位,逐渐走上以高科技医药产业为主、农工贸一体化的新型乡村发展道路,2015年全村工业产值超过30亿元,人均可支配收入达到3.7万元,农民实行退休制,完全成为"乡村都市"。"这里没有暴发户没有贫困户,家家都是富裕户。"同样不愿搞承包而坚持走集体化道路的浙江省滕头村,2016年人均可支配收入超过6.5万元,男60岁、女55岁以上者,每月可享受福利金2000元,村内实现了从小学到大学的免费教育,考取大学、研究生,村里发给奖学金。大家都知道被称为"中国农村改革第一村"的安徽小岗村,当年为土地个体承包而摁下手印、立"生死状"的故事。但河北周家庄乡的民众,却在1982年11月为坚持走集体化道路而摁下3055个手印。到了2016年,周家庄乡人均纯收入达到19085元,村民们还享受着乡里大量的集体福利。

这些坚持走集体化道路而实现了集体富裕的典型例子，表明生产资料、土地资源及生产方式的集体化制度，不仅没有在现代化过程中丧失其优势与活力，反而体现了个体化生产所不可比拟的优越性。通过刘庄等 8 村 1 乡集体致富道路的切实调查研究，作者提出了创建"以新集体经济为主体、多种经济成分并存的社会主义乡村新社区"的富有前瞻性的思考，并论述了实现这一"新社区"创建的"三大要素"：一是"要有一个无私、干练、能干事的带头人，并依靠坚如磐石的党组织创大业"；二是"抓好集体生产支柱产业的开发，以强大的经济实力支撑起新时代的新集体经济乡村新社区的平台"；三是"村上的资源只有实行整合，实现集体所有、集体经营，集体经济才会逐日壮大，村才会兴旺，民才会富裕，村民们才不会走上两极分化"。在这"三大要素"中，第一要素是政治保证，第二要素是经济保证，第三要素是资源保证。"只要这三大要素具备了，解决好了，村集体经济就一定会健康发展，村民们也一定会幸福安康。"

"三农"问题的实质，是如何真正实现农村现代化的问题。没有农村的现代化，就没有国家的现代化。如何使广大农民能够充分享有国家整体现代化所带来的经济发展成果，实现教育、医疗、文化、养老保险等社会公共生活保障体系的城乡一体化，从根源上、制度上消除城乡差别是问题的核心。如何实现农业传统生产方式转型，形成新型产业链，吸引农业人口从城市回流，是解决"三农"问题的关键。如何构建生态宜居的农村新型生活社区，重建人与自然和谐的良性互动关系，实现美丽乡村，是新时代乡村振兴所要达成的基本目的。童禅福先生在本书中所重点记述的刘庄村等 8 村 1 乡的集体化道路，在某种意义上就是建设"社会主义乡村新社区"的实验，为新时代乡村振兴提供了足资借鉴的模式与经验。在这些乡村，除了有一个坚强的领导集体之外，几乎无一例外地实现了传统农业生产方式向现代化市场经济的转型，农业、工业、商业互为补充，形成了新产业链，在市场经济条件下实现了农业供给侧改革，最终目的是产业链在转变提升中产生的价值和红利让村民们共同享有。一个村就是一个新型的经济综合体，具备了农工贸一体化的产业集群特点，资源实现了集约化的有效利用，生产力得到有效释放，生产效率得到有效提升。随着农民进入市场组织化程度的提高，产品的市场竞争力得以强化，生产经营者的收入得以大幅增加。在这些乡村，村民既是一个利益共同体，也是一个道德共同体，他们能够共享村集体经济发展所带来的效益与成果，同时也都自觉参与到乡村自治与管理之中。这些乡村，无一例外地实现了村民生活社区的重新规划，生态宜居的美丽乡村已经不是未来的期盼。

将土地的所有权、承包权、经营权"三权分置"并行，无疑是新时代农村改革、乡村振兴的又一次重大制度创新。8 村 1 乡所走过的集体化道路的实践表明，对包括土地在内的生产资源实行集约化经营，形成以新集体经济为主体、多种经济成分并存的新格局，建立与新型生产方式相适应的分配机制，是解决"三农"问题、实现乡村振兴的有效途径，是新形势下的一种制度创新。应当指出，"三权分置"并不是否定土地家庭联产承包责任制，农村由农民的个体化经营向以新集体经济为主体的生产方式的转变，更不是重新走回到"公社化"生产的老路，而是针对不同社会历史条件之下所出现的新"三农"问题，为加快推进农业现代化进程而采取的对治方略。"穷则变，变则通，通则久"，基于社会现实的历史性变动而适时调整制度设施，因时制宜，与时偕行，使现实制度能够与人民生活的实际情态相适应，正是实事求是这一党的根本原则的体现，也是中国传统文化基于时代格局的现实变动而制定切实有效的治理方略之政治管理智慧的体现。

童禅福先生这本"跑"出来的著作，以刘庄村等 8 村 1 乡为实例，既如实记载了他们坚定走以新集体经济为主体、多种经济成分并存的乡村共同富裕道路的历程，又基于时代现实，基于强化农村改革的系统性、整体性、协同性而提出了富有前瞻性的深刻思考，预示了新时代乡村振兴的未来前景。"大道之行也，天下为公"，"使老有所终，壮有所用，幼有所长，矜寡孤独废疾者皆有所养"，人们能够"出入相友，守望相助，疾病相扶持"，我们期待着新时代乡村振兴新局面的出现，能够实现中华民族的先贤所提出的这一伟大梦想。

（作者董平，浙江大学哲学系原系主任，博士生导师）

本文曾刊于 2019 年第 2 期《古今谈》

本文曾刊于 2019 年 6 月 12 日《中华读书报》

本文曾刊于 2019 年 7 月 11 日《今日千岛湖》

《人民日报》2018 年 7 月 10 日报道

一位"农民老记者"的深情阐述

——《走进新时代的乡村振兴道路
——中国"三农"调查》读后感

　　童禅福把《走进新时代的乡村振兴道路——中国"三农"调查》送到我手上的时候，我不由得吓了一跳，这一 30 多万字的中国"三农"调查报告，几乎涵盖了东西南北中的中华大地，这是空间；也几乎跨越了新中国的 70 年历史，这是时间。曾经长期担任广播记者，后又在政府领导岗位上辛劳的童禅福，年届 73 了，居然捧出这么一本著作，献给中国特色社会主义走进的新时代，我是打心眼里佩服，很少写读后感一类的文字，眼泪竟不由自主地流淌了出来。

　　写作是需要真情实感的，即使是长篇通讯、报告文学，甚至是理论色彩很浓的调查报告，有真情实感和没有真情实感写出的效果是不一样的。老童出身农民家庭，后来还成了新安江移民，他对农业、农村、农民的感情几乎与生俱来。别的不说，20 世纪 80 年代末，已经成为国家广播电视系统优秀记者的童禅福，接受了当时的人民日报社总编辑邵华泽的任务，开始撰写反映新安江移民的报告文学，本来是计划 3 年完成的，但是越深入移民，他的感情波涛越汹涌澎湃，结果一发而不可收，先后赴 8 个省市 22 个县区，扎进了 1000 多户移民家庭，用了 20 年时间，才让人民文学出版社出版了他的大型报告文学《新安江大移民》。这期间，他的工作岗位一换再换，行政级别一升再升，但是他心系故乡农民，这些情意深深地镌

人口是提升创新力的重要因素

新书架

大草原痴情的歌者

——读艾平散文集《聆听草原》

一位「农民老记者」的深情阐述

——《走进新时代的乡村振兴道路——中国「三农」调查》读后

刻在字里行间。我当时担任浙江广播电视集团总编辑，读到《新安江大移民》时，深深地为这位从我们集团出去的广播老记者感到骄傲，骄傲的基点就是他的真情实感。其时我也刚出任浙江省作家协会主席，为我们浙江文学界有了这个重大收获而颇为兴奋。

现在我在老记者的前面要加上"农民"两字，很显然，老童一个带着全套农民本色的老记者的真情实感全然反映在他对农业、农村、农民的思考和寻访上。我前面提到过一个时空概念，童禅福跑过了近千个村庄，思虑了"三农"走过的 70 年历史，也用了一个只要有一般阅读能力就能够读懂的文字体现，他是一心想把新时代的乡村振兴从心里面往外捧啊，他是要我们的农民兄

《光明日报》刊发程蔚东《走进新时代的乡村振兴道路——中国"三农"调查》的读后感

弟都来思考乡村振兴的道路啊。我读着他的这本《走进新时代的乡村振兴道路——中国"三农"调查》，几乎感觉到他的呕心沥血。一位 90 多岁的老太太，在他的循循善诱下，竟然让当年的土改细节都栩栩如生；在 2017 年的梅雨季节，他走进仙居县云舍村，他不是去

云游古村落，而是在一片危房面前思考有着 800 年历史的村庄振兴问题；一些地方大兴文化礼堂建设，他在深入乡村尤其是一些偏僻地方时，发现了有礼堂没文化的现象，他还进一步发现，出外打工的青年农民回乡，也把文化带到礼堂来；2017 年 10 月 18 日的晚上，他在自己的书斋里，找出了党的十一大到十八大的所有政治报告，寻找我们的顶层设计在乡村振兴上的沿革变化。"解决好农业、农村、农民问题，事关全面建设小康社会大局。"就集体经济而言，党的十六大报告提出"壮大集体经济实力"，党的十七大提出"增强农业综合生产能力，发展乡镇企业，壮大县城经济"，党的十八大提出"壮大集体经济实力"，到了党的十九大，报告中再一次明确要求"壮大集体经济"。他意识到集体经济的壮大，是乡村振兴的根本，为此他把已经和出版社签好的协议中确定的出版时间推迟了，又做了一番调查研究，在抉择道路的几章里，又增添了一些壮大集体经济的生动事例。为此，他不仅深入浙江几处地方，还赶往天津等地，走村串户，把滕头村、郭家沟、王兰庄等地的集体经济兴旺之路做了全面阐述，提出了"三农"问题的解决必须建立以新集体经济为主体的社会主义乡村新社区的主张。所有这一切，都是因为童禅福的双脚深深地扎在农村的土地上，脑袋深深地思考着农业的发展，情感深深地系在农民的心坎上。

童禅福对"三农"问题的真情实感，也体现在他的真诚阐述上。

《浙江作家》2018 年第 2 期刊发

党建网报道

就集体经济的发展，他表述了新中国成立初期的农民获得土地后的喜悦，也表达了让土地进入合作社的农民情怀，这让我想起柳青的《创业史》和浩然的《艳阳天》。他也表述了改革开放初期实行农民联产承包责任制的历史趋势，写金华老书记厉德馨的一章，有对党的实事求是思想路线的生动描述，时任浙江省委书记铁瑛对厉德馨的一番细心交代，今天读来，可以给我们带来多么重大的历史反思和进一步改革开放的时代勇气。即使在所谓"分田单干"的浪潮中，许多地方对集体经济的保护和发展，实际上有力地推动了乡镇企业和民营经济的蓬勃发展。他也通过详尽的调查，准确地表述了"八二宪法""土地归国家所有"和农民获得承包权、经营权等权益并且长期不变的历史性选择，是中国特色社会主义新农村的厚实基座，也是党的十八大以来农村集体经济得以进一步壮大的根本。童禅福用了大量的篇幅，描写了在壮大集体经济的背景下，我国一些著名乡村的新景象，从某种意义上讲，也描述了我国实施乡村振兴战略以后的灿烂明天。老童的良苦用心是显而易见的。

现在，我们有必要完整地读一下习近平总书记在十九大报告中对实施乡村振兴战略的重要嘱托。"实施乡村振兴战略。农业农村农民问题是关系国计民生的根本性问题，必须始终把解决好'三农'问题作为全党工作重中之重。要坚持农业农村优先发展，按照产业兴旺、生态宜居、乡风文明、治理有效、生活富裕的总要求，建立健全城乡融合发展体制机制和政策体系，加快推进农业、农村现代化。巩固和完善农村基本经营制度，深化农村土地制度改革，完善承包地'三权'分置制度。保持土地承包关系稳定并长久不变，第二轮土地承包到期后再延长三十年。深化农村集体产权制度改革，保障农民财产权益，壮大集体经济。确保国家粮食安全，把中国人的饭碗牢牢端在自己手中。构建现代农业产业体系、生产体系、经营体系，完善农业支持保护制度，发展多种形式适度规模经营，培育新型农业经营主体，健全农业社会化服务体系，实现小农户和现代农业发展有机衔接。促进农村一二三产业融合发展，支持和鼓励农民就业创业，拓宽增收渠道。加强农村基层基础工作，健全自治、法治、德治相结合的乡村治理体系。培养造就一支懂农业、爱农村、爱农民的'三农'工作队伍。"

读完农民老记者童禅福的《走进新时代的乡村振兴道路——中国"三农"调查》，我们可以明显地感受到他的真情阐述是在一个怎么样的历史高度和鲜活的现实意义上。我也真诚地感谢老童，让我有机会在一个集中的时间里，对中国的"三农"问题有了一些思考，为中国农业、农村、农民的明天平添了一些振奋。

（作者程蔚东，浙江广电集团原总编辑、浙江省作家协会原主席）

本文曾刊于 2018 年 6 月 13 日《光明日报》

本文曾刊于 2018 年 7 月 10 日《人民日报》

　　新书作者出生于农村，大学学农，走上新闻岗位后，主要关注"三农"报道。近50年的工作经历中，曾写出主要为"内参形式"的调研报告200多篇，有的是一昼夜赶写而成，有的是长达5年、10年甚至几十年打磨而成，不少调研报告在全国和省级评比中得过大奖。副省级以上领导直至习近平、胡锦涛、温家宝等中央和国家领导在新书作者所写的调研报告上批示过的，超过100人次，仅原浙江省委书记赵洪祝就在新书作者18篇调研报告上做过批示。他思考谋事的建议为高层领导决策提供依据，有的甚至形成党委、政府文件下发，有的帮助省委、省政府解决了难题，还有反映社情民意的调研报告为平民百姓解决了困难，解除了疾苦。《走进新时代的乡村振兴道路——中国"三农"调查》出版后，为使新书发挥更大效益，作者又精心编写了《实行土地合作与联合　发展新型集体经济》的内参，人民日报社在2018年12月底编发了，国务院参事室在2019年1月初也编发了。

"老记者"童禅福：
调研"三农"50 年，乡村振兴著鸿篇

——《走进新时代的乡村振兴道路
——中国"三农"调查》撰写记

　　编者按：党的十九大报告中首次明确提出"实施乡村振兴战略"和"壮大集体经济"。前不久，《中共中央国务院关于实施乡村振兴战略的意见》对实施乡村振兴战略进行了全面部署，对谋划新时代乡村振兴进行了顶层设计。出版业在乡村振兴中也有着重要地位和积极作为——人民出版社近日新鲜出炉的重点图书《走进新时代的乡村振兴道路——中国"三农"调查》就是一个典型事例。作者为浙江省文史研究馆馆员童禅福。这位 74 岁高龄的"老记者"以把"基层跑遍、跑深、跑透"的"三跑"调研精神，以对"三农"深刻的理解和深厚的感情，足迹遍及大江南北千村万户，撰写了这本对乡村振兴具有重要实证意义的书。本期大篇幅报道童禅福的优秀事迹，作为商报的首次探索，今后还会聚焦精品力作背后的感人故事，以及成书过程中的点点滴滴。作为行业权威媒体，既站在产业行业高度，又接地气提供解决方案，不断推出像童禅福这样具有"三跑"调研精神的优秀作者、出版者，是我们的天职。

　　日前，韬奋出版奖获得者、人民出版社社长黄书元和首届范长江新闻奖提名奖获得者童禅福的双手紧紧握在了一起："您撰写的《走进新时代的乡村振兴道路——中国"三农"调查》生动、形象地

阐述了乡村振兴的伟大战略，对新时代社会主义新农村建设具有典型示范意义，我们决定作为重点图书予以出版。"听到中国出版第一社掌门人肯定的话语，童禅福先生激动地回答："人民出版社是我'圆梦'的福地——这部书稿是我50多年调研'三农'问题和关注乡村振兴的'圆梦'之作。"

为乡村振兴楷模放歌

童禅福先生说："作为一个农民的儿子，对农作物耕种收割我是熟悉的，对农村这片土地我是熟悉的，对农民生活状况我是熟悉的。从浙江农业大学毕业后，无论是当记者，还是后来在省级机关工作，我一直对'三农'问题予以密切的关注。在50多年的岁月里，我走进了近千个村庄，访问了约万户农家，相继写出了调查报告200多篇，《走进新时代的乡村振兴道路——中国"三农"调查》的书稿就是在这样的背景和基础上撰写而成的。"

2015年初，浙江省文史研究馆选择"兰溪市农村文化建设"课题进行调研。参加调研的童禅福先生敏锐地发现，"三农"问题的根子在土地，在于土地的管理和经营，这是关系乡村振兴与否的关键所在。于是他油然而生一种强烈的使命感：继续深入农村调查研究，挖掘为乡村振兴奋力拼搏、带领农民共同致富的先进楷模。从此，他奔赴浙江、河南、河北和天津，大江南北的土地上都留下了他的足迹，一批坚持走新集体经济道路、促进乡村振兴的先进楷模映入他的眼帘——浙江省东阳市花园村党支部书记邵钦祥自己富了，不忘乡亲，自掏腰包给村集体"搭台"，鼓励村民们"上台唱戏"，集体经济壮大了，全村人也富了。天津市西青区王兰庄村党支部书记郭宝印把"心系群众、甘当公仆"写进自己的人生坐标，带领全村人走共同富裕的道路，建成了福利型社会主义乡村新社区。天津市蓟州区郭家沟村党支部书记胡金领，顺应民意把承包到户的土地再次集中起来由集体统一经营，依托"绿水青山就是金山银山"开展山村特色旅游，把一个昔日的穷山沟变成了"金山银山"，家家户户致富了。浙江省滕头村党委书记傅企平恪守"要求村民做到的，党员干部首先做到；要求党员干部做到的，党委成员首先做到；要求党委成员做到的，党委书记首先做到"的"三先"原则，凭着"一犁耕到头"的无私精神，带领大家走上了一条共同致富路。浙江方林村党支部书记方中华坚持走新集体经济致富之路，建成了家家都是富裕户的社会主义乡村新社区。这批乡村振兴先进人物带领的 8 村 1 乡出现了没有暴发户没有贫困户、家家都是富裕户，没有一个上访户，和谐稳定、欣欣向荣的喜人景象，成为所在省乃至全国的明星村，有的甚至名扬世界。8 村 1 乡的领头人全是所在省乃至全国的先进人物，有的还参加了全国党代会、人代会、政协会。习近平、李克强等党和国家领导人分别视察过其中的不少村庄。河北省滦平县周台子村的带头人范振喜还出席了党的十七届三中全会，直接面对面地就"三农"问题向中央领导提建议……这批可歌可泣的乡村振兴楷模英雄群像全部被童禅福先生挥动深情之笔收录在《走进新时代的乡村振兴道路——中国"三农"调查》一书之中。

为乡村振兴孜孜"寻路"

经过多年对"三农"的调查研究，为新时代乡村振兴破题"寻路"的重大思考一直萦绕在童禅福先生的脑际：20 世纪 80 年代初全国推行的土地家庭联产承包责任制解决了几千年遗留下来的农民温饱问题。但是先富起来的如何带后富？共同富裕道路如何走？如何解决贫富差距造成的两极分化？《走进新时代的乡村振兴道路——中国"三农"调查》一书附录的《新农村建设中的难点和问题思考》等 5 篇调研报告，有力地体现了他对"三农"问题和乡村振兴孜孜"寻路"、深刻观察和前瞻性的思考。2016 年他在国务院参事室、中

CHINA PUBLISHING & MEDIA JOURNAL

中国出版传媒商报

（原《中国图书商报》）

2018年2月13日 星期二 第2406、2407期合刊 国内统一刊号CN11-0282 邮发代号1-217 国外代号D-4584

中央文明委召开第一次全体会议

中央精神文明建设指导委员会2月5日上午召开第一次全体会议，中共中央政治局常委、中央精神文明建设指导委员会主任王沪宁主持会议并讲话。中央精神文明建设指导委员会副主任黄坤明、中央文明委各成员单位有关负责同志出席会议……

国家工作大局，在贯彻新发展理念、推动高质量发展上下功夫，打通大数据和互联网……

"老记者"童禅福
调研"三农"50年 乡村振兴著鸿篇

《走进新时代的乡村振兴道路——中国"三农"调查》撰写记

■樊国安

为乡村振兴擂鼓放歌

童禅福……

（下转第4版）

■商报快讯

《中共中央国务院关于实施乡村振兴战略的意见》出版

中国出版传媒商报讯 2018年中央一号文件《中共中央国务院关于实施乡村振兴战略的意见》单行本，已由人民出版社出版，即日起在全国新华书店发行……（米）

团结出版社三十而立探索中小社改革发展路

中国出版传媒商报讯 2月7日，走过而立之年的团结出版社在举行建设会议、庆祝出版社30年改革发展取得的成绩，同时……

三万亿培训市场出版机构如何分羹？

■中国出版传媒商报记者 田红媛

2018年，我国教育培训行业市场规模将达2万亿。随着规模扩大，到2020年将达到……

敬告读者：
2月16日、20日休刊两期，祝广大读者新春愉快。

贺岁书

恭贺新禧

主管主办：中国出版传媒股份有限公司 出版：《中国出版传媒商报》社有限公司 地址：北京西三环北路19号中天大厦 邮编：100089 总编室电话：(010)88817702 网址：http://www.cpmj.com.cn
编辑部：(010)88810191-99 发行部：(010)88810715/27/28/39 广告部：京西工商广字第0199号 印刷：人民日报印刷厂 定价：298.00元

E-mail:372939654@qq.com

调研"三农"50年　乡村振兴著鸿篇

为乡村振兴"三跑"调研

为乡村振兴我找寻路

"中国十佳小康村"——先富带后富共同富裕的花园村

央文史馆主办的内刊《国是咨询》上发表了《历史大变局下的农村新集体经济》的调研报告，用浙江省东阳市花园村等一批坚持新集体经济、实现乡村振兴的实践证明"新集体经济推进了农村经济社会全面发展"，实现了"四个真正"：真正解除了农民的后顾之忧，坚定了广大农民的社会主义信仰、理想；真正实现了就地就近城镇化和城乡一体化；真正做到全村没有暴发户没有贫困户、家家都是富裕户；真正做到了物质文明、精神文明一起抓，农民群众生活丰富多彩。由此他决定撰写一部从根本上探索乡村振兴道路的书稿，"我撰写此书的初心就是要让天下人都来关心、重视'三农'，'三农'问题不解决、乡村振兴不起来要出大问题呀"。他举例为证：南方某省一个县级市政府牵头主办的现代庄园，把农民对土地的经营权流转出去，拿回的是 500—800 元数量不等的土地流转经营租金。农庄在原农民承包土地上开发旅游、观光、精品农业等产业，产生的产品增值效益与农民没有关系。也就是说，土地资本租金价值以外的升值效益农民无权享受，无权分红。农民只见庄园不见"果实"，成了新的失地农民。改革开放 40 年来全国几乎所有的农村，都面临 2 种选择、2 种前途——集体经济与小农经济，前者是通向共同富裕的道路，后者虽然一时解决了温饱问题，最后却只是极少数人发财致富，导致贫富悬殊。2 种不同的土地经营模式导致了截然不同的 2 种结果。童禅福先生对《中国出版传媒商报》记者说："在党的十九大开幕式上，当我听到习近平总书记在报告中提到'实施乡村振兴战略'这 8 个字时，我好激动！'三农'问题终于要解决了，乡村振兴大有希望了！"习总书记的报告一结束，他马上找出了党的十一大直至十八大的政治报告，查阅了改革开放以来历届党代会关于"三农"的阐述，发现是党的十九大第一次明确提出了"实施乡村振兴战略"和"壮大集体经济"。童禅福先生接着说："日前发布的《中共中央国务院关于实施乡村振兴战略的意见》，对实施乡村振兴战略进行了全面部署，明确提出走中国特色社会主义乡村振

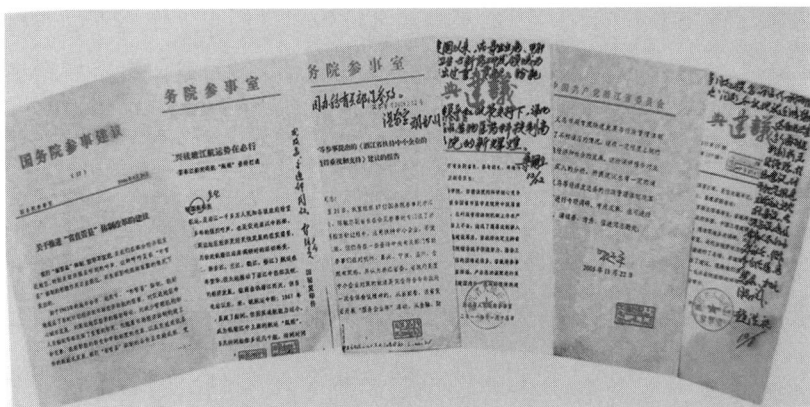

作者童禅福曾写出主要为"内参"形式的调研报告 200 多篇。图为中央和浙江省有关领导的批示

兴道路，加快推进农业农村现代化，这是谋划新时代乡村振兴的顶层设计。我认为，壮大集体经济，走新集体化道路是解决'三农'问题、实现乡村振兴的根本所在。花园村等 8 村 1 乡坚持走新集体化道路，就是以实际行动践行党的十九大乡村振兴战略的具体行动。"

为乡村振兴"三跑"调研

习近平总书记曾对调查研究有过这样的论述："基层跑遍、跑深、跑透了，我们的本领就会大起来。"作为在新闻一线奔波 20 多年、从事"三农"调研 30 年的"老记者"，童禅福先生是真正把基层"跑遍、跑深、跑透"。他 27 岁在浙江省常山县广播站当记者时就几乎跑遍了全县 340 多个村庄。到浙江人民广播电台当记者后，全省 90 个县（市、区）也几乎走遍了一圈。正是凭着把"基层跑遍、跑深、跑透"的"三跑"精神，他先后撰写了大小调研报告 200 多篇，不少调研报告获得了中央高层领导的认可。2005 年他撰写的调研报告《要着力推进义乌市行政管理体制改革》，时任浙江省委书记习近平亲自做了批示予以肯定，随后浙江省委、省政府将义乌列入重要改革试点，义乌市的行政管理体制改革得以顺利推进，并且走在了全国的前列。童禅福先生撰写《走进新时代的乡村振兴道路——中国"三农"调查》背后的故事，更是充满了"传奇"。他多次通过电话和微信向记者表示："作为一个农民的儿子，我要拼命为 9 亿农民搏一搏，为党中央和习总书记分分忧！"他的办公室堆积着将近 1 米高的手写书稿、打印稿和修改稿，因为他不会使用电脑打字，几十万字的书稿就是他用圆珠笔一字一句爬格子爬出来的，其中又反复修订，三易其稿，光是圆珠笔就用掉了 30 多支，这就是一位 74 岁老人每天的"业余工作"强度。有人指着他的一摞摞资料和书稿开玩笑说："你这老头儿还在做作业呀？"由于废寝忘食地写作，他经常忘了按时吃饭，女儿只得给他雇了一位做饭的保姆；老伴患脊椎病在医院手术治疗，他一边照顾老伴，一边抽空琢磨写书的事儿。在天津采访时正值冬季，地处燕山脚下的赵家沟，房间虽然有暖气，但是对于他这个南方人来说仍然感到有些寒意，夜里睡觉把能盖的衣服全盖上了，还是冻得没有了睡意，在凌晨 2 点钟干脆穿好衣服，披上了棉被写起了赵家沟将绿水青山变成金山银山的故事……人民出版社接下他的书稿后，他又邀请该社第一编辑室主任崔继新和编辑孔欢博士到农村实地考察，寻找乡村振兴的真实感觉。他俩到浙江省东阳市花园村等村庄实地考察后，心灵受到了极为强烈的震撼：一是为童禅福这位老记者把"基层跑遍、跑深、跑透了"的"三跑"调研精神所震撼；二是为作者书稿反映的乡村振兴先进典型所震撼，一致认为"如果对'三农'没有相当深刻的理解和深厚的感情，这样一部对乡村振兴具有重要指导意义的书稿是撰写不出来的"。正是凭着这种调研精神，童禅福先生不仅撰写了大量的调研报告，还撰写出版了《走进新时代的乡村振兴道路——中国"三农"调查》这部 30 多万字的"大书"，而且撰写了《一个老记者的路》《查访中国 社会调查四十年 咨询国是的报告》《国家特别行动：新安江大移民》等"三农"题材的调研专著……他获得首届范长江新闻奖提名奖后，《中国记者》杂志称赞说："童禅福先生最大的特点是对工作、对他人的事、对采访对象、对人民，他都有一股火一般的热情和高度的责任感……"是呀，我们伟大的新时代是多么需要像童禅福先生这样对工作、对人民尤其是对"三农"和乡村振兴有火一般的热情和高度责任感的老记者啊！

写作出版故事多

《走进新时代的乡村振兴道路——中国"三农"调查》写作出版过程中故事多多：一是写作中间，童禅福的夫人手术治疗；二是童禅福全部是手写稿子；三是初冬时节赶到天津采访；四是人民出版社编辑的"慧眼识珠"（编辑的眼光、社长的选题特批）……长期以来，童禅福养成了一个习惯，只要是看准的事，再难也要想方设法干成功；即使不成功，也不后悔。这成为他做人干事一向坚持的原则。从发黄发脆、墨迹渐褪的调研报告底稿，到沉甸甸的新著，童禅福谦逊地说："我只是一个倡导者和执笔者，这本书实际上是集体和团队的智慧，是集思广益的成果，凝聚着众多同仁的辛勤和汗水，他们不仅把大局出思路，而且组织调研，督查落实，我要向诸多调研课题的合作者，以及我的夫人韩香云，致以崇高的敬意和诚挚的谢意！"1988 年 3 月 24 日，因公出差上海途中，童禅福乘坐的列车遭遇车祸。危情时刻，他第一个钻入已被挤压成麻花状的车厢里，奋力抢救受伤的中日乘客。奋战 7 小时后，顾不得伤痛和辛劳，他写下《3·24 上海撞车事故目击记》刊发在《钱江晚报》上，这篇充满人文情怀的目击新闻，被评为当年度全国和浙江省好新闻一等奖。

调查研究接地气

习近平总书记说："基层跑遍、跑深、跑透了，我们的本领就会大起来。""基层干部要接地气，记者调研也要接地气。"作为荣获首届范长江新闻奖提名奖、在新闻一线奔波20多年的老记者，童禅福真正做到了把"基层跑遍、跑深、跑透了"，而且实实在在地做到了"接地气"。

作为农民的儿子和新安江移民的后代，童禅福永远忘不了1965年考上大学的一幕，乡亲们再三叮咛："禅福呀，你将来要是当了官，千万要记得为我们农民说话，让党中央晓得我们新安江移民的苦……"大学毕业后，童禅福当上了记者。他没有忘记乡亲们和原人民日报社社长邵华泽先生的殷切嘱托："新安江移民为祖国建设做出巨大的牺牲，他们心灵受到的震动、遭遇的艰难是不曾经历过的人难以想象的，他们的壮举要永世传承下去！"于是，已经45岁的童禅福重新当起了"记者"，踏上了为新安江移民著书的漫漫长路。为完成这部30多万字的专著，在20多年的时间里，在一个个翻山越岭、聆听记录、调研交涉和熬夜疾书的日子里，他跑遍浙皖赣3省22个县、近200个村、1000多户人家，寻访了2000多人，厚实的8本笔记记录了移民们的故事。2009年1月，由童禅福主持完成的浙江省社科联重点研究课题成果《国家特别行动：新安江大移民》由人民文学出版社出版，该课题成果同时获得浙江省"五个一"工程奖。这一切，让童禅福如释重负，对历史、对社会、对移民家庭，终于尽了应尽的责任；也让他无限欣慰，花20多年的心血抢救一段尘封的历史，值得！

说起童禅福接地气的调查研究精神，浙江省作家协会秘书长郑晓林十分感慨："作者历经20多年的苦磨，上京入沪下江西，奔皖访淳去丽水，高端访谈，乡村串门，历经千辛万苦，行程2万多里，跨越浙赣皖 3 省 8 市（地），走访 22 个县的近 200 个移民村，踏进 1000 多个散落各地的新安江水库移民家的门槛，记录了大量新安江水库移民的真人真事。就凭作者对作品这种锲而不舍的精神就值得我们作家好好学习，在当今这个千变万化的世界里，只有深入生活、深入基层、深入实际，才能写出读者爱看、有震撼力的作品。"正是凭着一副铁脚板把"基层跑遍、跑深、跑透了"，童禅福不仅撰写了大量的调研报告，而且结集出版了《一个老记者的路》《察访中国社会调查四十年 咨询国是的报告》《新安江大移民》和《走进新时代的乡村振兴道路——中国"三农"调查》4 部专著。这些专著撰写出版的背后都有着童禅福这位老记者、著作者令人感动的故事：有对事业理想的不懈追求；有调查研究过程中的酸甜苦辣；有对当前社会，尤其是对"三农"问题的深刻思考……

樊国安

本文原刊于 2018 年 2 月 10 日《中国出版传媒商报》

探访《走进新时代的乡村振兴道路》一书背后的故事

"老记者"童禅福50载"三农"调研路

近日，韬奋出版奖获得者、人民出版社社长黄书元和首届范长江新闻奖提名奖获得者童禅福的双手紧紧握在了一起："您撰写的《走进新时代的乡村振兴道路——中国'三农'调查》生动形象地阐述了乡村振兴的伟大战略，对新时代社会主义新农村建设具有典型示范意义，我们决定作为重点图书予以出版。"听到黄书元肯定的话语，童禅福激动地说："人民出版社是我'圆梦'的福地，这部书稿是我50多年调研'三农'问题和关注乡村振兴的'圆梦'之作。"作为浙江省文史研究馆馆员，童禅福以74岁高龄的老记者身份，以把基层"跑遍、跑深、跑透"的"三跑"调研精神，以对"三农"深刻的理解和深厚的感情，足迹遍及大江南北千村万户，撰写了这部对乡村振兴具有重要实证意义的书籍。该书由"导言""引子""集体化道路""阳关道与独木桥""挑战'三农'的报告""坚定走好自己的路""抉择道路的报告""新'三农'现象报告""践行乡村振兴战略的憧憬"等12个重要章节组成，作者实地走访调查了具有代表性的农村，选择河南、河北、天津，以及浙江等地的8村1乡作为考察重点。从这几个乡村标本半个多世纪以来的社会经济发展和变迁中，运用马克思主义政治经济学的立场、观点和方法，进行概括、提炼，总结出一条以新集体经济为主体的农村共同富裕之路。该书附录中的《新农村建设中的难点和问题思考》等5篇调

《农民日报》对童禅福的报道

研报告，集中体现了作者对"三农"问题和乡村振兴孜孜"寻路"的深刻观察和前瞻性思考。

50 多年来，童禅福一直密切关注"三农"问题，他访遍千村万户，相继写出了 200 多篇调查报告。这本约 31 万字的大书就是在这样的背景和基础上撰写而成的。2016 年他在国务院参事室、中央文史馆主办的内刊《国是咨询》上发表了调研报告《历史大变局下的农村新集体经济》，用浙江省东阳市花园村等一批在全国坚持新集体经济、实现乡村振兴的实践证明"新集体经济推进了农村经济社会全面发展"，实现了"四个真正"：真正解除了农民的后顾之忧，坚定了广大农民的社会主义信仰、理想；真正实现了就地就近城镇化和城乡一体化；真正做到全村没有暴发户、家家都是富裕户；真正做到了物质文明、精神文明一起抓，农民群众生活丰富多彩。

金慧英

本文原刊于 2018 年 4 月 11 日《农民日报》

50 年，跑了近千个村庄

他写出 30 万字的《走进新时代的乡村
振兴道路——中国"三农"调查》

最近，人民出版社新出版的重点图书中，一位 74 岁浙江人撰写的《走进新时代的乡村振兴道路——中国"三农"调查》，尤其引人注目。

作者是浙江省文史研究馆馆员童禅福。作为曾在新闻一线奔波 20 多年、从事"三农"调研 30 年的老记者，童禅福用把基层"跑遍、跑深、胞透"的"三跑"调研精神，撰写了这本对乡村振兴具有重要实证意义的书。

童禅福的办公室，没有电脑，桌上堆着将近 1 米高的手写书稿、打印稿和修改稿。他不会用电脑打字，30 万字的书稿，是用圆珠笔一字一句"爬"出来的。"光是圆珠笔就用掉了 30 多支。"童禅福告诉记者。

童禅福在乡村长大，对这片土地有着深厚感情。从浙江农业大学毕业后，无论是当记者，还是后来在省级机关工作，他一直对"三农"问题予以密切的关注。1981 年，浙江省第一篇关于承包到户的文章《五里翻身记》就是童禅福写的。他认为承包到户在当时的历史条件下，克服了很大困难，解放了生产力，使得中国的农村经济出现大的飞跃。

50 多年里，他走了近千个村庄，访问了近万户农家，相继写出了调查报告 200 多篇。《走进新时代的乡村振兴道路——中国"三农"调查》这本大部头著作就是在这样的背景和基础上撰写而成的，浓缩了他 50 年来对农村的深度观察和思考。

作者实地走访调查了具有代表性的农村，选择了华北平原的河南、河北、天津，以及浙江萧山航民村、宁波滕头村、东阳花园村和台州方林村等 8 村 1 乡为调查样本。

如何为新时代乡村振兴破题"寻路"？50 年来，童禅福一直在思考。20 世纪 80 年代初全国推行的土地家庭联产承包责任制，解决了几千年遗留下来的农民温饱问题，但是先富起来的如何带后富？共同富裕道路如何走？如何解决贫富差距造成的两极分化？《走进新时代的乡村振兴道路——中国"三农"调查》一书附录的《新农村建设中的难点和问题思考》等 5 篇调研报告，体现了他对"三农"问题和乡村振兴孜孜"寻路"的深刻观察和前瞻性思考。

"我写这本书的初心，就是要让天下人都来关心、重视'三农'，'三农'问题不解决，乡村振兴不起来，是要出大问题的呀。"童禅福说。

马　黎　王　平

本文原刊于 2018 年 5 月 12 日《钱江晚报》

童禅福：守望民情的七旬"哨兵"

"我今年虽然 72 岁了，但总感觉手头有做不完的事情。在察访中国社会这项关系民生的工作上，粗粗一算，做这件事情有 45 个年头了。"近日，省文史研究馆馆员、省政府原参事、省民政厅原副厅长童禅福，在我县同弓乡、招贤镇、天马街道等地察访民情。他接受记者采访时表示，当前中国社会正处于转型期，广大农村正发生翻天覆地的变化，有许多方面需要用前瞻的眼光去察访，要及时从国家政策层面去引导规范，洞察民情、撰写报告、呈交谏言的工作具有必要性和紧迫性，特别是在时间上要有一个"提前量"。

农家子弟磨砺多

初见童禅福，黝黑的皮肤、壮实的个头、和蔼的神情，看上去就像一位平凡的乡村退休教师。但听他讲起"这件事情"，则会让人肃然起敬，又表明了他的不平凡。的确，熟悉童禅福的人，会称他为"大咖""福参事"。因为，他拥有从农大学生、新闻记者到省信访局局长，从省民政厅领导到省政府参事的不平凡历程；因为，他用一双"铁脚板"，不辞辛苦、躬身亲为，访民情、传民声、解民忧、暖民心，踏遍青山人未老，永葆农家子弟的本色；因为，他在人民群众与党和政府之间架"桥"铺"路"，造福民生，佳话频传。童禅福出生于 1945 年 1 月。1959 年，因新安江水电站建设，他与乡亲们从老家移民到浙江省开化县，后来又随同乡亲们转迁到江西省德兴县（现德兴市）。1969 年 7 月，"放牛娃"出身的他从浙江农业大学毕业。当年 12 月，童禅福接受解放军再教育后，被分配到金华地委农业办公室工作。不料，他人还没去报到，家中接连遭遇变故。1970 年，其父母相继离开人世。25 岁的童禅福与年迈的奶奶扛起了抚育一个妹妹和两个弟弟的重担。于是，他要求到浙江省内离德兴最近的常山县工作，随后在常山广播站当起了记者。不久，童禅福把奶奶和两个不到 10 岁的弟弟接到常山一起生活。

"那年头，农民能吃上商品粮是极其困难的事情。我们每年得把德兴收获的 1000 多斤大米拉到常山来储存。这时，县里、站里的领导、编辑、记者同事们得知后，就用粮票向我奶奶购买大米，方便我家以票储存。"童禅福泪眼婆娑，深情回忆，"这是每家每户在帮我家分忧解难，避免全家老少吃变质米。常山人民的恩情我永世难忘！"那时，童禅福一边努力工作，一边和爱人以长兄代父、长嫂为母的情怀无私照顾弟妹，赢得了亲友称赞。

用"铁脚板"丈量三衢大地

读大学期间，童禅福是浙江农业大学"长征队"的一员，他身体健硕，富有激情。有一回，他与 118 名学生从杭州徒步出发，路经婺源、井冈山直奔韶山。有一天，浙农大学生为了赶到井冈山的茨坪见中央领导，连续步行了 100 多公里。结果，他们几乎人人脚上都磨出了血泡，唯独来自浙西的"放牛娃"大学生童禅福的脚上没起泡。从此，他有一双"铁脚板"的美名不胫而走。

从事县城基层新闻工作后，童禅福激情满怀，始终秉持"新闻永远在路上"的理念，敬业爱岗，报效"第二故乡"常山。每年的 11 月，是常山胡柚丰收的时节。因为缺乏稳定的销路和知名度，广大胡柚种植户普遍存在"卖柚难"问题。情系三衢、心忧柚农的童

童禅福:

守望民情的七旬"哨兵"

通讯员 方均良

"我今年虽然72岁了,但总感觉手头有做不完的事情。在察访中国社会这项关系民生的工作上,粗粗一算,做这件事情有45个年头了。"近日,省文史研究馆馆员、省政府原参事、省民政厅原副厅长童禅福,在常山县同弓乡、招贤镇、天马街道等地察访民情,他接受笔者采访时表示,当前中国社会正处于转型期,广大农村正发生翻天覆地的变化,有许多方面需要用前瞻性的眼光去察访,要及时从国家政策层面去引导规范、洞察民情、撰写报告、呈交谏言的工作具有必要性和紧迫性,特别是在时间上要有一个"提前量"。

农家子弟磨砺多

初见童禅福,黝黑的皮肤、壮实的个头、和蔼的神情,看上去就像一位平凡的乡村退休教师。但听他讲起"这件事情",则会让人感到肃然起敬,又表明了他的不平凡。的确,熟悉童禅福的人,会称他为"大伽""童参事"。因为,他拥有从农大学生、新闻记者到省信访局局长、从省民政厅领导到省政府参事的不平凡历程;因为,他用一双"铁脚板",不辞辛苦、躬身亲为,访民情、传民声,解民忧、暖民心,踏遍青山未老老,永葆农家子弟的本色;因为,他在人民群众与党和政府之间架"桥"铺"路",造福民生,佳话频传。

童禅福出生于1945年1月。1959年,因新安江水电建设,他与乡亲们从老家移民到江西铅德兴县。1969年7月,"放牛娃"出身的他从浙江农业大学毕业。当年12月,童禅福接受解放军再教育后,被分配到金华地委农业办公室工作。不料,他人还没有报到时,家中接连遭遇变故。1970年,其父母相继离开人世。25岁的童禅福与年迈的奶奶扛起了抚育一个妹妹和两个弟弟的重担。于是,他要求到浙江省内离德兴最近的常山县工作,随后在常山广播站当起了记者;不久,童禅福把奶奶和两个弟弟接到常山一起生活。

"那年头,农民能吃上商品粮是极其困难的事情,我们每年得把德兴收获的500多公斤大米拉到常山来储存。那时,县里、站里的领导、编辑、记者同事们得知后,就用粮票向我奶奶购买大米,方便我家以票储存。"童禅福泪眼婆娑,深情回忆,"这是每家每户在帮我家分忧解难,避免全家老少吃变质米。常山人民的恩情我永世难忘!"那时,童禅福一边努力工作,一边和爱人以长兄代父、长嫂为母的情怀无私照顾家人,赢得了亲友称赞。

用"铁脚板"丈量三衢大地

早在读大学时期,童禅福是浙江农业大学"长征队"一员,他身体健硕,富有激情。有一回,他与118名学生,从杭州徒步出发,路经婺源、井冈山直奔韶山。有一天,浙农大学生为了赶到井冈山的茨坪见中央领导,他们连续步行了100多公里。结果,几乎人人脚上磨出了血泡,惟独来自浙西的"放牛娃"大学生童禅福的脚上不起泡,从此,他有一双"铁脚板"的美名不胫而走。

1987年上半年,基于童禅福出色的业务能力,他被选调到省广电厅做新闻记者。在新的、更高的平台上,他对调查研究的热情仍不断升温。其中一件让童禅福兼称为"小hero"的为民的事,倘佛仙游的新闻界名人。

从事县域基层新闻工作后,童禅福激情满怀,始终以秉持"新闻永远在路上"的理念,敬业爱岗,报效"第二故乡"常山。每年的11月,是常山胡柚半收的时节。因为缺乏稳定的销路和知名度,广大胡柚种植户普遍存在"卖柚难"问题。情系三衢、心忧柚农的童禅福,通过贴近实际、贴近生活、贴近群众的"三贴近"采访,用自己手中的笔,积极撰写农特产品促销的调查研究报告,胡柚文化系列等方面的文章,引起杭州、宁波、上海、苏州等地的公众关注,使得一度乏人问津的常山胡柚身价倍增。在常山广播站和县委报道组的10多个年头里,4000多个日日夜夜,他坚持在新闻的第一线,几乎跑遍全县340多个村庄,笔耕不辍,发稿无数,为推介常山,宣传常山作出了积极贡献。那时,童禅福每天编撰稿件5000字左右,经常起早摸黑地忙碌。由此,他被誉为"每晚最迟离开县委大院的人"。

"乡土记者要掌握好'固根'与'壮苗'两者间的关系,这体现在他对脚下那片土地的理解和把握,尤其是对那块土上的人物命运、文化个性的理解和把握。"童禅福说,"固根",就是要真正地深入生活、坚守对生活和人民的热爱;"壮苗",就是要不断学习新知,丰富自己的内心修养,要通过提高对生活的认知,能够用自己的作品感动人心,照亮人心。

"任何不平凡的事都是用平凡的坚守做出来的!"

1988年3月14日,童禅福乘火车出差。当天14时许,火车途经上海市郊时,发生列车相撞事故,有9节车厢被掀翻,童禅福也被甩出车厢外。在多人伤亡情况不明的险境中,他不畏艰险、舍己救人,第一个冲进车厢抢救旅客。在童禅福一个人救出两名女乘客后,又与一位澜殉战士一起抢出了5名罹难者。经历长达7小时的抢救工作,童禅福已精疲力尽。但是,在得知其中有多名伤员是日本友人的消息后,童禅福又不顾伤痛和疲劳,熬夜赶写长篇通讯"3·14"上海撞车事故记者自述。该篇通讯在《钱江晚报》整版发表后,被国内外多家媒体转载,引起社会广泛关注。我国成功处置公共安全重大突发事故的表现,也博得了国际社会的好评。之后,该作品获得全国好新闻一等奖。

童禅福的敬业精神受到了中国记协名誉主席邵华泽和浙江省人大常委会原副主任许行贯的高度评价。他们称赞,童记者具有崇高的品行和扎实的采访能力,既做好了人民群众的"代言人",又做好了党和政府的"发言人",在为人民做好服务的同时,努力实践了党性和人民性的统一。

禅福，通过贴近实际、贴近生活、贴近群众的"三贴近"采访，用自己手中的笔，积极撰写农特产品促销的调查研究报告、胡柚文化系列等方面的文章，引起杭州、宁波、上海、苏州等地的公众关注，使得一度乏人问津的常山胡柚身价倍增。在常山广播站和县委报道组的 10 多个年头里，4000 多个日日夜夜，他坚守在新闻的第一线，几乎跑遍全县 340 多个村庄，笔耕不辍，发稿无数，为推介常山、宣传常山做出了积极贡献。那时，童禅福每天编撰稿件 5000 字左右，经常起早摸黑地忙碌。由此，他被警卫称为"每晚最迟离开县委大院的人"。

"乡土记者要掌握好'固根'与'壮苗'两者间的关系，这体现在他对脚下那片土地的理解和把握，尤其是对那片乡土上的人物命运、文化个性的理解和把握。"童禅福说，"'固根'，就是要真正地深入生活，坚守对生活和人民的热爱；'壮苗'，就是要不断学习新知，丰富自己的内心修养，通过提高对生活的认知，用自己的作品感动人心、照亮人心。"

"任何不平凡的事都是用平凡的坚守做出来的!"

1984 年上半年，基于童禅福出色的业务能力，他被选调到省电台做新闻记者。在新的更高的平台上，他对调查研究的热情仍不断升温。其中一件让童禅福谦称为"小事"的不平凡的事，使他成为新闻界名人。

1988 年 3 月 24 日，童禅福乘火车出差。当天 14 时许，火车途经上海市郊时，发生列车相撞事故。彼时彼刻，有 9 节车厢被颠翻，童禅福自己也被甩出车厢外。在多人伤亡情况不明的险境中，他不畏艰险、舍己救人，第一个冲进车厢抢救旅客。童禅福一个人救出 2 名女乘客后，又与一位消防战士一起抬出了 5 名罹难者。经过长达 7 小时的抢救工作，童禅福已筋疲力尽。但是，在得知其中有多名伤员是日本友人的消息后，童禅福又不顾伤痛和疲劳，熬夜赶写长篇《3·24上海撞车事故记者目击记》。该篇新闻通讯在《钱江晚报》整版发表后，被国内外多家媒体转载，在社会上引起广泛关注。我国成功处置公共安全重大突发事故的表现，也博得了国际社会的好评。之后，该作品获得了全国好新闻一等奖。

童禅福的敬业精神受到了中国记协名誉主席邵华泽和浙江省人大常委会原副主任许行贯的高度评价。他们称赞，童记者具有崇高的品行和扎实的采访能力，既做好了人民群众的"代言人"，又做好了党和政府的"发言人"，在为人民做好服务的同时，努力实践了党性和人民性的统一。

在童禅福的职业生涯中，他曾任省委省政府信访局局长、省民政厅副厅长，曾被聘为省政府参事，现为浙江省文史研究馆馆员。一直以来敬业勤恳的他，曾获得浙江省劳动模范、广电部优秀记者、全国先进工作者、首届范长江新闻奖提名奖、浙江省优秀共产党员等荣誉。虽然职务提升了，但他平易近人、心系百姓的情操没变。精于书法的他，常常题写清代郑板桥的诗作《潍县署中画竹呈年伯包大中丞括》来警醒自己："衙斋卧听萧萧竹，疑是民间疾苦声。些小吾曹州县吏，一枝一叶总关情。"他托物言志，表达了对民众的忧虑关切之情，以及自己的责任感与清官心态。近20年来，他夙兴夜寐、殚精竭虑，通过广泛深入的大量社会调查，撰写了调研报告《探索新时期信访工作的新路子——从调查处理几起信访案件引出的思考》，提出要树立"用群众工作统揽信访工作的理念"，也有效化解了诸多信访难题；撰写了《国家特别行动：新安江大移民》，倾注了真心真情，为30多万移民办了一件大实事、大好事……

"作为一位新安江水库移民，阿福曾在常山工作过10多年。多年来，他心系柚乡、体恤民情，为省委省政府制订出台相关惠农政策、造福民生做出了积极努力。他是一位党和政府信赖的老记者，也被乡亲们亲切地称为'福参事'。"常山新安文化研究会秘书长徐寄兰是童禅福的发小，他陪童禅福在招贤镇五里村与老农拉家常时幽默地说。

方均良　徐志斌

本文原刊于 2017 年 1 月 6 日《衢州晚报》

想国事　研国情　献国策

——读童禅福同志三部参政国是的调研报告有感

继《国家特别行动：新安江大移民》《察访中国　社会调查四十年　咨询国是的报告》两部厚重的社会调查报告给人们带来巨大震撼后，童禅福同志又乘着庆祝改革开放 40 年的春风，独具慧眼、高瞻远瞩地著述了一部更深层次的鸿篇巨制——《走进新时代的乡村

《今日千岛湖》2018 年 7 月 14 日第 3 版"理论与实践"

振兴道路——中国"三农"调查》。《今日千岛湖》以特大篇幅并加按语刊载了作者表述写作这本书初衷的文章《我为什么要写中国"三农"调查》。《中国出版传媒商报》和《中华读书报》等也以专版的篇幅或介绍这本书，或刊载这篇文章。读了这 3 部专著，我产生了怎样的印象呢？

在泱泱的中华文明史上，曾出现过许许多多著名的文人、奇人和伟人。他们用切身的体验与感悟写下了襟怀坦荡、光照史册的至理名言。如北宋政治家兼文学家范仲淹的"先天下之忧而忧，后天下之乐而乐"；明末清初的政治家兼思想家顾炎武的"天下兴亡，匹夫有责"；现代伟大教育家陶行知先生的"人生为一大事来，做一大事去"；伟大的革命家、思想家、文学家鲁迅先生则把勤奋工作、为民请命的人称誉为中华民族的脊梁；春秋战国时鲁国的乡间谋士曹刿（这是一位奇人）以"位卑未敢忘忧国"的胸襟要求参政国家大是，力主与国君同乘一辆战车共同指挥事关国家存亡的重大战役，最终在曹刿正确的战略思想与作战方法指挥下，弱小的鲁国战胜了来犯的齐国，成为历史上以弱胜强的著名战例；等等。倘若用这些名人的言行来鉴析童禅福同志的勤学善思、敢于有梦有为，我们就能清晰感悟到他的思想光芒和人格魅力。他是我认识的一位常怀国家忧患之思、常念人民之托的不凡的淳安之子。

在这位不凡的淳安之子身上，我们得到哪些感悟与启迪呢？

其一，传承文献名邦要付诸行动，要与时俱进打造新时代的文化产品。2012 年春节前我曾赴千岛湖参观邵华泽先生的书法摄影展，看到邵老的辉煌成就为家乡赢得了不少荣耀，就产生了一种感慨，淳安的文献名邦历史谁人来续写？我想，淳安素有的"文献名邦"之誉为淳安的后代子孙带来了无上的荣耀与自豪，倘若没有现代的传承者，也没有现代文化建设的举措，致使后继乏人，那么这种荣耀与自豪随着年代的流逝也会逐渐淡去，后辈人谈起自己故土也就不那么自豪了。而邵老用自己的行动、用自己的文化产品回答了这个问题。为此,我专门写了《从邵老身上想到的……》一文,发表在《今日千岛湖》上。如今看到童禅福同志这样斐然成章的大部头著作诞生,我即感到这是淳安"文献名邦"文化这根藤上结出的硕果!淳安近年来,邵老撑起了淳安文化在全国的一面大旗,在这面大旗的挥动下,淳安文化、教育、科技界均产生了许多优秀的人物。笔者在《坚定文化自信 传承文献名邦——谈一谈传承文献名邦的话题》(载于 2017 年 6 月 30 日《今日千岛湖》)中对"文献名邦"的内涵做了粗浅的诠释,并对涌现出来的各行名人做了较为详细的点赞。令我们欣喜的还有,邵老从全国最大的党报《人民日报》社长位置退下后,今又有淳安籍的人登上了副总编辑的位置。这值得淳安人民庆幸。

其二,关心国家大事匹夫有责,要成为有梦、追梦人的座右铭。童禅福同志是一个敢于有梦、勇于追梦的人。20 世纪 90 年代初,童禅福同志接受了邵老交付他的要写新安江水库大移民、反映移民的艰难生活的任务后,他就下定决心要为淳安的父老乡亲代言,向党中央反映移民的真实情况。诚如他自己所说的:"记下父辈们的悲壮,一直是我这个淳安游子的夙愿。"为了完成这个夙愿,于是"上京入沪下江西,奔皖访淳去丽水,高端访谈,乡村串门,历经千辛万苦,行程 2 万多里,跨越浙赣皖 3 省 8 市(地),走访 32 个县的近 200 个移民村,踏进了 1000 多户散落各地的新安江水库移民家的门槛",记录了大量新安江水库移民的真人真事,历经 20 多年磨难,终于编著了"一部有历史价值和现实价值的难得的好作品"(原浙江省委书记李泽民的话)。这就是他筑梦、追梦、圆梦的过程。第三部书《走进新时代的乡村振兴道路——中国"三农"调查》出版了,为了与读者沟通,他写了《我为什么要写〈中国"三农"调查〉》一文。文中写道:"'三农'兴衰,匹夫有责。我要为 9 亿农民去呼唤,要为党中央去分忧。"这就是他筑梦、追梦的缘由。

其三,要成就一件大事,必须拥有坚忍不拔的精神,必须有坚定不移的努力志向。《我为什么要写〈中国"三农"调查〉》一文中有这样一段文字："我写的调查报告，特别是这本《中国'三农'调查》，30 多万字呀！老花眼加白内障，戴着老花镜，一手拿着放大镜，一手拿着圆珠笔，有时候甚至只是凭着感觉，一字一句在白纸上画。圆珠笔也不知道写掉多少支，反正手稿加一遍一遍求人打印的修改稿，加在一起有将近 1 米高。《中国'三农'调查》才终于完稿。"读到这里，我的眼眶里不禁涌动了泪珠，完全被他这种顽强奋斗、坚忍不拔的精神所打动了。唐代大诗人李白有诗云："天生我材必有用。"这就是说，每个人来到世上都是能派上用场的。但是派什么用场，又如何发挥人生的最大价值，这取决于一个人的志向。童禅福同志出身贫寒，他 7 岁开始放牛，9 岁上学，10 岁砍柴，14 岁时又遇上罕见的水库大移民，艰难坎坷的生活从小就磨砺了他的意志品质。大学毕业后曾为记者，曾为官，20 多年前他立志要写新安江水库大移民的报告文学，那是因为他是移民的后代，他牢记乡亲的嘱托，不忘初心。如今他坚定不移要写中国的"三农"问题，那是因为他认识到"三农"问题是实施乡村振兴战略的根本性问题，同时"三农"发展中依存的集体经济是他求学过程得以延续的靠山，他尝到了集体经济的甜头。他说："我读书靠的是乡村里集体经济的帮扶；如果没有集体经济的帮扶，我的书是读不下去的。"因此，当他听到习近平总书记在党的十九大报告中铿锵有力地说到"壮大集体经济"的话时，他是多么兴奋啊！"志不立无可成之事"，循着他写的三部书的足迹，都可找到他的志向，找到他从志向出发而产生的正能量。

其四，乡愁、故土是永远不能忘的。我和童禅福同志经常在一起聊天，聊得最多的是淳安老百姓的事。有时他用威坪话说："我的（di）是淳安人，淳安人就要讲淳安老百姓的故事。"童禅福同志写的文章和著作，让家乡人民"望得见山，看得见水，记得住乡愁"的情感是十分浓郁的。他曾专题写了《我爱文献名邦的故乡》，对故乡璀璨耀眼的文化用考证的数据来表述。《国家特别行动：新安江大移民》这本书处处记录着故乡的山、故乡的水和难以忘怀的"乡愁"。《走进新时代的乡村振兴道路——中国"三农"调查》这部新作，开卷就从他的出生地松崖村的土地改革写起。作者通过一位从1950 年土改时担任民兵连长，1954 年开始担任松崖村党支部书记一直到 1984 年卸任，有着 30 年经历的"老书记"、如今已 90 多岁的孙彩莲历历在目的回顾，表述了几十年来"三农"的变更，把读者的视觉拉得很近。情系故土、不忘乡愁，既是他人生路上情感的寄托，也是他创作的动力。

《走进新时代的乡村振兴道路——中国"三农"调查》一书的序言中这样写道："一个人，哪怕是一个伟人，是人，不是神。总会有这样那样的思考，这样那样的举措，留下的是时代的印记，让人自我感悟、自我反省、自我觉醒、自我创新，这才是一个中国共产党人的一种坦荡胸怀。"我读了童禅福同志这三部"想国事、研国情、献国策"参政国是的巨著，受到的最深最难忘的启迪和教育就是：他作为一个党性很强的共产党人始终不忘初心、牢记使命，对国家大政、民生大事进行"这样那样的思考"，写出这一部那一部大作，给人留下"时代印记"，让人去感悟、反省、觉醒、创新，而后开辟出属于自己的，也是属于国家的、人民的新天地。

许汉云

本文原刊于 2018 年 7 月 14 日《今日千岛湖》

2019年12月5日，中国政策科学研究会和北京大学习近平新时代中国特色社会主义生态研究院等4单位在北京主办"乡村振兴与发展农民合作社"研讨会，中央政策研究室原主任滕文生在主持会议时说："最近我看了人民出版社出版的《走进新时代的乡村振兴道路——中国'三农'调查》的新书，印象非常深刻，书中提出'在习近平新时代中国特色社会主义思想指引下，建立以新集体经济为主体、多种经济成分并存的社会主义乡村新社区，是当代中国通向共同富裕的历史必然和发展趋势'的思路，这思路正契合习近平总书记在2018年9月22日中央政治局第八次集体学习时提出的乡村振兴要'发展新型集体经济，走共同富裕道路'的'三农'思想。这次研讨会上，专门把该书作者童禅福请来，请他做一个主旨发言。"

在乡村振兴与发展农民合作社研讨会上的发言

农村承包土地经营中的问题及
发展新型集体经济的意见与建议

　　新华社在上个月 26 日播报的《中共中央、国务院关于保持土地承包关系稳定并长久不变的意见》中指出："坚持农村土地农民集体所有，确保集体经济组织成员平等享有土地权益，不断探索具体实现形式。"又指出："积极探索并不断丰富集体所有，家庭承包经营具体实现形式，不断推进农村基本经营制度完善和发展。"还指出："且群众普遍要求调地的村组做出适当的调整。"等等，还有很多新提法。在这里，我就当前有关农村承包土地经营中的问题及习近平总书记提出"发展新型集体经济，走共同富裕道路"的重要论述谈点想法与建议。

　　我来自农村，大学学农，一直关注"三农"问题。我曾走访了近千个村庄，踏进了近万户农家，经历近 50 年对"三农"的观察、思考。去年，人民出版社出版了我采写调研的《走进新时代的乡村振兴道路——中国"三农"调查》一书，书中对农民们对土地从"大呼隆"生产中的不珍惜，到承包责任制初期的爱地如命，直至如今农民们对土地的情感又逐渐淡去的 3 个过程进行剖析研究，认为当前农村土地经营中出现的新问题、新情况必须引起高层的高度重视，单家独户、单干经营"一亩三分地"模式的路越走越窄。广大农民呼吁：共同富裕必须实行土地新的合作与联合，以经济合作社的组织模式，走以新型集体经济为主体、多种经济成分并存的社会主义乡村新社区道路。这样乡村才会振兴，否则难以解决当前越来越突出的"三农"问题。

农村土地经营中出现的新情况

一、土地流转难，农民经济合作社大多形同虚设。《人民日报》11 月 26 日报道：全国现在已经有 44.77 万家农民合作社被清理整顿掉了。从今年 6 月起，全国农民合作社数量减少的省份还在逐月增多。我曾采访调查了浙江省兰溪市永昌街道下孟塘蔬菜合作社的蔬菜基地，这基地是兰溪市的样板基地。2005 年成立合作社时，只有 33 户，现在发展到 1300 多户、18702 亩的规模，但蔬菜还是靠单家独户在自家承包地种植。实际上这蔬菜合作社也只是实行了统一规划、统一经销、统一管理，不是真正意义上的土地流转式的大农业基地。据调查，当前农村大量的农民合作社流于形式，没有起到发展新型集体经济、走共同富裕道路的实质性作用。据河南省洛阳市一份内部调研报告披露：洛阳市 2983 个行政村，集体年均收入达到 5 万元以上的仅有 347 个，集体经济年均 5 万元以下达到 2636 个（其中村集体经济一年几乎没有一分钱收入的有 1701 个，占全市行政村总数的 57%）。整个洛宁县 388 个行政村，2016 年集体经济收入仅有 154.6 万元，村均集体收入只有 3945 元。嵩山县村级债务达到 11953.6 万元，平均每村 37.59 万元。据调查，江西省抚州市百分之七八十的行政村集体经济年收入为零。崇仁县郭圩乡党委书记崔华玲在谈起农民合作社时说："只有村'两委'集体组织办起综合性农民合作社，集体经济才会壮大。村上某个大户或城里人投资来办的专业合作社，只是开辟了一条个人致富发财的道路。"

二、土地宁愿抛荒，也不肯流转。在浙江丽水、金华、衢州等山区调研发现，前几年，农村利用承包土地违章建房之事常有发生，农保地抛荒也随处可见。开化县华埠镇联盟村党支部书记说："我们村 1263 人，外出打工的将近 300 人，全村 924 亩农保田，只有一半左右的田种粮保口粮，其余的田几乎年年抛荒，现在不少农保田里的野生的树都长得碗口粗了。"在兰溪市农村调研发现，土地流转大量用于渔场养殖业，真正进入粮棉种植业的土地很少。从政府的层面看，2009 年兰溪市政府就号召各地粮食作物种植要实现土地流转，并下文规定：土地流转 5 年以上的流出户，政府每亩每年补贴 100 元；15 年以上的，政府每亩每年补贴 200 元。政府号召的力度可谓不小，但兰溪市土地流转总量却在缩小。近 6 年兰溪市共流转承包种粮土地 47434 亩。到 2014 年，全市流转土地种粮面积缩小到 17376 亩，3 万多亩种粮流转土地退流了。流转面积只占全市 2014 年粮食种植面积 34.6 万亩的 5.02%。自 2014 年土地流转补贴政策取消后，粮棉土地流转就更难了。到 2017 年底，全市流转面积包括鱼塘苗木也只有 5520 亩。

三、死人"种"着地，活人无田耕。在开化县联盟村还听到这么一件令人费解的事：联盟村的黄金发，1982 年生产队实行土地家庭联产承包责任制时，他有 5 个儿子，还有母亲和他的妻子，当时家中 8 个人参加"分田分地"，搞生产责任制。生产队里不论男女老少，每人 6 分土地，他全家向生产队承包了 4.8 亩地（田）、120 亩山。联盟村"两委"坚决贯彻土地承包长期不变的政策。到了 2016 年底，黄金发家已是一个大家庭了，全家已达 19 个人，但他家还是 35 年前承包的那 4.8 亩地（田）和 120 亩山。其中有 3 个儿子，他们的小家庭每家 4 个人，一年每家只能耕种可怜的 6 分承包地（田）。

同村的郑功明，1982 年生产队土地承包开始时，他父母连同他 2 个姐姐 3 个妹妹和自己妻子及小孩共 10 个人，他家承包了生产队里 6 亩田（地）和 200 亩山林。35 年过去了，姐姐、妹妹都出嫁了，儿子参军，父母谢世了，自己也考上了公务员，农村户变成居民户了，郑功明的农村户口本上只有他夫人雷美英一个人，于是郑功明一家里雷美英一个人就享受了联盟村 200 亩山林和 6 亩田（地）的承包权和经营权。

同一个村，同一个生产组的黄金发和郑功明，黄金发一家 19 人耕种 4.8 亩田（地），郑功明一家一个人却耕种 6 亩田（地）。难怪有人戏称现在农村许多地方是"死人'种'着地，活人无田耕"。

四、土地继续碎片化，农业难推现代化。在常山县调研时，白石镇新移村党支部书记

中共中央政策研究室原主任滕文生（左）在座谈会前专门会见童禅福同志

樊国安/摄

说："承包土地保持稳定，长期不变。实际上，土地只要是集体所有，村'两委'就有权调整，否则如何体现公正、公平？"常山县五里村老会计冲着我说："黄衢 3 条高速公路从我村通过，村上一半土地被国家征用了。生不增，死不减，承包土地长期不变，我们村近一半农民已无地可耕，成了农村的失地农民。因此，承包土地一定得变。"农村当前土地碎片化问题也很严重。对江西省抚州市金溪县的调查显示，该县 1439 个村小组中，土地承包经营 30 年以上长期稳定不变的村小组有 141 个，仅占 9.8%；10—29 年未变的有 146 个，也只占 10.2%。两者共 287 个，占 19.94%。9 年及以下频繁调地的有 1152 个，占 80.06%，这些村都是随农户人口增减，三五年一调。金溪县原农业局党组书记说："在土地承包中，我县农村各村小组依据土地状况一般将其划成 3—5 个等级，分户分等抓阄。一

童禅福同志做主旨发言　　　　　樊国安/摄

个家庭几亩承包地分在三四处，集体一垅地分给好几家，有的一丘大田被分割成几个小块。这种土地碎片化的情况，随着频繁调地，愈加严重，从而引发了生产现代化与土地碎片化的矛盾。"据了解，这些承包用地使用期短的情况在江西省抚州市和其他市县都存在。江西许多地方的土地承包户都没有领到农村土地承包经营证。究其原因，红本本上记载的是 1982 年土地承包到户的田块方位和田块大小、数量，现在三五年土地调整一次，地块内容早已变更，所以本上记载与当前土地承包户土地位置不符、土地数量不符，政府怕留下法律纠纷的后遗症，所以现在农村土地承包经营证的大红本本都留在乡政府的柜子里。

发展集体经济的意见与建议

农村承包土地经营中的问题主要有 2 种：第一种是土地流转租金低，农民土地流出户只能收到土地的原始价值，承租人种养业甚至一、二、三产业融合发展经营产生的高产值、高利润，以及土地全产业链增值收益部分，土地承包户无权享受，全部被外来或当地土地流转的经营人享受了，这就使得大多数土地承包户不愿把土地流转出去。另一种情况是土地流转租金高，承租人不愿接手。据报道，安徽省小岗村在实行土地流转中，由于少数农户作梗，土地流转租金一升再升，最后 12 个村民组 329 户村民的 4300 亩土地以每年每亩 900 元的租金流转到新成立的小岗创发公司。2016 年这批流转土地出现大批抛荒的现象，抛荒土地的租金只得由村委会支付，2016 年 9 月安徽农垦集团无奈接手了这批农田。

2017 年我见到的 2 件事发人深省：2 月 13 日，《浙江日报》头版 "改革攻坚看浙江" 栏目下的《杭州西湖区 9500 亩的土地流转》一文中说："为告别土地利用低、小、散，发展规模化、标准化、品牌化的现代农业，西湖区春节后打响了土地流转'攻坚战'。2 月 3 日，该区动员灵山村、杭富村、三阳村等 9 个村的农户，将土地经营权流转到村股份经济合作社，再集中流转到国有公司。" 报道中又说："本次集中流转价格为每亩每年 2000 元，且 3 年一次性付给。" 这租金可不低，政策也挺优惠，但老百姓还是不愿流转。杭州市西湖区政府真把这项土地流转工作当作了 "攻坚战" 来打。报道中又说："党员干部带头，克难攻坚。春节刚过，来自区、镇、村的 300 多名党员干部，分成 9 个工作组，每个组负责一个村的签约工作。党员干部们有的约谈经营户，有的找土地承包农户谈。同时成立了国土、城管、公安等组成的法治组。" 这场 "攻坚战" 经过 10 天的苦攻、苦战，终于将 9500 亩责任地流转合同签下了。而江西省资溪县乌石镇新月村与浙江省杭州市西湖区灵山村等 9 个村几乎同时实施了土地流转工作。新月村 3600 亩山林、724.9 亩耕地实现流转，只开了一次村 "两委" 成员和村民代表会，全村农户就同意流转了。这是因为新月村是村上将承包到户的山林和土地集中起来，村民集体入股，和江西省邂逅资溪旅游开发有限公司联合开发新月民俗生活文化体验基地项目，全村 105 户 419 人都是这个基地项目的小股东，基地产生的红利，新月村民都年年分红。而杭州市西湖区灵山开发项目是老板赚再多的钱，灵山村等 9 个村的村民也只能得到每亩流转的租金 2000 元。他们觉得这样做好似把这些地"卖"了，农民们思想一下转不过弯来，工作肯定难做。因此政府当然要把土地流转这项工作作为"攻坚战"来打了。

调查中，从农村土地承包中的表面现象看，承包土地长期不变矛盾不少，但经常变既不符合中央规定，问题也更多；承包土地流转中困难很多，不流转则单家独户经营，农业现代化无法推进，乡村就无法振兴。土地经营如何走出困境？习近平总书记 2018 年 9 月 21 日主持中央政治局第八次集体学习时指出，要坚持农村土地集体所有制性质，发展新型集体经济，走共同富裕道路。这为解决农村土地新的经营方式而推进乡村振兴指明了方向，为此建议如下。

一、实行土地新的合作与联合，走新型集体经济道路。集体化是在土地私有化几千年之后萌发的一种适应新时代农业现代化的新型生产模式。2017 年 6 月 1 日，党中央、国务院第一次提出了建立现代化农业经营体系要"以合作与联合为纽带"。因此建议全国每个县（市、区）可选择几个甚至一批有一心为大家谋事的带头人，并有发展潜力的特色行政村，由"两委"组织整合集体资源，实行土地集体所有、集中经营+分项分段承包，真正发挥好农民经济合作社组织的作用。引资入社，国家再给予帮助（对农业投入甚至可以采用贴息代补），从而使全村形成一个经济利益共同体，使村上的每个家庭、每个人都成为这个共同体的成员和股东。在操作上，可实施农民合作经济、农村家庭经济、农村集体经济、农民股份制经济等多种新型经济形式来发展高效农业，发展旅游事业，发展工业企业，发展流动产业，甚至金融投资等，推进一、二、三产业融合发展。在此基础上，发挥好它们的辐射效应和集聚效应。以点带面，推进新型集体经济的全面发展，逐步形成当地劳动力的"蓄水池"，走共同富裕的道路。

在实施土地合作与联合时，千万不要引进一个投资人，使其租下一大片农民的承包地和山林搞开发，避免"个别人开发，少数人发财，广大农民当看客"的路子。天津市郭家沟村 2012 年全村 204 亩耕地和 600 多亩山地流转给集体统一经营，村集体建起了北方"水乡旅游园"吸引各方游客，农家户户办起了农家院，村上 5 名大学毕业生和外出打工的全部返乡创业了。这个不到 200 人的小村，2017 年接待游客超过 20 万人次，集体经济达到 765.94 万元，每人每年分红超过 3000 元，全村人均可支配收入达到 7.5 万元。郭家沟走以新型集体经济为主体、多种经济成分并存的共同富裕道路成功了。郭家沟所在的下营镇 28 个村学郭家沟，结果村村都富裕了。2016 年全镇仅农家院收入就达到 2.392 亿元，村均达到 854.3 万元。

二、实行土地股份合作制，农村土地"三权"的所有者、承包者、经营者全获益。江西省抚州市副市长王成兵在担任金溪县委书记时推行了土地股份合作制，加速了土地的快速流转，收到了很好的效果。他们的做法是：农民将承包地交给村或生产组的土地股份合作社，并由合作社向农户发给股权证，设定一人一股，股份每 3

童禅福深入浙江淳安农村调研。图为作者正在座谈了解农村留守老人的养老问题　　　　　　　　　　　　　　徐金才/摄

年或 5 年随社内享股人数的增减调股一次，合作社对全社土地设定等级分定租金，统一成片流转，面积可大可小，合作社每年年终对土地流转征用租金和征用补偿款等收入做一次分配。合作社每年从流转租金总收入中提取 10%作为村（组）的公积金、公益金，5%作为管理费。"两金"是村（组）集体的收入，用于村（组）的公益事业和社会管理开支，管理费用于农田建设。剩余 85%的收入按股分红给社员。土地经营大户过去面对的是千家万户，现在只对土地股份合作社负责，他们认为现在耕种着分成等级的成片优质土地，租金高出原来的 15%也是合理的。现在金溪县已有 281 个村（组）采用了土地股份合作制。王成兵说："连片稳定的土地是农业现代化最基础的条件，土地规模经营是提高土地高产出的必备条件，土地股份合作社进行统一成片流转土地，彻底破解了土地碎片化困局，彻底解决了土地抛荒问题，这样有利于生产耕作和农田改造，有利于优化土地资源配置和提高生产力，有利于机械设施应用和先进技术推广，更重要的是土地集体所有，不但老百姓有了收入，也落实了集体的权益，集体也有钱为老百姓办事了，是多赢的一种好办法。"

童禅福

2019 年 12 月 5 日

我为什么要写《中国"三农"调查》

　　浙江省广电集团原总编辑、省作家协会原主席程蔚东读了拙著《走进新时代的乡村振兴道路——中国"三农"调查》一书后，在读后感中写道："人民出版社最近推出的这部 30 多万字的中国'三农'调查报告，几乎涵盖了东西南北中的中华大地，这是空间；也几乎跨越了新中国的 70 年历史，这是时间。曾经长期担任广播记者，后又在政府领导岗位上辛劳的童禅福，年届 74 了，居然捧出这么一部巨著，献给中国特色社会主义走进的新时代，我是打心眼里佩服。"这是一位新闻战线上的老领导对我的肯定和鼓励，有一说一，我写这本书，是倾注了心血的。我国自 20 世纪土地改革以来近 70 年，特别是改革开放 40 年以来，经过艰难的探索，最终寻求到新时代乡村振兴的道路，我为之庆幸和欣喜。我写这本书也是希望为全党、全国人民实施乡村振兴战略这场烈火添一把柴。

　　习近平总书记在党的十九大报告部署实施乡村振兴战略中提出了深化农村土地制度改革，壮大集体经济，促进农村一、二、三产业融合发展等一系列重大决策。对于农村发展集体经济我是情有独钟的。我来自农村，对"三农"是熟悉的。中华人民共和国成立后，从土改，组织互助组、初级社、高级社、人民公社，直到土地家庭联产承包责任制，我不是直接参与者，也可谓一个见证者。20 世纪"大跃进"前几年，是我国农业发展的兴盛期，农业生产连年增产，集体经济日益壮大。我也是这一时期的幸运者，从小学到高中，正赶上这个年代，特别是 20 世纪 60 年代，国家经济最困难时期，我

读书人的精神家园

中华读书报

第1194期
2018年6月13日

CHINA READING WEEKLY

您可随时到邮局订阅
2018年中华读书报
好书指南 思想盛宴
邮发代号:1-201
欢迎到各地邮局订阅

我为什么要写《中国"三农"调查》

（详见5版）

《中华读书报》2018 年 6 月 13 日头版报头

家人口多，兄妹 3 人在校念书，父母重病缠身，欠生产队的钱越积越多，我考取大学的 1965 年，欠生产队的钱已超过 400 元了。在那个时期，这是个很大的数字，是乡村里的集体经济给我创造了继续读书的条件。如果不是集体的帮助，且不说我能否读到高中毕业，考取大学，成为开化县当年仅有的 7 名大学生之一，就是像 2017 年那样全县能考上 400 多名大学生，其中也不可能有我的份。因为我家当时太困难了，初中毕业或小学毕业就可能成为一个进城打工的少年打工仔了。所以我认为，土地集体所有的农业集体化制度具有独特的优越性。因此，我在聆听习近平总书记做十九大报告时，当听他讲到"壮大集体经济"几个字时，我情不自禁地鼓起了掌。

随着时代的发展，我对家庭联产承包责任制也是深有感受的。1969 年大学毕业到军垦农场劳动锻炼 18 个月后，我被分配到浙江省常山县广播站任编辑、记者。当时常山县 340 多个大队，我几乎跑遍了。那时，农业学大寨，割资本主义尾巴，每个大队把能下田干活的劳动力几乎都捆在田头。一年中，正月初二下田，一直干到大年二十八九，每个劳动者的工分只有两三分，也就是一个全劳力一天只能挣两三角钱，人越干越懒，田越种越瘦，这是一个大问题啊！正当这时，安徽省凤阳县小岗村 18 户社员立下了生死状，把生产队的土地承包到户了。从此，全国掀起了一场"阳关道与独木桥"的

我为什么要写《中国"三农"调查》

■童禅福

联合国商务副秘书长阿莎·罗斯·米基罗为奉化滕头村颁奖

责任编辑：尾晓平 电话：0570-3012762 E-mail:qzrw2017@163.com

●编者按

浙江省文史馆馆员童禅福新著《走进新时代的乡村振兴道路——中国"三农"调查》（以下简称《中国"三农"调查》）一书，最近由人民出版社出版。浙江省广电集团原总编辑、省作家协会原主席程蔚东这样评价它。这本书几乎涵盖了东西南北中的中华大地，这是空间，也几乎跨越了新中国的70年历史，这是时间。童禅福曾经长期担任广播记者，居处上欣领导岗位，年届73的他亦出版了这部巨著，献给中国特色社会主义的新时代。我国自上世纪土地改革以来近70年，特别是改革开放启动40年以来，一直在寻求探到新时代乡村振兴的道路。作者心系故乡、情系农民，将深深的情意倾注于字里行间，为全党、全国人民实施乡村振兴战略默々呼。今日本报刊登童禅福的《我为什么要写〈中国"三农"调查〉》一文，向读者介绍《中国"三农"调查》一书，一起来领略他的"三农"情怀。

我为什么要写《中国"三农"调查》？

童禅福

● 作者简介

童禅福 1945年出生于淳安，1959年随新安江水库移民全村迁入开化。1965年毕业于开化中学，1969年毕业于浙江农业大学。

《衢州日报》2018年6月25日第6版"人文·悦读"

争论。不久，全国推行了土地家庭联产承包责任制。我下乡采访时，发现常山县五里村土地承包到户后，一年后就发生了翻天覆地的变化，我四下五里村，采写了长篇通讯《"讨饭村"翻身记》。五里村当时461户1500多人，是常山县一个大的古村落，但这里农民对土地的情感越来越淡薄，人均口粮不足300斤。有一年，人均口粮只有201斤，人均年收入也只有三四十元。还有一年，每10个工分只有9分钱。1978年前后几年，每年有1200多人次外出讨饭，土地家庭承包到户后，人变勤土变肥。1981年，五里村粮食总产量达到126万斤，比1980年增长54%；人均口粮达到了510斤，全村无一人外出讨饭。《金华日报》把《"讨饭村"翻身记》改成《五里翻身记》。这一长篇通讯发表后引起了很大反响，时任金华地委书记厉德馨抓住了五里村这个浙江省最早实行土地家庭联产承包责任制的典型，这对推进金华地区直至浙江省的土地家庭联产承包责任制起到了很好的作用。浙江省自1982年到1983年全面推行土地家庭联产承包责任制后，粮食总产量从1978年的1467.2万吨猛增到1984年的1817.17万吨，亩产也从628公斤增加到790公斤，农民人均收入也从165元增加到466元。土地承包责任制彻底解决了农民的温饱问题，是农村治穷的一剂良方。

在加速工业化、推进城镇化和城乡一体化的进程中，农民大量离开土地，进城打工了。到了2017年底，全国进城打工的人数达到28652万人。农民进了城，逐步失去了对土地的热情，以家庭联产承包责任制为主要内容的小农经济已经不能进一步解放生产力、提高农业生产能力、改善农业生产条件、推进新时代农业现代化，于是"三农"问题也自然地由此逐渐凸显，农村出现了"空壳村"问题、贫富差距问题、农民工问题、留守妇女问题、留守儿童问题、土地碎片化问题、土地抛荒和养老问题，等等。我从省政府参事转聘为浙江省文史研究馆馆员后，对乡村文化建设更加关注了。当前乡村文化建设如何？2014年底，我向省文史研究馆建议，是否可以开展

"城乡现代化进程中，乡村文化发展趋势探索与研究"的课题调研，文史研究馆同意了。从 2015 年开始，省文史研究馆专门成立了一班人马，选择了浙江省经济社会发展处于中等水平的兰溪市

作者童禅福在江西省资溪县农村调研　韩香云/摄

对其进行系统的农村文化建设调研。调研中，调研组同志感到农村的集体经济发展程度决定着农村文化发展的面貌，而土地经营管理模式决定着农村的集体经济。终于，调研组发现"三农"问题的根子在于土地的经营模式。省文史研究馆在完成"城乡现代化进程中新农村文化发展趋势探索与思考"课题，并召开了浙黔文化合作论坛后，我撰写的《历史大变局下农村新集体经济的调研报告》在国务院参事室和中央文史研究馆主办的内刊《国是咨询》上加"编者按"后全文刊发了。

　　我踏上工作岗位后，虽然岗位一变再变，但下乡采访调研走村串户的那种朴素作风始终保持着。1986 年 3 月的一天，我到浙江省磐安县的高石溪村采访，这是一个无电、无报、无广播的山村，当时年人均经济收入只有 47.7 元，每家吃返销粮，我与山民们同吃同住同劳动一个星期，回到杭州，带了满身的跳蚤虱子。我写了《再也不能遗忘他们了》的调查报告，送到省委、省政府有关部门，报告中提出了"下山脱贫"的思路。高石溪村在政府的帮助下，家家下山脱了贫，走上了富裕路。再如 2007 年，在江西省乐平市的一次

调研。那天下午 3 时许，我们来到鸬鹚渡口，人和车要过渡，船工说："现在雨天水涨得很快，小车摆渡不安全。"经过我们的再三请求，小车上渡船了，但船工还是丢下一句话："车子返回，渡口肯定封闭了。"那天我们采访高家镇凤凰山垦殖场后，绕道返回住地已是凌晨 2 时许了。近 50 年来，我曾写过 200 多篇社会调查报告，多篇调查报告受到浙江省委、省政府领导直至中共中央、国务院领导的肯定或表扬。因此我获得了全国广电系统优秀记者和全国先进工作者的光荣称号。近 50 年来，我曾下乡采访调研过近千个村庄，访问了近万户农家，对农民产生了一种特殊的感情。在高石溪村采访后，回杭州不久，我以一个共产党员的名义寄送给高石溪村小学 5000 元钱。1998 年，吉林省遭受严重洪涝灾害，我也以一个共产党员的身份向吉林省委组织部寄去 5000 元钱，并建议他们把钱转送到受灾最严重的农户手里。

我的许多行为，家人不理解，特别是退休后，对"三农"的那份情，他们难以接受，亲朋好友也劝说："你现在都年过七旬了，应是在家养老，过天伦之乐的日子。"我也思忖：在我的事业征途上，在各个关键点上，都曾留下过值得记忆的点点滴滴，我写的《国家特别行动：新安江大移民》在人民文学出版社出版后，获得了浙江省委宣传部"五个一"工程奖。还曾获得首届范长江新闻奖提名奖，这一辈子已不缺名也不缺钱，是该休息了。但我几十年来埋在心底的那份对"三农"的情结和热情丢弃不下。经过对"三农"的长期观察、体验和思考，我觉得农业、农村、农民的"三农"问题太大了，如果不解决好，大部分农民始终富不起来，社会就不会稳定。"三农"兴衰，匹夫有责。我要为 9 亿农民去呼唤，要为党中央去分忧。从此，我奔赴浙江、江苏、安徽、河南、河北、贵州、江西和天津等省市，大江南北不少省市的农村都留下了我的足迹。我选择了华北平原的河南、河北、天津和东南沿海的浙江 4 省市的刘庄、周台子、王兰庄、航民等 8 村 1 乡和其他农村，对 2 种不同土地经营模式的村落经济、政治、文化等进行了调查剖析后，我深深感到，2 种不同的土地经营模式导致 2 种截然不同的结果，在对刘庄等 8 村 1 乡土地实行的集体所有、集体经营的经验进行总结后，我归纳出它们的三大优越性。

第一，实现土地合作与联合，建立新时代以新集体经济为主体、多种经济成分并存的社会主义乡村新社区，推进了乡村"三农"的全面振兴。浙江省萧山区航民村靠 6 万元积累和 6 万元贷款，计 12 万元起家，办起了印染企业，在乡镇企业改制的浪潮中，全村 26 家企业仍坚持集体所有、集体经营。2016 年，全村集体工业产值达到 124.7 亿元，利润 8.21 亿元，为国家创造税金 5 亿零 5 万元。河南省新乡县刘庄村工业起步早，以双音扬声器起家，接着食品厂、造纸厂、机械厂、制药厂相继建立。到了 2015 年，工农业总产值超过了 30 亿元。河北省滦平县周家庄乡实行乡村合一，村和生产组二级核算。土地一直实行集体所有、集体经营，企业全归乡集体所有，自 1983 年成立农工商合作社，全社农业、工业、旅游业、畜牧业、金融业全面发展。2016 年工农业总产值达到 10.74 亿元，创造税金 2960 万元。浙江省宁波市奉化区滕头村建起了 1000 亩规模的工业园，2016 年，全村实现了社会总产值 93.47 亿元。浙江省台州市路桥区的方林村依靠紧靠城市的优势，村集体工业、商业、农业一起上，2016 年，仅千人的村，村工农业总值达到 10.5 亿元，纯利润超过 7800 万元。地处国家级贫困县的河北省滦平县周台子村也是依靠村集体经济脱贫致富了。浙江省东阳市花园村 40 年实现了经济的三大跨越，2016 年，村民人均可支配收入达到 16 万元，村集体固定资产达到 15.13 亿元。近 3 年，集体经济收入每年接近 2 亿元，这来之于民的钱，仅 2016 年一年，用之于民的人均资金就接近 4 万元。全村变成了一个"大花园"，成为 4A 级旅游风景区。天津市西青区王兰庄村依托天津市的区位优势，一产转二产，二产转三产，形成了一个以钢铁、化工、仓储、物流、大型商业并举的多元化企业集团，村集体拥有固定资产超过 60 亿元，全面迈入福利型的新型乡村新社区。天津市蓟州区郭家沟村通过办农家院推进了旅游产业的发展，不到 200 人的小山村，2016 年，旅游+农家院收入达到 3079.95 万元；2017 年，农民人均纯收入超过 7.5 万元。

第二，实现土地合作与联合，建立新时代以新集体经济为主体、多种经济成分并存的社会主义乡村新社区，没有暴发户、没有贫困户，家家都是富裕户。刘庄等 8 村 1 乡经济发展了，家家户户不仅有稳定增长的收入来源，也有稳定增长的集体福利。村民已在不同程度上达到了基本保障靠集体。村民还享有养老、医疗保险，除此之外，每月还有各种生活补贴、教育补贴、奖励、节假日福利和老人福利等。航民村每年每人仅股份分红就超过 1 万元。方林村 2016 年股份分红每人达到 9000 元。花园村实行土地集体所有，承包到户，统一经营。村党委书记邵钦祥带领全村 400 多人致富了。2004 年，东阳市政府决定把花园村周边的马府、南山等 9 个村并入花园村。在邵钦祥带领下，并入的 9 个村承包到户的集体土地又实行集体经营。花园村 4000 多人，又家家致富了。到了 2016 年底，东阳市政府又把花园村周边的环龙、桥头等 9 个村并入花园村，这新并入的 9 个村承包到户的集体土地又实行了统一经营管理，农业人口也从 4577 人增加到 9272 人。2017 年 5 月，我在花园村村委会办事大厅采访，碰上刚并入花园村的青龙社区来办养老保险的一位长者，我问："你们青龙村并入花园村，感觉怎么样？"这位长者十分欣喜地说："好，我们每月每人可以到自己所在的社区免费领取大米 30 斤、鸡蛋 2 斤、猪肉 2 斤、茶油 2 斤，还享受着每人每年医保 4000 元等 31 项村里给的福利，简直是从糠箩跳入米箩，怎么不好？"我又有意问："并村后，村上把你们的房子拆了，你们愿意吗？"这位长者又笑着说："村上实行统一规划，统一建设，统一分配，并给每户建房补助，旧房拆了住新房，这样利村利民的好事，家家乐意啊！"周台子村所在的县是国家级贫困县。2015 年该县农民人均可支

《今日千岛湖》2018年6月21日第6、7版"理论与实践"

配收入只有5565元，而周台子村村民人均可支配收入达到了13000多元。村党支部书记范振喜介绍说："我们村走的是以新集体经济为主体、多种经济成分并存的社会主义乡村新社区道路，虽然起步晚了，但可喜的是，全村没有一户暴发户，也没有一户贫困户，全村700户农家，农民年人均可支配收入7000元至20000元的就有600户以上，年人均可支配收入超20000元的农户不足40户，年人均收入6500元至7000元的低收入农户也只有60户左右。而且我们村人均最低收入也超过全县农民人均可支配收入1500元以上。"

在共富共享的环境中，民心向着集体向着党，社会安定，和谐幸福，有困难通过集体都能解决，这使得这8村1乡几万人10多年来没有农户上访，生活祥和，睦邻融洽，家庭和睦，社会平安。

第三，实现土地合作与联合，建立新时代以新集体经济为主体、多种经济成分并存的社会主义乡村新社区，推进了乡村文化蓬勃兴起。刘庄等8村1乡已是充满着现代化气息的乡村都市了。他们住

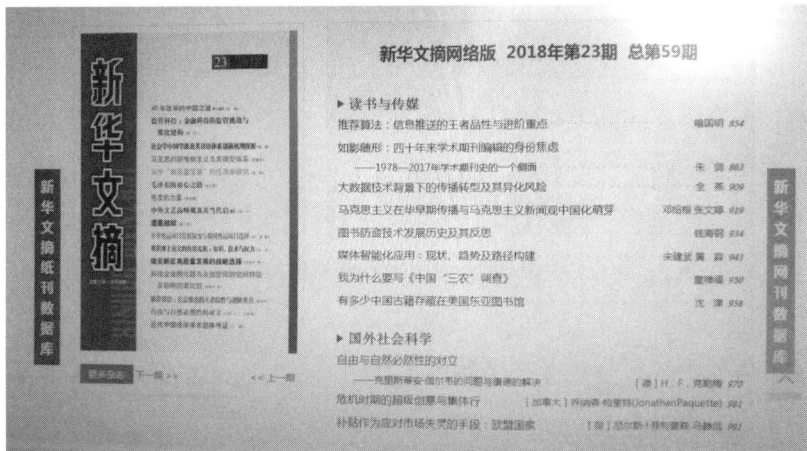

《新华文摘》网络版全文刊载《我为什么要写〈中国"三农"调查〉》

的是排屋式、别墅式的新社区，这里除去老人与孩子，村民大都进入村办的现代化企业，而且吸引了大量的外地就业人员。这里的就地城镇化，实现了城乡一体化，解决了当下多数农村"空壳村"无钱办文化、无人享受文化的问题。参与农村文化活动，本地的、外地的，老中青各层次都有，增强了农村文化的影响力、吸引力，为农村文化活动带来了勃勃生机。

坚持集体、发展集体、依靠集体、奉献集体、维护集体是 8 村 1 乡思想意识形态最突出的特征。在这种集体主义主流意识形态影响下，理想信仰积极向上，宗教信仰、宗教影响大为减弱，这里几乎无宗教问题。相反，在以农户家庭经济为主要形式的农村，就是另一番情景。刘庄等 8 村 1 乡毕业的大学生，为集体所吸引，纷纷回乡就业，这些集体经济培养出来的新型人才，愿意回到集体，参与集体经济社会生产管理。一方面，集体经济的发展给青年人带来实现自我价值的机会；另一方面，这里与城市尤大差异的乡村都市生活也吸引着他们。航民村 1996 年投资 2000 多万元建成了综合性的文化中心。方林村 2000 年投资 1100 多万元，建起了集村民学校、老年大学、老年俱乐部、图书馆、阅览室等设施于一体的文化中心。

花园村投资2亿多元，建立了花园娱乐城。刘庄和周家庄都建立了创业展览馆和农民艺术团，周台子村建成全国农村实用人才培训基地，周家庄乡建立了农民文化宫。王兰庄村投资3000多万元建起了星光老年活动中心、村图书馆、梁斌文学馆、"一二·九"运动纪念馆、青少年活动中心，村上还办起了评剧团、秧歌花会等文化娱乐场所。郭家沟村把文化建设与旅游事业结合起来，让游客和村民共享。

这些文化中心、展览馆和文化宫，既是群众文化娱乐中心，也是展示社会主义理想、集体主义精神宣传教育的平台。

刘庄等8村1乡走以新集体经济为主体、多种经济成分并存的社会主义乡村新社区道路，家家富裕了，邻里和谐了，并实现了4个"真正"：真正解除农民的后顾之忧，坚定了广大农民的社会主义信仰和理想；真正实现了就地就近城镇化和城乡一体化；真正做到了全村家家户户共同富裕；真正做到了物质文明、精神文明一起抓，农民群众生活丰富多彩。在深化农村改革中，它们走出了一条制度创新的新路，我感到，我撰写的《历史大变局下的农村新集体经济》调研报告，虽然在《国是咨询》刊发了，但这内刊发出的声音还是太小了。那段时间，我整天在思考着……

刘庄等8村1乡虽然规模有大有小，但有一个共同点，它们都是全省（市）乃至全国的名村，有的甚至名扬世界，像滕头村是世界十佳和谐村庄。它们的带头人都是全省（市）乃至全国的名人，有的甚至在世界上也有名望，不少村支书还是全国人大代表和党代表。如刘庄村的老书记史来贺曾是全国第三届、第四届、第五届、第六届和第七届全国人大代表，2003年4月22日，73岁的史来贺不幸逝世，中央组织部还发了唁电。周台子村的书记范振喜是党的十六大、十七大、十八大和十九大代表，最近，他又以"时代先锋"的形象上了中央电视台《新闻联播》。习近平、江泽民、胡锦涛、李克强等党和国家领导人都曾分别到过其中的不少村，浙江的航民、滕头、花园和方林4村都曾是习近平总书记十分关切和信任的村。它们今日已实现了产业兴旺、生态宜居、乡风文明、治理有效、生活富裕的目标。这8村1乡应是我国农村广大农民兄弟向往的幸福家园。当然，像刘庄等8村1乡这样的村落全国还有不少。但从我走过的农村来看，发现类似的村落并不多。我要去歌颂它们，我要去宣传它们，去全面阐述刘庄等8村1乡坚持以新集体经济为主体、多种经济成分并存的社会主义乡村新社区这条道路。我要写一部书，去全面反映中国的"三农"问题，经过艰难的调研，不少地方还是一个人自费去走村串户的，我写的这部书要有明确的立场、观点，要有强烈的启发性、借鉴性和指导性，使其有思想、有温度、有深度。在写好8村1乡这9个典型后，我再次逐一审读、排查、筛选，最后把全国知名度很高，但有争议的2个典型村删掉了，近3万字的采访、写作成果也就忍痛割爱了，并再次选取了靠集体经济融入市区的天津市西青区王兰庄村和依靠"绿水青山就是金山银山"致富的天津市蓟州区郭家沟村。春节前我冒着严寒，赶到天津，采访结束后，返回杭州，老伴已被女儿、女婿送进医院动手术了。近2万字的2个典型就在医院陪老伴的病房里写成。特别让我叫苦连天的是我的电脑打字水平。过去在单位时，学了3次电脑操作都没学成，退休后吃苦了，打一个字都得求人，我写的调查报告，特别是这本《走进新时代的乡村振兴道路——中国"三农"调查》，30多万字呀！老花眼加白内障，戴着老花镜，一手拿着放大镜，一手拿着圆珠笔，有时候甚至凭着感觉，一字一句在白纸上画。圆珠笔也不知道用掉多少支了，反正手稿加一遍一遍求人打印的修改稿，加在一起将近1米高，《走进新时代的乡村振兴道路——中国"三农"调查》才终于完稿。

习近平总书记在党的十九大报告中，就解决"三农"问题向全党、全国人民发出了"实施乡村振兴战略"的政治宣言，并亮出了"壮大集体经济，深化农村土地制度改革"等行动纲领，这一切正是我采写这部《走进新时代的乡村振兴道路——中国"三农"调查》的初心。

我的初心就是在中国农村选择一批走以新集体经济为主体、多种经济成分并存的社会主义乡村新社区的道路典型，树立一批榜样，使之成为全国新农村建设的旗帜，给全国农村以示范。我衷心盼望壮大集体经济，乡村早日得以振兴。

我的书稿写成了，如何去发挥最大效应，我个人的力量太单薄了，但我很自信，我要借力，借人民出版社这块国字号的金字招牌，让它向全国发声。我拿着书稿，忐忑不安地走进人民出版社的大门，人民出版社马列编辑一部主任崔继新接过书稿，粗粗翻了翻后说："这是一部为乡村振兴推力的巨著。"崔继新这位有敏捷眼光的编审当即接下了书稿，而后又说："我会积极向社领导推荐，争取尽早在我社出版。"有中国第一社之称的人民出版社的社长黄书元，他是社长、书记一肩挑，又是全国政协委员，他是一个敢于承担责任的人，为了加快出版速度，黄书元社长为该书出版开了绿色通道，超常规地特批了。之后，书名一改再改，最后在社长办公室商定书名，又是这位人民出版社的社长、书记黄书元一锤定音，确定了书名，并和我签下了图书出版合同。这时，我一直悬着的心终于放下了。2018 年 4 月，《走进新时代的乡村振兴道路——中国"三农"调查》作为人民出版社的重点图书推向了全国，发出了强大的声音。人民出版社对这部书也十分有信心，2018 年 4 月，陈鹏鸣副总编辑在新书发布会上说："我社在党的十九大提出实施乡村振兴战略不久出版的这部重要的'三农'著作，一定会助力我国乡村振兴战略的实现。"

凭着我对"三农"的观察和认识，并浓缩我对中华人民共和国成立以来"三农"的追寻和思考，用"脚"跑出了这本《走进新时代的乡村振兴道路——中国"三农"调查》，我在序言开头写道：

社会发展的阶段性是历史唯物主义的基本规律之一。

20世纪七八十年代的中国农村全面推行的土地家庭承包责任制是亿万农民的呼唤和时代的选择。

在习近平新时代中国特色社会主义思想指引下，建立以新集体经济为主体、多种经济成分并存的社会主义乡村新社区，是新时代中国通向共同富裕的历史必然和发展趋势。

这也是我对我国"三农"走过的这近70年，特别是改革开放40年来历程的思考的全部释放。

2018年5月31日，习近平总书记主持中央政治局会议，审议通过了《乡村振兴战略规划（2018—2022年）》。我们坚信，在中国特色社会主义全面迈进新时代的进程中，"三农"问题将彻底告别历史，全面振兴乡村就在"明天"。

童禅福

本文原刊于2018年6月13日《中华读书报》

2018年第23期《新华文摘》网络版全文转载

第二编　笔潭新编

　　人生的命运是无法设计的，但人生的机遇是可以捕捉的。20世纪60年代末，一个学农的穷学生走出校门，进了部队农场锻炼。从水田里走上岸后，来到浙西山区的常山县。我至今也没想明白，我在常山无亲无友，却获得了当时常山唯一的留城机关指标——在常山县广播站当起了编辑记者（当时的大学毕业生几乎都分配到企业或公社继续接受工人、贫下中农的教育）。这是机遇，也可能是"天命"，我走上了新闻之路。但我信"人勤地不懒"的俗话，"笨鸟先飞"，那只能从新闻的ABC学起，多年的"摸爬滚打"，新闻写作的"十八般武艺"也学了几招。我从新闻岗位到党务行政管理部门，直到退休后被浙江省省长聘为省政府参事、文史研究馆馆员，50年了，笔耕不辍，采写编发了数以千计的新闻报道、信息通报、调研报告，在《闲来笔潭》栏目中也写过一些文章。《笔潭新编》收集的24篇短文，可以追寻到改革开放"万马奔腾"时留下的一些历史痕迹，也可以追寻到自己亲历改革开放时留下的一些深深足迹。

"亲民"是习近平总书记的一贯思想作风

　　党的十八大以来，习近平同志围绕党的宗旨，保持党同人民群众的血肉关系，发表了诸多重要论述，这些论述着眼于实现党的十八大提出的目标任务，着眼于发扬党的优良作风。密切党群、干群关系，是习近平同志坚持的一贯思想作风和工作作风。他始终把人民群众的疾苦放在心上，他的"亲民"思想以及对贫困群众的关心，更是在他心中的重要位置上，他号召党员干部"结对帮困"，这一点我深有感受。

　　2003 年初，当时我担任浙江省民政厅副厅长。那年春节，我代表民政厅，跟随省委副书记周国富到宁波市慰问贫困群众和驻甬部队。在慰问中了解到，宁波市在解决困难群众生产生活工作中，重点从建立完善扶贫帮困的制度入手，在抓好城乡居民最低生活保障兜底扶贫的基地上，采取多管齐下帮困的措施，收到了很好的效果。尤其是宁波市委推行的党员领导干部结对帮困活动，该活动在全市构建了市、县、乡、村纵到底、横到边的四级帮困网络，全市 3 万多名党员干部参加了结对帮困活动。宁波市委领导在向慰问团汇报时讲到，在"结对帮困"中全市已形成一种制度，之后说："结对帮困联出浓浓的感情，联出了踏实的作风，联出了百姓对党的深情。"周国富同志听了市委领导的这番话，也动情了，他说："如果浙江省二三十万党员干部都参与'结对帮困'这项活动，那将会对全省扶贫工作，特别是对党群、干群关系的恢复起到重要的推进作用。"并鼓励宁波市委的领导说："这项利国利民的工作要坚持不懈抓下去，为全省带好这个头。"而后，周国富同志又对我说："童禅福，你是记者出身，宁波'结对帮困'的经验你好好进行总结，报给省委。"我曾在浙江省委办公厅工作过，也曾给省委领导起草过讲话稿，但一位省委副书记亲自命题要我去采访总结一个计划单列市的典型，这还是我一生中的第一次。慰问结束，我就全力投入了宁波"结对帮困"的典型采访中。那几天天不作美，下起了鹅毛大雪，也正是宁波最冷的时候。很快，《结出百姓对党的深情——宁波市党员干部结对帮困调查》的超万字调研报告采写出来了。2003 年 1 月 17 日，调研报告送给周国富同志，他放下手中的其他工作，仔细看起了我写的这篇调研报告，他阅后深思了一下，就在调研报告上批示："近平同志，我在这次宁波春节慰问困难群众中了解到，宁波市党员领导干部结对帮困工作措施扎实，事迹感人，具有长效作用。请把省民政厅副厅长童禅福同志撰写的调研报告送请阅示。"当天，时任浙江省委书记、省人大常委会主任习近平就做出批示，批示说："宁波市帮困工作开展得扎实有效，调研报告也写得好，可在有关刊物上用。"批示最后又专门指示省委秘书长张曦同志对这项工作做好落实。人民日报社《内部情况汇报》在 2003 年 2 月 13 日至 15 日分 3 期全文刊发了超万字的调查报告。尔后，《人民日报》、新华社、《求是》杂志、《中国社会报》、《今日浙江》等全国和省内主要新闻媒体都先后刊发了调研报告全文。从此，浙江省委以宁波为典型，积极推进党员干部结对帮困工作。历经 10 多年的努力，浙江省党员干部结对帮困已形成了省、市、县、乡、村五级帮困网络，并且已将这项工作进行了拓展。目前，各级党组织已把联系群众制度作为党建的一项重要工作。2014 年上半年，浙江省委办公厅下发了《关于完善党员干部直接联系群众制度的实施意见》（以下简称《意见》），《意见》要求，省级领导干部到联系县（市、区）及以下，市、厅级领导干部到联系乡镇（社区）及以下，每年至少 1 次，县（市、区）党政领导班子成员到联系村（社区）每年不少于 2

次；乡镇（街道）党政领导班子成员每人结对联系二户以上基层群众，每年至少沟通走访2次，结对联系户一至二年轮换一次；机关干部集中走亲联心每年不少于2次，时间不少于6天，有组织地与党员群众谈心每年不少于2次；同时明确了在职党员到社区报到、党员干部基层走亲联心、党代表工作室等制度。

习近平同志及时推广了宁波市"结对帮困"的典型经验，也充分验证了"亲民、爱民、关注民生、发展民生"是他的一贯思想。2006年7月24日《浙江日报》的《之江新语》专栏发表了习近平同志撰写的《一切为民者，则民向往之》的短文，文章中说："一个偏僻的小村庄，因为他们的支部书记生病了，一天之内村民自发筹集了数万元手术费，为他治病，村民们说，就是讨饭了，也要救他，党支部书记郑九万以自己的实际行动深刻揭示了'老百姓在干部心中的分量有多重，干部在老百姓心中的分量就有多重'的丰富内涵。这就是省委树立郑九万这个先进典型的意义所在。""郑九万现象"说明，一个党员干部，只要心里装着群众，真心实意地为人民群众做好事、办实事、办成事，人民群众就惦记他。作为执政党，党员干部与人民群众的关系就是公仆与主人的关系，离开了人民，我们就一无所有，一事无成，所以，共产党人一定要坚持权为民所用、

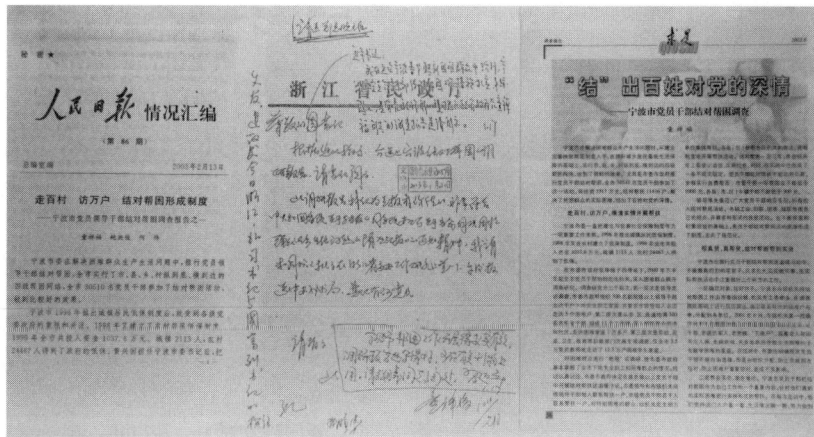

有关资料

情为民所系、利为民所谋，真正为人民掌好权、执好政。

　　习近平同志从地方调入中央工作以后，"近民""近贫""亲民"的思想树立得更加牢固了，仅党的十八届一中全会至三中全会期间，习近平同志就 7 次离京调研，考察大江南北，他率先垂范，告诫全党要坚持实事求是，要更加关注老百姓的疾苦，实现科学决策。2007 年，在浙江人民出版社出版的他的《之江新语》一书中的 232 篇短文中，据不完全统计，"群众"一词出现了 230 多处，"人民"一词出现了 200 多次，"老百姓"一词也出现了近 20 次，这些数字体现了习近平同志以老百姓为"天"，亲民、爱民、为民的真挚情怀，诚如书中所说的"坚持从群众中来，到群众中去"，"一切相信群众，一切依靠群众，一切为了群众"，"善于同群众说话"，"做人民群众的贴心人。要拎着'乌纱帽'为民干事"，"心无百姓莫为官"，等等，这些铮铮之言无不表达了习近平同志为民、唯民的执政理念。这些文章也充分体现了习近平同志"近民""近贫"，与人民群众心连心的思想作风和工作作风。

2014 年 9 月 29 日

"反房腐"不只百姓会叫好，刘锡荣们也会大受鼓舞

"官满为患"，官也痛恨

有一副对联：官员退休后，专家临死前；对联横批：敢说真话。法制日报记者曾引用此语向中纪委原副书记刘锡荣发问：您为什么不早些说这些大快人心的真心话呢？

这番话很容易引发公众的共鸣。但据我所知，许多官员在位时也很敢讲真话，只是这些真话都是一些内部讲话，没有媒体传播，外界不知情而已。就像刘锡荣学长（他1963年考进浙江农业大学蚕桑专业，我是1965年入学的），多年前就是干部财产公开的积极倡导者。我长久以来也忘了此事，是最近看到媒体报道，来自广东惠州市委组织部、市委党校的联合调研报告显示，近八成受访的公职人员支持官员财产"向大众媒体公示，让所有的老百姓都可以看得到"，才又记了起来。说起这位一贯讲真话的刘锡荣，同学校友印象最深的是他的"不近人情"。

刘锡荣在任温州市委书记时，家住四楼。有位校友在温州鹿城区搞柑橘生产，一天他背着一筐橘子来到刘锡荣家，他们叙谈良久，待到同学起身告辞之时，刘锡荣指着那筐橘子，请同学背走。那同学说："这是我搞试验种出来的优良品种，也是我花钱买的。"刘锡荣说："我们同学中有种橘的，有种茶的，有种粮的，有养蚕的，你这里缺口打破了，他们都来了，我怎么办？"那位同学无奈，只得从四楼的刘锡荣家又把橘子背了回去。

后来，刘锡荣调到杭州工作，任浙江省副省长。我们大学期间

《南方周末》2014 年 11 月 27 日第 19 版《自由谈》

是住上下楼的学友，我夫人在大学实习期间又与刘锡荣编在一个组。有一年的正月初二上午，我与夫人到刘锡荣家拜年。我们买了一盆花和一篮水果来到体育场路省政府机关宿舍，武警门卫见到我们的礼品，说："刘副省长有交代，无论什么客人来，只让人进，不准带礼品。"我们只得等下午换了门卫再来，下午我们"聪明"了，把会见客人改成一位厅长的名字，带着礼品顺利地进了刘锡荣的家。告辞时，他们夫妻两拿着我送的水果篮和一盆花陪我们来到门口，跟门卫说："到我家的客人，原定的规矩不能破。"

再后来，刘锡荣调到北京工作，他分得一套住房后，就很快把在杭州工作时的省长楼退了。据我所知，现在刘锡荣名下，也就只有北京万寿路上的一套公务住房……而这些"琐事"，到现在也还只在小范围内流传。

要我说，对类似"房叔""房婶"的行为，不只普通百姓会义愤填膺；对中纪委最近提出的联合多部门"反房腐"的举措，不只普通百姓会拍手叫好，刘锡荣们也会大受鼓舞。像刘锡荣几年前怒批的"官满为患"，如今动真格治理了，我想刘锡荣也会欣慰的。我还想说，我们都是退休的人了，我这里所写不是要拍刘锡荣的马屁，而是想告诉大家，现实中并非"无官不贪"，很多同志，最起码我身边一些厅级干部，也都是有荣誉感与羞耻心的，大家都在力求通过自己的点滴努力来改善现状。虽说"孤燕不成春"，但细流汇聚，也会成为不可阻挡的浪潮：不管在任卸任，无论官员平民，都敢发声，都有发言的平台，都能讲无愧于天地良心的真话！

本文原刊于 2014 年 11 月 27 日《南方周末》的《自由谈》栏目

重大灾情　因时而变

　　1993 年，我在浙江省委办公厅任信息督查处处长，在向省委领导和中央办公厅报送好传统信息后，我出了两招：（1）在《信息通报》上增设参阅版，刊发各级各地对我省宏观决策有参考价值的信息；（2）运用公安、广电等部门搜集的图像信息，在省委常委会开会前播放境内外重大信息，特别是我省发生的重大灾情、重大事件，主动出击，向中办等部门报送。像 1996 年那场特大暴雨，我们编发文字信息 25 期、图像信息 4 个版本。时任省委书记李泽民批示："重大突发事件和重大自然灾害，要打破常规，改进信息搜集报送手段，发挥现代化工具的作用，及时制作图像信息报送。"

　　对这两招，当年中央办公厅主办的《秘书工作》杂志上都做了专题介绍，现在看来却似乎了无新意。因为类似的"参阅版"，纸媒、新媒体都在做，并非只此一家、别无分店了；而编发图像信息，那更是"90 后"也会干的事了。在新形势下，究竟该如何打破常规，主动出击，那就要看今天在位的能否"明者因时而变，知者随事而制"了。我们老同志不好"退而不休"，但很乐意为年轻人因时而变、随事而制的新举措鼓鼓掌，希望他们拿出新招来。

　　本文原刊于 2015 年 8 月 20 日《南方周末》的《自由谈》栏目

我所经历的民政福利事业

2018 年，浙江省农村居民人均可支配收入达到 27302 元，位居全国各省（区）第一名已达 34 年。更可喜的是，浙江省实现了城乡一体化的保障体系，对全省五保老人和困难群体中的低保户提供救助，全省平均每月每人可支配收入达到 771 元，仅 2018 年，70.72 万人实现了兜底保障。发放救助金超过 50 亿元。尽管各市经济发展状况不同，标准不一，但去年这批救助对象人均全年可支配收入达到 9252 元，比全国农村居民人均可支配收入最低的省 8804 元高出 448 元。兄弟省市的人都羡慕浙江人真幸福。

这是大民政其中的一项工作，浙江省各级党委、政府要让更多更广泛的人都享受到改革开放的红利，特别是对最弱势的残疾人士，也处处关心着。

我在民政厅工作期间，曾分管社会福利工作，从浙江省假肢厂发展到浙江省社会福利中心，从原来单一的为浙江省断臂缺腿的革命伤残军人服务到对全社会五保老人和困难群体提供救助。在这个过程中，我对省各级党委、政府的民政工作有深切的感受和体会。

不知事时，我见到村上一位拄着木拐杖的远房堂叔，问妈妈，裳盛叔怎么只有一条腿？妈妈告诉我说："你裳盛叔另一条腿是朝鲜上甘岭战役中被美国佬的炸弹炸掉的。"那时虽然还不太听得懂妈妈的话，但从此之后，我特别崇敬这位堂叔。其实，从我党建党到红军长征，直至抗日战争、解放战争和抗美援朝结束，仅我省伤残军人优抚对象就超过 2 万人，其中断臂缺腿的荣誉军人就达到近

2000 人，他们的工作生活极为不便。中华人民共和国成立初期，浙江省只有浙医二院一个矫形器制作室，产品单一，生产能力弱，远远不能满足需要。伤残军人和社会残疾人只能到上海华东整形馆或南京安装假肢、矫形器，购手摇残疾车。1958 年 11 月 3 日，省民政厅腾出了 3 间办公用房，浙江省假肢厂就此诞生。初期，浙江省假肢厂的生产能力有限，只能优先满足革命伤残军人的需要。到了 1960 年，当年假肢厂共装配假肢 115 具，矫形补助器 101 件，各种残疾车 10 辆；修理假肢 432 具，矫形补助器 30 件，各种残疾车 51 辆。

随着事业的发展，我们为革命伤残军人考虑得也更周到了。1978 年，PTB 小腿假肢试制成功。接着骨骼式大腿假肢也试制成功。1979 年 9 月，全国第一台电子控制残疾人专用电动轮椅车在浙江省假肢厂试制成功，填补了我国电动残疾座车领域的空白。当年 10 月 22 日，新华社还专门刊发了"下肢残疾者医用电动三轮座车问世"的消息。这项成果荣获 1979 年浙江省优秀科技三等奖。当年，生产了上下假肢 308 件，矫形辅助器 428 件，病理鞋 438 只，残疾车 55 辆。1980 年，浙江省假肢厂生产的 DZC-1、DZC-2 电动座车还参加了秋季广交会。同年，浙江省计委批准浙江省假肢厂扩建厂房 1200 平方米。

改革开放后，浙江省假肢厂引起了国内外同行和残疾人的关注和重视。国外假肢同行和专家纷纷来浙江省假肢厂考察、参观、学习。1981 年 8 月 1 日，德意志联邦共和国假肢联合会主席金科和干事长许特，由民政部派员陪同，来到浙江假肢厂参观。11 月，美国假肢专家团一行 16 人到浙江省假肢厂参观考察。1982 年 4 月，世界康复基金会主席腊斯克教授来厂考察，之后几月西德也来了几批专家考察浙江省假肢厂。当年，浙江省假肢厂就被民政部列为全国假肢行业对外开放的六厂之一。1985 年，全国假肢生产科研经营交流会在省内召开，其间，还举办了中日友好假肢技术交流会。

1987 年，全国募捐委员会成立。福利彩票开始在全国发行。随着社会发展，人们"扶老助残，救孤济困"的爱心日益增强，福利公益金也逐年增多。2008 年，浙江省在全国创新开展了"福彩助我行"活动，当年省级就投入 400 万元，在保证优抚人员的前提下，免费为五保老人、低保对象的残疾人和儿童机构配置各类康复辅具。近年来，浙江省募集福利公益金呈跨越式增长，从 2016 年起，销售福利彩票连续 3 年跃居全国各省（自治区、直辖市）第二，2018 年达到 167.8 亿元，募集福利公益金 48.3 亿元。从 2015 年开始，浙江省民政事业仅这一项"福彩助我行"活动，省级就投入 1300 万元。2018 年，配置各类康复辅具 2733 件，制作装配各类假肢产品 202 件，完成 11 家公办儿童机构共计 873 件矫形器及辅具的筛查、配送、安装、调试；完成 11 家养老机构共计 740 件康复辅具的配送、安装、调试；完成 13 家老年机构 247 个房间的标准化改造任务。同时派出 20 多人次，历时 30 多天，服务行程超万里，为 189 名伤残军人和社会残疾人提供巡回修理服务和单独上门服务，累计服务困难群体超过 3000 人次。自 2008 年开展"福彩助我行"活动 11 年来，省本级福利公益金就投入 9840 万元，是全国各省（自治区、直辖市）投入最多的省份之一。

民政人接触的是最需要社会关注的一批特殊群体，全社会的弱势群体，民政部门都得管。这就要求民政人要有爱心、要有热心、要用真心去关爱他们。把这些人关爱好，既体现了社会主义制度的优越性，也使整个社会对党、对政府的信任度大大提高，党和政府形象更加美好，整个社会也就和谐了。因此，民政人把"民政为民，民政爱民"作为民政工作的宗旨。长期以来，民政人设法用好每分钱，去温暖社会最需要关爱的那部分人的心。各级党委和政府对这些需要党和政府特别关爱的人群，更是尽最大可能去关心他们，帮助他们。特别值得一提的是，浙江省社会福利中心大楼的建设，就是在时任浙江省委书记张德江和省长柴松岳的亲自关心下建设起来的。

1996 年，省计委下文批准地处湖墅南路的浙江省假肢厂在原来厂房的基础上改造建设浙江省社会福利中心大楼，投资 3700 万元。从此之后，浙江省假肢厂就发展成为浙江省社会福利中心了。

适在此时，杭州市政府决定对湖墅南路进行改造。对湖墅南路改造项目，杭州市政府给拱墅区政府的政策是"以房养路，以路养房"，路两旁单位的房子不进行改造，政府负责搬迁。假肢厂项目 C 五区块，处于市中心地段，省民政厅和假肢厂的干部职工都不愿搬迁。根据当时湖墅南路改造工程的政策，浙江省社会福利中心大楼用地的市场评估价是 3700 多万元。当时的省社会福利中心根据湖墅南路改造指挥部的土地出让协议交了 400 万元之后，省里投资的项目资金就不够交"以房养路"的土地钱了。省民政厅和省社会福利中心的领导天天跑杭州市土管局、规划局。规划用地许可证拿不出来，工程就无法开工。当时分管这项工作的我也很无奈。我想，张德江书记在任国家民政部常务副部长时的 1989 年 10 月，曾亲临浙江省假肢厂视察，他对民政工作是深有情结的，对假肢厂也是很熟悉的。我凭着在省委、省政府信访局工作期间，曾与张书记有工作联系这层关系，鼓起勇气给张书记写了封信，信中提出："省社会福利中心大楼的建设用地不能采用商业用地的办法挂牌出让。应以按公益事业用地实现划拨，请求张书记给予关注。"想不到张书记很快就在我的信上做出了"请民政厅出面协调"的批示。其意已经很明确了，就是要求民政厅去做好各方的工作。张德江书记批示 3 天后，时任省长柴松岳也做出了"请杭州市政府项勤同志研处"的批示。这两把"尚方宝剑"给省社会福利中心领导和管基建的同志壮了胆。中心主任赵时龙就拿着省委书记和省长的批示，找到杭州市副市长项勤和有关部门的领导。很快，中心大楼原厂房用地就没按改造工程的政策实行"以房养路"的办法交钱，协商后建筑面积 2954 平方米的建筑用地的地价降到 788 万元。当时省假肢科研康复中心的干部职工闻讯后深受鼓舞，他们怀着激动的心情给张德江书记和柴松岳省长写了感谢信。信中盛赞张书记、柴省长为中心办了一件大好事，为我省残疾人办了一件大实事，表示我们和全省 200 多万残疾人将永远铭记在心，争取大楼早日落成，为我省残疾人事业创造新局面。

省里共投资 4700 多万元，建筑面积达到 16590 平方米的浙江省社会福利中心大楼于 2003 年 12 月 20 日通过了竣工验收。大楼集办公、假肢制作、科研、残疾人康复训练于一体，服务功能从此不断拓展，我省残疾人的康复事业也迈上了一个新台阶。浙江省社会福利中心主任赵时龙也被省民政厅授予全省民政系统"百名优秀公仆"称号，

浙江省社会福利中心

2006 年 10 月，赵时龙又被国家人事部、民政部评为"全国民政系统优秀工作者"。

60 多年来，浙江省社会福利中心的民政人不仅用心去温暖最需要社会关爱帮助的弱势群体，在经济效益上也肯用功夫，编制只有 39 人，经费自理公益二类事业单位的浙江省社会福利中心，2017 年净利润达到 600 多万元，2018 年又突破 700 万元。有了钱就更能办事了。最近，浙江省社会福利中心干部职工和全省的民政人一样，按习近平总书记的指示将民政工作的重点聚焦于脱贫攻坚，聚焦于特殊群体，聚焦于群众关切，努力做好党和政府连着民心、社会建设这项兜底性、基础性工作。2019 年中心准备引进全世界最先进的 CAD/CAM7 轴工业级机器人，用于高端复杂矫形器等康复辅具的自主生产，争取尽早建立全省高端产品加工中心和数据中枢，更好地为广大残疾人提供更高质量的服务。

（浙江省老干部局庆祝中华人民共和国成立七十周年征文）

本文原刊于 2019 年 4 月 24 日《中国社会报》

第三次来到小洋山岛 *

　　小洋山岛位于杭州湾喇叭口外线缘，隶属于浙江省舟山市嵊泗县洋山镇。今年 6 月 2 日，我有幸随浙江省政府参事室（浙江省文史馆）考察组再次登上小洋山岛，这是我第三次到达此地。登岛之后，来到了洋山港管委会，接待的同志介绍说："2015 年上海国际航运中心洋山深水港连同外高桥港去年已跃居世界之最……"我曾在浙江省民政厅工作过，对区划管理工作略知一二，洋山地域至今隶属浙江管辖，洋山深水港为何归于上海国际航运中心管辖？顿时，我的头脑中结出了一个疑团。

　　小洋山岛四周海域辽阔，岛礁环抱，风光旖旎，岛上沙滩绵延，山清水秀，地貌奇特，素以"碧海奇礁、金沙渔火"的海岛风光著称，海深 16 米以上，是一个天然的深水港口。

　　舟山的海鲜属全国之最，谁都盼能亲临品尝。1979 年，我在常山县广播站工作，参加了北京广播学院第一、二期新闻培训班，第一期 5 月在金华双龙洞，那时关起门来读了半个多月的书，第二期 10 月在定海陆军招待所，我天天品味着海洋，也想带一些海货送给左邻右舍。一天晨练，我跑进了定海的马路市场，一路的海鲜摊深

---

　　* 2020 年 8 月 18 日至 21 日，习近平总书记深入安徽调研，并在合肥主持扎实推进长三角一体化发展座谈会，习近平总书记的重要讲话，牢牢紧扣"一体化"和"高质量"两个关键词，一体化旨在打破行政壁垒，提高政策协同，让要素在更大范围畅通流动，有利于发挥各地区比较优势，实现更合理分工，凝聚更强大的合力，改革开放的深化、一体化协调发展将是大趋势。

深吸引着我这个山里人的后代。鲜目鱼 2 角钱 1 斤，鲜黄鱼也很便宜。第二天与一起参加培训的义乌广播站的朱忠宝一起买了 150 斤鲜目鱼，扛进了招待所，洗净晒在楼上的平台上。那天，身在课堂，一双眼睛却始终盯着窗外的蓝天。下午，2 时刚过，一片乌云把太阳遮起来了，到了 3 时左右，瓢泼大雨从天而降；第 3 天，目鱼中就钻出了蛆，只得全倒了。我们想发点小"财"的梦也破了。半个多月的培训结束后，嘉兴、杭州、金华、衢州、丽水和湖州等地的学员都要求往嵊泗走，去小洋山观光一番，大家如愿了。那里的大黄鱼跟猪肉的价格一样，每斤只需 6 角 3 分钱，鱼鳞闪着光，还是刚从海上抓起来的，太吸引人了，我抓了 3 条大黄鱼也只花了 6 元 5 角钱。回到家，宁波老婆大大赞许了一番。

1996 年，当时我在浙江省委办公厅工作。5 月的一天，在一次省高层会议上，在研究浙江省的海洋开发议题时，一位高层领导张开大嗓门并严肃地指出："大小洋山不仅仅是嵊泗的、舟山的大小洋山，也是浙江省的大小洋山。前几天，上海市一位副市长带着一批专家来到浙江大小洋山考察，这么大的事，怎么不上报省委、省政府？"这位领导脸色铁青，全场肃静。从那天以后，舟山大小洋山，在我头脑中特别留下了深刻的印象。我曾上大小洋山，只知道这里的石龙、小观音山摩崖群的奇特，不知大小洋山的天然深水港有那么大的特殊价值。2003 年我在浙江省民政厅工作时，再次专程来到大小洋山，这里全变了，原来的荒草海滩不见了，不多的居民也搬走了，只见一片隆隆的挖土机、填土机。陪同的嵊泗县副县长介绍说："这里自 2002 年 6 月开工，再过 2 年，上海东海大桥架成，一座现代化的国际航运深水港就将在这里显现。"

这次从浙江省政府门口上车，我想，虽然没有第一次嵊泗行从宁波上船到定海，再从定海颠颠簸簸到上海那么复杂，但也得从宁波绕一个大圈才能到大小洋山。结果一上杭沪高速再到东海大桥，3 个多小时就到上海国际航运中心洋山深水港码头了。这里只留下了我记忆中的龙山石，其余都是崭新的。它已从原来 2 平方公里的陆域面积扩大到如今的 15 平方公里，全岛成了一座世界一流的大码头，据洋山港管委会常务副主任钱海滨介绍："洋山深水港自 2005年 12 月 15 日开港，到 2015 年已创下 1536 万集装标箱的国际航运纪录，连同外高桥港口，上海国际航运中心已成了世界第一大港。"这是值得人们自豪的。但作为一个浙江人，一个了解区划地名工作的人，心里总觉得不是个味。

今日，以洋山定名的嵊泗洋山镇，唐朝时为北界村，属翁山县蓬莱乡，宋、元、明三朝属昌国县（州），清康熙二十九年（1690），属定海县，1934 年设大洋乡，1951 年 12 月划归江苏省嵊泗县，1953 年 6 月随嵊泗县划归舟山专区，1953 年分设为大洋乡、洋东乡、洋西乡，1958 年改为大洋乡生产大队，1962 年 4 月划归大衢县，与滩浒山、小洋山徐公岛合并设洋山公社，1964 年 7 月复归嵊泗县，1984 年复为大洋乡，直到 2001 年 2 月设置嵊泗县洋山镇。

按照这样的演变，如今的洋山深水港行政管辖权应该属于浙江。但现在，上海在小洋山岛设立了公安分局、海事局、海关等行政管理机构，全部的行政管理权都属于上海市。这显然不符合我国行政属地管理的有关法律、法规。但上海开港后，就确定每标箱返利嵊泗县 13 元 1 角，去年一年嵊泗就从上海获利 2.01 亿元，占了嵊泗县全年地方财政 6.90 亿元的 29.1%，钱海滨副主任介绍说："港口码头每标准箱出港的管理费等收益一般只有五六元，上海国际航运中心返回嵊泗 13.1 元标箱是明亏的，一标箱亏本七八元。"算大账，上海是大赚的。如果没有洋山深水码头，那就没有上海的海上大运输，当然也就没有今日上海国际航运中心的兴盛。上海国际航运中心在洋山码头连同东海大桥投资几十亿元，其目的就是为了赚取远洋海运更多的钱，当然还推进了上海经济的发展，其潜在的利益就更多了，这就是上海人的精明之处。但嵊泗人靠海吃海，不费一分本钱每年能拿到这么多钱也是合算的。如果浙江、上海共同开发，那就是另外一回事了。

古往今来，昔日每个都、城府、镇乡的设置无一不是根据当时的政治、经济需要，同时又取决于它自身的客观条件，否则就会出事乱套。陪同考察的嵊泗县的一位领导讲了一个真实的故事。民国时期，嵊泗的黄龙岛上的北港区属江苏省崇明县管辖，南港区的管辖权又属于浙江省定海县，国民党在黄龙岛抓壮丁，崇明县来人抓，北港区的青年人就逃到浙江省管辖的南港区，定海县来人抓，南港区的青年人都躲在江苏管辖的北港区。因此，国民党在黄龙岛往往会一个壮丁都抓不到。我国一直十分重视区划管理，中华人民共和国成立后，这项工作一直被摆在重要位置上，我国遗留多年的省、市、县的区划问题直到 20 世纪末才基本被解决，但县（市、区）内的区划调整还在常态地进行中。进入 21 世纪，海洋开发已成为我国一项战略要务，但现在行政区划和经济社会发展不协调的事情也时有发生，洋山深水港码头就是典型的区划矛盾，还有宁波、舟山港的联合开发，宁波、舟山虽然同属浙江省，但也涉及区划管理和利益分配的问题。当前，社会上流传着全国省（市、区）新区划设置的多种版本，我们无法辨别真伪，但这至少透露出一种信息：我国高层在调查研究，在设计新的省（市、区）的区划调整蓝图。因此，我们坚信，随着改革开放的深化，我国的区划将更加适应经济社会发展的需要，也将更符合广大人民群众的利益。

本文原刊于 2016 年第 4 期《古今谈》

国家民政部"特批"西泠印社追记

2016 年 12 月 26 日，这天一个偶然的机会，我结识了西泠印社理事朱妙根。这位曾编过 200 多万字的《百年西泠印社史料长编》副主编及担任《西泠印社百年图史》副主编的老社员，对西泠印社的往事，如数家珍，侃侃而谈，谈到国家民政部"特批"西泠印社这段历史时，他连声说："这是西泠印社发展史上的一件大事，值得记载。"在朱妙根社员的一再要求下，我写下此文，并给此文定了名，终于把 15 年前的这件几乎忘了的事重新追记了下来。

2002 年国庆节刚过，上班的第一天，时任省委书记张德江的秘书打来电话说，请我去一趟。我连忙放下手中的活，赶到省委大院三号楼。秘书把我领到张书记办公室，张书记递给我一封信，信上还有他"请民政厅阅办"的批示。张书记对我说："西泠印社是全国性的社会文化团体，应该由民政部注册登记，这件事你们要跟民政部协调解决好。"张德江书记曾任民政部常务副部长，对社团管理工作十分熟悉。当时，我刚从省信访局调任省民政厅不久，协助厅长分管民间组织管理工作。张德江书记把这项任务交给我，也在常理之中。我过去虽然爱好书法，但对西泠印社的了解也甚少。

回到办公室，认真看了西泠印社郭仲选等 5 位老社员给张德江书记的信及张书记的批示，感觉肩上的担子一下子沉重起来，这是一项很艰巨的任务啊！

西泠印社创立于清光绪三十年（1904），是我国现有历史最悠久的文化社团，也是海内外成立最早的金石篆刻专业学术团体。文献名邦的浙江，历代文人辈出，20世纪初，丁仁、王禔、吴隐、叶铭4位江南雅士在西子湖畔的孤山上创办了一个研究金石的学术团体，定名西泠印社。他们要在西湖孤山买地立社，吴氏两兄弟就来到上海，打着西泠印社的牌子，办起了印泥厂和出版产业，经过一批文化人的努力，以及企业家和政界官员的资助，西湖孤山就成了西泠印社的社址福地。西泠印社第一任社长是吴昌硕，第二任社长是马衡，第三任社长是张宗祥，第四任社长是沙孟海，第五任社长是赵朴初，第六

《西泠艺丛》杂志封面展示

任社长是启功，这6任社长都是在中国大地上掷地有声的文化界名流。民国时期，中国驻日本大使杨守敬、文化巨匠来永祥等一批名人都曾是西泠印社的社员或社友。西泠印社诞生在杭州，这是众所周知的；西泠印社社址在杭州孤山，这也是世人公认的 。

2002年，西泠印社社员已遍及全国，甚至香港、澳门特区也有大量社员。20世纪90年代初，生产印泥的上海西泠印社已进行了工商登记，"西泠印社"已成为上海的一家企业名称。但坐落在杭州孤山的西泠印社建社快90年了，还从没有进行过任何注册登记，只是一家天下知晓的、合情合理但"不合法"的文人社团！要办好此事，难度可想而知。

当时，我卸任省委省政府信访局局长，调往省民政厅担任副厅长，协助厅长分管民间组织、复退军人安置、优抚及社会福利等工作。民政部分管社团组织的姜力副部长也正好是从优抚司司长升任

的，这为我"跑部前进"奠定了很好的人脉资源。我也就壮着胆来到北京国家民政部，走进刚被提拔协助部长分管社会组织的姜力副部长的办公室，这位办事爽快的女副部长一见面就冲着我说："不久前在浙江开优抚工作座谈会，我今天又改行了。你们浙江人办事就让人放心，今天你特意找上门，有何事，直说吧！"我把张德江书记的批示和会见我的来龙去脉和盘说给这位女副部长听后，她接过我的话茬说："张书记原来是我的老领导，今天你可谓张书记派来的'特使'，这件事我们应该认真办。"她接着又说："我刚接过这项工作，还不熟悉，具体情况得与孙伟林副局长谈。"接着，这位女副部长就打通了电话，请来了民间组织管理局的这位深谙业务的孙伟林副局长。

我在孙伟林副局长的办公室里又将向姜力副部长汇报的一席话重述了一遍，接着就有了以下探讨性的一番对话。

孙：上海西泠印社已经做了工商登记，如果他们有一批书画篆刻文化人以"西泠印社"在民政部门注册登记，你们这件事就没法办了。

童：因此我这次特意来民政部商讨西泠印社注册登记的事。

孙：西泠印社创办快90年了，早就应该注册登记了。

童：这有历史原因，现在的关键是很难确定主管单位。

孙：西泠印社的社员遍及全国，根据属地管理的原则，西泠印社的主管单位只能是国家文化部或中国文联，地方政府，特别是下属有关部门是没有资格作为主管单位的。

童：西泠印社的诞生地就在杭州，如果主管单位在北京，那工作十分不方便呀！

孙：我一针见血地说，不是不便，而是你们浙江和杭州不肯放。

童：西泠印社是我们杭州的一张名片，当然要由我们自己管，这也是一个重要的原因。今天我特来北京，就是请局长想办法的。

孙：这是原则，没有办法可想。

童：全国有其他的社团或基金会等社会团体由地方政府主管的先例吗？

这位从事多年民间组织管理的业务副局长思忖了一下，说："你这个点子提得好，有，宋庆龄基金会就是民政部特例批给上海市人民政府作为主管单位注册登记的。"

我马上说：是否可参照这一模式，西泠印社由浙江省人民政府作为主管单位？

孙：宋庆龄基金会是特例，浙江省人民政府要成为西泠印社主管单位，事先还要与国家有关部门协商，再提交民政部部长办公会议讨论确定，否则就会有后遗症。

但我心里最明白，这特殊授权不是最终目的，遵照领导的旨意，西泠印社最后是要由杭州市有关部门作为主管单位的，我心中始终盘算着。

经过我们两人的反复商议，西泠印社的主管单位终于暂时确定下来了。我们商定的方案是：西泠印社由浙江省人民政府作为主管单位，向民政部上报注册登记，民政部批准注册登记之后，浙江省人民政府授权杭州市人民政府作为二级主管单位，杭州市人民政府再次授权杭州市委宣传部作为西泠印社的最终主管单位。

孙伟林最后告诫说：西泠印社登记注册如果按我们今天商定的方案办，西泠印社必须按社团管理的有关法律法规开展活动，目前吸收社员的区域只能限于全国 31 个省、自治区、直辖市和香港、澳门特别行政区。欧美及日本等国的华裔、华侨和外国人士不能吸收为西泠印社社员，这是一个原则问题，必须这么办，如果他们有要求，工作又有需要，可以作为名誉社员或社友参加有关活动。

返杭之后，我就向省、市有关部门做了汇报，省、市领导和有关部门都同意我和孙伟林副局长在国家民政部商定的方案，从此，西泠印社注册登记的手续就按照商定的程序进行着。

2004 年 1 月 13 日，国家民政部批准西泠印社正式注册登记，并特例同意浙江省人民政府作为主管单位，尔后逐级授权，最后，由中共杭州市委宣传部作为西泠印社的实际主管单位。

从 2004 年 1 月 13 日起，西泠印社真正成为一家合情合理又合法的、民政部"特批"的文化人社团。2005 年，西泠印社 313 名社员分布在全国 26 个省、自治区、直辖市和香港、澳门特别行政区。目前，西泠印社社长由德高望重的国学大师饶宗颐先生挂帅，美术大师刘江先生出任西泠印社执行社长，中国文联副主席、中国书法家协会副主席、浙江书法家协会主席陈振镰担任副社长兼秘书长，西泠印社各项工作开展得有声有色，已进入常态性的健康发展态势。

丁酉年正月初一

本文原刊于 2017 年第 3 期《西泠艺丛》

省直管县在浙江悄然试水

——浙江义乌县级行政管理体制改革试点的前前后后

　　国家统计局公布的 2005 年度全国百强县（市）中，浙江省义乌市位列第 12，前面的县（市）有 11 位，浙江省萧山、绍兴、鄞州都在义乌前列，慈溪、余杭在义乌之后。市属区归市直辖管理，不予细究，但在义乌市前后的绍兴县（现绍兴市柯桥区，下同）和慈溪市，它们的发展活力指数分别为 91.390，94.194，而义乌市只有 86.455，综合指数绍兴县达到 94.735，而义乌市只有 87.490。但浙江省委、省政府 2006 年第四轮扩权的试点，也是探索县级行政管理体制改革的试点，为何选中了义乌市……

义乌市行政管理体制改革试点的提起

　　改革开放初期，中央决定改革地区体制，推行市领导县的管理体制。1983 年 1 月，国务院批准江苏省撤销所有地区，地区所辖的各县划归 11 个市领导。浙江省自 1983 年撤销宁波地区，所辖的鄞县、余姚、奉化、宁海、象山 6 县划归宁波市领导之后，到 2000 年完成丽水撤地建市。在这期间，省政府陆续出台了一系列政策文件，从经济计划管理、人事制度管理等方面进行的行政管理体制改革进一步具体化。在经济方面，原先由省直接下达到县的经济计划改为由省下达到市，再由市下达到县；在城乡关系上，从过去城市管工业、地区管农业，到调整地级市全面规划，统一领导工业与农业、城市与乡村。到此，浙江省名义上已全部实施了"市管县"的省域行政管理体制。但由于浙江省区域经济发展迅速，从 1992 年起，浙江省委、省政府在"市管县"的体制下，出台了一系列省管县的政策。1992 年，省政府对当时的萧山、绍兴等 13 个经济强县（市）实行了放权，并简化了相应的审批手续；1994 年，我国自实行分税财政后，其他省按照"一级政府，一级财政"的原则，确立了省管市、市管县的财政模式，而浙江省把原来省管县的财政体制延续了下来；1995 年浙江省政府在当时的 17 个贫困县及经济欠发达县推行了"两保两挂"的政策；1997 年浙江省政府又对当时的萧山和余杭进行了扩权试点，主要内容涉及基本建设和技术改造项目审批管理，对外经济审批、金融审批、计划或土地等 11 项管理权限；2002 年 8 月 17 日，经浙江省委、省政府决定，又有 313 项本该属于地级市的经济管理权下放给了绍兴、慈溪等 17 个县（市）和萧山、余杭、鄞州 3 个区。三轮"强县扩权"措施，使地级市的职能和权限在这一过程中被逐步弱化，同时，浙江省这种特有的放权、扩权也成为县域经济向内寻求发展的动力，促进了内生性民营经济的生长和繁荣，也带动了县和县以下农村经济的发展。

全国人大十届四次会议批准的《十一五规划纲要》在"着力推进行政管理体制改革"一章中指出，"深化政府机构改革，优化组织结构，减少行政层级，理顺职责分工，提高行政效率，降低行政成本，实现政府职责、机构和编制的科学化、规范化、法定化"。这里提出了一个重要课题，就是在行政管理体制改革中，要减少行政层级，这是优化组织结构、提高行政效率、降低行政成本、规范机构和编制的重要一环。全国人大十届四次会议结束后，浙江省政府参事室（省文史研究馆）党组书记、主任方泉尧带领省政府参事董石麟、于涟、吴山明、杨扬、孟丙南、童禅福等人到义乌调研。

在"温州模式"传遍中国甚至世界各地之后，浙江中部小县义乌独特的经济发展模式，也成为被冠名为"义乌模式"的义乌经济，使世界都了解了。20 世纪 70 年代末，一批后来被称为"扁担商"的早期义乌商人，和绝大多数吃苦耐劳创业的浙江人一样，远赴广州进货，再回到金华、丽水等地的农村寻找销路。随后，这些商人开始扎堆摆摊。1982 年 9 月 5 日，随着全国第一个小商品市场在义乌的兴起，义乌小商品市场在 20 年的时间内，规模急剧扩大，作为一个市场，今天的义乌已发展成为中国最大的小商品流通中心，2006 年，义乌全市商品交易市场总成交额达到 418 亿元，其中连续 18 年位居全国各大集贸市场榜首的中国小商品城市场成交额达到 315 亿元，全年成交额首次突破 300 亿元。在市场带动下，义乌国民生产总值在 2006 年达到 348 亿元，财政收入 44.88 亿元，已成为我国最具有活力的县市之一。

义乌经济超常规高速发展，支撑经济持续发展的要素资源却严重告急。浙江省政府参事一行在调研时，义乌市干部群众反映最大的事是义乌创造了奇迹，但义乌的行政管理体制已严重制约义乌经济社会全面快速发展，他们形象地比喻，现在的义乌的行政管理体制是"小蒸笼蒸大馒头""20 多岁的大小伙穿 10 多岁儿童的衣裤"。他们对现有行政管理体制进行总结，表示再创奇迹遇到了七大已经绕不过的障碍。一是严重影响涉外经济管理工作发展。2004 年，在义乌市场直接和间接形成出口贸易超过 15000 亿元人民币，有 18 万

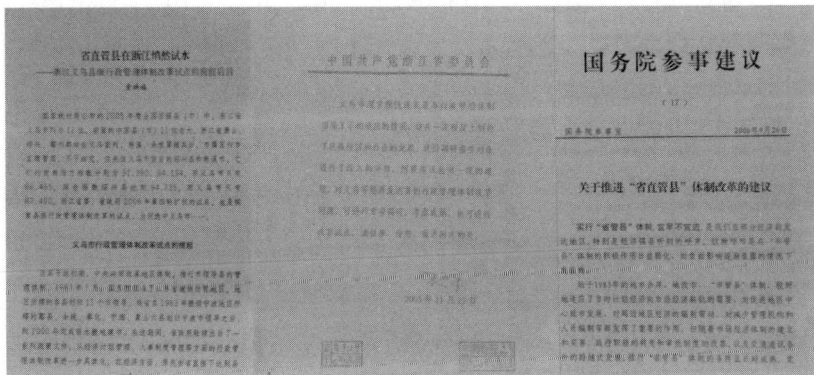

有关资料

中外客商来义乌购物旅游，其中来自 179 个国家和地区的入境外商有 6.5 万人，通过义乌机场的境外客商就达 29552 人，在义乌持有外国人居留证的外国客商 675 名，涉及 40 个国家和地区。涉外企业进行登记批准，在义乌设立办事处（代表处）615 家，义乌市场的商品已出口到 212 个国家和地区，这就要求义乌在涉外经济、社会事务管理等方面的管理和服务及时跟上，但因为义乌是县级市的行政管理体制，难以满足各方面的要求。二是制约物流通道快速通关。当时义乌市场日出口标箱超过 1000 个，已成为中国最大的内陆口岸之一。但义乌只能设立金华海关驻义乌办事处。办事处仅有一般贸易和加工贸易进出口的通关、监督、征税功能，而企业的备案登记、减免税业务都要到金华海关办理，这与浙江省政府规划义乌作为省物流枢纽和"大通关"试点是极不相适应的。三是制约金融改革发展。义乌金融总量已超过部分地级市的金融总量，占金华市总量的近一半，金融"洼地效应"已初步形成。活跃的义乌金融市场吸引了不少股份制金融机构，中信实业、光大、民生、华夏等 14 家股份制银行到义乌召开银企洽谈会，对义乌市场抱有极大的兴趣，想在义乌设立分支机构，但由于受行政管理体制制约，其良好愿望都一一落空。四是严重影响疫病防控工作。近几年，义乌境外客商每年以 50% 左右的速度递增，仅 2005 年中国义乌国际小商品博览会短短 5 天时间，就接待境外客商 14269 人，比上届增长 16%，他们来自 158 个国家和地区，其中 60% 以上来自中东、南非等发展中国家。境外客商的大量涌进，加大了疫病防控工作的难度。2004 年，对于到义乌的境外人员，杭州浙江国际旅行卫生保健中心和义乌分中心仅体检了 2750 人，就查出禁止入境的传染病 6 起。随着义乌进出境人员的日益增加，加强传染病检测工作刻不容缓。然而，由于行政管理体制的限制，义乌无法设立涉外保健中心，去年一年，入境人员体检率只有 0.4%。　五是难以适应国际化城市中民族宗教管理的新情况。当前，义乌市有国内 40 个民族成分的数万名少数民族群众，还有大量的外商宗教信徒，世界上基督教、伊斯兰教、佛教、道教、天主教等 5 大宗教义乌经商人群中就占了 4 大教。这些新情况给民族宗教管理提出许多新的课题。但由于义乌

义乌中国小商品城

行政编制的限制，无法建立有编制的民族宗教事务管理局。六是难以适应经济快速发展中的社会治安新情况。2004 年，义乌市户籍人口 688327 人，登记暂住人口 753985 人，流动人口 20 万。义乌常住人口 144 万，实有人口超过 164 万。但市公安局现只有民警 778 名，警力均远远低于全省 1.2‰ 的水平。检察院、法院的警力也严重不足。七是严重影响了高素质人才的引进和高校发展。随着义乌经济的发展，人才需求量很大，但由于社会发展空间小，经济、科技、管理和艺术等方面的高素质人才难以引进。义乌工商职业技术学院为二级学院，行政管理权限为副厅级，主办单位和主管单位却是义乌市政府，管理非常不顺畅。

浙江省 6 位资深参事深深感到：这七大绕不过的障碍已严重阻碍义乌的社会事务管理，严重影响义乌区域经济的健康发展，他们抱着参政议政、建言献策的高度社会责任感，撰写了《要着力推进义乌行政管理体制改革》的长篇调研报告。调研报告提出三点建议：一是按照"优化政府组织结构，减少行政层级"的改革精神，将义乌列为省辖市，政府有关行政和社会事务管理部门直接在义乌设立相应机构。二是建议省里在义乌开展行政管理体制改革试点。如果把义乌列为省辖市震动太大，建议按照党的十六届五中全会和"十

一五"规划关于加大行政管理体制改革力度的精神，在义乌先开展行政管理体制改革试点。政府行政管理体制改革事关大局，涉及方方面面的利益，为减少震动，应当首先选择有条件的地方作为试点，义乌可作为省里乃至中央的试点区。三是直接赋予义乌市相应的经济社会管理权限。如果上述两条都难以实行的话，为解决当前义乌发展的燃眉之急，建议借鉴中央对沿海开放城市如宁波等地的做法，由省里直接给予义乌市应有的涉外经济和社会事务管理权限，设立相应而又急需的公共服务机构，以解决目前在义乌出现的许多尤其是涉外经济和社会管理方面的问题。

义乌市行政管理体制改革进入决策层

董石麟、于涟、吴山明等6位参事集体撰写的《要着力推进义乌行政管理体制改革》的调研报告呈报到了浙江省委、省政府领导的案头上，这6位阅历丰富的参事一位是中国工程院院士、浙江大学博导，一位是科技界的原官员、浙江大学博导，一位是文化界的知名人士、省人大常委、中国美术学院博导，另外3位也是学识渊博的学者。2005年11月16日，他们通过浙江省政府参事室呈报的这份沉甸甸的"万言书"引起了浙江省委、省政府领导的高度重视。时任省委书记、省人大常委会主任习近平细看后指出，义乌市超常规快速发展与行政管理体制出现了不相适应的情况，这在一定程度上制约了区域经济和社会的发展。这份调研报告对此进行了深入的分析，所提建议也有一定的道理。对义乌等经济发达县的行政管理体制改革问题，可进行专项调研，考虑成熟也可进行改革试点。时任省委副书记、省长吕祖善在看了一份材料后，也曾提出，义乌发展很快，外向度很大，应争取特殊政策解决发展面临的体制上的矛盾。时任省委常委、常务副省长章猛进在习近平做出批示后的当天，也要求省政府研究室牵头，带人事、财政等部门调研。

浙江省委书记、省人大常委会主任，省委副书记、省长，省委常委、常务副省长把义乌超常规发展中遇到体制上的障碍，摆上了议事日程，可以说，义乌市的行政管理体制改革已成为省委、省政府的一大关注点。2006 年 1 月 19 日，义乌等经济强县（市）经济管理体制权限问题作为省委、省政府 2006 年领导重点调研的第 10 个课题，以浙委办〔2006〕1 号文件《中共浙江省委办公厅、浙江省人民政府办公厅关于印发 2006 年省委、省政府领导重点调研课题的通知》下发，该《通知》要求各级人民政府、省直属各单位按照分工，认真做好各项工作。

2006 年，浙江省委、省政府领导关于"义乌等经济强县（市）经济管理体制权限问题研究"重点调研课题的工作要点是：研究义乌等经济强县（市）在快速发展中出现的经济社会管理职能和权限不适应问题，提出解决经济强县（市）经济社会管理权限问题的思路和试点办法，适时开展改革试点工作，进一步推动浙江省经济强县（市）加快发展。课题由省委常委、常务副省长章猛进主持，牵头单位是省政府办公厅，参加单位有省委政研室、省发改委、省人事厅、省民政厅。《义乌等经济强县（市）经济管理体制权限问题研究》调研报告牵头人由省政府副秘书长、省政府政策研究室主任李学忠担任，省参事室（省文史研究馆）党组副书记、副主任潘海生和省政府参事童禅福作为成员参加调研。课题要求 3 月至 4 月开展专题调研，召开部分经济强县（市）座谈会。5 月上旬，完成调研报告和试点办法，并将试点办法按程序报省委、省政府审定。

章猛进同志主持的"义乌等经济强县（市）经济管理体制权限问题研究"重点课题确定后不久，2006 年 5 月，浙江省委、浙江省人民政府又做出推广义乌发展经验的决定，并以浙委〔2006〕34 号文件下发了《关于学习推广义乌发展经验的通知》。义乌市已成为浙江省一面全面和谐发展的旗帜，这为加速解决义乌等经济强县（市）经济社会管理权限问题增添了一剂强劲的"催化剂"。在李学忠牵头的调研组加快对义乌等经济强县（市）在快速发展中出现的经济社会管理职能和权限不适应的问题进行广泛调研的同时，这一关系到行政管理体制改革的重大问题也引起了国务院参事郭廷结、傅正恺和国务院参事室业务司副司长王京宝的重视，他们把浙江省政府参事童禅福和省政府参事室业务处处长盛长荣也列入课题组。课题组在北京走访了国家民政部、中编办、全国人大法工委和国务院发展研究中心等部门；在浙江调研时，课题组由方泉尧和潘海生同志陪同，在省、市、县三个层级上召开座谈会。在深入衢州、义乌调研时，分别召开了衢州市机关和义乌、江山、诸暨、海宁等县（市）领导参加的座谈会，并实地进行考察和走访。2006 年 6 月 24 日，浙江省政府分管这项工作的一位领导在与课题组的座谈中十分感慨地说："实施省直管县体制，宜早不宜迟，减少行政层级是《十一五规划纲要》中的一项很坚实的工作，这是权力和利益的调整，阻力肯定是有的，但省市县领导从党性、从全局考虑，这是精简机构、减少层次、降低成本、提高效率的一项行之有效的办法，我们要积极探索。但实施起来要分步走，全国要分步走，一个省也要分步走，县（市）可分为一类、二类、三类、四类县，按不同类型的县（市）配备相应的干部，这样一个县的党政一把手就避免了长期不动或频繁调动的问题。对当前政府层级不清、级别不清的情况，干部群众意见很大，我认为，不论是县（市），还是原来的地级市，将来都改为省直接分块管理的行政区划，都是处于省之下的第二级行政建制。在实施省直管县行政管理体制改革中，副省级市和地级市行政级别不变，待经济社会发展之后，大量的县（市）经济总量和城镇化水平接近或超过原来的地级市，时机成熟，县（市）和原来的地级市都应享受同样的行政级别。这样也就真正达到省直管下的'县市分治'了。"这位领导的一席话了国务院课题组极大的鼓舞，他们到北京之后，就给国务院领导呈报了《省直管县行政管理体制改革的意见和建议》。

国务院参事郭廷结、傅正恺等进行的省直管县行政管理体制改革的课题调研也坚定了浙江省政府分管这项工作的领导的信心，加速了浙江省的第四轮扩权。浙江省常务副省长章猛进主持的重点课题成果《义乌等经济强县（市）经济社会管理权限问题的调研报告》摆上了省委常委会。

义乌成为中国权力最大的县级政府

中共浙江省委 2006 年第四季度的一次常委会上，在研究义乌等经济强县（市）经济社会管理权限问题，也是浙江省第四轮强县扩权的最后决策时，讨论的归结点把切实解决义乌市现行行政管理职能与经济社会发展需要不相适应的问题，作为进一步进行县级行政管理体制改革的探索。为建立新的县级行政管理体制积累有益经验，最后浙江省委、省政府确定将义乌作为进一步扩大县级政府经济社会管理权限的改革试点，并以浙委办〔2006〕114 号文件下发了《中共浙江省委办公厅、浙江省人民政府办公厅关于开展扩大义乌市经济社会管理权限改革试点工作的若干意见》。该《意见》分为五个部分：一为改革试点的重要意义；二为改革试点的指导思想和总体要求；三为进一步扩大义乌市政府经济社会管理权限；四为调研和完善有关管理体制和机构设置；五为加强对改革试点工作的组织领导。

浙江省第四轮强县扩权中，给予义乌市政府的管理权限有：

除规划管理、重要资源配置、重大社会事务管理等经济社会管理事项外，赋予义乌市与设区市同等的经济社会管理权限。凡法律法规明确规定由县级以上人民政府及其主管部门批准和管理的事项，均由义乌市政府及其主管部门行使批准和管理权。有关法规和部门规章规定与国家法律不一致的，服从上位法的规定。

法律法规规定由设区市政府及其主管部门批准和管理的事项，无禁止委托条款的，由金华市政府及其主管部门委托义乌市政府及其主管部门行使批准和管理权，具体实施情况报金华市政府及其主管部门备案；属于禁止委托的，由金华市政府及其主管部门向义乌市延伸机构行使批准和管理权。

法律法规规定须经设区市审核报省级政府及其主管部门批准和管理的事项，由义乌市政府及其主管部门直接报省政府及其主管部门审批，同时报金华市政府及其主管部门备案；法律法规规定由省级及其主管部门批准和管理的事项，少量确需由义乌市政府及其主管部门行使批准和管理权的，法律法规又无禁止委托条款，采取以省政府主管部门委托或延伸机构的方式下放权限；法律法规规定不能委托或授权、依法由省政府分批次审批的事项，确需由义乌市政府视情实施的，可由义乌市政府每年汇总并一次性申报，经省政府批准后，由义乌市政府具体实施，具体实施方案报省政府有关部门及金华市政府备案。

浙江省委、省政府在探索县级行政管理体制改革中，授权义乌市有调整和完善有关管理体制和机构设置的权力：

义乌市可根据经济社会发展需要，按照全面履行政府职能的要求，研究提出调整优化政府机构设置和人员编制方案，报省政府批准后实施，同时报金华市政府备案。鼓励义乌市对现有部门中职能交叉、业务相近的机构及其职能进行整合，进一步理顺和规范部门间的职责分工。支持义乌市在核定的人员编制总数内，优化部门人员配置，适当增加市场监管、社会管理和公共服务部门的人员编制，加强对公安、司法、法院、检察院等机构的人员配备。

根据义乌市场国际化发展需要，支持和帮助义乌市设立海关、出入境检验检疫、外汇管理、股份制商业银行等相关分支机构，并协调赋予这些分支机构设区市或相当于设区市的职能，完善义乌市经济管理服务网络。

为确保义乌市进一步扩大县级政府经济社会管理权限改革试点的成功，浙江省委、省政府还要求金华和义乌市委、市政府要高度重视改革试点工作，成立改革试点工作领导小组，精心组织，周密部署，广泛听取各方面的意见，认真研究编制改革试点工作实施方案，报省委、省政府批准后实施。要加强实施工作的协调衔接，及时解决试点工作中的有关矛盾和问题，确保改革试点工作的顺利进行。浙江省委、省政府还要求省级有关部门认真贯彻省委、省政府有关改革试点工作精神，研究制定扩权改革的配套管理制度和政策措施，加强对有关改革试点工作的跟踪调研和协调指导，积极探索和开展与之相适应的监管服务，确保改革试点工作有序推进。

我们浙江在延续省直管县财政体制和强县扩权中，充分体现了敢为人先的浙江精神。现在已得到了中央和国务院领导的首肯，而且把这一做法写进了《十一五规划纲要》。今天，省直管县行政管理体制改革已成为全国高层理论界、新闻界和社会各阶层关注的热点问题。义乌市成了浙江省委、省政府探索行政管理体制改革有效经验的试点，义乌市政府成了当今中国权力最大的县级政府。大家期盼着义乌为全国县级行政管理体制改革积累更多的经验，在全国着力推进行政管理体制改革中，为"优化组织结构、减少行政层级"发扬浙江人的勇气和精神。

本文原刊于 2007 年第 2 期浙江省人民政府参事室（浙江省文史研究馆）《参事文史工作通讯》

一次"上下联动"的成功尝试

——记富春江船闸改造工程启动的前前后后

2007 年国务院参事和浙江省政府参事联合调研撰写的《复兴钱塘江航运势在必行——富春江船闸碍航"瓶颈"亟待打通》的建议，通过国务院参事室报送后，引起了国务院领导的高度重视，国务院副总理曾培炎、国务委员华建敏分别做出批示，浙江省吕祖善省长和王永明副省长也极为关注此事，两次分别做出批示，从而使解决富春江航运瓶颈问题的工作加快提速。在国家发改委和交通部的协调下，2007 年 10 月 24 日，国家发改委与交通部、国家电网公司、浙江省发改委等到单位进行了商议，明确要积极推进富春江船闸改造工程建设。11 月，富春江水电厂编制了《富春江水电厂配合船闸通航的操作管理补充细则（试行）》，增强了富春江船闸现有能力。12 月 25 日，富春江航运瓶颈改造工程建设方案正式审查通过。国家发改委于 2008 年 1 月 23 日向国务院副总理曾培炎、国务委员华建敏呈报了《关于富春江航运管理有关情况的报告》（发改交运〔2008〕229 号），使浙江省钱塘江上游的金华、衢州和桐庐、建德、淳安等 10 多个县（市、区）盼了几十年的工程终于开始正式启动。这是国务院参事与浙江省政府参事实行上下联动、发挥整体优势的一次成功尝试。也正如崔占福主任在 2007 年全国参事工作会议上所指出的："整合全国参事资源，发挥整体优势，国务院参事室与地方参事室、各地方参事室之间以及参事室与有关部门、科研院所之间开展联合调研，取得了较好效果。"

近 10 年来，金华、衢州及兰溪、建德等地的各级人大代表、政协委员多次在省和全国"两会"上提交议案和提案，国家交通部、省人大、省政府及省交通厅等相关部门对此问题也极为重视，杭

富春江新船闸落成，钱塘江上游水运复兴

州市、省交通厅以及省发改委与电厂进行座谈讨论，与华东电网有限公司进行协调，并提出了增加现船闸每天的开闸次数、对船闸进行扩能改造等具体措施，但均未能如愿。后来，国家交通部副部长徐祖远和浙江省副省长王永明也分别到现场调研协调，都因要保证华东电网"黑启动"和大坝安全而搁浅。为了争取解决富春江七里垅航道的航运"瓶颈"问题，杭州市港航管理局受省有关单位授权，于 2004 年上半年开始委托有关研究设计单位进行解决"瓶颈"问题的一系列技术方案研究和可行性研究工作。2005 年 12 月 2 日，省交通厅召开专题会议，提出"船闸方案"和"升船机方案"。由于种种原因，2 个方案均无法实施。出于钱塘江中上游市、县政府的强烈要求，最后浙江省政府提出多花十几亿元，绕开大坝，实施举世无双的"隧道方案"。华东电网和浙江省经过多次协调，也均无结果。

国务院参事郭廷结一次在与浙江省政府参事童禅福说起钱塘江航运问题时，出生于淳安的童禅福参事得知新安江大坝造成断航和富春江大坝严重阻碍钱塘江中上游经济发展的情况，立即向浙江省政府参事室主任方泉尧做了汇报，曾担任淳安县县长的方泉尧认为复兴钱塘江航运，不仅有利于构建长三角航道网，更重要的是有利

于建设资源节约型社会，推动区域经济发展。在国务院参事室的支持下，浙江省政府参事室经过精心组织，从 2007 年 6 月 30 日开始，国务院参事郭廷结、傅正恺和浙江省政府参事童禅福等人组成的联合课题组，在方泉尧主任的亲自带领与省市交通和港航部门领导的陪同下，冒着酷暑，深入杭州、桐庐、建德、淳安、金华、衢州和上海进行深入调研，广泛听取各方意见。钱塘江上游两岸的干部群众普遍反映：

钱塘江（富春江、新安江、兰江、衢江、婺江）航道在历史上延续了 800 多年繁华，极大地推动了浙江中西部及皖、赣、闽三省周边地区的经济发展。徽商由钱塘江而兴。但自 1958 年修建新安江水电站以来，浙、皖航运中断；1967 年富春江水电厂大坝截流，虽建了船闸，但因其通航能力过小，加上管理体制不顺，而成为钱塘江中上游的航运"瓶颈"。近 5 年来，富春江船闸每天待闸船舶多达几十艘，待闸时间一周以上，且只能通航 100 吨级船舶，致使年过闸货物仅 50 万吨左右。钱塘江航运的萎缩，造成货物纷纷弃水走陆，运输成本大幅增长，严重阻碍了沿江经济发展。

地处钱塘江中上游的 18 个市县人民和政府对改造富春江碍航船闸呼声强烈，他们归纳了复兴钱塘江航运的三点重大意义：

一是有利于构建长三角航道网。钱塘江是浙江第一大河，水资源十分丰富，年均流量每秒达 954 立方米。其干流除个别河段需稍加整治外，几乎常年可通航 500 吨级以上船舶。经国务院批准的《国家内河航道与港口布局规划》已将钱塘江及其中上游的富春江、兰江、衢江等列为四级航道。衢江航道拟采用 6 级梯度开发方案，并规划通过 20 多公里的运河与江西的信江航道连通。这样不仅扩大了浙江中西部航道网，而且还北通长江水系，南连京杭、杭甬大运河，东出钱塘江口，西进与江西、皖南相连，使浙江中西部地区"通江达海""变内陆为沿海"，对浙、皖、赣、闽地区接轨长三角，融入长三角，将起到重要的助推作用。

二是有利于推动区域经济协调发展。钱塘江中上游是浙江省的经济欠发达地区，如金华市人均 GDP 要比全省低 4710 元，而衢州市更低，不足全省的一半。复兴钱塘江航运，将有效降低运输成本，吸引投资，发挥当地矿产、建材、竹木和农特产品资源丰富的优势，提升水泥、化工等工业品的市场竞争力，带动沿江产业带的形成和发展，促进区域经济协调发展。据有关部门测算，沿江每万吨航运吞吐量对 GDP 的贡献约 110 万元，创造 20 个就业岗位。一旦解除富春江船闸对航运的"瓶颈"制约，货运量即可达 1000 万吨以上，对 GDP 的贡献将超过 11 亿元，创造 2 万个就业岗位。这对浙江中西部及皖、闽、赣周边的经济发展将是一个大推进。

三是有利于建设资源节约型社会。内河航运开发利用的是天然河道，具有能耗低、污染轻、占地少、成本低、运能大等突出优势，符合科学发展观和建设资源节约型、环境友好型社会的绿色运输方式，优先发展水运对缓解资源和环境压力的意义重大而深远。据近几年我国各主要运输方式的统计数据测算，每完成单位换算周转量，公路的土地占用和能源消耗分别约为铁路的 19.6 倍和 6.6 倍，而水运的土地占用几乎为零，能源消耗约为铁路的 90%。水运的排气污染和噪声污染比铁路、公路低。另据有关单位测算，水运的运费也远比其他运输方式低，如每吨水泥从建德运往杭州，水运比公路可节省运费 60 元；煤炭若从山东枣庄经京杭大运河——钱塘江航道到衢州，水运每吨比铁路运费可节省 18.5 元。一旦钱塘江按规划建成四级航道，仅衢州地区每年就可节减运费 15 亿元。此外，复兴钱塘江航道还将带动修造船业、矿业、工业、旅游业、餐饮业、船舶运输业、港口及其装卸业等相关产业的发展。

课题组的同志们认为，当前富春江船闸于 1970 年 5 月 1 日建成，因当时正值"文革"，时至今日仍未验收，亦未移交给交通部门管理和维护。当时，船闸按单船 100 吨级、每次通过 6 艘的标准设计，年货运能力为 80 万吨。建成 30 多年来，随着沿江经济的持续高速发展，当初设计的通航能力已远远不能适应现实需求。目前，钱塘江中上游地区急需和适宜走水运的大宗货物（含水泥、煤炭、矿建等）在 1000 万吨以上，船闸的"瓶颈"制约日显突出。从国家全局利益权衡，打通富春江船闸"瓶颈"，提高通航能力，是促进浙、赣、皖、闽周边地区经济发展的重要举措，其经济社会效益要比水电企业的局部利益大得多。因此，目前富春江大坝船闸"瓶颈"亟待打通，复兴钱塘江航运势在必行。

为了争取省政府领导对国务院参事和省政府参事联合调查工作的支持，7 月 31 日，浙江省政府参事室主任方泉尧和参事童禅福就国务院参事与省政府参事对钱塘江中上游富春江水电站大坝船闸碍航"瓶颈"问题的联合调研情况向王永明副省长做了专题汇报。王永明副省长在听取汇报和审阅《复兴钱塘江航运势在必行——富春江船闸碍航"瓶颈"亟待打通》的调研报告后指出："现在浙江中西部对改造富春江水电站大坝船闸呼声强烈，我们下了很大的力气都没有结果，参事们向国务院呼吁是很有必要的。我们对内河航运已做出了总体规划，将来钱塘江上通鄱阳湖及长江水系，下连京杭、杭甬大运河，浙江中西部也可'通江达海'，这对浙、皖、赣、闽地区接轨长三角，融入长三角，将起到重要作用。"

国务院参事室于 2007 年 8 月 29 日向国务院报送了国务院参事和浙江省政府参事联合调研的《复兴钱塘江航运势在必行——富春江船闸碍航"瓶颈"亟待打通》参事建议。建议件引起了国务院领导的高度重视，曾培炎副总理于 9 月 7 日做出了"发改委、交通部阅研"的批示，国务委员华建敏在建议件上也做了圈阅。事后，国家发改委主任马凯、交通部部长李盛霖和副部长徐祖远都分别在参事建议件上做了批示，李盛霖部长批示："请有关部门落实培炎同志的批示要求，并专报结果。"徐祖远副部长批示："建议研究省部联动，恢复航运。"浙江省参事室为推进国务院领导和国家发改委、交通部领导批示精神的落实，又向吕祖善省长、王永明副省长做了专题书面报告。两位省长都及时做出批示，王永明副省长批示说："金华至衢州航道通航项目的前期工作要继续抓紧进行，请根据富春江现场调研精神，省发改委要派一位领导牵头与交通厅、水利厅和杭州市发改委研究出一个方案报省政府。"

国务院参事郭廷结和傅正恺也积极做好上下联动工作，经多方联系，在浙江省参事室主任方泉尧的带领下，浙江省参事室、省发改委、省交通厅和衢州市政府及杭州市发改委、市交通局等有关单位的负责人于 2007 年 10 月 14 日和 17 日分别向国家发改委、交通部做了关于复兴钱塘江航运的专题汇报。国家发改委交通司司长王庆云和交通部副部长徐祖远、总工程师蒋千等听取汇报后，都认为复兴钱塘江航运很有必要，国务院领导在国务院参事和浙江省政府参事建议件上的批示是一次推动解决的良好举措。徐祖远副部长表示要抓住这一有利时机启动省部联动，尽快促进问题的解决。浙江省参事室将联合汇报的情况报浙江省政府吕祖善省长和王永明副省长。两位省长又分别在书面报告上做出批示，王永明副省长批示说："请发改委会同交通厅就发展钱塘江内河水运问题参考交通部和国务院参事室的意见，代省政府草拟一份给国务院的专题报告，经省政府办公厅审定后送吕祖善省长审签。"

国家发改委和交通部对落实曾培炎副总理的批示精神也加快了步伐。10 月 24 日，国家发改委召开了交通部、国家电网和华东电网等部门参加的协调会。会上，国家电网和华东电网的领导都表示同意对富春江船闸进行扩能改造，并形成四条意见：一是富春江船闸改造前，电力部门要优化船闸运行方案，尽可能多开闸，尽力满足富春江航运发展需求。二是鉴于相关部门对富春江船闸运能不满足需求已达成共识，认识到对此船闸进行扩能改造是必要的。请交通部门积极做好船闸改造的各项论证工作，电力部门应全力配合。三是船闸改造中应保证电网安全和下游用水需求。四是船闸改造的投资问题另行商定，但责任主体应为浙江省。10 月 26 日，交通部徐祖远副部长在专题协调会议纪要上批示说："水运司协同规划司尽力配合浙江省交通部门与国务院参事室一起推进富春江船闸复航扩能的工作，取得了阶段性成果，实属不易，望继续努力，主动作为，扎实推进，争取让这个突破口取得全面突破。"

2008年1月23日，国家发改委向国务院副总理曾培炎、国务委员华建敏呈报的《关于富春江航运管理有关情况的报告》中明确了管理体制，表示富春江新船闸可按照"谁投资、谁建设、谁管理"的原则，由浙江省有关部门与华东电网公司协商确定建设和管理体制。

在国务院参事室和参事的努力下，浙江省参事室方泉尧带队，三上北京专题汇报，做好曾培炎副总理批示精神落实跟踪工作，从而使富春江船闸改造工程的前期工作重新启动，并将其推上了快车道。2007年12月25日，国家发改委和交通部专门派人来浙江桐庐现场召开改造工程建设方案审查会，会上一致通过了原船闸扩建改造方案。浙江省交通厅副厅长王洪涛在审查会议上感慨地说："国务院参事和浙江省政府参事为我们解决了一个大难题。复兴钱塘江航运是我省水运历史上具有里程碑意义的一件大事，揭开了航运大省的序幕。在国务院和省政府领导的关怀下，我们一定把省委第十二次党代会提出的建设港航强省这场重头戏唱好。"

方泉尧主任在2007年年度总结会上说："国务院参事和我省参事共同进行的复兴钱塘江航运调研课题，是我省参事室创新工作方法，实行与国务院参事联动的一次有益尝试，已取得了实质性的效果。我们要按照崔占福主任在全国参事工作会议上提出的要求，整合全国参事资源，发挥整体优势，以咨询国是为核心，为政府决策提供智力支持，为政府决策科学化、民主化服务，把握我们工作的主动权。"这是对每位参事的要求，也是每位参事的工作目标。

童禅福 徐有鸿

本文原刊于2008年第1期《古今谈》

曾刊于2008年第5期国务院参事室、中央文史馆《参事工作通讯》

整合资源、咨询国是，
是做好新时期参事工作的必由之路

全国有参事 900 人，这批各级政府授聘的参事都是博学之士、社会名流和专家学者，这是推进政府决策科学化、民主化的一支重要力量。但是在参事工作的重点、地位和作用发生着变化的今天，在参事从"力所能及做调查"到"咨询国是为核心"的功能转变过程中，如何提高参事为经济社会发展服务的能力，是新时期参事工作面对的新课题。整合全国参事资源，发挥整体优势，"广直言之路，启进善之门"，在国务院参事室领导和指导下，全国参事联合起来，实行上下联动、横向配合是创新参事工作机制的一种新途径，是当前参事工作处于关键发展阶段时发挥参事作用的一种新形式。

从参事肩负的新使命看建立上下联动的必要性

从 1949 年 11 月政务院设置参事室到今天，参事的组成人员和参事的工作重点、地位及作用都发生了很大的变化。直到 1984 年，任命参事的主要对象还是未在各级人大、政协、人民团体或政府部门担任职务的有影响的爱国人士，包括起义人员中有代表性的人士、特赦和宽大释放的原国民党师级以上人士中的适当人员等；参事的任务主要是参加必要的、力所能及的社会调查活动，反映意见，提出建议和搜集整理有关文史资料，撰写回忆文章。到了 1987 年，对新任命的参事做出了年龄的规定，任命参事的年龄一般控制在 60 岁到 70 岁之间。1988 年 8 月，国务院对各级政府参事室的性质和任务又做了规定，并确定参事的基本职责是参政议政，而且做出了 "鉴于参事的特殊情况，今后对参事实行聘任制" 的规定，并确立聘任参事以 5 年为期，可以连续聘任，聘期届满时超过 75 岁的一般不再续聘。同时，把有参政议政能力的各方面专家，特别是经济、法律、行政管理的专家也作为遴选参事的主要对象。1995 年，国务院对参事的职责和新聘参事年龄又做了进一步的明确，强调："参事的基本职责是参政议政，在政府工作中发挥咨询作用；新聘参事的年龄一般应为 60 岁左右。" 国务院参事室原主任崔占福在 2008 年全国参事工作会议上提出 "参事要以咨询国是为核心"。近 60 年来，参事已由原来的任命制创新为聘任制，也由安排性的 "力所能及做调查" 创新为遴选性的 "咨询国是为核心"。这两个 "创新" 确立了新时期参事要承担起以参政议政为主业、为本职的新使命。

"咨询国是" 就是围绕党的中心工作，着眼于改革和发展中的重大问题，放在全局的高度，选好参事建议选题，深入调研，不辱使命，不负众托地用 "心" 去做好选定的选题。但涉及部门、行业利益的难点，涉及体制管理之间的协调及全局性的重大问题，对一个市、一个省的参事无法破解的难题，就必须由国务院参事室牵头组织国务院和省、市参事共同来攻关。去年，浙江省参事就实现了与国务院参事联动的一次成功尝试，使几十年由于体制问题没有解决的富春江船闸碍航 "瓶颈" 改造工程终于启动。

钱塘江航运在历史上延续了 800 多年繁华，极大地推动了浙江中西部及皖、赣、闽三省周边地区的经济发展。但自 1963 年修建新安江水电站以来，浙皖航道中断。1967 年富春江水电站大坝截流，虽建了船闸，但因其通航能力过小，每年过闸货物仅 50 万吨左右。从此，钱塘江上游航道严重萎缩，造成货物纷纷弃水走陆。近 10 年来，金华、衢州及兰溪、建德等地的各级人大代表、政协委员多次在省和全国 "两会" 上提交议案和提案。国家交通部、浙江省人大、省政府及省交通厅等相关部门对此极为重视，杭州市、省交通厅及省发改委与富春江电厂进行座谈讨论，与管辖电厂的华东电网有限公司进行协调，并提出增加现船闸每天的开闸次数、对船闸进行扩能改造等具体措施，但由于体制上的障碍均未能如愿。后来国家交通部副部长徐祖远和浙江省副省长王永明分别到现场调研协调，都因要保证华东电网"黑启动"和大坝安全而搁浅。由于钱塘江上游市、县政府的强烈要求，最后浙江省政府提出多花十几亿元，绕开大坝，实施举世无双的"隧道方案"。浙江省和华东电网经过多次协调，也均无结果。

2007年7月，国务院参事室组织国务院参事和浙江省政府参事联合调研组，他们深入杭州、桐庐、建德、淳安、衢州、兰溪和上海华东电网公司进行调研。经过调研，他们认为复兴钱塘江航运，不仅有利于构建长三角航道网，更重要的是有利于建设资源节约型社会，推动区域经济发展。国务院参事室于2007年8月29日向国务院报送了国务院参事和浙江省政府参事联合调研撰写的《复兴钱塘江航运势在必行——富春江船闸碍航"瓶颈"亟待打通》的参事建议。建议件引起了国务院领导的高度重视，曾培炎副总理于9月7日做出了"发改委、交通部阅研"的批示，国务委员华建敏在建议件上也做了圈阅。事后，国家发改委主任马凯、交通部部长李盛霖和副部长徐祖远都分别在参事建议件上做了批示。2007年12月25日，国家发改委和交通部专门派人来浙江桐庐现场参加富春江船闸改造工程建设方案审查会，华东电网和富春江电厂等单位的代表一致同意原船闸扩能改造方案。2008年1月23日，国家发改委向国务院副总理曾培炎、国务委员华建敏呈报的《关于富春江航道管理有关情况的报告》中明确了航道管理体制，确定了富春江船闸按照"谁投资、谁建设、谁管理"的原则协商管理办法。

浙江省交通厅副厅长王洪涛在一次会议上感慨地说："国务院参事和浙江省政府参事为我们解决了一个大难题，复兴钱塘江航运是我省水运历史上具有里程碑意义的一件大事，揭开了航运大省建设的序幕。在国务院和省政府领导的关怀下，我们一定把省委第十二次党代会提出的建设港航强省这场重头戏唱好。"

从经济互动发展看整合参事智力资源的重要性

2005 年 11 月上旬，浙江省政府 6 位参事撰写的《要着力推进义乌行政管理体制改革》的参事建议件报给省委、省政府几位主要领导。当时的省委书记习近平很快做出了"义乌超常规快速发展与行政管理体制出现了不相适应的情况，这在一定程度上制约了区域经济和社会的发展。这份调研报告对此进行了深入的分析，所提建议也有一定道理，对义乌等经济发达县的行政管理体制改革问题，可进行专项调研，考虑成熟，也可进行改革试点。"不久，中共浙江省委办公厅、省政府办公厅下发了《关于开展扩大义乌市经济社会管理权限改革试点工作的若干意见》，这意味着一直被视作"省直管县"体制改革典型的浙江省，在"强县扩权"道路上又迈出了一大步。《江苏省经济体制改革"十一五"规划》中指出的"实行省直管县财政体制，促进县域经济发展"和"积极稳妥地开展扩权强县改革，进一步扩大县（市）经济、社会管理权限"两段文字也引起了世人的广泛关注。广东、湖北、辽宁等许多省都在探索"省直管县"的行政管理体制。

全国人大十届四次会议批准的《十一五规划纲要》提出"着力推进行政管理体制改革，有条件的地方可实行省级直接对县的管理体制"，并将此列为"十一五"规划的攻坚任务之一。为此，浙江省政府参事室向国务院参事室业务司汇报了"省直管县"的调研课题。国务院参事室组织了国务院和浙江省政府参事课题组，课题组向全国人大法工委、民政部、中编办、国务院发展研究中心等国家相关部门和浙江做了专题调研。国务院参事室在 2006 年 9 月 25 日向国务院报送了国务院参事和浙江省政府参事共同撰写的《关于推进"省直管县"体制改革的建议》。国务院领导对"省直管县"的建议没有做出批示，我理解的原因有二：其一，目前"市管县"尽管是一个不利于要素优化配置、不利于城市化进程、不利于提高行政效率的体制，但是从"市管县"转为"省直管县"必定会使一大部分人的利益受到冲击，这项敏感的改革还没有一个由下而上的循序渐进、逐步推进的过程。从全国发展来看，目前时机还没有完全成熟。其二，这种涉及全国各省（市）利益调整的大课题，仅仅上下联动一二个点显得"单薄"，要整合全国的参事智力资源。国务院参事室在"省直管县"改革有强烈愿望的省里选择行政管理方面的专家参事组成联合调研组，发挥整体优势，实行上下联动，相互配合，从全局上做出分析，提出建议，就是国务院领导不批示，也给国务院提供了基层各方面的呼声和各地可以实施的办法，对国务院决策科学化也是很有益处的。党的十七届二中全会通过的《关于深化行政管理体制改革的意见》中指出："推进地方政府机构改革，根据各层级政府的职责与重点，合理调整地方政府机构设置。调整和完善垂直管理体制。" 全国人大十一届一次会议上指出："深化行政管理体制改革的总体目标是，到2020年建立起比较完善的中国特色社会主义行政管理体制。"2008年初，我们对浙、赣、闽三省交界的龙泉市经济社会发展进行了调研，省政府参事室将我们撰写的《对龙泉市近年来经济社会发展与全省差距逐渐拉大的原因分析及对策建议》上报给省委、省政府主要领导，提出"对龙泉市行政管理体制权回归省直管"等对策。省委书记赵洪祝在建议件上做出了"省政府几位参事深入基层进行调研，提出了一些建议；请省政府有关部门认真研究"的批示。这一切都说明，当前我们的行政管理体制还在不断完善的过程中。"省直管县"的建议课题还有很大的空间留给各地的参事去探索、研究。

这个事例也给了我们许多启示。我国目前已初步形成东部发展、西部开发、中部崛起和东北振兴四大区域经济合作发展的新格局，沿海地区区域经济一体化特征日益明显，长江三角洲、珠江三角洲和环渤海湾地区三大城市群三足鼎立态势的形成，使区域经济分工协作、互动发展成为中国区域经济发展的新趋势。在全国区域经济的格局中，各大区域之间的合作日趋密切，相互之间市场分割的问题和矛盾随着全国统一市场的建立和区域互动机制的完善而得到解决，各地区的比较优势将随着分工合作的深化和经济资源的整合而在全国范围内实现优化配置。因此，各地在深化改革中，经济的互动发展碰到的问题都有共性。上海市参事室牵头组织长江流域 13 个省、市的政府参事联合就"开发长江黄金水道问题"展开了调研，调研组提交的建议得到了国务院领导的重要批示，并引起交通部的高度重视。因此，整合全国参事的智力资源是当前参事工作发展的新趋势。崔占福同志在 2008 年度参事工作会议上指出："整合全国参事资源，发挥整体优势，以咨询国是为核心，为政府决策提供智力支持，为政府决策科学化、民主化服务，把握我们工作的主动权。"崔占福老主任这一席话既是对新时期参事工作的经验总结，也是对每位参事咨询国是的期望。

从咨询国是的高度探索整合参事资源的新机制

1955 年 6 月各地政府参事达到 1107 人，到 20 世纪 80 年代初全国参事也有 871 人。这支队伍在推进社会主义民主政治建设，巩固和加强党的统一战线，促进改革开放和现代化建设，维护社会稳定和促进祖国统一等方面发挥了积极作用，在国内外产生了良好影响。特别是改革开放以来新遴选聘任的参事，已经成为政府智力系统的一支重要力量。对 2007 年全国政府参事培训班的 66 名学员的结构进行分析可知，各民主党派和工商联学员 28 名，占总学员的42.4%；无党派学员 21 名，占总学员的 31.8%；中共党员 17 名，只占总学员的 25.8%。培训班近三分之二的学员都是民主党派、工商联和无党派人士。当前全国的 900 名参事的组织结构基本上也是这种状况。这些参事学识渊博，阅历丰富，业绩显著，身份超脱，对于加强党与党外人士合作共事，巩固和发展最广泛的爱国统一战线，巩固党的执政基础都具有重大意义。

当前，各级党委、政府、人大、政协都建立了专门的政策研究部门，还有经济咨询委员会等咨询部门，这些部门都在为党委、政府决策发挥着智囊团的作用。但是总理、省长、市长聘任的参事有其特殊优势。温家宝总理于 2007 年中秋节前夕，在与国务院参事、馆员座谈中指出："在座的各位既普通又特殊，普通是因为你们生活在人民中间，特别是和知识分子有广泛的联系。特殊是因为你们有知识、有专长，可以在现代化建设中发挥特殊作用。"在当前全国上下第三次思想大解放的浪潮中，如何更进一步发挥参事的特殊作用，这是新时期参事工作必须要继续认真研究探索的。2008 年 4 月，国务院参事室主任陈进玉率领国务院参事来浙江调研，浙江省省长吕祖善向调研组汇报了浙江省中小企业发展中面临的困难。经过认真调研，国务院参事室发挥地方参事熟悉当地情况的优势，参事业务司司长王为民委托我调研撰写了《浙江省扶持中小企业的做法值得重视与支持》的建议，建议由王为民司长亲自整理之后，以国务院参事和浙江省政府参事的共同建议件报送给国务院领导。5 月 27日，国务委员兼秘书长马凯做了圈阅。5 月 28 日，温家宝总理做了"请国办转有关部门参考"的批示。国务院副秘书长王勇当天也做出批示：请秘书二局落实家宝总理、马凯同志批示要求，将此件转发改委、工业和信息化部、财政部、人力资源和社会保障部、商务部、人民银行、法制办、银监会阅。国务院秘书二局当天就将国务院领导的批示和建议转发给了国家发改委等 8 家单位。崔占福同志曾指出："整合全国参事资源，发挥整体优势，国务院参事室与地方参事室、各地方参事室之间以及参事室与有关部门、科研院所之间开展联合调研，取得了较好效果。"国务院参事室陈进玉主任上任后第 8 天在浙江考察时就提出："全国的参事要联合起来，为咨询国是做好服务。"参事上下联动、横向配合，发挥全国参事整体优势，形成合力，这条参事工作的路子，是国务院新老主任对做好新时期参事工作的总结，也是各级党委、政府对参事工作的新要求。要使整合参事资源这项工作制度化、规范化，需要抓好以下几项工作：一是要建立全国参事人才库。根据参事的阅历、业绩、特长分类，组成农业、工业、教育科技和社会管理等系统的人才队伍，在全国的参事工作网站上公布。各专门参事队伍要选出牵头人，定期或不定期地组织交流研讨，做细做好选题。二是各地方参事室年初要向国务院参事室报选题，需要上下联动或相互配合的要做出规划，对调研提纲、课题费都要做出计划，抓好落实。三是国务院参事室业务司要建立协调组，对各地年初或临时上报的需要跨省调研的课题，要进行筛选和指导，并做好组织协助工作，共同完成全局性的参事建议。

面对新的机遇和挑战，我们的思想应当更加解放一些，要从过去那种单枪匹马的单一战术中走出来，更好地整合参事这支力量，进一步形成合力，在咨询国是中发挥出特有的作用。

本文原刊于 2008 年第 10 期浙江省人民政府参事室（浙江省文史研究馆）《参事文史工作通讯》

曾刊于 2009 年第 12 期国务院参事室中央文史馆《参事工作通讯》

转换发展动力机制 推进涉外国际旅游 *

　　"打开门就是越南，走两步就进东盟"的广西壮族自治区凭祥市，今日，迎来了我国改革开放鼎盛期，这为凭祥市涉外国际旅游注入了强大的生命力。面对新形势，特别是对农村，必须转换发展动力机制，迎接新一轮涉外旅游高峰的来临，让农民快步走上共同富裕的道路。

　　据有关资料披露，来中国旅游的外国人近几年连续减少，2018年终于实现了1.2%的增长，但细加分析便会发现，入境的主要是来自缅甸、越南等国的边民，在所有外国入境人口中，真正观光旅游的只占33.5%。曾经在各大城市著名景点一辆辆旅游大巴满载西方游客的场景已不多见，但随着游客从走马观光到休闲健身的观念改变，凭祥市乃至左江流域的边境国际旅游迎来了千载难逢的机遇。

　　凭祥市西、南两面与越南接壤，素有"中国南大门"之称，通往越南、南洋的友谊关和二座公路、铁路国家一类口岸和一座国家二类口岸都坐落在凭祥市境内。弄尧、凭祥、平而、油隘还设有4个边民互市点。铁路、公路、水陆口岸一应俱全。横穿市区的铁路和南友高速公路分别与越南的铁路和公路对接，距离广西壮族自治区的南宁和越南首都河内都在170公里以内。

　　凭祥市是中国中南半岛经济走廊的重要节点城市，处干北部湾

---

* 广西壮族自治区人民政府参事室（文史研究馆）联合凭祥市委、市政府举办"中华文化八桂行——走进凭祥"大型系列文化活动座谈会特约发言稿。

经济合作、大湄公河次区域合作两个板块的交会区，是广西北部湾经济区的重要功能组团。因此，国家层面对这座具有特殊地位的小城市的发展十分重视，出台了一系列优惠政策：1992 年 9 月，国务院批复设立了凭祥边境经济合作区；2008 年 12 月，国务院批准设立了凭祥综合保税区；2013 年设立了中国凭祥—越南同登跨境经济合作区；2013 年 11 月，国务院批准滇桂沿边金融综合改革试验区；2013 年 12 月，国务院《关于加快沿边地区开发开放的若干意见》中，明确提出研究设立广西凭祥重点开发开放试验区；2014 年 6 月，广西壮族自治区批复建设凭祥沿边金融综合改革试验区；2016 年 9 月，全国第一个国检试验区——中国—东盟边境贸易凭祥国检试验区正式启动并投入试运营。

凭祥市区域面积只有 650 平方公里，全市常住人口也只有 11.2 万人，流动人口 8 万多人，可谓我国一座不足 20 万人的地级袖珍小城市。但凭借独特的区位优势，凭祥在 1956 年 11 月设市，1992 年 6 月被国务院批准为沿边对外开放城市。2002 年 12 月，凭祥又被国务院批准为广西壮族自治区的直辖市。中华南国这块神奇的土地也是我国文化底蕴深厚、风光旖旎的边境国际旅游名城。这里不仅有气势雄伟的中国九大名关之一的友谊关和有"中国红木之都"美誉的南山红木文博城两个国家 4A 级旅游景区，还有神奇秀美的人间仙景——白玉洞、中法战争古战场遗址以及平岗岭地下长城、金鸡山古炮台、大连城等历史人文景观。世界第二大亚热带珍稀植物园也坐落在凭祥。这里的军事探秘游、东盟跨境游、红木文化游、边关风情游这四张盛名远扬的"大名片"吸引了不少国内外游客。2018 年游客达到 546.74 万人次。但游客消费只有 46.94 亿元，人均消费 858.5 元。而同年浙江省淳安县（千岛湖）游客达到 1705.31 万人次，消费 191.58 亿元，人均达到 1123.4 元。2018 年凭祥居民人均可支配收入 24435 元，农村居民人均可支配收入 12207 元，分别低于全国 3793 元和 2410 元，分别低于浙江 21405 元和 15095 元。这几组数据中，特别是凭祥、友谊、夏石、上石 4 个乡镇 33 个行政村、260 个自然屯，3 万多农村居民的人均可支配收入低于欠发达的地处山区、库区、老区为一体的浙江淳安县的 7109 元。我国南疆这块多元文化交融荟萃之地，老百姓的生活还低于全国的平均水平。他们是躺在金山银山上，却依然两袋空空发不了财，由此引发出我许多的思考：

我出身农村，在工作期间曾走访了近千个村，踏进了近万家农户，对"三农"应该是熟悉的，经过近 50 年对农村的观察、调研和思考，去年人民出版社出版了我撰写的《走进新时代的乡村振兴道路——中国"三农"调查》一书，其中选择了华北平原的河南、河北、天津和东南沿海的浙江四省市的郭家沟、滕头等 8 村 1 乡和其他自然村，对两种不同土地经营模式的村经济、政治、文化等进行调查剖析后，我意识到，两种不同的土地经营模式会导致截然不同的两种结果。

浙江宁波奉化滕头村在 1953 年组织起农业合作社后，全村 750 多亩土地收归集体所有，由此全面走上集体化道路。到了 1982 年底，村办企业已经达到相当高的水平，全村近 300 多个男女劳动力，一半劳力进了村办企业当了工人。在 1983 年土地承包责任制中，他们采取明包暗不包的办法，承包给农民的土地面积只在账面上，村上集体给农户每亩土地 500 元承包租金，土地依然采取集体所有制，实行集中经营，成立了村集体的农业公司，搞起了立体农业发展苗木基地，形成了集"精品、高效、创新、生态、观光农业"于一体的发展格局。从此，滕头"村在景中，景在村中"，以观光农业、农俗风情为特色的经典乡村生态旅游"文化村"形成了。如今，滕头已成为全球生态 500 佳、世界 10 佳和谐乡村。全村 337 户、810 人，2016 年村民人均可支配收入超过 6.5 万元，户户住上了第三代独立的小别墅。

地处万里长城黄崖关脚下的天津市蓟州区郭家沟村，全村 47 户，是一个北方山区小村，在 20 世纪 80 年代初，全村 204 亩耕地和 600 多亩山地全部承包给了农户。2003 年，该村 33 岁的胡金领接任了党支部书记的重任后，利用当地丰富的旅游资源，带头办起了农家院，农家院推进了旅游事业的发展，到 2011 年，全村接待旅游接近 20 万人次。这年年底，天津市任学峰副市长闻讯赶来，胡金领等村干部陪着任副市长考察黄崖关脚下的山山水水，任副市长见到华北平原上这片水乡山河图，最后丢下一句话："你们要成为天津市乡村旅游精品示范点，必须结合实际，大胆地想，大胆地试。"任副市长走后不久，郭家沟村就把全村的耕地和山地全部收回，集体经营。在国家的支持下，郭家沟农家开办了 45 家农家院，村集体建起了特色蔬菜采摘园、小杂粮种植园、脆枣采摘园和 6 个水上娱乐项目，还建起了 800 米长的绿色长廊。郭家沟采取集体搭台、农家发财的路子，2017 年，全村旅游人数达到 25.65 万人次，为农家院提供了 2310 万元的收入，也为郭家沟村集聚了 765.94 万元的集体资金。郭家沟全村 181 人，2017 年人均收入达到 7.5 万元。郭家沟这个荒沟、穷沟一跃成为人气兴旺的胜地、福地，被中组部、农业部、建设部评为全国美丽乡村。

凭着对"三农"的调查和认识，并浓缩了自己对中华人民共和国成立以来"三农"问题的追寻和思考，我在人民出版社出版的《走进新时代的乡村振兴道路——中国"三农"调查》一书的序言开头写道："社会发展的阶段性是历史唯物主义的基本规律和核心价值。20 世纪七八十年代中国农村全面推行的土地家庭联产承包责任制是亿万农民的呼喊和时代选择。在习近平新时代中国特色社会主义思想指引下，建立以新集体经济为主体的乡村新社区是新时代中国通向共同富裕的历史必然和发展趋势。"

乡村是开展全域旅游最合适的空间和场所之一，特别是凭祥市是以壮族为主体，多民族杂居的少数民族聚居区，这里独特的民族文化、乡土文化、农耕文化资源是乡村旅游赖以发展的重要基础，是乡村旅游区别于其他旅游的重要特色，这些资源在乡村的不可分割性决定了单家独户难以为游客提供全面的乡村旅游体验。民族风情、乡土文化、农耕文化是乡村全体居民所共有的精神财富。只有乡村集体参与、共同推动的乡村旅游，对游客才最有吸引力。因此，应从乡村全域的视角对乡村特色的文化资源进行整合，把乡村旅游与美丽乡村建设有机结合起来，对乡村基础设施建设与乡村旅游项目进行统筹安排、统一规划，因地制宜地开发乡村，特别是民族旅游项目，努力打造具有地方特色的乡村旅游品牌，这样，才能发挥出乡村资源的最大效益。这一切必须发挥政府和村"两委"的主导作用和调控职能。这就需要转换创新发展动力机制，走以新型集体经济为主体、多种经济成分并存的社会主义新社区道路。为此建议：

一、凭祥市在 33 个行政村中选择几个甚至一批有一心为大家谋事的带头人，并有发展潜力的旅游特色村，由"两委"组织整合集体资源，实行土地集体所有、集中经营（实际上是每家每户的承包土地或山林流转给村集体，村集体付给承包租金或采取股份制），统一规划建设具有涉外、生态、休闲、保健特色的旅游养身基地，使国内外游客住得下、游得欢、能保健，真正使这里的绿水青山变成金山银山。

二、在实行土地新的合作与联合，走新型集体旅游开发的道路时，要走公司（国家）+村+家庭农场（农家院）的发展模式，真正发挥好农业经济合作社这个载体的作用，引资入社，国家要大力支持（也可以采用台湾地区蒋经国执政时期对农业实施贴息贷款的办法）开发旅游项目，从而使全村形成一个经济利益共同体，使村里的每个家庭、每个人都成为这个共同体的成员和股东，推进新型旅游集体经济的全面发展，逐步形成当地劳动力的"蓄水池"，使大家走上共同富裕的道路。在实施旅游项目开发中，千万不要引进一个投资人、租下一大片农民的承包地和山林搞开发，走让"个别人开发，少数人发财，广大农民当看客"的路子。

2019 年 4 月 18 日

淳安西乡农村考察报告

按：淳安县威坪镇是浙皖边界的第一文化古镇、新安文化发祥地，具有1800多年的历史，曾是徽商水路交通要冲和重要商埠口岸，也是我党革命根据地之一。自从新安江水电站建成后，特别是改革开放后，这个集老区、边区、库区、山区于一体的淳安西乡（今威坪、梓桐、宋村、鸠坑、王阜5个乡镇）区域，经济社会发展与浙江省发达地区的差距日益拉大，成了浙江省农民人均收入最低的区域之一，富余劳动力只能靠外出务工维持生计。政府如果不采取特殊的扶持政策，淳安西乡威坪5个乡镇不可能与浙江省同步进入高质量的小康社会，将成为浙江省迈向小康的短板。为此，我们建议省委、省政府高度关注威坪区域近10万人民的小康状况。发挥扬威坪之优势，将威坪作为省里的重要小城进行培育，把淳安西乡威坪5个乡镇建设成一座集旅游、休闲、养生、养老于一体的山水特色小城市。

2016年上半年，我们一行两次走访了威坪、梓桐、宋村、鸠坑、王阜淳安西乡5个乡镇中的20多个村庄。这里的人们为我国新民主主义革命和社会主义建设做出了巨大的牺牲和贡献，但中华人民共和国成立了近70年的今天，他们却捧着金山银山和秀水，靠外出打工维持着生计。国家如果不帮助他们走上一条新路，仅靠务工出卖劳力，这里的百姓难以实现小康。政府应关注库区、老区、边区、山区百姓的小康状况。

一、这里曾经是一块富饶的土地

淳安县曾被评为浙江省甲级县。20 世纪 50 年代土改后，国家科委南方调研组的调查报告指出："淳安县农业总产值、农业总产量、向国家投售商品粮总量跃居浙西 13 县之首。"威坪曾是浙西通往安徽歙县、屯溪等地的水路交通要冲和重要商埠口岸，1921 年就有了电厂，办起了工业，是杭州至安徽屯溪黄金水路上最富裕的区域之一，商品经济历来十分活跃。

（一）传统文化源远流长

东汉建安十三年（208），东吴孙权遣贺齐平黟、歙，分歙东叶乡为始新县（淳安建县之始），立郡置县于此，一郡六县，淳安县治在威坪长达 400 年之久，威坪自此文化繁荣，经济活跃。唐永徽四年（653），梓桐田庄里的女英雄陈硕真仗剑从云，高举义旗反唐，成为中国历史上第一个称帝的农民起义女性领袖，现代史学家翦伯赞称陈硕真为"中国第一个女皇帝"。陈硕真在威坪一带留下"万年楼""天子基"等遗址。宋定和二年（1120），箍桶匠出身的方腊自号圣公，聚众数万，揭竿而起，威震东南，攻占六州五十二县，动摇了大宋皇朝。今日威坪还留有方腊洞、练兵场、点将台等遗址。威坪自古重教，儒学始于北宋，宋嘉定年间，威坪融堂书院就已创办，此后各乡书院开办兴盛直至民国。李白、白居易、韩愈、朱熹等名家都曾在威坪一带的书院执过教。进士朝朝代代涌现，一门四进士、一门三进士、兄弟进士、父子进士，也不是罕事。仅蜀阜村一村就出过进士 12 名，松崖村进士 8 名。直至 1959 年新安江水库形成，淳安西乡威坪等 9 乡镇还留存牌坊 18 座。昔日梓桐源口的一尊"科甲名门坊"是为童家村明代进士童铨立的，它向世人昭示着梓桐人才璀璨的荣光。梓桐人皇甫湜师从韩愈，他和儿子皇甫松著

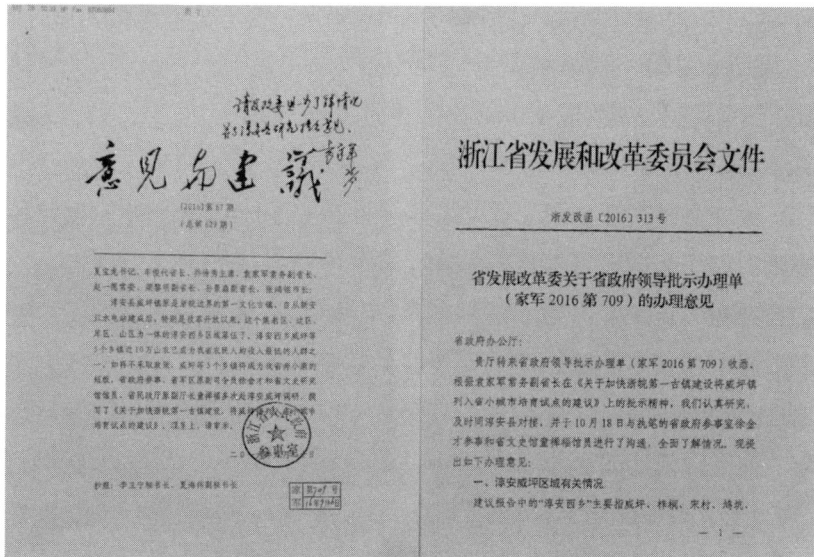

有关资料复印件

有《花间集》《醉乡集》《大隐赋》等诗词，千年不衰，白居易曾称皇甫湜"多才非福禄，薄命是聪明"。威坪厚屏村徐尊生被朱元璋以山林逸士之名所召，与宋濂等18人修《元史》，并为《元史·地理志》作序。威坪黄金里村徐士纳被称为"冰心玉洁的廉吏"。

淳安西乡重儒崇学之风甚浓，是一处文献名邦，直至今日，此地文人也是层出不穷。

（二）生态资源极其丰富

威坪区域位于新安江中游，上溯安徽黄山，下临富春钱塘，5个乡镇7条源，溪中碧水潺潺。五乡镇809.6平方公里的地域面积中，只有36011亩耕地和91.6平方公里的水域面积，却有63.42万亩山林，森林覆盖率高，可以说这里是浙江大地上一块难得的净土，自然景观及地质地貌旅游资源都十分丰富。王阜境内有2座著名的山脉，搁船尖海拔1482米，位于王阜与安徽的金川乡，绵延100余公里，民间称搁船尖为六甲灵山，大明朱元璋曾在此练兵和休养。金紫尖海拔1450.8米，区域面积达800余公顷，金紫尖山上有大小瀑布群无数，内有九龙瀑，跌宕多折，蔚为壮观。秋天菊花遍野，红叶染天，相传朱元璋、刘伯温路过此山，见"旭日照灼则金紫闪烁"，刘伯温便将其定名为"金紫尖"。如今该山成为长三角游人登山的胜地。

淳安西乡威坪镇山清山秀，古木遍野，浙江千年以上的十大美树王，威坪灵严庵门前便有一株，威坪凤凰古道挤入浙江十大文明古道。23.75 公里长的梓桐源，碧绿的潺潺流水，两岸古树参天，宋村 25 里青山碧波荡漾，石斑鱼名扬天下。鸠坑有性良种茶树世界第一，已传入 10 多个国家，昔日的鸠坑贡茶今日声名更盛。威坪五、六、七都 4 条源，源源有奇景，唐村有一株"樟抱槐"的母子奇树，七都源头的流湘瀑布和石柱墩为天下一绝，八都源头的仙人潭、金盉幽谷，更是迷人，威坪 5 个乡镇天然美景举不胜举。洞源村山下还埋藏着价值 700 亿元的大型银矿和龙砚石，这里的银矿经过浙江省第一地质大队的 7 年勘查终于确定了。

如今威坪已成为全国优美乡镇。如果对威坪虹桥头至歙县两岸略加开发，便可形成一条百里新安文化长廊。

（三）徽商效应千年不衰

据考，宋朝初年，靠新安江兴盛的徽商，衣锦返乡的第一件事就是大兴土木，把新安江两岸的能工巧匠都请到徽州，建成一座比一座气派的徽式大宅。这种建筑风格不仅在徽州地界流行，并且伴随着新安江水流进威坪一带，没多久，新安江畔的人也住上了高雅明亮古朴端庄的徽屋了。其时适逢南宋迁都杭州，许许多多因造房子而声名鹊起的淳安西乡工匠应召入杭，参加南宋古城的建造，又过了些许年，这些为南宋皇城效过力的工匠重返故里，当他们再为威坪商贾、富豪造屋时，带了些许京城味道，形成了既别于徽派又不同于皇城的浙西古建筑，威坪老街用皇宫大砖建造的古建筑群就这样应运而生，并一直延续到民国年间。一幢幢雕梁画栋、工程浩大的三厅大祠堂也在威坪各族大姓集聚地拔地而起，气势恢宏，至今不衰。这里的工匠精神一直传承至今，当前在杭州等地务工的威坪人大量都是木匠、泥水匠等师傅。

昔日徽商经营的主要是木材、茶叶生意，通过新安江流向全国甚至海外。鸠坑茶始源于东汉，到了宋代，随着徽商的兴盛，威坪鸠坑茶叶的品质和产量逐渐提高，到民国时期鸠坑茶就大量出口，1936 年，鸠坑茶产量达到 2000 多担。从此，威坪也成了开化、遂安、淳安和安徽歙县四县的茶叶集散地，茶叶带动了威坪的全面发展，不少徽商也融入威坪等地的工商业界。1921 年，威坪商人胡润相就办起了威坪电厂，这是富春江、新安江上的富阳、建德、桐庐、淳安四县的第二座电厂。这里还有了纺织、化工、造船、制茶、中药材、印染、竹木器具等工厂和手工作坊。到中华人民共和国成立初期，威坪镇已有商店 100 多家，有汽车站、码头，还拥有前街、后街、横街和叶家、方家、胡家等街巷，威坪已成了近万人的新型城镇了。

二、政府应关注老区、库区、边区、山区人民奔小康

李泽民同志在 1994 年任浙江省委书记时曾以个人名义向党中央呈报了一篇万字的报告，提出了自建立新安江水库后，淳安经济社会发展经历了"倒退十年、徘徊十年、恢复十年"的艰难历程。今日，与安徽相邻的威坪等 5 个乡镇人的生活水准不仅与杭州市其他县市有差距，与淳安其他乡镇比，也仍然有较大差距。

（一）民主革命，威坪等 5 个乡镇的人民做出了重大贡献

威坪等 5 个乡镇有光荣的革命历史，是一块红色的土地。1928 年 9 月 15 日，中共浙西特委负责人严汝清就联系上了 1926 年 8 月加入共产党的威坪方宅村方乃木，9 月 17 日，方乃木就联系上了方上珍等 6 位党员，他们一起召开了会议，并成立了淳安第一个党支部。方乃木当选党支部书记，从此积极开展党的地下工作。

淳安县威坪镇全貌

1933 年 12 月，皖浙边区地方武装工作队红军游击队张元明等人来到威坪洞源、东岸、坑石潭等村发展党组织和红军队伍，1934 年 11 月，在威坪水枧湾村徐樟顺家召开会议，正式成立了中国共产党洞源区委员会，下辖水礁村等 7 个党支部，到 1935 年 8 月，洞源区委已拥有党员 100 多名、红军 60 余人。

1934 年 9 月，中共浙皖省委决定成立中共浙西工作委员会，1935 年 3 月，浙西工委下辖的浙西特委，在六、七、八都（即威坪）发展党员 2000 多名，建立了党支部 100 多个，并建立了中共淳安县委，县委设在王阜乡闻家村石板庵里，此后，又建立了威坪、碣村、驮岭等 8 个区委。1936 年，党组织遭到了彻底的破坏，党员被枪杀 5 人、逮捕 47 人。

1935 年 8 月 12 日，中共淳安县委在淳歙交界的威坪金竹发生暴动，暴动队伍抄毁了金竹岭脚等五六个村的恶霸地主。国民党调集了淳安、寿昌、建德和安徽歙县等地的保安围剿红军，洞源区委书记徐樟顺等 20 多人先后牺牲，数十人被捕，国民党政府责令威坪等地乡、保、甲长全面清查共产党和红军游击队，采取"移民并村，放火烧山，逐户审查"等手段，淳安县委及所属组织遭到全面破坏。

1936年8月，中共浙遂中心县委成立，县委设在梓桐镇石门塘村，于1937年2月遭到破坏。解放战争时期，中国人民解放军皖浙游击队进入淳安。1949年2月3日至4日，在王阜邵家坪的一次战斗中，解放军和金萧支队联手歼灭国民党淳安县自卫总队第一中队，1949年5月1日凌晨，我十二军三十五师师长李德生率部追上了国民党七十三军，在威坪东西山上的一场激战中，解放军共歼敌2个团，俘虏1200余人，5月1日中午威坪解放，威坪成了解放淳安县乃至全省的"第一镇"。

威坪五乡镇写下了一段辉煌的红色历史。

（二）电站建设，威坪等5个乡镇的人民做出了巨大牺牲

20世纪50年代，为加快工业起步，解决上海、南京、杭州电力严重不足的问题，我国自己设计和自制设备的新安江大型水力发电站建成后，淳安田地被淹，房屋被淹，山林被淹，当地人民无奈转移到浙江省庆元、开化，以及江西井冈山和安徽旌德等60多个县的穷乡僻壤安家。威坪、松崖、梓桐是三乡镇农村建库前的新安江主流区域。原来威坪区的外桐、中桐、松崖、南赋、威坪、蜀阜、厚屏、横双、鸠坑9个乡镇的所在地，全部沉入库底，拥有1800多年历史的威坪古镇房屋还没来得及拆水就淹上来了，现在的梓桐、宋村、威坪、鸠坑4个乡镇都是后来重新建造的。仅原威坪区9个移民乡镇就有222个自然村沉入库底，永远消失了。

威坪区原9个乡镇共移民9873户、39404人。淹没农田11674.6亩、旱地20866.8亩，共32541.4亩。淹没私房43907间、公房2828.5间，还有水碓124座、牌坊18座，原迁移民每人只享受50元至300元不等的补偿，如果每人按国家228元的补偿标准，威坪区原9个乡镇国家补偿给移民的也只有898万元，这些钱是补偿给近4万威坪移民买地建房和搬运的费用。还有2828.5间公房及水碓、

牌坊与公共设施都没有分文补偿。由于安置不当,当前,淳安西乡威坪等原9个乡镇移到江西、安徽等外省、县的人,还有很多处于贫困状态,特别是当今威坪等4个乡镇中,原9个乡镇的22264个后靠移民,由于生存的资源严重不足,如今他们大多只能靠外出务工维持生计。

(三)外出务工,威坪五乡镇人民出路艰难

威坪、梓桐、鸠坑、宋村4个乡镇大量的土地被新安江水库淹没,除迁往江西、安徽等地的,还有2万多后靠移民,共享原来就缺田少地的威坪五乡镇的土地,这样就造成了生存资源的严重缺乏,现在威坪5个乡镇的人,人均耕地只有0.45亩,而王阜乡农民的人均耕地只有0.24亩,是最少的,45967名农村户口的威坪镇人只有15606亩耕地,人均0.34亩,而且这些土地大部分是旱地和山地。另外,为保新安江水库一库水的水质,猪场不能办、企业要严控,2015年威坪等5个乡镇工业销售产值不足20亿元,宋村乡产值几乎趋于零,工业企业不能办,农民无地种,又无其他支柱产业,大量剩余劳动力只得外出务工。

威坪、梓桐、宋村、鸠坑和王阜5个乡镇共有87个行政村,人口97057人,劳动力59011人,这5个乡镇外出打工的人员达到26024人,占了总劳动力的44.1%。可以说20岁至50岁的劳动力几乎都在县城和杭州、上海、深圳等地务工。仅宋村乡外出务工的劳动力就占总劳力数的55%。

2015年,浙江省外出务工人员按最低工资标准的最低档每月1530元计算,一年收入18444元,是这5个乡镇农民当年可支配收入12219元的1.5倍。而以最低工资标准的最高档每月1860元算,年收入就达到22320元,接近这5个乡镇农民人均可支配收入的2倍。而且,他们大多是能工巧匠,大都选择去收入更高的地方务工,农村只留下老人、女人和小孩守家、守村了。

三、我们的意见和建议

2015 年，威坪等 5 个乡镇的农民可支配收入为 12219 元，只比浙江省农民人均可支配收入最低的庆元县 11762 元高 457 元，其中有 64 个村的农民人均可支配收入低于 11762 元。将近 2 万人的王阜乡农民人均可支配收入只有 10787 元。其中新合和闻家等 6 个行政村的 5982 人，其人均可支配收入不到 1 万元。而且这 5 个乡镇的农民去年人均可支配收入低于淳安县农民人均可支配收入 2473 元，只有杭州市当年上半年的水平，也只有全省当年平均水平的 57.8%。王阜、宋村、鸠坑 3 个乡的农民人均可支配收入低于全国 11422 元的平均水平。因此可以说，淳安西乡威坪等 5 个乡镇的 10 万人不仅是杭州市，也是浙江省人均收入最低的人群。这 10 万人居住的区域也是浙江省经济发展最滞后的区域之一。国家层面针对大中型水库移民解困已出台了不少政策，浙江省和杭州市对曾经富裕繁荣的淳安西乡发达地区的发展，应当给予高度的关注，采取特殊的扶持政策，否则这个地区难以摆脱当前的困境，也不可能与浙江省全省同步进入高质量的小康社会，将始终成为浙江迈向小康的短板。为此，建议如下。

（一）发挥区位优势，加速推进就地就近城镇化

建库以前，威坪区原 9 个乡镇地处淳安西边，语系一体，同属一区，淳安称威坪区和唐村区的人为淳安西乡人。自古以来，威坪就是淳安西乡的经济、政治、文化中心，自从建立新安江水库后，水陆两路割断，古镇沉入库底，村落交通闭塞，山农出山艰难，一直生活在贫困中。改革开放以来，交通略有改善，威坪镇址七易驻地，1982 年，浙江省政府批准在虹桥头重建威坪镇后，现威坪等 5 个乡镇的村民又逐步聚集威坪，威坪再次成为淳安西乡人的政治、经济、文化中心。在鸠坑调研中，几位老农反映说，建库之前，威坪不仅是淳安西乡的经济中心，也是和他们相邻的安徽歙县几个乡的经济中心，他们距徽州屯溪近百里，与威坪就一江之隔。我们认为，如果国家下大决心，在当今的威坪建好医院，办好学校，建立新的文化综合体，筑起新的生态支柱产业，在街口修建一座大桥，连通安徽和浙江，加大开发力度，这样威坪就会很快地聚集人气，推进就地就近城镇化。

（二）发挥生态优势，加快发展游旅休闲产业

威坪等 5 个乡镇的 7 条源，源源有小溪，山山有奇景，面对千岛湖，背靠大青山，有古建筑近千幢，其中有 30 幢以上古建筑的千年古村落就有 10 多座，这里可谓一块旅游人的人间仙地。随着千黄高速和杭黄高铁的建成，千岛湖与长三角、大都市和景区的时空距离将大大缩短，届时将有大量的游客涌入千岛湖，另外还有重游千岛湖的人已不满足猴岛、鸟岛的观光看景，他们要去追寻传统文化的"根"和"魂"，去追求原生态的山和水，去追寻到天然氧吧中休闲、养生的活动。特别是威坪等 5 个乡镇的古村落和古建筑，将会吸引更多游客。当前威坪等 5 个乡镇的旅游休闲还是一块处女地，利用好生态资源，青山绿水就会变成真的金山银山。

另外，威坪镇地处千岛湖镇与黄山的中间，这颗旅游明珠亮起来，千岛湖与黄山的黄金水路将更加畅通，千岛湖镇与威坪镇东西两颗明珠将竞相辉映，旅游一定会成为淳安人的聚宝盆，这样，淳安西乡人也就富裕了。

（三）发挥山水优势，积极探索养老养生产业

据专家研究，2015 年，发达国家已全面进入"休闲时代"，旅游已逐步由观光看景到休闲养身。由于我国经济的快速发展，"休闲时代"已提早到来。威坪等 5 个乡镇山山是天然氧吧，处处是净土泉水。2015 年下半年宋村乡的"云里雾里精品民宿"开业仅 5 个月，营业额就超 89 万元。如果国家加大扶持力度，在威坪等 5 个乡镇实施美丽经济发展行动，建设一批美丽乡镇、美丽乡村和全域旅游线，培育一批休闲养老精品特色村，建立集医疗、健身、休闲、饮食为一体的综合服务体系，使威坪等 5 个乡镇成为"休闲时代"的最佳基地，那么，服务"休闲时代"就成为威坪等 5 个乡镇山农的支柱产业，外出务工的 2 万 6 千多淳安西乡人也就自然回乡创业了。

（四）发挥人文优势，深入开发新安文化

新安文化是中国三大地域文化之一，兼具吴越文化、徽派文化的浓郁特点。威坪位居新安江流域主干区，是新安文化的发祥地和中心。人杰地灵，名士荟萃。新安文化影响广泛深远，具有独特的地域特色和人文价值。新安江水电站建成，隔断了新安江地域的流通，摧毁了许多新安文化的物质载体，使新安文化被隔断流通。传承、恢复和深入开发新安文化，具有特殊的现实价值和深远的历史意义。当前最应该做的是通过几个具体的文化项目带动、重塑新安文化：一是建设新安文化博物馆；二是建设淳安方志馆；三是建设方腊和陈硕真纪念馆。

在我们的调研中，群众普遍反映：国家如果不采取特殊的扶持政策，靠自我发展，淳安西乡人是难以走出当前窘境的。但淳安西乡各乡镇党委、政府却是雄心勃勃，威坪镇新一届党委提出了创建"生态经济、更美集镇"的思路，宋村、鸠坑和王阜乡政府一致践行"秀水富民"战略，梓桐镇新一届党委定位在"最美峡湾、古韵梓桐"的新目标上。他们都把目光聚焦在生态一流的山水上，目标看准了，但没有一个产业支撑，致富难呀！因此，我们认为，要真正使威坪等 5 个乡镇的 10 万人共享改革开放的成果，让他们有获得感，必须统一规划，整合资源，走就地就近城镇化道路。为此，我们建议，省委、省政府把威坪镇列为浙江省小城市培育的试点，实行区划体制调整，下大决心将威坪建设成一座集旅游、休闲、养生、养老于一体的山水特色小城市。

《国家新型城镇化规划（2014—2020 年）》指出："要加快发展中小城市作为优化城镇化规划结构的主攻方向，有条件的县城和重点镇发展成为中小城市。"最近，国家发改委、住建部和财政部联合下发的建村〔2016〕47号《关于开展特色小镇培育工作的通知》中指出："到2020年，培育1000个左右各具特色、富有活力的休闲旅游等特色小镇，引领带动全国小城镇建设，不断提高建设水平和发展质量。"浙江省这方面的工作先走了一步，早在2010年12月，浙江省委、省政府就做出了开展小城市培育试点的决策，浙江省27个中心镇成为试点。不久，省政府又做出了首批打造37个特色小镇的决策，浙江省龙港已镇改市了。浙江省委关于补短板的若干意见中也指出，努力补齐制约发展最关键、百姓需要最迫切、今后5年必须突破的短板。关心扶持威坪等5个乡镇的发展，建设威坪山水特色小城市，构建养生旅游基地是推进淳安西乡10万人致富的最好载体，这既是补短板，偿还历史"欠债"的需要，也是时代的需要。不能等了，让千岛湖源头的山民们放下榔头，早日回乡创业吧。

徐金才　童禅福

后记：2016年上半年，童禅福（淳安威坪人）和浙江省政府参事、原浙江省军区副司令员徐金才（淳安威坪人）在淳安县党史办主任朱华民的陪同下深入淳安威坪等5个乡镇调查。当年8月19日，浙江省政府参事室以参事建议件将《淳安西乡农村考察报告》上报省委、省政府有关领导，时任常务副省长袁家军9月26日做出"请发改委进一步了解情况，并与淳安县研究提出意见"的批示。浙江省发改委对袁家军副省长的批示十分重视，及时与淳安县对接，并于10月18日与2位作者沟通，11月2日省发改委以浙发改函〔2016〕313号文件的形式将办理意见报给省政府办公厅，办理意见明确了下一步的3项工作：一是继续加大对威坪中心镇的指导和服务，在中心镇发展补助资金安排中予以倾斜支持；二是积极支持淳安西乡威坪镇争创下一轮小城市培育试点对象，会同淳安县按小城市申报标准抓好威坪区域建设发展；三是加快推进千黄高速、杭黄高铁等重点项目建设，改善淳安西乡威坪等5个乡镇的交通条件，尽快体现区位优势。《淳安西乡农村考察报告》被评为省政府参事室2016年优秀参事建议件。

传统文化唤醒山村人的新追求

——后田铺上田村依托文化推进经济社会发展和人的素质提高

我国上下五千年的社会变革，积累起了丰富的传统文化，作为弘扬优秀传统文化主战场的农村，优秀传统文化不仅是建设社会主义文化名村的动力之源，更是乡村全面振兴更基本、更深沉、更持久的力量。龙游县龙洲街道后田铺村靠"婺剧文化"和"姜席堰文化"等几张名片推进了乡村振兴；松阳县三都乡上田村依托"中国传统古村落"这块金字招牌，引领上田村走上乡村复兴之路。后田铺和上田村两村积极探索，依托文化兴村，为积极推进经济社会发展和人口素质提高拓展了思路。

一、两村弘扬优秀传统文化的优势和探索

（一）后田铺人品文化

近些年来，后田铺村深挖耕读文化、婺剧文化、姜席堰文化、红色文化，从一个"8分钱邮票"的后进村，成长为远近闻名的文化特色村。

2014年初，后田铺村建起了占地700多平方米，集文化礼堂、文化讲堂、婺剧展示馆"二堂一馆"于一体的综合文化礼堂。文化礼堂建起后，幼儿教师出身、能歌善舞的村主任詹红菊担起了文化礼堂的"专职管家"，她把优秀传统文化弘扬工作作为兴村的一大要务。詹红菊请来了有"婺剧浙西第一班"的"周春聚班"传承人、

周氏三姐妹中的周越桂老艺人，这位著名戏剧艺术家、国家二级演员、当代婺剧小生的杰出代表周越桂见家乡人盛情来请，当时已84岁的她，回到了阔别25年的故乡，并捐赠了一批珍贵的婺剧文化资料。周越桂老艺人的返乡，唤醒了后田铺人的婺剧文化记忆。当年，詹红菊在周越桂老艺人的指导下，召集起一批热心的青年文艺骨干，组建了一支文化志愿者队伍，每逢周一、周三，文化礼堂内就会飘扬出《昭君出塞》《樊梨花》等人们熟悉的婺剧选段。同时，他们又深挖本土的特色文化。当年龙游县文化礼堂精品展示，后田铺选送的《梨园后代看田铺》荣获银奖。文化礼堂落成的这一年，就开展了大大小小的文艺活动40多场，村民自发组织的文化活动更是不计其数。2015年龙游县村歌大赛，后田铺村选送的《美哉，后田铺》获银奖；2018年，龙游县文化礼堂精品节目展演，后田铺村选送的《姜席堰》歌舞荣获金奖。

凭借婺剧文化的兴起，后田铺文化礼堂被选为浙江省"50个示范文化新地标"之一和浙江省五星级文化礼堂。

2018年8月14日，一则激动人心的喜讯从大洋彼岸的加拿大传来，姜席堰和都江堰同时正式入选"世界灌溉工程遗产名录"。坐落于后田铺村域的姜席堰距今已有680多年的历史，古堰见证了龙游纷繁的历史变迁，是古代龙游人特别是后田铺人治水、利水智慧的结晶。

后田铺人在婺剧文化和姜席堰文化两者之间，依旧选择深挖婺剧文化，做好婺剧文章。因为后田铺村已被确立为浙江省首批传统戏剧"龙游徽戏特色村"和"婺剧文化源头村"了。如何深挖婺剧文化、培养更多婺剧人才？如何把特色乡村文化转化为文化产业对村民们的吸引力？村委会主任詹红菊认为，让文化品牌转化成文化产业或者衍生出文旅产业，甚至带动其他产业发展，这是后田铺下一年的发展新目标。

（二）上田村人探新路

位于松阳县城东北仅 7 公里地的三都乡上田村，村落四山环抱，呈现"天、地、人合一"的古代选址思想，村内道路纵横交错，交通四通八达，古井、古树、瀑布、梯田等众多历史环境要素，与生产生活息息相关。村背后龙山顶的山苍殿建于唐广德年间，距今已有 1256 年了，殿宇挑角飞檐、雕梁画栋、气宇雄伟，是县级文物保护单位。1935 年 4 月，中国工农红军挺进师粟裕、刘英等同志曾到此殿办公，领导打土豪、分田地等革命活动。1995 年 2 月，上田村自发维修了此殿，使之基本恢复历史原貌。据专家考察，上田村蕴含深厚的文化和历史背景，具有很高的科学文化、历史、考古价值。具有 630 多年历史传统的上田村，2016 年被国家列为中国传统古村落，从此，上田村人借"金字招牌"的威力，开展了集体经济运行新机制的探索。他们以组织化发展的方式保障农民享受全产业链增值收益，实现共同富裕，已经走上了一条在传统文化引领下的新型乡村复兴之路。

二、两村弘扬优秀传统文化的经验和思考

文化的主体是人，传承载体也是人，我国传统思想文化的根源在社会生活，这是人们的思想观念、风俗习惯、生活方式等的集中体现。习近平总书记强调："要认真吸取中华优秀传统文化的思想精华和道德精髓，要处理好传承和创造性的发展，重点做好创造性转化和创造性发展。"把"创造性转化、创造性发展"落到实处，关键要靠人，要有担当的文化人，要有情怀的开拓者，在新的历史时期，后田铺村和上田村两村努力将祖上留下的物质和非物质优秀文化遗产进行不断的创新和发展，不仅经济在弘扬优秀传统文化中逐渐繁荣昌盛，人的素质也在弘扬优秀传统文化中得到相应提高。

松阳县三都乡上田村古村落

（一）探索新路，共同致富

后田铺村创新和发展婺剧文化，带动了乡村振兴；上田村依托国家拯救老屋行动积极探索村民共同富裕的道路，他们的文化资源和思路做法虽然不同，但一个共同的目标都是尽力使那些留给当代的优秀传统文化的价值以新的形式展现出来，不断挖掘创新，发挥传统文化最大的效益。后田铺村委会主任詹红菊说："已经建成的文化礼堂和龙南明珠旅游接待中心都为后田铺村下一步做大做强文化品牌提供了很好的硬件基础，接下去，我们准备注册文化旅游公司，继续借助婺剧文化和姜席堰文化，发展'文化+'产业，定期举办采风摄影等文化活动，在凭借文化品牌培育更加浓厚的文化氛围的同时，带动整个村整体振兴发展。"上田村这个山村虽然不大，全村只有 134 户、369 人，但他们创立的松阳县第一家乡村振兴开发有限公司已经于 2019 年 10 月开始试营业，这家集精品民宿、文化体验、有机农耕、乡村生活于一体的民宿综合体的结构体制主要是坚持以集体经济为基础，以混合所有制、农合联等多样化联合合作发展为特征，以地方政府、村集体、村民、工商资本四方共同参与、利益共享、风险共担的发展模式。公司总经理、上田村村委会主任吴建伟很淡定地说："现在只是开始，接下来还有一系列的规划，我们走的正如习近平总书记指出的：'发展新型集体经济，走共同富裕道路。'"决心是下定了，当前如何管理运营是关键。

（二）文化共享，全村和谐

随着城镇化和工业化的快速推进，许多村庄大量的农民工进城，留下老人和小孩守村。这些村庄的文化礼堂建起来了，图书馆办起来了，但无人去享受文化。可后田铺村和上田村不一样，两村不仅是乡村优秀文化的传承者，也是优秀文化的参与者和享受者。

后田铺村 391 户、948 人，400 多名劳动者大都是能工巧匠，外出杭州等地的经营打工者不足 30 人，节假日时大多青壮年都享受着自己传承创新的文化。因此，文化渐渐成为后田铺村村民引以为豪的品牌。詹红菊相告：如今文化礼堂内好戏连台，笑声不断，每个月都有活动上演，越来越多的村民成为观众，越来越多的观众走上舞台……婺剧声调在村子里飘荡回响，文化悄无声息地在每个人心头盛开。文化礼堂建起后，随着耕读文化、婺剧文化、姜席堰文化、红色文化的兴起，村民凝聚力增强了，原来一个告状不断的后田铺，如今没有宗教问题，七八年也没有出现一起信访事件。2018 年来，全村拆除了违章建筑一万多平方米，村子变得更整洁美丽了。

文化美化了一个村。詹红菊爱好婺剧，她家的院子打造成了带有婺剧文化气息的"有容乃靓"的花园；钟志红是养蜂的，他家的小院被打造成"蜂恋花香"的"更新园"；黄耀民的父亲爱摆弄花花草草，他的院子被建成"兰花园"……后田铺文化氛围从文化礼堂扩散至全村家园，文化有了群众基础，也有了更广阔的生长空间。2018 年全村人均可支配收入达到 28944 元，全村居民生活祥和，睦邻融洽，家庭和睦，社会平安。

下田村起步迟，但他们在拯救老屋行动中，不单单是去修缮几幢渗透了文化的老屋，而是从修屋中延伸出去，创造性地弘扬传统文化，让拯救老屋为经济建设服务，为振兴乡村服务。村委会主任吴建伟说,我们自成立松阳县上田乡村振兴开发有限公司后,许多在外地打工的村民都返乡创业了。他自豪地说:"不管怎样,现在村民荣誉感、参与感真的强了,人心也齐了,大家共同致富的奔头这股劲更足了。"

(三) 用好专款,办好大事

自党的十八大特别是习近平总书记在党的十九大报告中提出把振兴乡村作为党的一项重要战略工作来抓后,从中央到地方各级政府加大了对乡村振兴的投入,后田铺和下田村两村的"两委"抓住了机遇,解决了许多长期想解决而没有解决的难题,办成了许多过去想办而没有办成的大事。

后田铺9个自然村散落在面积为2.9平方公里的村域中,该村主要从事粮食、蔬菜、种植和鱼虾养殖,青壮年的手艺人也在就近从事二、三产业,怎么发挥村里的人文资源去享受文化、去凝聚人心?村"两委"觉得首先要让大家的日常有一个文化活动中心。于是他们把国家扶持该村的"美丽乡村"、精品示范村、"婺剧文化源头村"和"文化礼堂"建设几项专项资金,共180万元打包建起了后

称为"江南都江堰"的龙游姜席堰

田铺文化礼堂，这座后田铺的标志性建筑物成了后田铺人的第二个家，平时大家一有时间就要到礼堂去看看书、听听戏、唱唱歌、跳跳舞。全村人闲余时间都有了一个去处，文化礼堂成为广大村民文化娱乐和信息交流的场所。

松阳县拥有格局完整的传统古村落 100 多个，其中 71 个被收录进"中国传统古村落"名录。从 2016 年 1 月份起，由国家文物局支持，中国文物保护基金会发起了"拯救老屋行动"，下田村挤入"中国传统古村落"的"拯救老屋行动"中，他们争取到了 300 万元资金，占了国家这项活动在松阳投资的 1/20。截至目前，松阳县 16 个乡镇（街道）35 个行政村的 142 幢老屋已修缮完成，下田村"拯救老屋行动"中的 6 幢老屋如今已成为"古典中国"的标本建筑物。这个国家级传统古村落更美了。2019 年下田村又先走了一步，他们创立的以新型集体经济为主体、多种经济成分并存、共同富裕的社会主义新农村建设模式又受到村民们的称赞，外出打工的下田村民嗅到商机纷纷回到村里开起了农家乐和民宿店。

三、两村弘扬优秀传统文化的启示和建议

后田铺村和下田村两村在弘扬传承优秀传统文化方面探索了一条新的道路，如今这两个村景致很优美、故事很生动、文化很迷人。正如习近平总书记指出的："实践反复证明，什么时候大力弘扬了优秀传统文化，这个时期文化就能不断创新和发展，人的素质也就相应提高，经济社会就会繁荣昌盛。"为此建议如下。

（一）弘扬优秀传统文化必须走就地就近的新型城镇化道路

优秀传统文化的弘扬，首先要有人去恢复、建设、传承，其次是要有人去观赏、享受、品味。后田铺村依托地处龙游县域郊区的优势，全村上下都有弘扬传统文化的积极性，当今，他们已经进入品文化的新阶段了。近年来，松阳县的农家乐已发展至 520 多家，带动直接从业人员 1600 多人，间接从业 2200 多人。更值得关注的

是，近 3 年来，松阳县全县常住人口增加了 5700 多人，对于一个只有 24 万人口的小县，这样的逆流格外亮眼，这就是国家"拯救老屋行动"引发的民居改造工程积极推进，传统业态的复兴发展，民宿、农家乐等新业态的萌发兴起所致。松阳的变化给我们的启示是，要把小城镇和中心村建设成为乡村劳动力的"蓄水池"，吸引远离家乡的打工者返乡，这样当地的人文资源优势就能得到充分的发掘和创新。加快小城镇建设是推进我国加速城镇化建设的必由之路。这也为弘扬优秀传统文化开辟了广阔的市场和天地。

（二）发展新型集体经济，走共同富裕的道路

弘扬优秀传统文化虽然解决了有人办事的问题，但还需要解决有钱办事的问题。农村弘扬优秀传统文化，政府扶持是必要的，但不能过于依赖；太过依赖政府扶持，弘扬优秀传统文化就不会有后劲，也难以创新。要使弘扬优秀传统文化走上良性循环、不断创新的路子，在国家帮一把的前提下，必须壮大新型集体经济。农业集体化是在土地私有化几千年之后萌发出的一种适应新时代农业现代化的新型生产模式，要真正发挥好农民经济合作社这个载体，组织整合集体资源，发挥出村集体公共资源的最大效益，壮大巩固集体经济。

（三）积极帮助做好优秀文化从弘扬到产业的转化工作

文化是一个品牌，也是一种发展载体，从品牌到产业，应因地制宜做好"文化+"的工作。发展文化产业，既是弘扬乡村文化自身发展的需要，也是乡村振兴的题中应有之义。要做到这一点，必须注重产业融合的顶层设计，在让文化融入生活，成风化人的同时，不断放大文化品牌的影响力，衍生出更多能实实在在为老百姓带来幸福感和获得感的创业机会，最终形成文化发展与乡村振兴之间的互动过程。

2019 年 11 月 22 日

本文原刊于浙江省文史研究馆《传统文化与公民素质研究会论文汇编》

浙江最小行政村调查札记

　　地处 2 省 5 县交界的景宁畲族自治县大漈乡垟心村是 1986 年新建的水库移民村，全村 22 户、82 人，可谓我省最小的行政村。在垟心村委会办公室，我们看到墙上挂满了匾牌，其中有丽水市委、景宁县委分别颁发的"社会主义新农村建设先进基层组织""丽水市生态文明村""丽水市移民十佳创业新村""景宁科技示范村""丽水市美丽乡村"等荣誉匾牌。这些荣誉引起了我们的极大兴趣，并进行了详细的调研，认为他们反映的几个问题很值得领导关注。

一、欠发达地区的农村要注重挖掘发挥"后发优势"，保护传承历史地域文化，推进第三产业的发展

　　大漈乡地处火山岩高山湿地平原，土质宜种高山蔬菜。垟心村人自移民建村之日起，就在寻找适应自己的致富路。20 世纪 90 年代，他们先后试种了茄子、花菜、青椒、番茄等农作物，产量很高，但是没有拳头产品，形不成市场，只能自产自销，所以种植高山蔬菜失败了。后来，他们家家户户又养起了母猪，结果遇上猪肉大跌价，全村几十头母猪全杀了。不久，缙云县三四位能人来到大漈乡，看到这片高山湿地后心动了，他们承包了几十亩稻田，引进了高山茭白，当年便获得成功。2006 年，建立了大漈乡茭白合作社，垟心村户户都是合作社的社员。现在，海拔 1030 米以上的 5000 多亩高山湿地全部都种上了茭白。当前正是收割季，湿地一片绿油油的，茭农天天割茭忙。村委会主任陈守道介绍说："我们全村 70 亩稻

田，从 2004 年起全部改种了茭白，还租了 20 亩其他村的农田，一共栽种茭白 90 亩。现在，我们乡里建起了茭白市场，相邻的云和、庆元和福建的万寿等其他县的高山

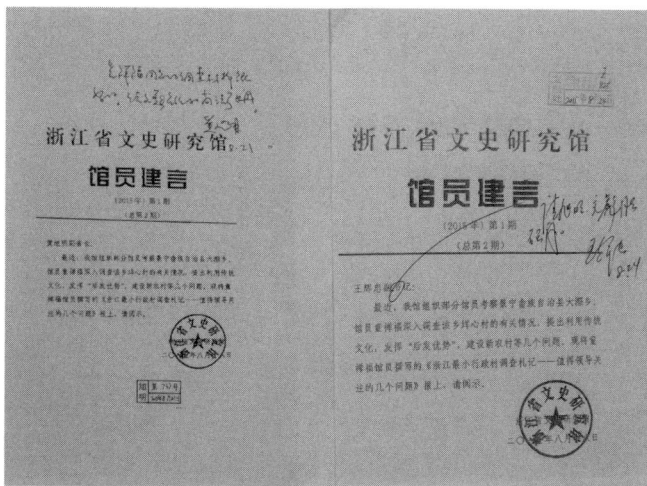

有关资料复印件

茭白都涌向我们这里的茭白市场。今年茭白市场一开秤，每斤就卖到 3.5 元。一亩茭白差的年份可收 7000 多元，好的年份超过 1.5 万元。去年我家种茭白 6 亩，除去肥料和农药成本，一年净收 7 万多元。毛估我们村种茭白的人均收入在万元以上。"

在乡里，刚从女大学生村干部考上副乡长的吴丽诙谐地说："我们山区的大漈乡，前几年确实落后了，但现在我们的'后发优势'显露出来了。我们大漈宗祠没有动，廊桥没有拆，成片的古树没有砍，还保留了建于南宋时期的全国重点文物保护单位时思寺和乾隆年间修建的全国重点文物保护单位护关桥这两座国宝。树龄在 1500 年以上的亚洲之最柳杉王，虽遭多次雷击，如今依然翠绿挺拔，还有一大批遗留下来的历史文化财富、古建筑群及自然旅游资源。小小的大漈，历史上曾出过 9 位进士、23 位举人，特别值得我们大漈人骄傲的是这片土地人杰地灵。这些前人留给我们的巨大财富，就是我们今天追赶的资本。现在大漈乡利用传统文化和自然景观，大兴旅游产业，乡镇已建各种风格的农家乐 55 家，每天能接待游客 4000 人。"

　　垟心村老书记陈光岩介绍说："我们村因地制宜种茭白富裕起来了，又迎来了乡里利用传统文化的优势发展旅游产业的好机会。在新农村建设中，省里投资我村 110 万元，对全村排污管道和路面进行全面改造，将按照乡里的规划将全村 22 幢房子改造一新，并且村村各具特色。2013 年，我村开始筹办农家乐。家庭办农家乐，每个标准间省、市、县农办补贴 4100 元，省、市、县移民办补助 2100 元。5 户农家改造了 25 个标准间。2014 年，8 户农家开办农家乐，改造 50 个标准间。我家国家补贴了 5 万元，自己花了 8 万元，共投资了 13 万元，建起了 8 个床位的农家乐，估计 3 至 4 年就可以收回成本。随着旅游业的兴起，连同家里的茭白生产，人均收入超 2 万元也就是眼前的事了。"

　　听了垟心村老书记对前景充满信心的一番话，再想想那些进城的农民工，他们家里留着整幢的新洋房无人住，自己却只能钻进城里的简易房。有些地方搞城乡一体化，老房子拆了，传统文化丢了，结果出现了千篇一律的城镇化，村村一样的新农村。面对这些情况，如何坚持走好中国特色新型城镇化建设，推动以人为核心的城镇化，就必须方便农民，让他们就地就近城镇化。特别是国务院做出"周末双休，增加半天"的决定后，各地将迎来新的旅游消费热潮。在注重保护和传承历史、地域文化的今天，应当像大漈乡一样，扬己之长，带动发展第三产业，让大量农民返乡创业，这也是城乡一体化、新农村建设值得提倡的一条新路子。

　　二、村庄调整一定要尊重农民意愿，从实际出发，不能强撤强并

　　对人口少的行政小村，是不是考虑到行政管理成本高，就一定要一并了之呢？景宁县、大漈乡的领导没有这样做。大漈乡政府副乡长梅杰告诉我们：前几年，在全省撤、扩、并的热潮中，景宁县委决定将葛山乡拆了，结果该乡的 6 个村集体到县政府上访静坐。

从此，景宁县委从山区乡村分散的实际出发，停止了这项撤乡并村的工作，全县也能稳定了。垟心村党支部书记梅振生说："虽然我是乡民政干部下派的书记，但我认为村不能随意撤并，特别是垟心水库移民村。如果该村被并了，不仅移民优惠政策享受不了，而且村民没有了归属感，人心也就散了，就会失去当家做主的主人翁精神，1300 多亩集体山林，肯定没有现在管得这么好，村里也不会出现这么欣欣向荣的新局面。"村委会主任陈守道充满激情地说："县里、乡里如果决定要并，我们村干部没办法，只得违心地同意，县里、乡里现在从实际出发，没有强撤强并，真是我们全村人的幸运。"

省政协原主席、现任全国政协文史委副主任周国富曾在我写的《我省村规模调整中的问题和建议》一文中批示："村庄的布局和形成融合了几千年的文化和历史，且各村的经济社会人文差异较大，因此，村庄的规模调整一定要尊重农民的意愿，尊重经济社会发展规律，宜大则大，宜小则小，千万别做违背人心和规律的傻事。"我们认为，在推进城乡一体化建设进程中，村庄向中心村集聚是一种趋势，政府在优化村庄布局、调整村级建制时，一定要坚持科学规划，尊重群众意愿，严格依法办事，过细做好工作，千万不要搞运动式的"一风吹"。特别是在当前对乡镇村"撤、扩、并"工作"回头看"中，要注重解决好遗留问题。

三、政府对水库移民的适度集中安置，既体现了人性化管理，也是对农村传统文化的保护

垟心村人原住景南乡下垟村，1986 年，景宁县修建上标水电站，该村 900 多人实行了相对分散、后靠，独立建村或插村安置。老党员陈光岩带着 25 户、100 人集中搬迁到离县城近百里的大漈乡，单独建立了垟心行政村。他深情地对我们说："当时国家给我们每人 460 元的移民安置费，每人 7 分责任田，全村 1300 亩山，我们没有怨言。移民来的 25 户都是陈氏后代，是一个陈氏大家庭，有着几百

年的宗情积累，特别团结，特别听话，乡政府叫我们干什么，我们都齐心乐意去干。我们村从一名党员发展到现在的 16 名党员，党支部是一个坚强的战斗堡垒。政府爱护信任我们。30 年来，我们村一直是乡里的先进村。2013 年成为丽水市的美丽乡村，今日又成了省级农家乐特色村。"

陈光岩老书记感慨的一番话引发了我们的深思。20 世纪的 30 万新安江水库移民和百万三峡大移民中，至今还有很多难以解决的遗留问题。特别是三峡水库移民，是在"稳定压倒一切"的情况下，乡乡村村实行了分散安置，乡里、村上的亲情宗情被隔断了，甚至父子、兄弟各移东西，他们之间的亲情也被隔断了，结果出现了移民大回流。下垟村是个有 900 多人的千年古村落，不可能统一安置，便对其实行了以自由组合、适度集中的方式安置，虽然古村落遗留下的传统文化大都丢弃了，但他们的乡情亲情仍然留存。因此，我们感到水库移民对一个村、一个家庭本身是一种"伤筋动骨"的大事，维系传统农业循环经济的特殊农村文化遗产不能随意丢弃，几千年的农村文化基因不能随意打乱。强调割断乡情亲情的分散安置，对整个社会来说，表面看是稳定了，实际上埋下了很大的隐患，建议在我们工作中要尽量避免。在今天的大工程、大项目建设中，特别要尊重人们的意愿和习惯，实行人性化的安置，保护好文化之根。

我们每办一件事都要想到人民的利益，想到农民的亲情，只有这样，农业才会更强，农民才会更富，农村才会更美，社会才会稳定和谐，经济才会协调健康发展。

后记：2015 年 8 月 18 日浙江省文史研究馆以"馆员建言"的名义将《浙江最小行政村调查札记——值得领导关注的几个问题》上报省委、省政府有关领导后，时任省委副书记王辉忠、副省长黄旭明及时做了批示，黄旭明副省长批示说："童禅福同志的调研报告很好，请文彪主任和尚清厅长阅。"2015 年第 4 期《古今谈》全文刊发。

略谈新安江"三水"功能转换

我国自新安江水电站建立后，60 年来，发源于安徽黄山脚下的新安江江水在淳安流域内的功能在不断转换。从发电、排灌功能的库水转换成人们旅游的湖水，今又变成了杭州等地居民饮用的第二水源，成了杭州人的饮用水。新安江这"三水"主要功能的转换，折射出时代的变迁和社会发展变化的踪迹。

新安江水电站自 1956 年 10 月在浙江省淳安县紫峰乡芹坑村与建德铜官交界的峡谷中破土动工，1959 年 9 月 21 日 15 时 47 分新安江截流。新安江水库自此形成。29 万多淳安人纷纷离开故土，谱写了一曲悲壮的移民颂歌。从此，新安江水电站的第一要务开始显现。发电高峰，每小时 60 多万千瓦的电力通过华东电网覆盖半径 300 公里的长江三角洲，巨大的电流冲向沪、宁、杭工业地区和浙江、安徽、江西及江苏广大农村。新安江水电站的电力为推进我国工业快速起步和农业的兴起，发挥了重要作用。

20 世纪 60 年代，郭沫若这位文化大家莅临新安江水库视察，他充满激情地写下了"西子三千个，群山已失高。峰峦成岛屿，平地卷波涛。电量夺天日，降威绝旱涝。更生凭自力，排灌利农郊"的壮丽诗篇。淳安也不知哪位文化人面对满库的碧水，读着这首诗，突然蹦出了"千岛湖"3 个字，淳安的百姓接受了，淳安的党、政领导也接受了。经过几年的上下沟通，到了 1991 年 9 月，淳安县排岭镇改为千岛湖镇。从此，新安江水库的名字逐渐消失，千岛湖的名声却大振远扬。新安江水电站的发电、排灌的地位和功能也就逐渐弱化了。聪明的淳安人利用这 3 千个"西湖"的水，深化了旅游事

业。很快，千岛湖景区就评上了全国最高档的 5A 级风景区。原先在
"一滩高一滩，三百六十滩"的新安江上筑起的用于水力发电的水
库，其主要功能转换了，变成了吸引国内外游客的水上乐园。到了
2018 年，淳安县接待游客 1705.31 万人次，实现旅游经济收入
191.58 亿元，旅游收入成为淳安县经济的主要来源。千岛湖也的的
确确成了一个闻名中国乃至世界的旅游胜地了。

随着工业化和城镇化的快速推进，千岛湖成为长三角最后一片
大型清洁水源。2011 年 6 月，千岛湖引水工程被列入浙江省重大建
设工程项目。全长 113 公里的人工"地下暗河"，引洁净安全的千岛
湖水一路东进，途经建德、桐庐、富阳，到达余杭闲林水库，最终
进入杭州的千家万户。2019 年 9 月 29 日，杭州千岛湖配供水工程正
式通水。这是值得淳安人纪念的日子，更是杭州人应该记住的时刻。

新安江水主要功能的 3 次转换，得益最大的应该是杭州人，20
世纪 60 年代起，杭州家家户户楼上楼下电灯的光明大都来自新安江
水电站的电力；20 世纪 90 年代起，杭州老人、小孩和青年几乎人人
都到过"一城山色半城湖"的千岛湖爬山、玩水；很快，杭州人打
开自家的水龙头，就可以喝到千岛湖的水了。这湖碧水的功能实现
了从发电、排灌，到旅游，再到成为杭州等地居民的饮用水源的 3
次转换。当前，保护千岛湖这湖碧水成了淳安党政领导和人民群众
的第一要务。我这个生在淳安县松崖村、喝新安江水长大的移民人，
大学毕业后又一直在杭州工作的淳安游子，60 年后再次直接喝上家
乡新安江的水，感触颇深，感慨万千。在正式通水这天，我兴奋了，
几句不成型的诗一下涌上心头，挥毫写下这不太合规的五绝，以表
自己情系新安江这江圣水的一片痴情：

　　坝蠹铜官峡，湖盖新安江。

　　昔愁难忘却，今水进万家。

　　　　　　　　　　　　　　　　　　2019 年 10 月 26 日

淳安文化的坚韧挖掘者

——追念故乡文化人徐树林

2014 年 3 月的一天，刚上班，徐践陪着父亲徐树林来到我的办公室，并递上一摞书稿，徐树林带着沙哑的口音说："这本《淳安千古人物》想请你写个序，这本《淳安古今首官》请给提提修改意见，特别是这本《方腊正传》请百忙中读一下，提出意见，我抓紧阎王爷还留给我的一点时间，进行修改。"我看到这位在人世间不会停留很久的老人，什么都答应了。那段时间，我全身心投入到徐树林的书稿之中。我敬佩了，他一辈子写下的书正如他的名字，"书如树林"。7 月初，他给我打来电话，说他正按我的建议在修改《方腊正传》。没过几天，我打开一条徐践发来的短信："我父亲在昏迷的当天，还在伏案修改《方腊正传》，直至 7 月 11 日，油尽灯枯，告别人世，终年 75 岁。"我当即回信："树林的谢世，我为失去一位文友而悲泣，更为故乡失去了一位淳安文化坚韧的挖掘者而悲惜。"

徐树林 5 岁丧母，出身贫寒，天资敏悟，聪颖善思，在读高中时打下了古文的厚实功底，自此，文采显露。然而，人生坎坷接踵而来。1957 年，徐树林直言农民困苦，温饱难补，挥笔写下《鸣啼》诗稿。诗稿被定性为思想反动，他被送进淳安第一农高，进行思想改造。1971 年，又写了歌颂新安江移民壮举的电影剧本《新安江人》，被当时的造反派揪到排岭街头批斗，最后遣送回到蜀埠老家务农，直到 1984 年，徐树林有幸遇上他的老领导，被聘为威坪区、镇土地管理员，他对这来之不易的工作，任劳任怨，威坪区、镇几千农户家的宅基地上大都留下了他的脚印。1993 年，县土管员开始立编，但因年龄超过 50 岁，政策将他推出了土管员门外。当年，徐树林又以临时工的身份受聘至淳安信用联社，在人事办公室担任文书工作，这时他的工作才真正与文字打上了交道。2005 年，受聘于淳安县志办，从事《淳安县志》的修撰，从此，徐树林有了用武之地，他一头钻进了淳安文化的古籍堆。在此期间，他主编了《淳安历史文化丛书》中的《淳安纪事》和《人物春秋》的部分章节。

文献名邦的淳安县，历史悠久，源远流长，遍经沧桑，几度兴衰。自汉至今，可谓久矣。徐树林生前为追寻 1800 多年厚重历史的淳安文化，历尽千辛，还写下了浙江人民出版社正式出版的《淳安建县立郡肇始地——威坪》（以下简称《威坪》）、《淳安都文化》和《沧桑淳安》，陈桥驿老人说："这几本书确是极具价值的传世之作。"

《威坪》是淳安的文化财富

威坪曾多易其名，开始为歙县之东乡新定里之地，也叫叶乡，建安十三年（208），东吴大帝孙权派遣威武中郎将贺齐南定山岳，分叶乡置始新县，历史记载的叶乡、新定里就是古威坪镇。始新县至隋开垦九年（589），改名为新安县，直至隋大业三年（607），县治从古威坪迁至雉山（原贺城），1958 年，建设新安江水库，县城从贺城搬至排岭。这就是淳安 1800 多年历史中古县城的变迁轨迹。威坪曾是 400 年县城之地。"水有源，树有根，人之于祖亦然。"为使后人不数典忘祖，威坪又称"万年镇"。到了唐代，永徽三年（653），万年镇竟爆发了自称天下第一女皇的"文佳皇帝"的陈硕真造反事件，造反失败后，封建王朝将这弹丸之地更名为"永平"。但永平不太平，到了宋宣和二年（1120），此地又爆发了以方腊为"圣公"的农民起义，起义被镇压后，宋高宗在改地名上真下了点功夫，绍兴元年（1131），取"皇威平乱"之义，将原先的"万年镇"改为威平，淳化县也易名为淳安县，官府记载的始终是"威平"，但此地百姓对"平"字有隐痛，也不知从何时起，民间便在"平"字前加了"土"，变成"坪"，其意是"此乃威武之坪"，威坪地名一直沿用至今。

今日，威坪古镇已沉入新安江水库的库底，但"尘封的历史"仍被人们传颂着。徐树林生前，对威坪这片土地有着深厚的情结，他从大量的史料中梳理，从民间收集，终于建构出了具有 1800 多年淳安文化史的《威坪》。特别值得一提的是，1990 年出版发行的《淳安县志》，在"大事记""建治沿革"章节中，对始新县在古威坪仅一年的记载，徐树林对此存有异议。对历史肯于负责、对工作敢于

徐树林撰写的部分作品

担当的徐树林查阅了大量资料，在《威坪》一书的开篇第一节便写下：威坪为"郡县治所地"，"贺齐置郡高县古威坪"。又与江涌贵先生联合写了《淳安古威坪曾为县治年限考》的长篇论文，论文以大量的历史记载论证："自建安十三年（前 208），建始新县起，至隋开皇九年（589）改为新安县，县治均在古威坪，直至隋大业三年（607），新安县易名为雉山县，县治才移至雉山下。"《嘉靖淳安县志》记载："郡城，南枕新安江，北连网埠，与地志云贺齐所筑，自始讫唐神功阅四百八十九年为郡制。"这说明，睦州郡城在贺城长达 489 年，在古威坪仅 1 年，因此睦州郡城在淳安长达 490 年。郡城后迁至建德梅城，睦州改为严州。郡城和县治同在古威坪，同时从古威坪迁到贺城是不可能的。因此，论文做出古威坪曾为县治应是 400 年，而不是 1 年的论断。徐树林等人的论文还被浙江省社科院主办的《浙江方志》杂志刊发。论证在《威坪》第一章就进行了详述。

被誉为我国史地巨子、郦学泰斗的浙大终身教授陈桥驿在《威评》的序言中曾做出这样的评价：在第一轮修志的年代中，看到了两种个人研究获得出色成绩的著作，第一种是陈炳荣先生编著的《枫桥史志》，公众评论甚佳，为枫桥镇做出了卓越贡献。另一种是朱睦卿主编的《严州古城——梅城》，这也是值得称赞的著作。现在，我手头又有了一部很有价值的书稿，也是一部以个人功力撰写的区域研究成果，书名《淳安建县立郡肇始地——威坪》，是淳安徐树林先生的研究作品，这本书与上述两部不同，《枫桥史志》，因为枫桥本来是个名镇，南宋时曾一度建县，至今仍然存在，而且获得发展，梅城虽然从一座府治而迭变成为一个行政上的一般城镇，但它也至今存在，且历史文化和古镇风貌依旧，而威坪不是这样。徐树林先生多年悉心研究，引及大量资料，撰写成的一部五章三十节的皇皇书稿，无疑是项杰出的区域研究成果。把一个已经在水库兴建中消失的历史古镇，做出翔实的历史还原，并发掘了威坪地区大量的历史文化资源，生动描写了淳西人文风情，他为此付出的巨大劳动，确实令人敬佩。徐树林所研究的古威坪已然不存，所以这种区域研究不仅具有更大的难度，而且所研成果显然更为珍贵，祝贺淳安地方增加了这样一宗具有存史价值的文化财富。

《淳安都文化》是传世之作

什么叫文化？《新华字典》这样解释：文化是人类社会历史发展过程中所创造的物质财富和精神财富的总和，特别是精神财富。文化既然是财富，就要有人去挖掘，有人去总结，有人去传承，徐树林生前就是一个挖掘、传承文化的人。他常说，乡土文化是中华民族生生不息、凝聚人心的精神动力，真正是民族血脉、人们的精神家园，在当今推动文化大发展、大繁荣战略中，对乡土文化应该去挖掘、去保护、去弘扬。徐树林的著作，部部都渗透着他对区域乡土文化的那种执着精神。

淳安、遂安地处浙西山区，群峰环峙，故谓"环万山以为邑"，且沟壑纵横，形成源流环曲，水依山流，人以源居的格局。所以自明代开始，淳安、遂安以地区方位划乡，以源为主划都。明嘉靖后，淳安划为十四乡三十六都；明万历四十年（1612），遂安为六乡十八都。随着管理体制的更迭，区划不断调整，但是流传近 500 年的乡土都文化至今还在民间传颂，在淳安，还经常可以听到"清官难断三十六都的牛吃一都麦的官司"的故事。

新安江水库形成，淳安、遂安两县合并，移民浪潮把乡情、亲情冲断，"万户千家沉水底，一库千岛念乡情"。思念成了移民对故乡的一种眷恋，魂牵梦绕，永远挥之不去。都文化是同源同水相连的亲情文化，是乡情亲情相通的印记，具有浓厚的地方韵味。这传承近 500 年的都文化，谁去追记？徐树林、王兢《淳安都文化》分"老淳安都文化"和"遂安都文化"两部分，"遂安都文化"由王兢执笔，此文不叙）两位长者却完成了这一历史使命。

　　要完成记叙淳安都文化的这一使命，也实属不易，老淳安三十六都的漫长历史，要记叙清楚何其难矣。徐树林著书立说有个原则，就是写真、写实，经得起历史检验。他生前在图书馆、档案馆的古书堆里翻了一卷又一卷，老淳安三十六都的条条源源，大都留下了这位瘦弱老人的身影和足迹。这里仅举我故乡三都考证一例：三都含梓桐和云源二乡。光绪《续纂淳安县志》却载："云源，原系失落三都，后改十三都。"如果云源为十三都，就多出一都，经过考证，失落三都只指宋村双溪口进去的二十五里青山，这里是悬崖峭壁中的一条溪，过去荒无人烟，偏僻阴森，二十五里青山的源头是上八都，实际上划都时"二十五里青山"这条山源溪水没有列入三十六都版图，"二十五里青山"指云源，这显然错了。云源是指包括二十五里青山和原松崖、宋村二乡的区域，故称"云源，原系失落三都"。就是这青山外面是三都，这青山区域被三都失落了。二十五里青山后改十三都，这也与事实不符。按淳安乡都排列顺序从西到北，再转向东南，最后转南绕全县一周，三十六都与一都相连。二十五里青山作为十三都，老百姓不能认可，按顺序，富山为十三都，古县志也明确记载十三都属常乐乡，富山即为富贵里。失落三都中的"二十五里青山"只不过是整个三都梓桐、松崖、宋村的一部分。《淳安都文化》书上的这段叙述，阐明了古县志记载的不清和讹误。徐树林的精心考证终于使后人明了"云源，原系失落三都，后改十三都"这话的错误缘由，也更明确了淳安三都的区域范围。

　　《淳安都文化》，徐树林生前确是用心在写的，为"三十六都"取名也够花心血的，如"西门出城为一都""狮峰金峰属二都""梓桐宋村连三都""鸠坑南赋合四都""五都骢马通威坪"等，一看题一目了然，又有动感和新意。故陈桥驿老先生称《淳安都文化》一书是极具价值的传世之作。

　　这里顺便再一提，徐树林生前由作家出版社出版的又一力作——《沧桑淳安》，我认真读了，并十分敬佩这位老人。年过九旬的陈桥驿老人看了《沧桑淳安》的书稿后，欣喜地为书作了序，感叹地写下："全书共有130多篇文章，从先秦写到历朝历代，最后写到现代，而以《淳安三百多个姓，共建和谐大家庭》一篇作为结尾，既表达了作者的良好愿望，也指出了一个县应该追求的目标和可以达到的结果，所以该书是很好的地方文献。"

《方腊正传》是淳安大文化

徐树林临终前不久，被病魔折腾得十分瘦弱，他捧着《方腊正传》这叠书稿递给我，双手颤抖着。我的心跳也急遽加快，我多年期盼，终于在徐树林手里见到了写方腊的书稿，我也真激动呀！我接过书稿连声说："这是我们淳安的大文化啊。"我们两个威坪老乡便围绕淳安的大文化侃侃谈论着。

这天，徐树林在我办公室里说的一席席话，始终印在我脑海中。

"纵观历史，在中国历史上影响最深远、知名度最高的历史事件，方腊起义应当算得上一件。可惜近900年来，这件淳安大文化盛举，在我国至今未有人系统地写出一部广为传颂的文艺作品，反而以讹传讹。由于《水浒传》的名气，现代娱乐化的戏说，带领区区36人投降宋皇朝的宋江成了荡寇英雄。而7次招安，拒不接受的英雄方腊，今天在一些人心目中，却成了贼寇，《水浒传》中虚构的宋江打方腊，似乎已定型为约定俗成的死案，这对方腊不公平，如此颠倒历史、丑化方腊，作为方腊故里同乡的后人于心何忍?！

"于是，自己30多年前就梦想着写方腊，早在20世纪80年代即收集有关方腊起义的史书、典籍、方志、宗谱10多斤，并抄录摘选，然而自己身单力薄，要写成这样的巨著，困难重重。2013年，又患过喉癌，来日方短，在有生之短暂余年，我决心带病完成此书稿，有人说，当今写《方腊正传》，讲农民起义是不合时宜的，可我始终认为《方腊正传》是真正的正能量，就下决心道：生存尚有一息在，不为君王唱赞歌。只为苍生说人话，草根附泥何畏戈。"

徐树林在与病魔的抗争中，最终倒下了，但他留给世人一部厚重的《方腊正传》。这部 60 回、32 万字，待出版的《方腊正传》书稿是他后半辈子的心血，我们，特别是作为淳安人应该感谢和铭记这位老人。

我会为徐树林老人生前的力作《方腊正传》的出版尽力，这也算我对他老人家的告慰吧！

1959 年，淳安农高解散，徐树林返乡担任蜀埠小学教师，几个月后，调到横双公社信用社担任会计。在那个折腾人的时代，他一路艰辛，直到离开人世，也没拿到一分退休金。他是不幸的，但最后赶上了改革开放的好时代，抓住了人生最后的 10 多年岁月，写出一批传世的地域文化佳作，并成为浙江省作家协会会员、中国散文家协会会员、中国当代文学学会会员，这是值得庆幸的。对于他留下的这批文化财富，后人，特别是淳安的后人、新安江畔的后人，应当永远记住这位瘦弱的不幸老人。

徐树林几十年的心血，《方腊正传》书稿已经留存下来，在追念徐树林的时候，我也期盼我们故乡的有识之士能静下心来将陈硕真、商辂等淳安人耳濡目染，在中国历史上也曾有影响的人和事追记下来，传承下去，这是我们淳安的大文化，是我们这一代文人的使命和责任，也算是对徐树林老人的一种追忆。

本文曾刊于 2014 年 8 月 30 日《今日千岛湖》

曾刊于 2014 年第 3 期《古今谈》

曾刊于《常用文体写作之鉴》

厚屏宗祠又添一彩

——追忆抢救传统文化的徐的贵

有"浙西第一祠"之称的厚屏徐氏宗祠自 2010 年初修缮后，今日又添一彩，具有浓厚传统文化内涵的碑林在凤仪堂创立了。2014 年 1 月 6 日，特地从杭州、安徽、千岛湖和威坪镇赶来的领导、村民、友人、记者及村上的人参加了碑林揭幕仪式，同时大家都对为厚屏宗祠重修及碑林创建做出特殊贡献的徐的贵先生表示敬意和哀悼。

厚屏徐氏宗祠，堂号凤仪。相传原是明朝钦赐翰林徐尊生捐资兴建的，已经历了 600 个春秋，风雨沧桑，徐氏族人曾多次修缮。中华人民共和国成立后，用于办学；十年动乱，雕梁壁画，雄狮牛腿，被称作"四旧"破之；到了 21 世纪初，柱腐梁落，墙裂瓦碎，摇摇欲坠，有人主张 10 万元钱一卖了之。此事传到在杭从政的徐的贵耳中，他深深感到："凤仪堂积累了厚屏人的传统文化，凤仪堂的忠孝文化源远流长。"于是赶回厚屏，与一批老辈人共同呼唤："凤仪堂只能修，不能卖。"但钱从何而来？又如何去唤起徐氏后人对凤仪堂的情感。徐的贵急了，他几次来到我的工作室，要我相助。我说："本人只是一个小文化人，何力助之？"他说："你是省政府参事，此事可直接报送省委、省政府领导。""全省各地破烂祠堂多多少少，省政府领导不可能来关注徐的贵你老家的宗祠呀。"我觉得此事不好办，故也就难下决心。2007 年深秋的一天，徐的贵不知从哪里得到消息，一清早，他就和厚屏人开着车，来到我在千岛湖开会的住处，我无奈，就动员浙江省文史研究馆馆员汪逸芳一起来到厚屏。我和汪逸芳馆员翻阅了厚屏村的民国宗谱，听了厚屏老辈人的许多传说。回杭之后，我们就将《抢救方腊故里古建筑已迫在眉睫》的建议，通过省政府参事室，上报省委、省政府领导。很快，省市领导就做出批示，时任省委常委、副省长葛惠君批示说："请省文物局会同杭州市、淳安县文物部门研究方腊故里古建筑抢救保护方案。"省委常委、杭州市委书记王国平也做出批示："请市园林文物局会同淳安县有关部门对徐氏宗祠进行调查，并告我。"省市领导批示后，省、市、县、镇文物及园林部门都十分重视，并拨出 20 万元专款。省、市、县、镇的重视，感动了厚屏村的干部群众，全村上下捐款 10 多万元，老人协会的长者们义务劳动，参加宗祠修缮，经历了 4 个多月的重新修建，终于使这座造型大方，门楼高大，积存着新安传统文化的古宗祠恢复了往日雄姿。如今，这座二井三厅、天井两厢、回廊相通、拱斗雕梁、雄狮起舞、金凤翻飞、壁画如生、古樟芳香、徽派典筑的凤仪堂已成了厚屏人的自豪。每当大家谈起坐落在厚屏村头的这座大型古建筑，都说："多亏徐的贵的奔走。"

宗祠修缮事了，徐的贵思忖，再建一座碑林，与宗祠配套，将大大增加凤仪堂的传统文化内涵。但再去走"政府支持、村民捐款"之路，恐怕也难了。他终于在 2010 年 1 月 24 日宗祠修缮竣工那天，把自己掏钱建造碑林的想法向村"二委"和盘托出，村"二委"对在外工作的厚屏后代独资建碑林当然欢迎，只是由于村里资金短缺不能助建而感愧疚。村"二委"的领导当即说："的贵您为凤仪堂的忠孝文化传承如此努力，村里在场地等方面一定支持配合。"

时隔不久，徐的贵体检，查出自己已患上重病，他觉得在世上逗留的时间不长了，但说出的话一定要办好，他也就把建碑林的事抓得更紧了，他还在傻想，村上建大型碑林，不仅淳安前无此例，就是在杭州、浙江也很少见到，要建就建浙江一流的。他拖着刚开过大刀的身躯，跑下沙，到余杭，寻找最好的碑文石料，最后在桐庐县凯章石雕工艺有限公司找到他满意的花岗黑石。特别让他下功夫的是碑林方案，他请教了有关文史专家，征求了有关领导的意见，很快，杭州市碑林专家设计的方案拿出来了。碑林方案中，有《徐氏宗祠重修记》《徐金才等领导题词》《徐尊生公像》《徐尊生其人》和《徐尊生地理志序》等8项内容，碑林共有16块碑文，每块碑石高124厘米、宽62厘米，面积达到0.7688平方米，碑林方案要求雕刻精细，建成浙江独一无二的村级碑林。

碑林中的碑文，徐的贵也是下了大功夫的，每篇碑文都渗透着他的心血，为写好《徐尊生其人》的碑文，他曾走访了北京图书馆、中华书局、浙江省档案馆、浙江省图书馆、淳安档案馆、淳安县文史馆，考证了大量的历史资料，最终确立了徐尊生是厚屏的村上太祖，并梳理出了徐尊生的生平，确认尊生太祖为翰林应奉。徐的贵最后在北京治病期间完成了《徐尊生其人》的碑文一稿。

对《碑林后记》的碑文稿，他曾反复进行修改，2014年8月28日，他从医院回到自己工作的省律师协会，再次将碑文改好，打印出来，又到各个办公室转了一圈。尔后让他侄女徐满仙将碑文送到我工作室，晚上，徐的贵又亲自打来电话，请求我斟酌一下碑文的一字一句，我看到碑文中有这样一段话："碑林不仅是一个村文化传承的标志，也是一处地域文化的象征，我们建碑林之目的，就是要让厚屏子孙后代积极保护好、建设好、修缮好、管理好凤仪堂每一件古迹，发扬传承厚屏村忠孝传统，礼仪道德，传承文化。让厚屏村子孙广泛享受徐氏宗祠嘉惠，让她给我们村的兴起，给每个村民，给子孙后代带来吉祥、如意、好运。"

徐的贵的《碑林后记》完稿了，他觉得自己的终身寄托也有了眉目，但也知道自己对建碑林这件事的后续工作已经无能为力了。此时，他的心也放宽了，精神松弛下来。第二天，徐的贵病情突然加重，8月31日傍晚，他的侄儿徐保华给我打来电话说："我叔不行了，他请求再见你一面。"我马上放下碗筷赶到医院，见他眼睛已闭上，气一直往外吐，他女儿徐淑慧连声叫着："爸爸，童伯伯来看你了。"徐的贵的眼睛慢慢睁开，我嘴对着他的耳朵说："碑林的事，稿子全看了，特别是《碑林后记》，写得非常好，我一定协助好，把此事办妥。另外，我一定写一篇稿子，争取在浙江省儒学会举办的《儒学天地》上发一下，让凤仪堂的忠孝文化更加发扬光大。"他点了点头，脸上露出了笑容。9 月 1 日下午 1 时许，徐保华给我打来电话说："叔叔已经走了……"

徐的贵与共和国同年同月同日诞生，65 周岁还差一个月，就匆匆告别人间。他 1969 年参军，1982 年转业后就一直在浙江省司法厅工作，他曾说："我虽然是一个厚屏游子，但厚屏的事我总惦记着。"为修村里的公益性墓地，他从民政部门争取了 3 万元资金。他为厚屏凤仪堂的修缮和碑林的修建投资各种费用超过 30 万元。厚屏人为失去这位爱乡之子而悲伤，我也为失去一位好友而悲痛。出差在四川的浙江省军区原副司令、浙江省政府参事徐金才，听到徐的贵逝世的噩耗时，这位徐的贵的淳安威坪七都老乡、老同学、老战友，想起了徐的贵在世的一幕幕场景，他在返杭的路途上，深情地写下了一首悲诗：

> 蜀返越中惊噩情，的贵无奈别人间。
>
> 同望明月守海疆，黄海之滨结谊晶。
>
> 归田参政皆为民，伸张正义求公平。
>
> 仁兄今去楼亦空，留得英名显人品。

最后的这句"留得英名显人品"，正是徐的贵一生的追求。

本文原刊于 2014 年 10 月 5 日《今日千岛湖》

曾刊于 2015 年第 1 期《古今谈》

终身受益的四十个月

——追记浙江电台记者部的采访生涯

1984 年 2 月春节刚过，当时已 39 岁的我从常山广播站匆匆来到浙江电台报到。本想报到之后就赶回金华记者站上班，当时的浙江电台台长张桂芝对我说："你不要急于回金华，还有一项重要的采访可能叫你也参加。" 3 月 1 日，我跟随当时的省广电厅厅长杜加星、台长张桂芝和雷发荣等同志来到海盐衬衫总厂，组织步鑫生改革创新的一组连续报道。3 月 3 日首篇《勇于改革的创业者》在浙江电台新闻联播节目播出后，我在浙江电台记者部的生涯就正式开始了，直到 1987 年 7 月离开记者部。在历史的长河中，3 年多时间只是短短的一瞬间，但这段经历却让我终身受益。

当时的记者部在菩提寺路浙江电台园子中的两间小平房里，黑暗潮湿，白天写稿都得打开电灯。住的是金少华主任借让给我的一个集体宿舍床位。为了让我进入这么一个工作圈，曾有多少人出过力。据说，当时的厅台领导杜加星、高庆祥、魏瑞衍、张桂芝为了我的调动，都曾找过省县有关领导，具体办事的人更是尽力为我奔走，当时的厅人事处周处长、电台罗瑞荣等领导都到过常山，尤其是金华记者站的吴汉能站长曾五下常山，甚至我在记者部采访骑的自行车也是张桂芝台长自己骑的车。对于领导和同志们的关心和信任，我无法报答，只得一头钻进工作，去奋斗，去拼搏，以事业来答谢。我在记者部的 3 年生涯中，也悟出了一些道理。

当一个记者，要乐于吃苦奉献。最近，原常务副省长许行贯给我的一本书作的序中写道："记者是时代的开路人。"我感到：开路就得披荆斩棘，开路就得有风险意识，这就需要我们有吃苦奉献的精神，就得腿勤、手勤、脑勤，用党和人民赋予我们的这支神圣的笔为时代讴歌。在记者部的 3 年多时间里，在强手如林中的同行中，我也只得笨鸟先飞，什么苦也不怕，拼命地跑，拼命地写。有一个月，浙江电台曾播出我采写的稿件 38 篇，有两次采访的情景至今还经常浮现在我眼前。

1986 年 3 月中旬的一天，张桂芝台长在一次会上说："根据省委的部署，我台要派几位记者到贫困县去调研。"我报了名，3 月 24 日，我和刚从中国人民大学毕业的鲍平记者一起深入当时全省 5 个贫困县之一的磐安县。到磐安的翌日，就深入当时磐安最贫困的前山乡高石溪村调研，这是一个无电、无报、无广播、无公路、四壁环山的深山冷坳村，我们一户一户地深入调查，一个山头一个山头地考察，中华人民共和国成立 37 年来，全村 30 岁以上的农民没有穿过一件新棉衣，1985 年人均收入只有 47 元 7 角。一个星期的调研过程中，虽然没吃上一块肉，无菜的玉米饭难咽下肚，身上还长出了虱子，但一种强大的政治责任感在鞭策着我们，我们在油灯下写调研报告时商议：我们作为一个小记者，虽然无力拔起他们的穷根，但也要用我们的笔去为他们四处呼吁，于是出了一个"再也不能遗忘他们了"的标题。第二天，我们又花了 30 元钱到县城请来了电影放映队，使从来没有看上电影的村民饱了眼福。当我们离开高石溪村时，这个村的几十人含着热泪把我们送到 10 里外，我们上了汽车，他们才恋恋不舍地离去。这次调研我们深深地领悟到人间的真情。回杭之后，由于当时厅台没有办内参，4 月 3 日，我们将这篇调研报告送给省委、省政府办公厅、省民政厅、省水利厅、省农业厅等单位，1997 年 1 月 17 日《金华日报》刊登的长篇通讯《春天已不远》中说："《磐安县前山乡高石溪村的调研报告》送到省委办公厅等部门后，省委主要领导看到后，当即做出批示，并制定了省级机关与各贫困县结对扶贫的重大举措，从此拉开了磐安乃至全省全社会结对扶贫的序幕。"

另一次采访是在1986年11月下旬。当时全省兴修水利的序幕已经拉开，萧山10万大军围垦海涂的战斗即将打响，为了把全省的兴修水利工作推向高潮，11月22日，张桂芝台长派我们杭州记者站的两位记者和播音员赶赴钱塘江喇叭口南岸，参与萧山5万亩海涂围垦的报道，张台长还把他坐的上海牌轿车让给我们。当天晚上9时，我们采访结束返回指挥部驻地。不巧，车子擦上了两个喝醉的民工，我们的车子被一些对围垦海涂不太理解的民工围了起来，只听一人说，把车翻了，一大批民工果真把车子抬了起来，我和孙彪记者见势不妙，就下了车掏出记者证说："我们是来采访你们的。"他们有的人喊着："谁要你们来报道。"有的人还喊着："把驾驶员拉下来。"这时不知谁拿起一块大石头，砸向轿车的挡风玻璃，只听见"轰"的一声，挡风玻璃碎片飞向四处，为保护驾驶员，我高声地喊着："这里谁是共产党员？谁是村里的干部？"这一喊果真有效，只见几位村干部模样的人忙说："他们是记者，是来报道我们的，大家不要闹了。"经他们的劝说，局势很快平息。我们回到驻地，越想越气，本准备当即回杭，向上级写篇"内参"了事。就在此时，当时的萧山县委书记虞荣仁赶来慰问我们，我们被感动了。翌日，按原来的安排我们一行3人早上4时迎着寒冷的北风，踏着刺骨的海水就到工地上去采访了，当天浙江电台18时的《全省新闻联播》播出了我们采访的第一篇现场口头报道《他们的心愿》。那几天在工地指挥部里，一天三餐吃的都是萧山萝卜干、霉干菜和绍兴霉豆腐，肚子里的油都刮光了。第四天下午，我和孙彪记者到工地上一个村的驻地采访，适巧，他们当天改善生活，那晚我们二人总算饱饱地吃了一顿肉。我们喝咸水、住通铺、起早摸黑采访了7天，播出了5篇现场口头报道，我们的行为得到了当时萧山县委、县政府的充分肯定和赞扬，萧山县委、县政府专门给浙江电台发来了感谢信。

当一个记者，要善于观察问题。记者作为一个历史见证人，就必须站在时代的前列，努力提高对时代的观察力和对问题的洞察力，在记者部 3 年多的工作生涯中，我对这一点的体验是深刻的。我采写了不少新闻，都曾引起很大反响，《富阳农村商品生产系列报道》，反映出浙江省最早从田野里走出的新型的商品生产者；《小店春常在》写西湖边第一家私营旅馆；《百鸟回娘家》反映了西湖环境好，引来了百鸟欢唱的动人情景。这些新闻反映我们的时代是一步步变化过来的，这些以小见大的新闻，也都受到了有关部门的称赞。1995 年 11 月 14 日，中央人民广播电台播出《鸡毛飞上天》后，我收到了不少来信。

其中义乌听众楼关禄、朱中宝来信对访问记进行了评析，评析说：这篇录音访问记，用生动的事实，对个体经济的性质、地位和作用做了充分肯定。高度评价了以个体为主的一个小商品市场，疏通了商品渠道，增长了农民的胆略，挖掘了农民的才智，给农村经济带来了活力。听了广播，我们义乌一些做生意有各种顾虑的个体户心里踏实了。

这篇录音访问记具体地宣传了义乌县委抓好小商品市场，使全县城乡经济变活的正确做法。给人们以启迪：只有从实际出发，发挥自己的优势，才能振兴经济。

这篇录音访问记还真实地写出了小商品市场对社会主义精神文明建设的特殊意义。不仅把国营、集体和个体写成了共同建设社会主义物质文明的"三兄弟"，而且还把社会主义新型商人的精神风貌反映出来了。诸如残疾人虞修品致富了，吴厚广戒赌从商成为富裕户，并帮助全村人办厂致富等。记者选择这些典型，足已生动地说明，小商品市场也是一块建设社会主义两个文明的阵地，它同资本主义制度下的市场有着本质的区别。

来信对访问记的编排制作也做了肯定，来信说：就拿开头来说，在没有播送题目之前，运用昔日"鸡毛换糖"的拨浪鼓声和吆喝声等音响，一下子就把小商品市场的来龙去脉和历史背景交代了。这些声音上了中央台，不能不引起他故乡的义乌人民的共鸣，从而激起他们对党的现行政策衷心拥护的情感。尤其像《鸡毛飞上天》这篇篇幅较长、内容丰富、时间跨度较大的录音访问记就更不容易制作了。而本文记者除了按照逻辑顺序安排典型材料之外，其中较长的两段文字则采用男女轮播，并且像讲故事一样，娓娓道来，人情入理，把一些容易听起来枯燥的有关经济的事情深入浅出地、形象生动地告诉听众。这篇录音访问记较好地发挥了广播的特点，驾驭了义乌小商品市场的时间和空间，因此具有较强烈的时代感，而为听众所喜闻乐见。

"内参"是新闻作品中的一个特殊品种，因为它的读者群局限在领导中。内参是为领导决策提供依据的。这就要求记者必须要有更强的观察力和洞察力，写出的作品要能真正反映时代的脉博，反映领导最关心的问题。1984 年 12 月初，我和孙彪记者到西湖乡采访，西湖乡当时有 44 个村、3633 户，上年全乡第三产业总收入 571 万元。当时的九溪、翁家山、龙井等村人均收入只有 400 多元，我们认为发展西湖乡的第三产业不仅对推进杭州市甚至全省的第三产业发展有着重要的意义，而且是提高西湖乡农民收入的一条致富路。因此，我们进行了深入的采访，写出了《要发掘西湖风景区这块"金山宝地"——杭州西湖乡发展第三产业中存在的一些问题》的内参，这篇内容在浙江广电厅《内部参考》刊登后，引起了杭州市委、市政府的高度关注。1 月 6 日市政府为发展西湖乡第三产业召开会议，1 月中旬，市政府领导带着 10 个局的局长到西湖乡现场办公。1月 19 日，当时的省委常委、杭州市委书记厉德馨又视察了西湖乡的家庭旅馆，并要求西湖乡党委把工作放在第三产业的建设上，使西湖乡真正做到为旅游服务，为城市生活服务。从此之后，西湖乡的第三产业迅速得到发展壮大。

当一个记者，要敢于捕捉新闻。有的人跟我开玩笑说："童禅福，你是一个发国难财的记者。"这话好似也有一定道理。1984年9月15日下午5时50分，杭州小营巷街道田家园发生了一场大火，郭宇春等11户居民的财产全部化为灰烬。很快，区政府领导赶来了，房屋被烧的居民所在单位的领导也赶来了，我闻讯后，于6时30分也赶到现场，当天晚上11户居民都被安置妥当，我采访到凌晨，一幕幕催人泪下的场景也深深感动了我，翌日上午7时，浙江电台《新闻和报纸摘要》节目播出了目击新闻《大火之后》。《大火之后》播出后，收到了意外的传播效果，许多听众给省台和我来信，杭州铁路分局赵坤来信说："目击新闻《大火之后》情节十分感人，15日傍晚一场无情的大火，令人心痛和不安，但在大火之后，小营巷街道的干部们以及上城区、杭钢等单位的领导废寝忘食、通宵达旦地为安排受灾群众而忙碌，汇成了一曲社会主义精神文明的赞歌。记者编辑通宵赶写稿件到凌晨，第二天一早就与听众见面，这么快的速度，在我的记忆中还是第一次。"对于突发性的社会新闻，最先在现场的应该是记者，这就要求记者捕捉新闻要有高度的职业敏锐感和职业责任感，这一点我体会特别深刻。

1987年3月14日也是我终生难忘的一天。那天上午8时20分，我赶到杭州记者站上班，刚路过井亭桥，只见几家商店上空浓烟翻滚："起火了，起火了!……"我和无数过路行人在喊声中冲进杭州市广播电视工业公司经理部和亨德利钟表店救灾。这时，火舌已经卷到了一楼，大家不顾呛鼻的烟火，捧起电视机、收录机、钟表就往外搬。很快，过路行人和闻讯赶来的群众自动组成的救灾队伍已超过100人。

大约过了5分钟，有人问："楼上还有东西吗?""不知道，我们上去看看!"我刚搬出一只保险箱，又跟着一位青年冲过火舌，上了楼。人们迅速形成了传递队伍，楼上的黑白电视机、彩色电视机、录音机和一箱箱磁带被火速地传递到街道上。不到5分钟，楼梯口被大火封住了，正当救灾的人们进退无路的时候，一位青年捧起一只电视机跳上了窗口，街道上的几位行人呼啦一下围过去，连声说：东西往我们这里抛，保证接住……这时一位穿着鲜艳风衣的姑娘边脱风衣边奔了过来，说时迟，那时快，几十位群众也不约而同地拉开脱下身上的风雨衣，接住商店楼上抛下的一个个录音机、电视机和磁带，还有上百名群众自动组成两道人墙，把雨衣盖在抢出的商品上，身子却淋着雨守护着国家财产。

8时45分，西湖消防中队的两部消防车开来了，高压水龙压住了烈火，我一脚踢开最里面的一间仓库，发现里面还有东西，救灾的人们又冒着浓烟冲了进来，电视机、收录机、音箱又一批批地从窗口传出。火、烟、雨和高压水龙直往救灾的人们身上扑来，屋顶上的瓦片也不停地向下掉，对于这一切，救灾的人们都没顾及。我和一青年在火堆挖搬收录机时，我问："你是哪里的？"青年答："过路的。"而后这青年又一个劲地从火堆下面挖出一台台没有被烧坏的收录机。

9时25分，大火扑灭了。抢搬国家财产的人们一个个都像从水里捞起似的，他们爬上窗口正准备从消防楼梯下去时，我拦住说："请大家留个名。"他们连忙说："算了，算了！……"在杭州市广播电视工业公司经理董仁祥再三劝导下，他们才说出了自己的姓名和工作单位。

9时30分，我骑着自行车飞奔至电台新闻部。新闻部当时一当班主任吴一清和老编辑阮野、吴英灼见到我衣裤都湿透，忙问发生了什么事，我说：刚刚井亭桥发生一起大火，救火的场面太感人了，我想发一条新闻，赶上12点的《新闻》节目。他们连声说：好！并让出一间办公室，说你就在这里抓紧写。3月中旬的杭州，还是春寒料峭，再加上毛衣毛裤都已经湿透，不知怎么的，当时我也不觉得冷，过一会儿，阮野老编辑把一盆煽得火红的炭火搬了进来，这时，我的心里更感到热乎乎的，1000多字的新闻《烈火见精神》赶写出来了，老编辑吴英灼马上接过我的稿子，吴一清主任一看表已经 11 点了，他马上打电话通知录音室要求录音稍等一下，二吴一编一审，不到 10 分钟，编审结束了，等稿件送走之后，我才匆匆赶到厕所倒出了套鞋中的积水。目击新闻《烈火照精神》在《新闻》节目头条播出后，立即引起了社会共鸣，当时的省政协副主席崔东伯老先生给我来信时称赞我说："《烈火见精神》是你用汗水和心血写成的。"《人民日报》国内版和海外版都分别做了报道，并介绍了我采访的经过，后来，杭州市政府专门召开会议对报道中的救灾人员进行了表彰，《中国广播报》将我的《烈火见精神》的目击新闻采写经过发了通讯，《烈火见精神》被浙江电台评为 1987 年新闻一等奖，被省广播电视厅、新闻学会评为 1987 年好新闻二等奖。

我在浙江电台记者部的 3 年多时间里，我们领导和同行对我的帮助使我终生难忘，由于大家的鼎力相助，我个人的收获也不少，有 6 篇新闻稿被浙江电台和省广电厅、省广电学会评为好新闻，4 次受到浙江电台和省广电厅的嘉奖、一次记功。1986 年被评为浙江广电厅优秀党员，1987 年又被评为省级机关优秀党员。由于 3 年记者生涯打下的扎实基础，我在 1988 年采写了获得全国好新闻一等奖的《3·24 上海列车相撞目击记》，从而被浙江省和国务院分别评为省劳动模范和全国先进工作者，还获得了首届范长江新闻奖提名奖。

老常务副省长许行贯在给我的一本书稿作序时还写道："做人与干事，首先是做人，当一名好记者、好干部，做人不做好，干事难成功。"原许副省长的话是很有哲理的，我深深感到：在记者部大熔炉中的 3 年锤打，受益是终生的！

2002 年 4 月 20 日

一部厚重的地方经济社会发展 "正史"

——《浙江区域经济发展报告》述评

　　一位历史学家指出："正史是一个民族形成和发展过程的确切而又可知信的历史。"跨入 21 世纪的第一年，浙江省一部研究浙江区域经济与社会发展的年度综合性研究报告问世了。自 2001 年起，浙江区域经济与社会发展研究会每年编写一部《浙江区域经济发展报告》（以下简称《发展报告》），至今已编至第 9 部，这 9 部大书"解读浙江、研究浙江、宣传浙江、发展浙江"，是确切而又可知信的历史，真可谓一部厚重的地方社会发展"正史"。

　　20 世纪 90 年代初期，我在省委办公厅任信息督查处处长时，结识了邢洪林同志，自从老邢被推选为浙江省区域经济与社会发展研究会副秘书长，并兼任《发展报告》常务副主编后，他一直想着我这个老朋友，每期《发展报告》都会给我送上一部。由于职业的原因，每期的《发展报告》一到我都如获至宝。还因为我是个电脑盲，至今仍旧用手写字，依赖报纸刊物和电视获取新闻信息，因此，对《发展报告》就更备感喜爱了。每期《发展报告》我都认真翻一翻，其中的一些重要的内容我都摘录一下。由于这两方面原因，在我工作、写作需要材料的时候，很快就能从《发展报告》中找到。由此我很早就想为这部集权威性、指导性、科学性、完整性、时效性、广泛性的地方经济社会发展史书写几句赞美的话，去年在征求意见栏中，我就提笔写上了："《发展报告》记录了敢为人先的浙江人民创业之路，同时也为后人留下了一笔宝贵的财富。我相信，这部

《发展报告》不仅能满足专业研究人员的需要，高层领导和县市的基层干部也都是十分喜爱的。"今天，我捧出这 9 部《发展报告》，觉得这几句话涵盖不了我对《发展报告》厚重"正史"的情感。这次我又仔细翻阅了每部《发展报告》，感想颇多。

主题突出，整体上更显厚重

2001 年 12 月出版的首部《发展报告》就明确提出："省计委（现为省发改委）、省经贸委（现为省经信委）和浙江省区域经济与社会发展研究会决定逐年编写《浙江区域经济发展报告》，对每一年度全省及各区域经济优势之消长进行跟踪研究。记述新成就，总结新经验，发现新问题，研究新措施，对外宣传浙江经验，对内提供决策参考，为促进浙江区域经济与社会发展服务。"10 个年头了，已出的 9 部《发展报告》始终围绕上述的编写指导思想，编写成了一部部"对外宣传浙江经验，对内提供决策参考"的地方社会发展"正史"。第 1 部《发展报告》，综合篇中推出了浙江省发展计划委员会课题组的《浙江区域经济发展报告》、浙江省统计局的《"九五"时期浙江经济和社会发展报告》、浙江省经贸委课题组的《"九五"时期浙江商业发展报告》，这 3 篇报告几乎涵盖并阐明了浙江省整个经济的概貌和走势。特别是《浙江区域经济发展报告》中阐述的：（一）浙江区域经济发展战略的演变及其特征；（二）专业市场和中小企业相结合的块状特色经济；（三）以公有制为主体，各种所有制经济共同发展；（四）城市化与工业化和农业、农村现代化的联动；（五）不断改善基础设施，逐步优化发展环境；（六）逐步形成以城市为中心的区域发展模式；（七）认清新形势，进一步促进区域经济协调发展这 7 大部分，充分概括和总结了浙江省改革开放 20 年来的"浙江现象"和"浙江经验"，充分阐明了浙江省区域经济产业变迁、结构调整和生产力空间结构重组的综合性经济社会变迁的全过程，并提出了区域经济宏观上的发展轨迹。第 2 部《发展报告》的开篇又推出了浙江省统计局《浙江省经济和社会发展报告》。这 9 部《发展报告》中的区域发展报告专栏中收集的文章篇篇都是权威部门发布的权威信息。从第 2 部《发展报告》开始在开篇收集高层领导关于区域经济报告的论述和讲话：第 2 部《发展报告》中江泽民同志的《促进区域经济合理布局和协调发展》，张德江同志的《加快推进城市化，形成区域发展新格局》；第 3 部《发展报告》中习近平总书记的《发展"八大优势" 推进"八项举措" 积极推进浙江经济社会新发展》；第 4 部《发展报告》中习近平总书记的《牢固树立和认真落实科学发展观》和吕祖善同志的《努力促进浙江发展模式全面转型》；到第 5 部《发展报告》就专门设立了重要文献专栏，并收集党中央、国务院和省委、省政府领导的关于区域经济方面的重要文章和讲话。这不仅是形式上的需要，更能显示出每部《发展报告》的权威性。

选题准确，指导上更具针对性

《发展报告》的宗旨是"解读浙江、研究浙江、宣传浙江、发展浙江"。我对这 4 句话 16 个字的理解是：最后的落脚点是为发展浙江探索新路。因此，《发展报告》的编者们在强调指导性方面用尽苦心。《发展报告》每部除收集权威部门、权威人士发表的权威文章外，在宏观指导方面开辟专栏，开设专题。编者们不仅要紧跟省委、省政府的部署，还要有前瞻性，选准、选好有针对性的文稿。长江三角洲地区历来是中国最富饶的区域之一，也是改革开放以来发展最为迅速的区域之一，长江三角洲中的江苏、浙江、上海 3 省市的经济发展充分体现了中国改革开放以来 3 种不同区域经济发展模式。3 个省市的经济发展与制度变迁在整个区域内又表现出一种相互影响、相互促进的关系。特别是 20 世纪 90 年代以来，江、浙、沪经济一体化的过程呈现出一种不断加速的趋势。《发展报告》的编者们以敏锐的政治、经济眼光，分析中国经济社会发展的总趋势，在 2002 年第 2 部《发展报告》中开辟了《区域专题研究》的专栏，在这期专栏中推出了《长江三角洲经济制度变迁与经济一体化研究》《上海经济圈幅带区域经济发展的几个策略问题》《环太湖经济圈的区域整合研究》和《浙北地区接轨上海经济发展战略研究》4篇重要文章；接着 2003 年第 3 部

《发展报告》的《区域专题研究》专栏中，又发表了《中国（大陆）八大区域经济差异比较分析》《关于长江三角洲经济一体化的理性思考与对策建议》《长江三角洲区域经济问题综述》和《浙江省参与长江三角洲地区合作与交流综述》等 10 篇重要文章。这 2 组共 14 篇文章可以说为 2003 年浙江省委、省政府提出"学沪苏之长、抓解放思想、兴开放之举、促浙江发展"的发展战略造了声势，做了思想与舆论准备。《发展报告》把这一系列文章以专栏的形式收集在一起，更具有宏观上的指导性。

作者广泛，内容上更加全面

《发展报告》的撰稿者从 2003 年的第 3 部 74 名到 2009 年的第 9 部 167 名，共达到 1057 人次（未统计省部级以上领导干部）。这 9 部《发展报告》的文稿作者从领导层来看，上有浙江省委、省政府甚至更高层面的政策决策者，下有县（市、区）和乡镇的政策践行者。从专家层面上看，上有省一级甚至中央、国务院研究部门、大

专院校政策决策的一些咨询机构部门的学者、科研人员，下有县（市、区）、乡镇经济社会发展中的经验总结者。《发展报告》中有中央党校李兴山等 4 名教授组成的调研组撰写的浙江经济调研报告《社会主义市场经济的成功实践》，他们从马克思主义经济学角度分析了浙江经济快速发展的特点和意义；有新华社著名记者慎海雄采写的《解读"浙江现象"》的新闻综述；有浙江省社科院副院长、研究员方民生撰写的《浙江经济活力之源》；有浙江省政府经济建设咨询委副主任、研究员朱家良撰写的《长江三角洲经济一体化的主要途径和环杭州湾地区协调发展》及《浙江经济发展战略思路 60 年演变概述》；等等。他们这些著名学者、专家、记者的专著、论文、综述，全局展示了浙江区域经济发展的概貌和经验。从 2004 年起，《发展报告》就在开篇中选用省委书记、省长的重要文章。2004 年《发展报告》刊发了时任省委书记习近平《牢固树立和认真落实科学发展观》和省长吕祖善《努力推进浙江发展模式全面转型》的文章；2005 年《发展报告》刊发了时任省委书记习近平《以科学发展观统领经济社会发展全局，努力实现全面建设小康社会的奋斗目标》和省长吕祖善《大力发展循环经济，切实建设节约型社会的》的文章；2006 年《发展报告》刊发了时任省委书记习近平《加强基层基础工作，夯实社会和谐之基》和省长吕祖善《坚定不移深化改革，完善落实科学发展观的体制保障》的文章；2007 年的《发展报告》中，以代序的形式选登了省委书记赵洪祝《在党的十七大精神指引下，扎实推进创业富民、创新强省战略》和省长吕祖善《努力在转变经济发展方式上下功夫》的重要文章。从 2008 年起，《发展报告》就增设了《卷首文章》一栏，卷首的文章收集的都是省委书记、省长的重要文章和讲话。2008 年和 2009 年《发展报告》分别刊发了省委书记赵洪祝《浙江改革开放 30 年——在浙江省纪念改革开放 30 周年大会上的讲话》《坚持科学发展，加强转型升级，促进经济社会平稳较快健康发展——中共浙江省委书记赵洪祝在全省经济工作会议上的讲话摘要》和省长吕祖善《浙江的 2008 和 2009——在浙江省第十一届人民代表大会第二次会议上做的〈工作报告〉》《加快经济结构调整，大力拓展发展空间，切实加强政府服务和管理——浙江省省长吕祖善在全省经济工作会议上的讲话》的文章和讲话。省委书记和省长的文章及讲话使《发展报告》的内容更具完整性。特别是 9 部《发展报告》中的《区域典型报告》专栏，每期专栏收集刊发 25 个左右的典型，这些典型大都是反映县（市、区）以下区域经济发展的新型做法和经验，这些身边的典型更能吸引基层读者的眼球，对各地也更有指导和借鉴作用。

上下贯穿，发展更显科学

《发展报告》既是浙江省经济社会发展的年度总结，更是留给后人的一笔可贵财富。浙江区域经济的发展奇迹吸引了广大研究者的兴趣，每一年从国家、省、市、县层面上发表关于浙江区域经济社会发展的专著、论文不计其数，如何收集、筛选、汇编好《发展报告》，这是编者们非常难做的一件事，他们站在国家和省的高度上对经济社会发展的态势进行前瞻性、科学性的研究，对浙江省经济社会发展中总结出的专著、论文，选准一个主题进行有预见性的、连续性的收集、筛选，让后人读起这段"正史"，更能意识到浙江区域经济社会发展始终贯穿科学发展观这条主线。以民营经济为例：2002 年《发展报告》的《经济发展研究》专栏中专设了民营经济专题，在这个专题中一摞子推出了《浙江民营企业的独特发展模式》《浙江民营经济发展的问题与对策》《论提升浙江民营经济的三项创新》《浙江民营企业产权制度研究》《浙江民营金融研究》《行业管理体制和管理方法的改革研究》《加快"大而盈"企业改革与发展研究》《怎样提高中小企业竞争力》和《浙江企业经营者队伍建设思路研究》9 篇文章。这些文章全方位地阐述了浙江省民营经济的作用、问题、对策以及管理方法和队伍建设等方面的思路和建议。在 2003 年《发展报告》的《经济发展研究》专栏中又推出了《民营经济发展中的几个问题》《浙江家族企业的制度缺失与制度创新》《拓展民间投资的政策研究》和《浙江区域民营银行发展启示》4 篇文章，这 2 年 2 部《发展报告》把三分天下有其二的浙江民营经济的地位和发展蓝图全面展现在人们面前，接着，编者们在后面几部《发展报告》中就始终围绕民营企业的提升和发展这条主线收集专著、文章。2005 年《发展报告》中收集了《当前浙江民营企业发展的思考》和《义乌民营经济迈向国际化发展阶段》等文章和典型。2007 年《发展报告》收集了《创新发展：金华市实现民营大市到民营强市转变的战略选择》。2009 年《发展报告》刊发了《以"重、大、国、高"优化提升"轻、小、民、加"——浙江产业转型升级的思路和政策选择》及《促进中小企业应对国际金融危机的浙江经验》等文章。这一组系列文章在不同年度的《发展报告》中刊用，这些宏观的、微观的、全面的、典型的思路、经验和成果，全方位展示了浙江民营经济是沿着科学发展观这条发展轨迹不断向前推进的。

再如 2002 年《发展报告》专设的《浙江现象研究》专栏中，选用了《"浙江现象"与"浙江精神"》一文，"浙江现象"和"浙江精神"都是人们普遍关心的，特别是外地的各级领导和经济工作者，他们都在琢磨一个资源小省，短短 20 多年时间怎么就能建设成为一个经济大省，这奇迹从何而来？2006 年《发展报告》收集的时任中共浙江省委书记习近平写的《与时俱进的浙江精神》和省委宣传部课题组的《大力弘扬和培育"与时俱进的浙江精神"——关于"与时俱进的浙江精神"调研报告》就做出了准确的回答。

《发展报告》的编者们在选题上都抓住了事态发展的主线，这是《发展报告》的一大特点。

精心编排，形式上逐渐走向完善

《发展报告》从 2001 年的第 1 部起，发展到 2009 年的第 9 部，这 9 部《发展报告》编排上从第 1 部的《综合篇》《专题篇》《典型篇》及《附录》4 个专栏，逐步发展到第 9 部的《卷首文章》《重要文献》《区域发展报告》《经济发展研究》《社会发展研究》《区域专题研究》《区域典型报告》《区域经济文摘》和《区域研究动态》9 个专栏，这 9 个专栏比如《区域发展报告》《经济发展研究》《区域专题研究》《区域典型报告》4 个专栏的内容还是包括在浙江区域经济发展的大框架内，但是，增设的《卷首文章》《重要文献》《社会发展研究》《区域研究文摘》《区域研究动态》等专栏收集的专著、论文等信息就向浙江区域经济发展框架延伸开去，这对《发展报告》是一个重要补充，使整部《发展报告》的信息含量更加丰富。特别是 2006 年《发展报告》增设的《社会发展研究》专栏更是人们关注的热点，也是浙江省区域经济与社会发展研究会这个群众团体的研究宗旨之一。这个专栏继续办好，一定会是《发展报告》的一个亮点。

《发展报告》专栏设置合理，每部《发展报告》的文字虽然只有 100 万字左右，但信息涵盖方方面面，特别是增设的《重要文献》《区域经济文摘》《区域研究动态》等专栏，使《发展报告》内容更加丰满。这样也使《发展报告》更具政策性、综合性、理论性、指导性。它不仅可以为决策者提供科学依据，为研究者提供珍贵素材，同时也为投资者提供重要信息。有的领导说，《发展报告》是放在案头不能离的"正史"，对于我这个电脑盲来说，它确是一部重要的大型资料工具书，具有很高的历史文献和历史收集的价值。

每当我思考写作与经济社会发展有关的文章时，就会自然而然地想起《发展报告》。

本文原刊于 2011 年《浙江区域发展研究报告》

一部社会学的"词典"

——评《浙江改革发展之路——"热词"解读 600 题》

我很荣幸，2012 年底就见到了浙江省社科联科普课题"浙江发展之路——'热词'解读 600 题"征求意见稿，我提了一条建议，根据全书的框架，主题应定在浙江改革发展之路上，这样全书就框在了党的十一届三中全会之后了。因此，题目应定为《浙江改革发展之路——"热词"解读 600 题》（以下简称《之路》）。2014 年 9 月，我拿到了正式出版的《之路》，粗粗一翻，涉及政治、经济、文化等方面的许多新政策、新提法、新词组，都可从书中找到。油然地蹦出一个看法：这简直是一部社会学"词典"。我梳理了一下，《之路》具有四大特点：

一是权威性。《之路》始终贯穿党的十八大精神。每一章第一节，编者都站在国家甚至世界的高度上选取热词，解读国家战略，具有很强的指导性，特别是第一章"国家战略"一节中的 15 个热词，从各个角度反映了科学发展观是我党必须长期坚持的指导思想。再比如第二章的"国家战略"一节，从"以经济建设为中心是兴国之要"到"2013 年经济工作的六项任务"都是党中央和国务院一再强调的带有战略性的工作重点和目标。

二是系统性。《之路》从第一章"科学发展"到第九章"党的领导"，选取的 600 题普遍是人们关心的一些理论和实践问题。每一章中的国家战略、浙江实践、发展趋势、典型案例、研究报告和相关热词等 6 节，都是从宏观到微观，点面结合，既有高层决策又有践行经验，特别是相关"热词"一节中选上的词对专家、学者、社会工作者都具有很强的参考价值。

三是专题性。《之路》的每一章的"典型案例"和"研究报告"2 节中都反映出浙江 30 多年改革发展的历程。特别是"典型案例"一节，记录的是浙江省科技发展、经济转型等方方面面的脚印。浙江省社会、政治、经济、文化等方面的重大事件、重大成果、重大贡献都能在全书的 9 章中找到。比如第二章"经济转型"的"典型案例"一节中，开头讲述"浙江人经济"之后，排列了鄞州等 12 个非常有特色的经济升级城，很有吸引力，也很有说服力。《之路》用多角度的形式全方位展示了蓬勃发展的浙江。

《浙江改革发展之路——"热词"
解读 600 题》封面

四是前瞻性。《之路》中的"热词"，不仅是浙江省 30 多年改革开放中的成果，更重要的是编者在每一节中都以敏锐的眼光和广阔的视野选取了一批人们普遍关注的"热词"，归纳成"发展趋势"的专辑。比如第七章"生态文明"中"发展趋势"一节，在浙江生态文明建设的总体要求和建设目标 2 个热词后，配上了"加大节能减排力度"和"积极应对气候变化"等 5 个热词，这些热词都是浙江省干部群众关注的工作重点，当然也就极大地吸引了读者们的眼球。

《之路》课题组同志将每个热词都编写得非常精练，他们花了大量心血，奉献了一本好书，可喜可贺。在此，更值得一提的是执笔者邢洪林同志。他已年过八旬，仍然孜孜不倦地工作着。近几年他又动了 2 次大手术，经历了 3 次生死考验，但不可思议的是，《之路》中的许多热词是他在病榻上完成的。近 20 年，为总结浙江省区域经济与社会发展之路的经验，他一直在不断地探索，这种精神值得赞扬。

本文原刊于 2014 年《浙江改革发展研究报告》

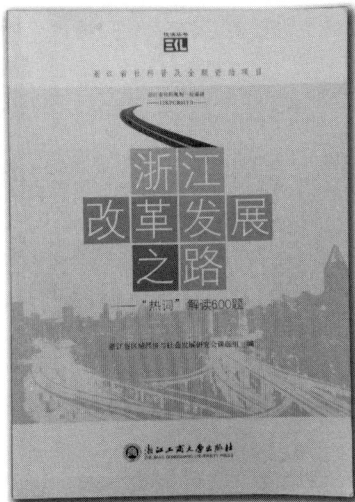

承担起逐梦乡村振兴的职责和使命

——读《衢州日报》"党建治理大花园"系列报道

我出生于淳安，由于新安江水电站的建设，我从淳安水库移民到开化，在开化读了 6 年中学，大学毕业在衢县安仁部队农场劳动18 个月，到龙游建过养马场，步行去江山恩坛煤矿挖过煤，后来到常山工作了 14 年。我戏称自己是淳安给我生命，开化给我知识，常山、衢县、龙游、江山给我才智，所以我对衢州这片土地特别有感情。

2019 年 8 月下旬的一天，我在当月 23 日的《衢州日报》头版上读到《勇立潮头再出发——全市贯彻落实市委七届六次全会精神综述》一文。文中记述的两组数据引起了我的极大兴趣：一是目前全市 6 个县（市、区）对行政村党组织书记已经全部建立了县级党委备案管理制度，1482 个行政村（社）书记全部实现了建档管理。二是截至 8 月 16 日，全市农房已整治 195626 宗，完成目标进度的80.5%，其中市委七届六次全会后整治 146832 宗，仅 2 个月就完成了全年整治各类建筑目标的 75%。

这跨越式"治理大花园"的组织保障工作和建设速度令我这个衢州游子兴奋不已，我把今年衢报传媒集团寄赠给我的前 8 个月的《衢州日报》一份不少地翻了出来，连贯细读，看到 2019 年开年不久的 2 月 25 日，衢州市汤飞帆市长在市七届人大四次会议上号召全市要"深入推进乡村振兴 高水平建设乡村大花园"。时隔 105 天后的 6 月 10 日，衢州市委徐文光书记在市委七届六次全会上向全市发出动员令，让"'党建治理大花园'高高地前进一大步"。

从此，衢州全市吹响了"党建治理大花园"的集结号。从《衢州日报》版面上看到了衢州市这 254 万多人在 8845 平方公里的土地上战天斗地，今日已经风起云涌，万象更新，勃勃生机的动人情景。

《衢州日报》部分版面一览

我深深感到：《衢州日报》在"党建治理大花园"中承担起逐梦乡村振兴的职责使命，突出了典型性、指导性，充当起了集结号的"号手"作用，一直冲在"党建治理大花园"的前沿阵地。特别是《衢州日报》在"党建治理大花园"中，采编刊发的一组组系列报道和一组组评论员文章，更是下足了功夫，发挥了一张市级党委机关报特殊的功能。

典型引路，为市政府实施"高水平建设乡村大花园"提供样本

市级党委机关报的受众主要是市所辖的各县（市、区）、各乡镇和广大农村的党员干部及职工、农民。一项主要任务是将市委、市政府的中心工作、新举措、新精神和市本级及下辖各地的新经验、新成就宣传出去。市委、市政府是上下衔接、域内协调、督促检查等工作的一级党委、政府。纵向可直通乡镇农村，横向可以涉及各行各业。工作不仅注重指导，更能接地把工作抓实、抓细。衢报传媒集团根据市委、市政府工作的这一特点，面对浙江西部"七山二田一分水"的这片山区丘陵地区，记者不是坐在办公室里办报，而是深入各地，并发挥各县（市、区）报道组和通讯员的作用。他们对全市上下情况了如指掌，手中掌握着大量的各类典型，不少典型

样本都可以在当地或兄弟县（市、区）推广复制。因此，能够根据市委、市政府不同时期的工作重点，发挥市委机关报的这一独特优势，当好参谋，提前谋划，抓好典型，形成氛围，真正起到市委、市政府参谋助手和喉舌指导作用。

近年来，衢州市委、市政府围绕"产业兴旺、生态宜居、乡风文明、治理有效，生活富裕"的乡村振兴目标，出台了一系列政策，各地也积极探索振兴乡村的不同路径，取得了实实在在的成效。2019 年 2 月 25 日，市长汤飞帆在市七届人大四次会议上做政府工作报告时，向全市人大代表庄严地宣布："要深入推进乡村振兴，大力实施强村富民行动，全面打赢精准脱贫攻坚战，'消薄'收官战，加快建设有潜力、有魅力、有活力、高水平的乡村大花园。"衢州市"两会"一结束，衢报集团总编辑崔建华牵头组织编辑部最强采编阵容，下基层调研。调研报告的基调要求是点上切入，解剖个案，成果倒推，挖掘细节，总结经验，体现共识，以点带面，集中透视衢州市乡村振兴的典型样本，给全市各地农村干部群众提供启发性的思路。写作的要求是不能写成一个表扬稿，也不能面面俱到，要写成一个综合典型，要围绕一个主题、一个问题，通过实际深入调查，用事实说话，体现深度，以问题为导向，围绕问题，寻找因果联系，重在以事论理。集团副总编辑葛志军带头深入基层，采访后写出调查报告的示范样稿，统一把关，尔后系列推出。

一个月后的 3 月 25 日，葛志军副总编辑采写的《龙门破阵之道——"乡村调查"系列之一》在《衢州日报》头版显著的位置上刊出，调查报告正文开头前写道："调查对象：开化县齐溪镇龙门村；调查档案：龙门村位于钱江源头的浙皖边界，地处钱塘源支流龙门溪畔，……以乡镇旅游为产业特色，现有 57 家民宿，700 张床位，为国家 3A 级景区。2018 年农民人均年收入 2.18 万元，村集体收入 103 万元。"调查报告正文开头写道："龙门村用了短短 6 年时间，村民人均年收入增加近 5 倍，村集体收入增加近 10 倍，'绿水青山'正源源不断地转化成'金山银山'。"接着提出了"龙门村产业培育中一些天生不足的问题开始显现，如何突破美丽经济产业培育过程中的瓶颈，事关龙门村未来"。这也就是记者要深入探访的重点。调查报告主体分三大部分，夹叙夹议。第一部分"布局：给龙门村一条生路"；第二部分"变局：不断冲破天花板"；第三部分"破局：请专业的人营销龙门"。在调查报告之后，还配发了《如何走好美丽经济下半场》的评论，评论中说："龙门村发展美丽经济产业的实践也给了我们很多启发，资源变资产，资产变资本，

《衢州日报》部分刊发文章一览

资本变红利。在整个转化链条中，每一环都是'惊险一跳'，要持续推进美丽经济幸福产业的下半场，对接互联网时代、消费升级时代的新特点，在不断变局、破局中完成新的布局。"

　　《衢州日报》编辑部在采写刊发这组调查报告的发稿节奏和版面设计上都下足功夫。第一篇调查报告于 3 月 25 日推出后，顺天或隔天连续推出，以求放大持续效应。版面安排采用统一样式，近 3000 字的调查报告放在标题下方，并配上红色《新春走基层》和《活力新衢州，美丽大花园——深入学习贯彻两会精神》的双专栏名，加上"了解更多信息"的二维码，并配发 500 字评论。调查报告篇幅几乎占去版面的一半。扫开二维码，是一个短视频，实现了相互推介阅读，令人耳目一新。

　　首篇《龙门破阵之道——"乡村调查"系列之一》刊发后， 3 月 27 日起刊发了《山后期待"后起"出彩——"乡村调查"系列之二》

《资本下乡激活耕读村——"乡村调查"系列之三》《一个人和一个村的嬗变——"乡村调查系列"之四》《打开"流量"换财富的阀门——"乡村调查"系列之五》《湖仁的十年"自治"——"乡村调查"系列之六》《上妙振兴路上下妙棋——"乡村调查"系列之七》《后田铺里品文化——"乡村调查"系列之八》，并全部配发了相关评论。

这8篇一组的"乡村调查"系列报告和配发的评论文章是衢报传媒集团最得力的一批中高层骨干和资深记者发挥脚力、眼力、脑力和笔力写出的优秀作品。这组调查报告反映的虽然是乡村振兴中各异的时代命题，但编辑部对这组调查报告和评论的要求是写作方法和格式特点一致，表现形式和版面安排一致，目的就是要增强广大干部群众读者对这"八大典型"的阅读兴趣和思考，让广大干部群众在"八大典型"中找到自己学习的样本。所以，衢州市许多干部群众读后给衢报传媒集团去信说："这'八大典型'正是我们乡村振兴中需要的，帮助我们回答了问题。"浙江日报原副总编辑徐峻点评说："这一篇篇很有深度、很有指导意义的调查报告努力回答了时代的命题，可喜可贺，致以老媒体人的敬意。"衢州市委书记徐文光在有6万人参加的市委七届六次全会上点名表扬《衢州日报》这组乡村调查时说："《衢州日报》做了大量的调查，推出了这一组很有深度、很有指导意义的调查报告，这是一组真正沾泥土、带露珠、冒热气的深度报道，既总结了衢州乡村振兴的经验，又提出了存在的问题，还思考了发展思路，很好。"

精心策划，为市委做出"党建治理大花园"决策提供依据

2019年初，衢州市政府根据市委今年乡村振兴这一工作重点主题，在提出"高水平建设乡村大花园"后，《衢州日报》编辑部决定在市委七届六次全会前，首先按全会前常规的报道思路，以综述形式报道衢州市经济社会发展的成就，为全会营造氛围。编辑部同

时认为要实现党性和人民性的高度统一，真正做到习近平总书记指出的"党的新闻舆论工作是党的一项重要工作，是治国理政、定国安邦的大事"的要求，把报纸办好，既要引起领导的关注，也要让基层干部群众爱读爱看，让报纸成为他们的知心朋友。《衢州日报》作为地方主流媒体，在坚持正面宣传的同时，更需要发挥媒体独立调查、善于思考的地位和功能，为衢州市委、市政府和基层干部群众提供一线最真实、最可信的信息。

5 月 15 日，《衢州日报》头版在《习近平新时代中国特色社会主义思想指引下 活力新衢州，美丽大花园》的专栏中刊发了《改革绘就乡村振兴的衢州样本——衢州乡村改革综述》，全面介绍了衢州市自党的十九大以来，围绕土地制度、经营体制、金融三大痛点和难点进行的改革创新，展现乡村振兴在三衢大地上全面展开的壮丽画卷。接着，连续几天在该专栏刊发了《党建统领激发乡村振兴新活力》等一组综合报道。

5 月 27 日，《衢州日报》头版在下半版专设了《凝聚党旗下 共建大花园》的专栏，当天刊发通讯《担当作为聚民心——衢江区浮石街道姜家坞村的蝶变之路》，并配发本报评论员文章《做实做细党建"三个用来"》。评论指出："姜家坞村的变化，再次以令人信服的实践证明了一个道理，党建是用来统领基层各项工作的；党建是用来为中心工作服务的；党建是用来充分体现党组织战斗堡垒作用，充分发挥党员干部先锋模范作用的……只要各级党员干部敢于亮出身份，主动作为，发扬'亮剑'精神，以此带动、激发农民参与乡村振兴的积极性和主动性，就一定能抓出乡村振兴的衢州特色，打造衢州样板。"通讯之后配上本报评论员文章，进一步强化了党建在乡村振兴中的统领作用。

《衢州日报》从 5 月 27 日至 6 月 9 日，14 天时间里在特设专栏连续刊发了记者采写的《后进村变成明星村——江山市峡口镇枫石村"摘帽"之法》《做上岗头人，有面子——衢江区周家乡上岗头

村"白富美"之变》等 10 篇长篇通讯和《抓住关键少数谋发展》
《凝聚乡村振兴的主体力量》等 10 篇本报评论员文章。

衢报传媒集团编辑、记者精心采写编发反映衢州市所辖二区四县（市）农村抓党建推进乡村振兴的 10 个先进典型后，在 6 月 10 日衢州市委七届六次全会召开的当天，《衢州日报》头版显著位置发表了记者蓝晨采写的衢州大花园建设的长篇综述《诗画春色逐潮来》。综述中说："党建治理大花园，让衢州走出了一条乡村人文融合发展的现代乡村变革发展之路，如今在党建治理下的乡村大花园，串珠成链，连线成片，正走出城乡一体化、全域大花园。在打造'千万工程'升级版、建设诗画浙江大花园中迈向前列。"

衢报传媒集团为迎接市委七届六次全会召开，精心策划，提前准备。他们前后采编了 2 篇分量十分厚重的综述文章，并在 2 篇文章发表的间隔，接连刊发了"党建治理大花园"的 10 个先进典型，在全市范围内形成了浓浓的学习氛围，同时也为市委做出"党建治理大花园"决策提供了基层经验和坚实依据。市委书记徐文光在七届六次全会上充满激情地说："为了开好这次全会，衢报传媒集团做了大量的前期宣传准备工作，很好！"衢报传媒集团党委委员毛一韬在《"令人思"的作品多多益善》的评论中说："做好新闻调查应是传统媒体未来发展的一项重要看家本领，特别是当前很多采编人员沉不下心来做这些花时间又'低效益'的事，久而久之，'四力'功能衰退，影响新闻人才的培养和报业的发展，我们需要释放更多的'生产力'，多做些有思考、有特色、有内涵、有深度的新闻报道。"衢报传媒集团领导把编辑记者"逼"下乡去接地气，这条路子好。

"十问"评论，强化党的建设是"治理大花园"的组织根本

在实施上承党中央和浙江省委要求、下应人民群众期盼的乡村振兴战略中，衢报传媒集团在围绕衢州市大花园建设的系列综述和

"社会调查"的 3 组连续报道推出后，受到衢州市委、市政府和广大农村干部群众的热情称赞。6 月 10 日，衢州市委召开七届六次全会，这次全会的主要议题是从"高水平建设大花园"提升到"党建治理大花园"。会议号召全市坚信不疑、坚定不移、坚持不懈，让"党建治理大花园"高高地前进一大步，使乡村全面振兴起来。会议以视频形式召开，主会场设在市工人文化宫，市本级和各县（市、区）两级机关各单位、乡镇（街道）村设分会场，全市 6 万多党员干部收听收看会议实况。衢报传媒集团前期在日报上推出的 18 个典型中的衢江区浮石街道姜家坞村、开化县齐溪镇丰盈坦等村在全会上做了现场经验交流。

市委书记徐文光在全会上就"党建治理大花园"中的痛点、堵点提出了"十问"，实际上就是徐文光书记代表衢州市委面对面地向全市党员干部提出的十问：一问县（市、区）区委书记，对抓好党建最大的政绩真正理解没有？二问乡镇（街道）书记，重点项目和重点工作推进了没有？三问村（社）书记，当村支书的目的搞清楚了没有？四问市县部门，主动参与了没有？五问联村组团，团长的"承包地"耕好了没有？六问村（社）网络，网格长的"责任田"种好了没有？七问党员干部，先锋模范作用发挥了没有？八问广大群众，责任义务尽到了没有？九问各级督考，该统的统起来了没有？十问市县乡村四级联动，各级贯通了没有？

《衢州日报》作为衢州市委的机关报，对全会提出的这"十问"进行报道，就是要求全市始终牢记习近平总书记提出的把实施乡村振兴战略摆在优先位置，深入践行习总书记对衢州提出"抓好以党组织为核心的基层组织建设和干部队伍建设，形成全方位覆盖基层的工作网络"的要求，为抓好党的基层组织建设——建设大花园鼓与呼。全会提出的这"十问"就是市委要求全市党员干部对号入座，直面差距，正视问题。既要就事论事，对症下药，更要举一反三，标本兼治。《衢州日报》开辟了《在习近平新时代中国特色社会主

义思想指引下 活力新衢州，美丽大花园 学习贯彻市委七届六次全会精神》的专栏，从 6 月 13 日开始连续 10 天在头版显著位置连推 10 篇"论党建治理大花园"的本报评论员文章，分别为《市县一体共建大花园》《激发乡镇干事创业热情》《头雁勤飞带领群众干起来》《变机关干部为基层干部》《切实耕好自己的"承包地"》《深耕网格解"三忧"》《党员干部要扛起旗往前冲》《积极主动争当好园丁》《用好督查考核"利器"》《打通"活血点"让全盘皆活》。

衢报传媒集团针对市委七届六次全会上提出的"十问"刊发"十论"，在全会后连续推出，这对一个地级市报社是一场极大的考验和砥砺，这是衢报传媒集团多年办报经验积累的体现，也是衢报传媒集团平时抓学习，加强理论建设的一次充分展示，更显示了衢报传媒集团给予了衢州"党建治理大花园"这项庞大的系统工程以极大的推力，真正起到了"党建治理大花园"集结号"号手"的作用。

从 8 月 24 日开始，《衢州日报》在《贯彻落实市委七届六次全会精神》专栏中又刊发了"市区重点项目'年中看'系列报道"，到 9 月 3 日，已连续发了 10 篇。衢报传媒集团把宣传衢州"党建治理大花园"工作推向了新的高度和广度。

衢报传媒集团领导、主任、记者纷纷走出办公室，深入农村、深入基层去看、去问，有更多思考，在报上讲清了衢州市一个个乡村振兴的故事。报社编辑部又整合全社的力量，以集体的智慧，采编推出了一组组乡村振兴典型的系列报道和系列评论员文章，以增强市委提出"党建治理大花园"这项重中之重的工作宣传力度。

对涉及全局工作的重点宣传，《衢州日报》这份地市报在实践中承担了应有的职责和使命，积累了新的经验和思路，这种形式和精神值得提倡和发扬。

本文原刊于 2019 年 9 月 19 日《衢报通讯》（特刊）

曾刊于 2019 年第 10 期《传媒评论》

新安文化的升华和展示

——读《千岛湖楹联集》有感

　　许汉云先生信任我，将书稿清样送我阅。我粗翻了一下，一股新安文化的清香扑向了我这个第一读者。细细读来，我深深感到：《千岛湖楹联集》（以下简称《楹联集》）是淳安湖文化、山文化、史文化、人文化的集锦，是经历筛选、升华的一部新安文化大书，也是新安文化的一次再展示。

　　千岛湖本是新安江大坝上的一座水库，前 30 年，这座位于浙西的水库就是起着发电、防洪、养鱼的功能。郭沫若先生来到新安江水库，面对 178 亿立方米的清新库水和 1078 个翠绿山峰，诗兴大发，写下了"西子三千个，群山已失高。峰峦成岛屿，平地卷波涛"的诗句。淳安一位文化老人马上领悟了，他的建议被县领导采纳，几届领导就奔杭州、飞北京，终于将新安江水库改名为千岛湖。水库与湖最大的区别是文化，水处处有，为什么杭州西湖会吸引人，因为西湖水中有文化元素，白蛇传、梁祝等故事都出自西湖。千岛湖此名一到人间，尘封在库底的文化全部浮上湖面。淳安的新老文化人，开始忙碌了。这位育人出身的文化人离开讲台后，就开始琢磨新安文化了，他的书出了一本又一本，这本《楹联集》可谓他的精品之作。楹联即对联，是由字数相等、词类相当、结构相应、节奏相同、平仄相谐、意义相关的对仗组成的对偶句。楹联是中华文化宝库中的独立文体之一，具有群众性、实用性、鉴赏性，久盛不衰。许汉云先生从小就热爱写诗作对联。2012 年底中国旅游出版社出版的《楹联集》更精致了，全书三大编，第一编是作者自撰的千岛湖楹联，第二编是他人撰写的千岛湖楹联，第三编是延伸阅读千岛湖。三大编编编独立，自成一体，但又密切相连。特别是第一编，许汉云先生自己创作的 428 副楹联，短的只有二言，长联达七十八言，他用楹联留住了千岛湖山水的最美感觉，他用楹联表达了对淳安乡亲的深情厚爱，他用楹联追记了文献名邦的灿烂历史。比如，二言的"水韵，山和"，三言的"一湖秀，千岛妍"，四言的"千岛聚异，万峰涵奇"，五言的"千山环绿岛，万谷倚银湖"，六言的"叠叠远山如意；茫茫碧水若蓝"等多副楹联都很好地写出了千岛湖的雅趣和美感。许汉云先生擅长的 47 副七言联，副副都把千岛湖的山水写秀、写美、写活了。"青峰葱郁轻烟袅；碧水涟漪细浪生""烟波浩渺浮千岛；峰岭妖娆入画图"，等等。细细品味这些七言联，你就会如痴如醉，仿若自己也成了画中人。八言、九言直至二十五言联，每副楹联都写出了千岛湖山水的意境、地域的时空和历史的厚重。"古出金榜三状元，再加进三百零八个，史称文化名县；今建品牌廿景点，还有储岛一千七十八，世赞旅游明珠"，此联切时切地地写出了淳安的历史变化。他那副二十五言联"举目睦州史载皇甫、方腊、商辂开启文献名邦须眉才俊耀星斗；仰望青溪志书硕真、百花、桂枝展示文韬武略巾帼英杰映丰碑"，浓缩了淳安 1800 多年的发展历史，令睦州后人为之骄傲。许汉云先生写下的一百二十三言的特长联，既是楹联也是歌颂千岛湖的一篇很美的现代散文诗。特别值得一提的是许汉云先生于 2012 年中秋赏月写下的"湖平鱼逗月；林静鸟聊天"等 19 副楹联，不论是游客还是青溪人，我坚信读了这些楹联都会把自己带入那碧波泱泱的千岛湖，享受"月光松间照，氧吧森林来"的咏月胜境。

许汉云先生是一位育人之师，《楹联集》不仅收集了他对故乡人、对千岛湖的赞美和歌颂，他更想通过《楹联集》给人以更多知识，更广泛地宣传千岛湖，让人们以多角度来品味千岛湖，品味淳安的昨天和今天。正如邵华泽将军给他的信中指出的："应该多收集一些民间还保存着的和历史资料中曾提到过的，以看出家乡的文化底蕴。"因此，《楹联集》第二编以很大的篇幅收集整理了他人撰写的关于千岛湖的楹联。《楹联集》中收集了在北京、南京、杭州等地工作的淳安名人和对千岛湖怀有深情的外乡名人歌颂千岛湖的楹联。如南京军区原作战部部长徐金才写的"山色朦胧迷贵客；湖光潋滟醉游人"的楹联。《楹联集》还体现了淳安"文人相亲"的特点，这一编中大量收集的是淳安有名望的当地文化人如徐树林、江涌贵、王兢、王永鸿和民间草根文人的楹联。比如《淳安人》主编王永鸿"前对碧水时时聚秀诗情在；后临青

《千岛湖楹联集》封面

山岁岁流连画意浓"的楹联，充分反映了淳安人对故土的向往和惦念；徐树林写的"一湖琉璃弄月影，千岛翡翠舒风情"，寄托着自己对千岛湖的一片真情。这 150 多副千岛湖楹联，特别是威坪等乡镇文化站提供的 14 副楹联可谓淳安人对故土情深的心声倾吐，同时也是淳安民间文化和乡土文化的一次大展示。

这一编中，更值得记忆的是千岛湖景点楹联，方腊洞、龙山海公祠、贺庙等 20 多处景点留存和新创作的楹联，副副都寓意深刻。比如方腊洞中邵华泽写下的："漆园誓师驱狼射虎山河震；汴京就义亮节高风史册传"，龙山海公祠上余名声写下的两副："聚庄稼汉，梓桐举义，势陷浙皖三州，破天荒，红颜称皇帝；反花石纲，洞源揭竿，威震东南半壁，除民瘼，黔首成英雄""商辂应考去，连中三元，累秩一品，佐于谦、败也先、卫京城、惩阉奴，披肝沥胆安社稷；海瑞上任来，历仕四载，留芳千秋，平冤狱、均徭役、裁冗税、斗佞幸，抑强扶弱恤黎民"。明朝淳安县令姚鸣鸾作有"辅翊全吴，建无前佳绩；保安境土，树莫大奇勋"的楹联，更让人刻

骨铭心的是"三十万移民离井背乡无他顾，百千年后裔觅祖寻根不了情"及名家方润生撰写的"辞故里，再兴基业融三省；守家园，重振山河旺一湖"等。读着这些名家楹联，令人对淳安这片圣土、这湖秀水充满敬畏和钦佩，这片圣土上不仅出了中国的第一位自称"女皇"的陈硕真、震感中华的农民起义领袖方腊，还出了三朝元老商辂及曾在淳安执政的一代名臣海瑞。而今，更有 30 万新安江人为了中华人民共和国工业的起步和中华民族的振兴，告别了千年创下的家业，"多带新思想，少带旧家具"，在深山冷坞中重新创业立家。是他们的牺牲，换取了一代人的幸福。

第三编更显作者许汉云先生的独具匠心。千岛湖楹联内涵那么丰富，怎么样让读者去认识千岛湖，怎么样让读者去理解千岛湖上的人们，他在编写中增加了"延伸阅读千岛湖"一编。此编为"解读千岛湖"，收集的大多是国内外文化名人的作品，他们发出的对千岛湖的赞美是权威性的。再是"名家笔下的千岛湖"，如著名作家叶文玲写的《心泊千岛湖》，这是一组夹叙夹议的抒情散文，这组散文表现出来的情感深刻，创意独特，文句流畅，选字造句极其优美。

文化名人金健才在《楹联集》序言中写下："面对那湖碧水，烦襟顿爽，世事澄明，于是，便有许多文人墨客留下了他们的顿悟，他们的念想，或成诗，或成文，当然少不了的还有楹联。许汉云先生生在淳安，深造后又返回淳安，他桃李满天下，但始终笔耕不辍，给后人留下了一笔笔财富，《楹联集》是他的心血。"今日的千岛湖誉满天下，如果这部书进了淳安所有星级宾馆，让天下游客在领略千岛湖的神奇风光后，浴后靠在床头，翻阅着这部"新安文化的升华和展示"——《楹联集》，我坚信，这又会给他们带来一种"宁静致远，其乐无穷"之感。在赞美千岛湖中，我们宣传千岛湖的目的也从中浮出。

本文原刊于 2013 年 4 月 26 日《今日千岛湖》

一部写作的"百科教科书"

——读《〈今日千岛湖〉常用文体写作之鉴》

最近，杭州出版社推出淳安县千岛湖传媒中心编写的《〈今日千岛湖〉常用文体写作之鉴》（以下简称《写作之鉴》）一书，本书融合了千岛湖传媒中心——淳安文化智库中内外智力的智慧，内容涵盖了新闻消息与通讯报道、新闻评论、现代散文、现代诗词、理论文章和青溪文化等方方面面的文体写作。《写作之鉴》延伸了文献名邦的传统文化，它不仅是反映当今淳安新闻界和城乡文化界写作面貌与水平的一部团队巨著，而且是给人知识、给人示范、给人方法，适合老少学习、参考、借鉴的一部写作"百科教科书"。

担任《写作之鉴》顾问的是我国新闻和理论界泰斗人物邵华泽及淳安县内外的 7 位文化名人。担任《写作之鉴》主编的是淳安千岛湖传媒中心的党组书记和主任宋士和。担任执行主编的许汉云老师，在 20 世纪 50 年代毕业于浙江师范学院中文系，一直从事语文教学，曾担任淳安县教委教研室主任、淳安县教委副主任、杭州市教委督学，能熟练驾驭各种文体的写作，《写作之鉴》上的 4 篇引导文章便可见他的文字功底和理论水平。编委阵容强大整齐。《写作之鉴》选辑消息通讯的采写记者和通讯员刘波、余允乾等 17 位同志是淳安新闻界很有名望的人士。选辑其他类文章的作者詹黎平、王兢等近 60 位作者也是在淳安、杭州甚至浙江省都有声望的文化人。特别值得一提的是"新闻消息与通讯报道"等 6 个编写单元的引导文章，字字恰如其分，句句掌握要领，叙事中有理、叙理中有情。这 13 篇引导文章的作者分别是刘波、程就、许汉云 (弘青)、王丰、江涌贵、邵华泽、黄学规、王兢、邵介安，在淳安大地上，他们的名字掷地有声。读过引文再读例文犹如酒后大餐，每篇文章读来都有滋有味。这部众望所归的《写作之鉴》可谓淳安千岛湖传媒中心自身思想文化建设的一项奠基工程，浙江财经大学教授、中国现代著名诗词学家黄学规说："编写这样的书是一项具有创先性的举措。"我坚信，只要你读了这部书，它一定会为打开你的眼界与思想提供服务。

《今日千岛湖》的主要任务是承担新闻舆论的职责，要着力提高新闻舆论的传播力、引导力、影响力、公信力，县级媒体要更好地引导群众、服务群众，这是党的十九大向新闻宣传单位提出的要求。淳安县千岛湖传媒中心始终牢记习总书记提出的"党的新闻舆论工作是党的一项重要工作，是治国理政、定国安邦的大事"的要求，把工作的中心放在这"四力"和引导服务群众上。我虽然在 1959 年新安江水库形成时离开了淳安这片故土，但对故土的那份乡愁始终磨抹不去，而且随着岁月的流逝，情感更深。因此千岛湖传媒中心寄来的每期《今日千岛湖》，我是必读的，我尤其关注头版的新闻消息与通讯报道，《写作之鉴》选辑的新闻佳作，更是令人称赞！

《"青溪吾故里，游子寄深情——邵华泽将军赠送家乡父老〈邵华泽书淳安古诗词选〉》一文，记叙了邵公思乡、爱乡、为乡的情怀，见到图文并茂的版面，淳安故乡人一定会爱不释手地读下去。

《黄海峰在调研我县教育工作时强调：久久为功，再创淳安教育新辉煌》消息叙述中，黄海峰书记说："要坚持教育优先，在政府财力投入保障中优先安排，在各类人才建设中优先研究，在社会先进荣誉褒奖中优先弘扬。要坚持久久为功，秉承'功成不必在我、功成必定有我'的胸襟和担当。"这一番肺腑之言，不仅令师生们感动，也是老百姓深情期盼的呀。

《千黄高速一路火热一路歌——齐心协力打好"六大攻坚战"基

础设施强支撑》这篇散文式的消息，一开头写道："自 2017 年 9 月 27 日千黄高速公路淳安段正式开工已过去半年，施工建设情况一直备受全县人民关注，为了解项目推进情况，3 月末我们用了整整 1 天时间，对千黄高速进行了全线的实地探访。"这短短的几句导语把读者吸引到那一路火热一路歌的千黄高速施工路上，消息中的每处见闻都有感染力、有自豪感，读后有身临其境之感。

《中药材产业撬动乡村振兴》一文，记者通过散文式的巧妙文笔，开篇叙述："小雪过后，沿着弯弯曲曲的山路，驱车来到临岐镇半夏村，这与个桐庐临安交界的小村，因一棵小小的青果——中药材覆盆子，而远近闻名。"短短的一段导语就把新闻五要素阐明了，读后给人以新的启示和憧憬。

《今日千岛湖》虽然是一份县级报纸，但报道的文章大气，有时代感。《写作之鉴》选辑的 8 篇例文不仅具备了新闻与生俱来的真实、新鲜的两大特点，而且每篇消息贴近群众，具有很强的感染力。

《今日千岛湖》不仅把新闻消息写出了新的特色，新闻通讯和新闻评论也富有创意，接地气、有特点。《今日千岛湖》这份县级地方报纸，尝试对全县，甚至对全省、全国有影响的大事情，从小处着眼，论述大是大非的大道理，把新闻评论评活了、评深了，评出了新闻评论的渗透力和穿透力。这对推进一个地方的思想文化建设和社会发展起到了十分积极的作用。如《写作之鉴》选辑的 2017 年 12 月 28 日《人民日报》头版刊登《心无百姓莫为官——习近平同志帮扶下姜村纪实》后，《今日千岛湖》编辑部抓住了这个千载难逢的机遇，组织力量，赶写评论，在《人民日报》刊发长篇通讯后仅 27 天，《今日千岛湖》就在 2018 年开年后的 1 月 24 日、1 月 25 日、1 月 26 日 3 天连续刊发了《今日千岛湖》评论员文章：《习总书记爱人民 人民公仆为人民——一论学习〈心无百姓莫为官〉》《认真践行"四种人"要求，全力争当高质量康美团队排头兵——二论学习〈心无百姓莫为官〉》《感恩总书记 建设美丽新乡村——三论学习〈心无百姓莫为官〉》。这 3 篇重量级的评论员文章发表后，就如 3 把大火把淳安党的十九大提出的实施乡村振兴战略推向了新的高潮。

淳安县鸠坑乡党委委员、人武部部长徐遂于 2018 年 5 月 31 日在公务途中发生交通事故，不幸遇难。6 月 4 日，十里八乡的近千名干部群众，手持白色菊花和自制的悼念牌，噙着泪水形成长队，只为送这名 "80 后" 的干部最后一程。《今日千岛湖》报社内议开了，一个年仅 36 岁的基层干部在公务中遇难却有那么多人悲痛和追念，徐遂身上肯定有一种特殊的精神，身后肯定有很多感人的故事，他们派出了报社最有思想、最有文笔的方俊勇、王筱倩、义永华、郑文彬 4 位记者深入调研采访，同时，编辑部组织力量，采写评论员文章。徐遂遇难的第 10 天，《今日千岛湖》第一篇评论员文章《以实际行动书写忠诚——迅速掀起向徐遂同志学习的热潮》，就在 6 月 9 日《今日千岛湖》报上的头版显著位置刊发了。接着 6 月 16 日、6 月 21 日、6 月 22 日、6 月 23 日《今日千岛湖》连发了《扎根基层 心系群众——二论学习徐遂同志先进事迹》《勇于担责 攻坚克难——三论学习徐遂同志先进事迹》《勤勤恳恳 忘我工作——四论学习徐遂同志先进事迹》《低调朴实 乐于助人——五论学习徐遂同志先进事迹》4 篇评论员文章。《今日千岛湖》在 6 月 29 日刊发第五篇评论员文章之后，4 位记者联合采写的 7000 多字的长篇通讯在《今日千岛湖》头版以通栏标题《以行遂志灼芳华——追记鸠坑乡党委委员、人武部部长徐遂》刊发了，通讯以细微处见精神，刻画了这位品质非凡的基层好干部的形象。徐遂的精神和品质在淳安甚至杭州、浙江都家喻户晓了。通讯发出不到 5 个月，2018 年 11 月中旬，浙江省委就做出决定并下文追认徐遂为浙江省优秀共产党员，号召全省共产党员、干部群众向徐遂同志学习。《今日千岛湖》为浙江省委做出这一决定起到了新闻舆论的重要作用。在当前特殊的历史条件下，弘扬正气，是新闻媒体的职责，这是治国理政、定国安邦的需要，新闻媒体必须认真做好工作，《今日千岛湖》努力了。

邵华泽同志说"写评论要站得高、看得远、想得深、说得透"，这里邵老说的"高、远、深、透"就是新闻评论写作的基本要求。通讯《心无百姓莫为官》在《人民日报》发表后，《今日千岛湖》连发 3 篇评论员文章；5 篇评论员文章发表之后刊发了《以行遂志灼芳华》的通讯：《今日千岛湖》的这 2 组报道评论的安排既大胆又巧妙，评论员的文章和通讯的综合作用得到了充分展示，因此这 2 组新闻评论和长篇通讯被《写作之鉴》辑为例文，不仅对基层媒体的编辑、记者、通讯员有借鉴作用，对市地媒体，甚至大报也是有参考价值的。

报纸是我党的新闻舆论工具，主要承担着党的宣传工作，但仍然有文化娱乐的功能，因此《写作之鉴》还选辑了《现代散文的写作》《现代诗词的写作》《理论文章的写作》和《"青溪文化"文章的写作》4 大编写单元。特别使我这个淳安游子感兴趣的是《今日千岛湖》专门开设了具有淳安特色的《青溪文化》专栏，《写作之鉴》选辑的例文不仅有刊登在《今日千岛湖》报上的，还有刊登在《浙江日报》等其他报刊上的好文章，这是编者的良苦用心。青溪文化为什么能给淳安带来"文献名邦"的美誉？《写作之鉴》选辑邵华泽例文《情系远游子》里的一段话将这个问题阐述得淋漓尽致。邵老说："记得在县城上中学时，有些同学连棉衣都没有，照样勤奋地学习；有的买不起球鞋，为了节省布鞋，打篮球都是光着脚丫子的；有的买不起《英汉小词典》，硬是借别人的抄下来。这般吃苦背后的推动力是什么？说来也简单，那就是为了摆脱贫穷，也就是'穷则思变'。"我感到这就是"淳安文献名邦"的社会基础和厚重青溪文化的精神源泉。《写作之鉴》在《青溪文化》编写单元中选辑的 16 篇文章，篇篇我都爱不释手，这里我将这些文章题目一一列出，我想，你会比我这个淳安游子更爱这些佳作的：《情系远游子》《我爱文献名邦的故乡》《淳安文化的坚韧挖掘者》《南宋宁宗皇后

杨桂枝》《皇甫湜确实是淳安人》《青溪山水秀 杨家两皇后》
《"三元宰相"故里行》《一代清官海瑞》《坚定文化自信》《水撞
金钟》《江山代有才人出 一代词宗铭青史》《我深情地爱着故乡》
《方腊英雄之歌》《解读古遂安姜氏所藏》《邵宗伯先生二三事》
《百首梅花诗》。这些文章你读后一定有如邵介安老师在《浅谈"青
溪文化"的写作》引导文章中说的那番感受一般:"'青溪文化'是一
盅美酒,味纯而厚道;'青溪文化'是一杯美茶,芳香而浓郁。'青
溪文化'是《今日千岛湖》的一个知名品牌,经常向淳安人介绍故
土名邦文化,向域外读者讲述淳安历史掌故,它是一个好栏目。"

　　《写作之鉴》这部文献名邦承前继后的巨著,共 39 万字,80 多
篇例文,选材内容包含政治、经济、科技、历史、文化、教育等各
个方面,作者既有文坛泰斗,也有草根作者,但更多的是普通作者。
作者们展示了时代共振力,几乎篇篇是佳文。但一书不能把《今日
千岛湖》创刊 15 个年头连同已有 30 年历史的《淳安报》上所有的
好文章都一一收集入书。但仅仅从 2006 年至今,千岛湖传媒中心选
送的作品在浙江省县(市、区)域报好新闻奖评选中总计获得一等
奖 63 件、二等奖 72 件、三等奖 39 件,先后两次参加全国县(市、
区)域报好新闻奖评选,获得了一等奖 47 件、二等奖 11 件、三等
奖 6 件;2016 年度浙江省县(市、区)域报好新闻奖评选中,千岛
湖传媒中心选送的 11 件新闻作品全部获奖,其中 6 件获一等奖。千
岛湖传媒中心是杭州市唯一一家荣获 2016 年度浙江省县(市、区)
域报"媒体影响力"奖的单位。

　　这一组数字和荣誉反映出《今日千岛湖》在新闻宣传报道中新
闻舆论的"传播力、引导力、影响力、公信力"的"四力"和对群
众的引导、服务作风。

　　《今日千岛湖》是一张淳安 46 万儿女欢迎、信任和爱读的报纸。

　　《写作之鉴》应该是广大写作爱好者常用文体写作的一部"百科
教科书"。

本文原刊于 2018 年 12 月 21 日《今日千岛湖》

人生最贵是磨难!

——悼同胞小妹志香

　　距我奔丧已过去整整 1 周,7 天前的此刻,在开化联盟童家村碰上了小表叔树机,我下车脱口而出"志香前天早上 3 时走了",我眼睛里一下涌出泪花,喉头一时哽咽了,接送我的表弟福华对他叔说:"叔,一起去江西看姐最后一眼吧。"

　　树机上车只说了一句:"志香刚过 60 岁吧,怎么就走了?""病久了,医不好了。"我此话一出,3 人就沉默了。

　　小车在通往江西的国道上奔驰着,我的脑海也在翻腾着,60 多年兄妹情一幕幕展现在眼前:

　　我 7 岁放牛,9 岁上学,周六周日放假的 1 天半时间里就得砍 3 担柴。上学后不久的一个星期天,我上午将一担柴挑回家时,见堂前的毛竹匾上放着刚过周岁的妹妹,脸上已盖上她自己的一件小白衣。我哭了,哭得很伤心。午后,我堂爷用一只破簸箕装上小妹妹,爸爸陪着堂爷将小妹埋了。我小妹于 1952 年初来世,正赶上土地改革,我家耕种着童家祠堂的 4 亩公田和 3 亩 8 分自家的私地,六口人,7 亩 8 分土地,刚好人均 1 亩 3 分,被划为佃中农。第二年 8 月,也就是 1954 年,我的第二个小妹志香来到人世,一家三代对这个小孙女、小女儿、小妹妹特别宠爱。

　　我爸爸是遗腹子,奶奶 20 岁守寡,支撑起我们这个家,抗日战争时期,我爸当了抗日队伍的挑夫,染上了炭疽病毒,左脚变成了"烂脚管"。我妈特别勤劳,家里开起了豆腐店,每天 3 点起床,挑着一担豆腐赶到威坪街上卖,一天来回要赶 40 里路,一家人为生计忙碌着，农忙时，妹妹无人带，我读五六年级时，就带着妹妹一起上学，学校老师也特别关心照顾我，让我带上一条小凳，让妹妹坐在边上玩耍，四五岁的妹妹也特别懂事，她从不乱说一句话，跟着我们一起上课。从此，我们兄妹结下了深厚的感情。

1959 年 4 月，我们一家随着新安江水库移民的大潮从浙江淳安县松崖村迁入开化县青阳乡安家。当时，这里可是一个血吸虫病流行的疫区，当年我成了开化中学初中部的一名学生，那时候，我妹妹已经 6 岁了，城里 6 岁的女孩已打扮成一朵花，可我妹妹此时已跟着左邻右舍的小朋友上山砍柴、拾猪草了，再过 3 年，我考上开化中学的高中部，当时全县 4 个中学，400 多名初中毕业生考高中，只录取了 50 名，可谓竞争激烈。那时我妹已经 9 岁了，还在帮家里拾猪草、砍柴、做家务活，那年，我弟也考上了初中。1962 年，正是国家困难时期，我家刚移民不久，国穷家贫，度日如年，我跟我父母说："我高中不读了，让妹妹上学吧！"亲戚和村上的人听说我不上学了，都赶来我家，对我父母说："禅福可是以高分录取的，名列前茅，不读可惜呀！"1962 年 9 月 1 日，父母把我们兄妹三人都送进了学校，他们却是勒紧裤腰带过苦日子，那几年我家每年倒挂

童志香(前排中)和哥弟合影

口粮钱 100 多元，生产队长曾指着我爸爸恶狠狠地说："你们一家 3 个子女读书，都是我们生产队养的。"这生产队长讲得也在理，确实，如果不是集体化，我是不可能再读书了。家中越苦，读书越用功，可以说我们三兄妹读书一直是班上的"好手"。

我上大学时，由于家境贫寒，一套新衣服洗了穿，穿了洗，13 岁的妹妹听说我的裤子破了，接连 2 个星期她隔天读书，隔天砍柴，那时的棍子柴，每百斤也只有 8 角钱，她连砍了 2 个星期的柴……我看到妹妹寄来的 10 元钱和端端正正的那一封信，不禁落泪……

1969 年 2 月，我家又随同松崖村的父老乡亲重迁至江西德兴县万村公社，父母在开化染上血吸虫病，辛勤劳累，到江西次年，父母双双离开人世，后来，妹妹勤奋，最终上了江西共产主义劳动大学德兴分校，由于党内的两条路线斗争，江西共产主义劳动大学停办了，19 岁的妹妹最终返家。但我家由于连遭天灾人祸，我奶奶和 2 个弟弟跟随我来到常山。妹妹无奈，也就过早出嫁了。

终于赶上改革开放，我帮了一把，妹妹、妹夫一家进城经商。他们还算成功，2 个儿子娶了亲，小儿子也定了亲，一家三代的生活也算其乐融融。但由于年轻时妹妹过于劳累，哮喘病没有及时医治，年岁大了，造成肺水肿，到杭州、南昌医治，最后开了刀，还是没有救过来，62 周岁还差一个月，就离开了人世。

小车风驰电掣，刚过 12 点，我们就赶到了德兴市殡仪馆，风水先生按我妹的八字，一定要在 11 点半前送走她，故我没见上妹妹的最后一面，这给我留下了终生的遗憾，但我们一生艰苦留下的这笔精神财富使我们终身受益。四兄弟都成才了，妹妹事业也算成功，我坚信，她这笔精神财富将传递给她的下一代，她的下一代也会终身受益。

2016 年 7 月 22 日 10 时

"烂脚管"坑害我父亲终生

1940年10月4日，一架日本飞机在当时衢县多个居民区撒下大批麦粒、黄豆、粟米、麦麸、碎布、棉花、跳蚤及宣传品，一个星期后，街上、弄堂里陆续发现了死鼠，接着，很多居民突患急症死亡。这就是日军在中国浙江省进行细菌战最初的一幕。

日军用活人做实验、投放细菌等罪行铁证如山，无以计数的中国人都死于日军的细菌战，仅在浙江省的衢州地区，鼠疫菌、炭疽病毒造成的感染死亡就超过5万人。我父亲自1942年患上"烂脚管"，成了衢州地区日军细菌战30万感染者之一，"烂脚管"坑害了我父亲终生。

历史虽然可能被尘封，但一旦打开，曾经的伤口依然露出血痕，这难以痊愈的伤口背后，藏着多少家庭的悲惨往事，多少人的哀号，多少人的泪水，多少人的悲愤。

衢州是历朝历代兵家必争之地，日军也深知衢州这一战略要地的重要性，在侵华战争中，日军对衢州采取了细菌战，妄图彻底驱散、消灭这里的百姓，以永久侵占这块宝地。1942年，我父亲刚过20岁，因我父亲是遗腹子，寡母独子的父亲没有抽上壮丁，但被县里派去为国民党抗日当了挑夫。那年春天，我父亲来到衢州，扛炮中脚上擦破了。适在此时，日军在衢州又投下了带鼠疫菌和炭疽病毒的黄豆、碎布等物，对细菌战一无所知的父亲，从脚边拾起一块碎布就往伤口上擦，过不了几天，伤口感染，全身发烧，挑夫当不成了，只能返回淳安松崖老家。从此之后，父亲小脚骨上出现了一个洞，边上的肉开始发黑，骨洞中脓血不断地向外流淌，从此，我父亲的左脚就变成了"烂脚管"。

开始，请土郎中用土方、草药治，"烂脚管"时好时坏，一直拖到中华人民共和国成立后，那时，我父亲成了家，我和大弟也来到人世，一家五口，家庭负担也重了，我奶奶东借钱西凑款，我父亲来到浙江大学医学院附属第一医院，医生一看，就告诉我父亲："你得的是炭疽病毒引起的'烂脚管'，这是日本侵略我国，实行细菌战时犯下的滔天罪行，这种病目前还没有什么特效药治疗。"医生就开了一些消炎药，我父亲也不知炭疽病毒是怎么回事，反正觉得这条腿是无法治了，"烂脚管"将陪伴自己终生。我父亲拖着他的那条"烂脚管"无奈地回家了。

土改时，我家种着童家宗祠的 4 亩土地连同自家山地 3 亩 8 分，不进不出，被评为佃中农。那时，家里只有 9 分田，其余都是旱地，下水不多，父亲的"烂脚管"靠土草药敷敷，病情也没有严重起来，在 20 世纪 50 年代，我家还建造起两座房子，生活也还算过得稳定富足。

我国第一座自己设计和自制设备的大型水力发电站开工后，新安江 30 万水库移民开始大迁徙，我家于 1959 年 4 月随松崖全村 600 多人迁入贫穷落后、血吸虫病泛滥的开化县青阳公社。当时，担任生产队队长的父亲，见到满山满垅的冷水田，心里发慌了，自己的"烂脚管"是不能长久下水的，耕田、下种、插秧、耘田都得与水打交道，无奈呀！我们家当时 6 口人，除了我奶奶小脚不下水，没有染上血吸虫病，父亲、母亲和我们兄妹 5 人都患上了血吸虫病。

新安江那场水库移民潮留下的后遗症引起了国务院的重视，1969 年 4 月，我们又重迁到了江西省德兴县万村公社。这里是方志敏的故乡，在新民主主义革命时期，大量革命的青壮年被国民党杀害，大批荒芜的土地等着我们移民人去耕种、去改造。父亲又无奈地拖着"烂脚管"下田干活了。屋漏偏逢连夜雨，本来能每天挣 7

个工分的母亲，在 1971 年 3 月，原在开化患上的血吸虫病引起肝硬化加重，在医院住院 2 个多月，几乎把全家的移民安置费花尽，也没有救回年仅 48 岁母亲的性命。我母亲离世后，我父亲因近 30 年的"烂脚管"连同血吸虫病的坑害，骨瘦如柴，在母亲离世 100 天后，父亲在床上永远没有再起来，那天正好是我父亲来世 50 周年。

我赶回江西，见上父亲最后一面，村上的长辈们就盖上了棺材盖，听到长辈们那敲打棺盖的铁钉碰撞声，那一锤锤好像都敲在我的心上，把我的心敲出一个一个的洞，血一滴滴地往下流。我父母亲相继离开人世后，我三弟、四弟那时只有分别 9 岁和 7 岁，老祖母已经 75 岁了，我当时在常山县广播站当记者，无奈之下把三弟、四弟和祖母接到常山生活。三弟高中毕业参了军，四弟高中毕业也参加了工作，后来我调到浙江电台驻金华记者站，三弟退伍后加入金华公安队伍。我生在旧社会，长在红旗下，应当说是幸运的，但我父母亲遭受了太多太多的苦难，日本强盗欠中国人的血债太多太多了。

在日军侵略中国的那场战争中，我们看到了日军无数次地对手无寸铁的平民发动惨无人道的细菌战，无数百姓无辜惨死在日军细菌战的蹂躏之下，我的父亲在日军细菌战中染上的炭疽病毒造成的"烂脚管"，坑害了他终生，我深深感到，国弱则家亡。历史用血淋淋的事实，让我们这些生活在当下幸福阳光里的中国人明白，只有国家强，人民才会真正过上幸福安定的生活。

本文原刊于 2015 年第 3 期"纪念中国人民抗日战争暨世界反法西斯战争胜利 70 周年"《古今谈》专刊

第三编　序文选集

序文是著作正文之前，评介作品内容旨趣的文章，这话诠释出序文的三大要素：概括内容，评介作品，并要求文字有旨趣。故书的序文是很难的功夫文字。但平时很多书的"序"，并不严格按此"三要素"来写。我的科班不是文学，却阴差阳错，一生大都在从事文字工作，朋友相托也就硬着头皮上阵，写了几本书的序文，有的"序"也算成文，但有的"序"也就是给友人的一个交代吧！代代而已，故称"代序"。

在此，我在《序文选集》中选编了部分自序和为友人或参与集体编书时作的书"序"，还特意选编了已去世的许行贯老省长为《一个老记者的路》一书作的"序"，也算是留作一个系统记忆吧！

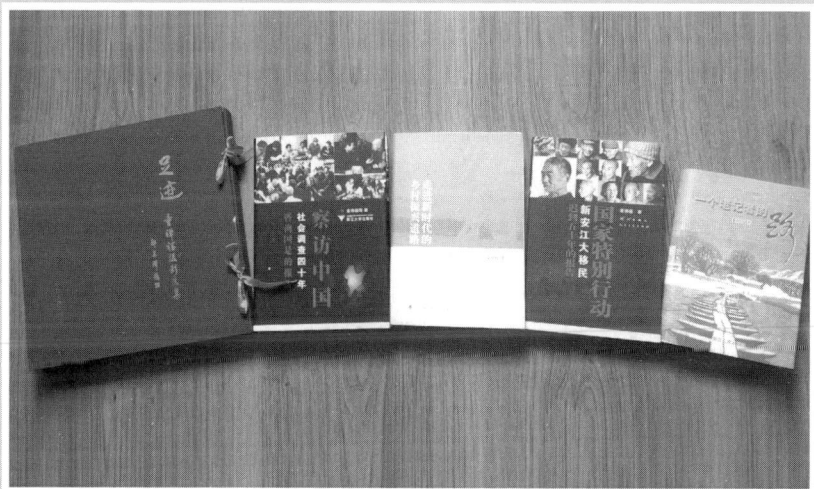

《一个老记者的路》序

我细阅了《一个老记者的路》的书目和内容，第一感觉：做人与干事，首先是做人。一名好记者、好干部，做人不做好，干事难成功。我不提倡中庸之道，而是真心诚意去追求"三个代表"，做一个高尚的人，一个有道德的人，一个脱离低级趣味的人。

书中选的 77 件作品，可以说是记载了作者 30 余年的记者路。仔细回顾起来，我在杭州市委工作时，就曾审阅过作者的新闻稿，但是没有留下多深的印象，后来因为无意之中的一句话才认识了

《一个老记者的路》封面

作者。1989 年 4 月的一天，我召集省政府办公厅、省总工会等部门负责人初定浙江省的全国劳动模范和先进工作者名单，在各系统、各部门和各地平衡时，当时参加会议的省委宣传部领导同志说"全省宣传系统一名候选人都没有"，我当即建议："去年上海列车相撞，我省不是有一名记者，他不仅救了日本学生，还写了一篇长篇报道，在全国引起了很大反响，这样的先进人物是否也可评劳模？"最后，会议决定给全省宣传系统一个指标，由省委宣传部按规定由

下而上组织推荐。当年 9 月 25 日，我带队到北京参加全国劳模大会，才真正把作者的名字和面容对上号。1991 年 9 月的一天，我到黄岩抗洪救灾，搭乘橡皮艇到了长潭水库，在大堤上只见作者两只裤腿卷得高高的，赤着脚在长潭水库堤上采访，我就给作者取了个"赤脚记者"的名字。

记者是历史的见证人。记者应该努力去做好历史的记录，作为记者，不仅要有扎实的文字功底，更重要的是要有崇高的品性和扎实的采访能力。腿勤、口勤、笔勤，既要做群众的"代言人"，又要做党和政府的"发言人"。为党和政府当好参谋和助手，为人民群众做好服务，努力去实践党性和人民性的统一。

记者是时代的开路人。记者的笔触及各个领域，是做一个党和人民欢迎的记者，还是做一个独往独来的无冕之王，这将决定你是怎么样的一个新闻工作者。我们必须握紧党和人民赋予记者的这支笔，去为改革开放讴歌，去为四化建设讴歌，去为站在时代前列的人讴歌，处处时时吹响时代前进的进军号。

记者是社会的公证人。记者是一种特殊的职业，肩负党和政府的重任，受到人民的爱戴，许多人心怀怨气，或有解不开的愁苦和难题都愿向记者倾吐，记者要用好党和人民赋予的这支神圣的笔，对社会的丑恶现象敢于去揭露，敢于去批评，敢于去监督，真正做好党和人民的喉舌，真正做一个人民的勤务员。

把握时代脉搏，当好党和政府的喉舌，反映人民群众的呼声，这应该是记者一生追求的目标。《一个老记者的路》一书记载的是近 20 年浙江改革开放各个年段的一些缩影，也可以说，是作者努力追求人生目标的路途上留下的足迹。

许行贯

2002 年 2 月 19 日

（许行贯，浙江省人大常委会副主任、党组书记，2019 年 12 月 24 日病逝）

《国家特别行动：新安江大移民》编辑的话

童禅福把书稿交给我后，特别认真地说，你一定要去千岛湖看看，感受肯定不一样。在我曾经的认知中，千岛湖是因一个悲惨事件而为世人所知的。1994 年 3 月 31 日，24 名中国台湾的游客乘坐"海瑞"号游艇在千岛湖观光时，不幸同 6 名大陆船员及 2 名导游一道在船内被劫匪烧死。也就在那时，我听说了千岛湖。而直到我读到这本书稿才知道，千岛湖是 50 年前修建新安江水库大坝时形成的。千岛湖水程高 108 米，蓄水是 3000 个西湖的容积，所以郭沫若有"西子三千个"之说。然而，这一碧清亮的湖水下面掩埋了多少故事？有谁诉说过？又与谁诉说？

坦率地说，最初我对是否出版这部类似档案的文稿持犹疑态度。我更习惯接受类似报告文学或纪实文学的文本样式。它应当有主要事件贯串，有一些关键人物命运的跌宕，更有一些起伏的情节。就是说，要求"文学地"再现。可当我越过那些"难读"的篇章，留在心中的却是更加深刻的画面：这些普通的山民在坚硬的大背景中，没有语言，没有选择，没有方向，甚至没有情感诉求，他们的议论、选择、生路的走向，全受制于快速修建的辉煌而坚硬的水电大坝，那是国家发展的象征和符号。

对很多生活在富足的浙西乡民而言，大水瞬间就漫上来了。田地被淹，房屋被淹，山被淹，情愿和不情愿都是几天之间的事，甚至来不及和祖宗道别……没有人可以通过任何形式表达迁离几十代生活之地的茫然和痛感……

　　而共和国由此有了一个辉煌的大坝，华东工业也因此而有了充足的电，生产出供应全国各地的生活必需品，中国现代工业也就此起步……这是一座大坝的历史，但也是几十万新安江人的悲壮移民史。

　　在一个金桂飘香的时节，我们来到千岛湖。童禅福有意安排我们看了雄伟的大坝。管理员指着依山的几根粗水管说，看，那就是农夫山泉的取水管。这让我们好奇，当即就接了水喝，果然有点甜。然后我们从坝沿上船开始了千岛湖之旅。因为读过这部书稿，在千岛湖的游弋就不可能心旷神怡。一路上，童禅福兴奋地给我们指着，这儿曾是哪个镇，那儿曾是哪个县。平静的水面映照出"三年困难时期"搬离故土的痛苦生灵。

　　童禅福说，水下面淹没了 2 个县城，上千个村庄，好些村镇有几百上千年的历史。当年水位急剧上升，省公安厅厅长特批，从几个监狱调出犯人连夜拆房搬家，很多古镇根本来不及拆，整个儿随着徐徐上升的水位沉入湖底。30 万移民，每位迁徙者大致能拿到 289 元移民费，最低的则只有 50 元，有的移民至今甚至一分钱的安置费也没拿到。移民搬迁叫"洗脚上船"，像战士转战般带上被褥衣服就走，往往今天动员明天就得离开，因为库水已经漫进屋子淹了床脚，移民就在自家门口上船漂流他乡。

　　也有许多来不及搬迁和不愿离开故土的。水位一上涨，就往山上搬，在山上重新开荒种地，搭个窝棚度日，这些移民叫"后靠移民"。他们哪知道最高的水位在哪儿，搬家没几日，水就涨上来了，再往更高的地方撤，这山搬那山，一年搬好几次。他们住着窝棚，种着非法的地，没有一分移民费，最后还成为没有户口的"黑户"。

　　搬往他乡的移民在那年月更是命若琴弦：一些人移到血吸虫窝里，一些人大风雪天没地方接收困于林子里，许多老人孩子冻死饿死。家搬了一次又一次，从这省迁到那省，最远的迁到了新疆石河子。

从 1958 年到 1961 年，新安江沿岸尽是挑箩筐背包袱、扶老携幼的流民。"三年困难时期"是中国 60 岁以上人的集体痛苦回忆，而江淮大地上还有 30 万人在迁徙！

我们的快艇，在湖岛里穿梭。其实快艇也快不起来，在翠绿的水面上时不时还要停下来。童禅福会告知，这个地方下面是啥村啥镇。这些村庄的名字对后代来说已经非常陌生，而童禅福却如数家珍。这种奇特的游弋，让我犹如身处梦幻中，时间空间，水上水下，历史现实。

水雾升腾，湖面山影朦胧，坐停之时，有飞鸟掠过，没有游船，那一刻寂静到极点。童禅福突然说，你看，这一个个圆包包山头多像坟茔！

天地在那时暗淡下来。

我知道在童禅福的脑中刻着满山遍野拖儿带女、挑担扛柜的移民图，当时 10 多岁的童禅福就走在这支队伍中。一定因为极度的痛苦，看了太多的生死离别，而这幅迁徙的画卷也因之滋长了他的夙愿：一定要写下新安江的移民史。童禅福的目光停留在水下，他想说出湖下 50 年前的全部细节，他要在清冷的湖水下留下历史的痕迹。

童禅福曾为记者，也曾为官，20 年前他立志写新安江移民史，那是因为他是移民的后代，听过很多移民的"老故事"，还有更多移民有为的后代在激励他。谈起这个话题，童禅福一口气报出一大串名字：人民日报社前社长邵华泽、中央政策研究室副主任方立、浙江省政协秘书长余文华、浙江省委副秘书长张水堂、全国人大代表余的娜、淳安县老县长王富生和方泉尧、浙江省社科院研究员吴光，还有移入江西、安徽等地的齐鑫升、胡鹏程、葛起高及童兆成等老移民。他们在 20 世纪七八十年代曾多次赶到童禅福的住地，希望他拿起记者的笔，去寻访新安江水库移民的艰难足迹，去记载那段没人记录过的历史。他的积累和寻访从那时候就开始了。20 年做一件事，这一件事使他的人生秉持着一个信念，这不仅仅是耐心和毅力能做到的。

因为迁徙的人太多，淹没的村庄太多，移民们迁徙的地方太辽阔，时间太漫长，迁徙之后还有一而再、再而三的重迁。这部作品更确切地说是一个"调查报告"，它的田野色彩十分明显：作者走访了浙江、江西、安徽几百个移民村，寻访了 2000 多人，查阅过上百万字卷宗。他让移民述说移民，他只是个聆听者和记录者，历史的真实与可触摸感都在移民者的倾诉中呈现出来……

历史因为诉说、解读，才呈现出意义。如果因为浩大、艰难、烦琐，就没人去追寻抢救并执着地表达，许多历史的财富便会如沉入湖底的古镇古城一样，浩瀚的时间之水会抹平一切。从这个意义上讲，这部作品的价值才真正得以体现。

历史因为沉重、苍凉而成为借鉴，30 余年后，长江上游那场规模更大的移民中未曾重复昨天的故事，历史恰是在这样的艰难中前行的……

李白曾有诗：借问新安江，见底何如此？

突然惊心：我们能回答这个问题吗？

脚　印

2008 年 10 月

《察访中国 社会调查四十年
咨询国是的报告》代序

　　20 世纪 20 年代，毛泽东同志为拯救中国，寻求创立新中国之路，大兴调查研究之风。党的十八大后，我党为振兴中华，提出了"实现中国梦"的伟大战略目标。为此，习近平总书记在 2013 年 7 月 23 日武汉部分省市负责人座谈会上做出了"调查研究是谋事之基、成事之道，没有调查，就没有发言权，更没有决策权"的重要论述。党的十八届一中全会至三中全会期间，习近平总书记已 7 次离京调研考察大江南北，他身先士卒告诫全党要坚持实事求是，实行科学决策。调查研究是立国强国、破解一切矛盾和困难之本。回顾自己 40 年的社会调查路，我的感受特别深。20 世纪 60 年代，浙江农业大学的一支"长征"队，从杭州出发，路经富阳、淳安、婺源、井冈山直至韶山。虔诚的 118 位学子有车不坐，一天时间，为了赶到井冈山的茨萍见中央领导，步行了 200 多里，几乎人人脚上都起了血泡，而唯独放牛出身的我，脚上不曾长一泡，从此，"铁脚板"的雅号不胫而走。走出大学校门，我在党和人民架起的平台上跑"龙套"，在常山县广播站任记者时，全县 340 多个村庄，几乎村村都到过。进了浙江电台，全省 90 个县（市、区）也几乎走了一圈，后来从政，我这双铁脚板走出了省界，走向了国外，采访了省外的浙商，调查了德国的殡葬事业，访问了美国的涉外收养工作。翻开工作生涯，家国天下 40 年，调查研究涉及社会的方方面面，许多调查报告帮助群众解决了一个个难题，受到了群众的称赞，引起了国家和省领导的重视，这是我一生的庆幸。

一、察访民情 为民请愿

我是祖祖辈辈不识字的一个农家子弟，小学没毕业就背井离乡，随新安江水库的移民潮从淳安迁往开化，6 年中学，学杂费全免，进入大学，我又享受了当时浙江确定的最高助学金，党和人民给了我这一切，我踏上工作岗位后，理应报答社会。但学农的耍起了笔杆，在常山写出了《春满文明村》《婚姻的主人》《向微生物进军的人》《不计报酬的一位老共产党员》等一批有血有肉的通讯，在《金华日报》《浙江日报》《人民日报》刊出后，引起了很大的反响，《春满文明村》还被中央新闻电影制片厂搬上了银幕。特别是党的十一届三中全会后采写的《五里翻身记》先后在《金华日报》、浙江电台刊播后，时任金华市委书记厉德馨在报纸上批示：这是一篇好文章。1983 年编入浙江人民出版社《通向富裕之路》的开篇。

1986 年，我在浙江电台任记者时，带着一位刚跨出大学校门的青年记者鲍平来到浙江省最贫困的磐安县采访，适巧时任县长是我的大学同学，我向老同学提出要求，选择一个最贫困的村庄与村民同吃同住同劳动一星期。我们 2 个记者来到磐安、东阳、新昌、嵊州 4 县交界的高石溪村。该村地处深山冷坞，全村无电、无报、无广播，村民年均收入只有 47.7 元，家家户户几乎靠贷款、借粮度日。我们经过 7 天的家访调查写出了《再也不能遗忘他们了》的调研报告，调查报告最后建议，要使高石溪村这只祖祖辈辈贫困不堪的"井底之蛙"早日跳出"死井"，只有寻找"下山脱贫"之路了。没想到这篇调研报告引起了省委、省政府办公厅、省民政厅和金华市委、市政府领导的重视和关注，不久，该村的 12 户、52 人全部搬出了深山，走向脱贫致富之路。浙江省"下山脱贫"的战鼓也从此越播越响了。

为百姓说话请愿在我心中始终占有位置。2008 年的一天，建德新安江中学的丁剑老师陪着母亲来到我办公室，递上一大摞上访材料，后来经过我的工作，他们上访多年的房屋产权问题得到了解决。2009 年的一天，桐庐县新江村的一帮人来到我办公室，向我倾诉强行并村的事，我觉得这是当前农村信访的一个大热点，当即放下手头的工作，赶到桐庐等地查访，撰写了《我省村规模调整中的问题和建议》一文并上报省委、省政府。省委、省政府赵洪祝、吕祖善、周国富、茅临生、陈加元等领导都很快在我们的这一《建议》件上批示。时任省政协主席周国富在批示中说："村规模调整中一定要尊重农民意愿，尊重经济社会文化发展规律，千万别做违背人心和规律的傻事。"最后新江村的问题也得到了妥善解决。

2010 年 7 月的一天，一位老人来到我的办公室，他"扑通"一声跪了下来，哭诉着说："为了落实我的政策，我上访台州、杭州、北京，只有你能帮我了。"后来，我赶到仙居，找到有关部门领导，查明事实，终于使他家 16 人享受了每人每年补助 600 元、连续 20 年的水库移民后期扶持政策。

二、出谋献策为党分忧

《中国共产党章程》在"党员"一章中指出："坚持党和人民的利益高于一切，个人利益服从党和人民的利益，吃苦在前，享受在后，克己奉公，多做贡献。"作为一名党员，特别是一名党员领导干部，思考问题、处置事件，都必须从大局出发，有时候还得换位思考，为稳定社会、为发展经济、为党和政府出谋献策，为党和政府分忧。

1995 年 10 月 9 日，富阳市发行彩票引发的群体闹事事件发生后，时任浙江省委办公厅信息处处长的我，一方面组织力量向中办报送信息，另一方面向省委领导建议，请省委主要领导及早赶赴现场处置事件。时任浙江省委书记李泽民很快从温州赶回杭州，在观看了我们报送的文字和图像信息后，吃过中饭，又启程赶赴富阳，当天晚上，回到杭州。我们将随同李泽民同志在富阳的调查处置的情况连夜整理编成《浙江省委书记李泽民赶赴富阳 部署进一步做好群体闹事事件的工作》的文字和图像两组信息报送到中央办公厅，受到了中央办公厅和浙江省委的表扬。

"国之兴废，在于政事，政事得失，由乎辅政。"在领导身边工作的，可谓党委的"智库"和领导的"智囊"，当好参谋是第一要务，对领导关注的问题，必须善于思考。1988 年，时任国家民政部常务副部长的张德江同志曾在全国人大七届一次会议上提交了"成立群众工作部"的提案。1997 年，我担任浙江省委省政府信访局局长。那几年，我省信访量急剧上升，1993 年至 1998 年，6 年中我局接待的来访每年递增 26.7%。那时，我对张德江同志提出的"成立群众工作部"的这一提案感受很深，作为一位局长，不能就事论事，被动等待上访人员上门，而是要去寻求问题的根子和解决问题的办法，为省委乃至中央决策提供依据。我带着一班人深入绍兴、丽水等地进行调研，回杭之后，我撰写了《探索新时期信访工作的新路子——从调查处理几起信访案件引出的思考》。调查报告提出要树立"用群众工作统揽信访工作的新理念"，并认为："建立群众工作部是新时期信访工作的需要。"调研报告受到了时任浙江省委书记、省人大常委会主任张德江的充分肯定，他在批示中说："此报告写得很好，从典型的案件分析入手，深入探索了部分集体信访产生的原因并对解决此类上访问题提出了很好的建议。建议改成经验文章报中办国办信访局。"省委办公厅主办的《参阅》和国家信访局主办的《人民信访》都分别全文刊登了调研报告。随着信访形势的日益严峻，我越来越觉得现在信访工作的体制必须得改。特别是目前全国各地都在探索群众工作统揽信访工作的新路子，我天天都在关注着。2005 年，河南省义马市委成立了群众工作局，这是全国新时期最早成立的群众工作机构，2006 年 8 月决定更名为市委群众工作部，列入党委机构序列。不久后的 2008 年 7 月 17 日，山东省临沂市委决定在市委市政府信访局的基础上加挂市委群众工作部的牌子，负责全市群众工作和信访工作。海南省委于 2011 年 4 月决定成立省委群众工作部，作为省委工作部门。我深深感到自己 10 年前提出的以群众工作统揽信访工作的新理念已被全国许多地方党委和政府的实践证明是新时期信访工作的必由之路，兄弟省市在创新社会管理中，都进行了大胆的探索试行。现在自己虽然是一名普通党员，但也是一位能直接递送"奏折"的"省参"，自己有这个责任去向省委，向更高层进言。向时任参事室主任陈金寿建议后，我们赶赴山东等省和浙江省浦江等地深入调研。调研后，我认为，当前最重要的是要弄清群众工作的定位，群众工作是一切关于群众利益的工作，其工作对象是与群众相关的所有事物，因此，维护好群众利益是做好群众工作的出发点和落脚点。《建立群众工作部是提高我党执政能力的需要——以群众工作统揽信访工作的调查》的调研报告引起了高层领导的关注，时任国务委员、国务院秘书长马凯，浙江省委书记、省人大常委会主任赵洪祝都相继做出批示。赵洪祝批示说："此份报告观点鲜明，内容丰富，所提工作建议较有深度，值得重视和研究。"中共中央党校《理论动态》作为重要文章在 2012 年首期全文刊发了这篇调研报告。

自己的工作是否称职，一定要与领导想到一块去，坚持做符合党和人民利益需要的工作，特别是在当前，党群、干群关系出现裂痕的时刻，每一位党员干部都应当站出来为修复这一裂痕出力做贡献。2003 年初，我随时任浙江省委副书记、省纪委书记周国富到宁波进行春节慰问，当时任宁波市委书记汇报到全市实行市、县、乡、村纵到底横到边的四级党员结对帮困网络时，周国富同志当场说："如果全省、全国的党员干部都像宁波这 3 万多名党员干部一样结对帮困，我们的党群、干群关系就融洽了。"我在想，这么一个好典型怎么就没有很好地总结推广？我就向周国富同志建议："宁波这样的好典型应该宣传。"周国富就对我说："你是一位老记者，就派你来总结这个典型。"慰问结束，我就赶到宁波，冒雪进行了广泛调研，撰写了《"结"出百姓对党的深情——宁波市党员干部结对帮困调查》。调查报告在注重长效帮困的几个问题中，提出全社会都要关心困难群众，在政策制定上要给予困难群众以更大的关注等 4 条建议。周国富同志在 2003 年 1 月 17 日阅读了调研报告后，当即批示送时任浙江省委书记、省人大常委会主任习近平："近平书记，我在这次宁波春节慰问群众中了解到，宁波市党员领导干部结对帮困工作措施扎实，事迹感人，具有长效作用。请把民政厅副厅长童禅福同志的调查报告送请阅示。"当天习近平同志阅后批示说："宁波市帮困工作开展得扎实有效，调研报告也写得好，可在有关刊物上用。请张曦同志阅处。"从此，浙江省党员干部结对帮困工作积极推进。目前，此项工作已成为各级党组织的一项基本工作，这也就充分印证了"亲民、爱民，关注民生、发展民生"是习近平同志的一贯思想，也充分体现了他与人民群众心连心的思想作风和工作作风。不久，新华社发了通稿，《人民日报》、《求是》杂志、《中国社会报》、《今日浙江》都分别刊发了调查报告，周国富同志看了有关报道后，又做出了"我对禅福同志的热情、勤奋、务实、有效的工作精神表示钦佩"的批示。

三、直言敢谏帮解难题

我养成了一个工作习惯，就是只要自己看准的事，再难，也要想方设法把它干成功，即使不成功，也不后悔。这是我一直坚持的一条原则。

当时，由于缺乏资金，新安江大坝没有建造通航船闸，下游的富春江电站大坝通航船闸年货运能力也有限，这两个钱塘江上游的大瓶颈严重阻碍着浙江省内陆航运事业的发展，严重制约了金华、衢州和淳安、建德、桐庐等地的经济发展。全国和省人大、政协"两会"的代表和委员曾多次提案建议，要求对富春江船闸进行改造，省政府和华东电网多次协调，均无结果。省政府曾提出多花十几亿元，绕开大坝，实行举世无双的"隧道方案"。面对浙西和浙中1000多万人的呼唤和浙江省政府的努力，2007年夏天，我们借助国务院参事的力量，实行上下联动，但阻力仍然很大。我们在华东有关部门调研，一位负责人开口便说："富春江船闸改造工程是不可能启动的。"我冲着他的话说："我们来上海，目的就是要启动富春江船闸改造工程。"调研后，我起草了《复兴钱塘江航运势在必行——富春江船闸碍航"瓶颈"亟待打通》的建议报告，建议报告很快通过国务院参事室呈送国务院有关领导，时任国务院副总理曾培炎、国务委员华建敏分别做出批示，时任浙江省委副书记、省长吕祖善和副省长王永明也极为关注此事，后来，我又陪同时任参事室主任方泉尧四上北京与国家发改委、交通部沟通协调。最后，列入我省水运基础设施建设的富春江船闸扩建工程的重大项目终于启动。建成后，过闸船舶吨级将由100吨级提升到1000吨级，双向年货物通行能力由100万吨提升到2500万吨。这样，将大大改善浙江省内陆的水运能力。

2010年3月我在长兴县调研，一位副县长反映说，最近太湖流域防汛抗旱指挥部《太湖流域水调度方案（征求意见稿）》要将太湖泄洪水位提高0.2至0.3米。如果按这个方案，太湖一年将有227天水位在3.56米以上，这样湖州、长兴等地有160万亩农田将遭受灭顶之灾，200万人的生产、生活将受到极其严重的影响。这位副县长最后叹气说："手臂扭不过大腿，我们一点办法也没有。"我当即说："我们帮助你们想想办法。"当晚我采访了长兴县的水利局局长。回杭之后就向省领导报送了《太湖防总要求抬高泄洪水位问题值得关注》的建议件，时任省委书记赵洪祝、省长吕祖善先后做出批示，省委常委、分管副省长葛慧君第二次批示说："太湖局提出的调度方案对湖州、长兴等地农田影响很大，不能同意该方案。"后来经由葛慧君副省长亲自出面与太湖局协调，问题终于得到圆满的解决。

我的故乡在新安江水库库底，故对新安江水库移民有一份特殊的情结，经我了解，由于一些历史遗留问题，移民的生活仍存在着各种困难，每当碰到父老乡亲，就情不自禁地想到新安江水库移民的疾苦和贫穷。随着我社会地位的提升，为他们解决困苦的决心也随之加大。20 世纪 90 年代初，我专程到江西省调研撰写了《为建库十余万移民入赣，积问题廿余载困苦难解》的调研报告。1993 年，我来到淳安县委书记邵银泽的办公室，请他介绍新安江水库移民遗留问题的情况，他再三地劝导我说："我也是一个移民，也真想为他们办一点实事，但心有余而力不足，我们县给省里、水电部，给中央、国务院不知打了多少报告，都没有结果。你也不要再费这个劲了。"但我没有气馁，仍坚持说："还是试一试吧。"同样命运的两位移民人就议开了……很快我撰写了《移民生活普遍下降，遗留问题亟待解决——新安江水库库区移民调查报告》，连同原来的调研报告分别通过中办、中央政策研究室和人民日报《情况汇编》（内参），向中央最高领导层反映了新安江水库移民的困难和问题，同时，两份调研报告也反馈到浙江省。时任浙江省委书记、省人大常委会主任李泽民读着这两份沉甸甸的调查报告，心情也很沉重，不久，他带着省有关部门领导深入淳安、开化、常山等地调研，写出了《关于新安江水库移民遗留问题的调研报告》。1994 年 3 月 4 日，李泽民书记把调研报告带到北京，在全国人大、政协"两会"上，这位年已过六旬的老书记把调研报告送给时任的 7 位中央政治局常委。江泽民、李鹏等中央、国务院领导都及时做出批示，很快，党中央、国务院把解决新安江水库移民遗留问题摆上了议事日程。李鹏、朱镕基等 7 位国务院领导签发的《国务院办公厅关于解决新安江水库移民遗留问题的通知》（国办函〔1995〕32号，以下简称《通知》），在1995年9月26日向浙江、安徽和江西3省及国务院计委等7个部委下发了。这个含金量十分高的《通知》，为浙江、江西、安徽的新安江水库移民解决了很多很多问题，也为党中央、国务院对大中型水库后期扶持政策的制定奠定了扎实的基础。

四、咨询国事当好参谋

我离开新闻队伍，走进党政机关后，跟领导接触多了，特别是担任省委办公厅信息督察处处长后，更关注领导的工作思路和工作方法。因此，省委领导在信息上的批示也特别多，从此之后，我撰写的调研报告大都有省领导或中央、国务院领导的批示。1999年7月，江泽民总书记在处置法轮功会议上，谈到当前社会组织形式多样化时，一针见血地指出："从各种同乡会、同学会、协会、研究会、基金会到其他社会团体，其中大部分有党员参加，但大部分并无党组织。"时任浙江省委书记、省人大常委会主任张德江也曾指出："说明我们政治思想领域还有许多缝隙可钻，我们一定要抓住当前有利时机，找准薄弱环节，加强党的组织建设，加强社团管理。"群众社团管理肯定是中央和省委的一项重要工作。不久后，我调任省民政厅，就深入温州市调研撰写了《积极探索新的历史条件下社团党建工作的新路子——温州市社会团体党建工作的调查》，此文引起浙江省委和民政部领导的高度重视，浙江省委书记张德江，省委副书记梁平波，省委常委、组织部部长沈跃跃和民政部副部长徐瑞新等领导都先后做出批示。张德江书记批示："加强社团党建工作是一项紧迫任务，也是具有战略意义的举措。请省委组织部、省民政厅共同研究，进一步探索，为省委做出加强社团党建决策当好参谋，我也将花费一定精力，重点抓一下此项工作。"社团党建工作列入省委2002年党建的重要工作，张德江同志亲自抓全省社团党建的调研课题，2002 年 12 月 26 日，中共浙江省委下发了《中共浙江省委关于加强社团组织党建工作的意见》（浙委发〔2002〕89 号）。

2008 年世界金融危机波及我国后，许多中小企业面临困境，当年 4 月，国务院参事室陈进玉主任带队来浙江调研，时任省委副书记、省长吕祖善向调研组汇报浙江省中小企业发展中的做法和面临的问题，调研组认为当前中小企业的真实情况正是国务院领导迫切需要了解的。因此，在调研组的委托下，我深入调研并撰写了《浙江省扶持中小企业的做法值得重视和支持》的建议报告，国务院参事室将建议报告报送后，5 月 27 日，国务委员兼秘书长马凯做了圈阅。5 月 28 日，温家宝总理做了"请国办转有关部门参考"的批示，国务院副秘书长王勇当天做了批示："请秘书二局落实温家宝总理、马凯秘书长批示要求，将此件转发改委、银监会等 8 个部门。"陈进玉主任在一次会上指出："向国务院领导反映中小企业发展的问题和建议，国务院参事室是最早的，建议引起了国务院领导的高度关注，收到了很好效果。"国家银监会当年下发了《进一步改进小企业金融服务的通知》（银监发〔2008〕62 号）。

浙江省于 1992 年、1997 年、2002 年 3 次实施了经济强县的扩权改革，在省委决策部门工作多年的我深知省领导高度关注县市扩权改革，于是我深入调研，在 2003 年撰写了《城市化进程与改革市管县行政体制的思考》，文章说："伴随着城市化进程的加快，我省市管县的行政体制逐步暴露了缺陷，按我国宪法的规定，地方行政管理恢复省、县、乡三级，实行省直管县的体制。"这篇文章被浙江省政府研究室的《调查与思考》和民政部内刊刊用。虽然文章被采用了，但是现实问题并没有解决。2 年后，我被聘为省政府参事，加入省参事考察组到义乌调研。义乌领导在汇报义乌行政管理体制严重制约高速发展的区域经济时，比喻是"小蒸笼蒸大馒头"。省里实行县市扩权，义乌也像正长着个儿的小孩的长裤似的，短一截接一截，但接了还是不够长。这形象的比喻再次触动了我，我几次深入义乌进行广泛调研，撰写了《要着力推进义乌市行政管理体制改革——义乌市区域经济发展遇到行政管理体制制约的调研》报告，再次提出了"推进省直管县的设想并建议省委、省政府在义乌进行试点的建议"。对这篇调研报告，省参事室征求于涟等其他 5 位参事的意见后，经我再次修改，省参事室于 2005 年 10 月将其报给省委、省政府领导，时任省委书记、省人大常委会主任习近平很快批示："……这份调研报告对此进行了深入的分析，所提建议也有一定的道理。对义乌等经济发达县的行政管理体制改革问题，可进行专项调研。考虑成熟，也可进行改革试点。"省委、省政府也把推进义乌经济社会管理权限改革列入 2006 年重要调研课题，不久，省委、省政府办公厅联合下发了《关于开展扩大义乌市经济社会管理权限改革试点的若干意见》。该《意见》中除重大社会事务管理等事项外，将472 项原来只有地级市享有的权力全部下放给义乌市，从此，义乌进入"11+1"的行列，也就是浙江省 11 个地级省辖市和义乌市享受几乎等同的权限。义乌成为中国权力最大的县级市。我觉得"省直管县"行政管理体制不是一个省能彻底解决的，要进入国家层面的决策，还得借用"国参"的力量。我向时任省参事室主任方泉尧建议，并由方泉尧带队赶赴北京汇报，国务院参事室同意了浙江省政府参事室的建议意见，并委派了郭廷结、傅正恺两位国务院资深参事负责"省直管县"的课题。课题组到全国人大法工委、民政部、中编办、国务院发展研究中心等国家相关部门以及浙江省做专题调研。国务院参事室在 2006 年 9 月 25 日向国务院领导报送了郭廷结、傅正恺、童禅福 3 位同志撰写的《关于推进"省直管县"体制改革的建议》。近年来，"省直管县"行政管理体制在各地逐步推进。国务院批准的《2012 年深化经济体制改革重要工作意见》已把"省直管县"列入并作为一项重要内容。党的十八大报告中已明确指出："有条件的地方可探索省直管县（市）改革。"

人生一晃进入古稀之年，至今我已写过大小调研报告 200 多篇，有的是一昼夜赶写而成，有的经长达 5 年、10 年甚至 20 年的打磨，不少调研报告在全国和省级评比中得过大奖，省级以上领导批示就超过 100 人次。习近平、张德江、胡锦涛、温家宝、马凯、赵洪祝、沈跃跃、王勇、桑国卫、曾培炎、华建敏、夏宝龙、李强、周国富、李茂霖、李泽民、刘锡荣等中央和省领导都曾在我撰写的调研报告上做出过批示。仅原省委书记、省人大常委会主任赵洪祝就在我的 18 件调研报告上做过批示，特别是广泛调查研究后独立的见解得到高层的认可，为高层领导决策提供依据，有的甚至形成党委、政府的文件下发，有的为省委、省政府解决了难题，有的反映社情民意的调研报告为基层、为平民百姓解除了困难和疾苦。40 年中，跨洋过海，跋山涉水，风餐露宿，熬夜疾书，虽然辛苦，但一个人承担了社会的责任和使命，我心里是甜甜的。

本文原刊于 2013 年第 1 期《古今谈》（特稿）

《走进新时代的乡村振兴道路
——中国"三农"调查》序

社会发展的阶段性是历史唯物主义的基本规律和核心价值。

20 世纪七八十年代中国农村全面推行的土地家庭承包责任制是亿万农民的呼喊和时代的选择。

在习近平新时代中国特色社会主义思想的指引下，建立以新集体经济为主体、多种经济成分并存的社会主义乡村新社区是新时代中国通向共同富裕、历史发展的必然和趋势。

一个人，哪怕是一个伟人，他也是人，不是神。总会有这样那样的思考，这样那样的举措，留下的是时代的印记，自我感悟、自我反省、自我觉醒、自我创新，这才是一个中国共产党人的坦荡胸怀。

《走进新时代的乡村振兴道路
——中国"三农"调查》封面

中华人民共和国诞生，全国农民分田分地忙，土地改革结束后，很快进入互助组时期。后来，跨越了初级社、高级社，进入人民公社阶段。土地实行了集体所有、集体耕种，全面走上了集体化的道路。党的十一届三中全会后，我党全面把握国内外发展大局，尊重

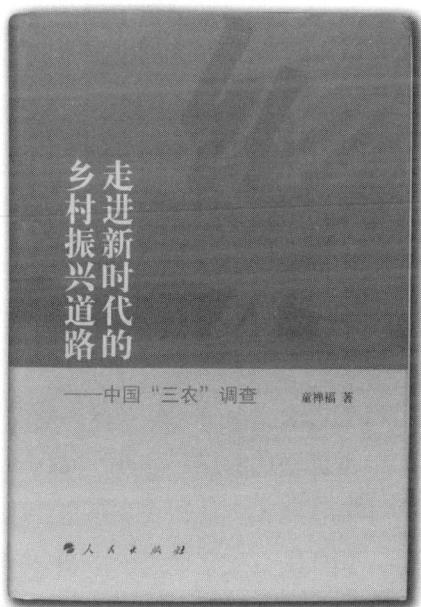

农民首创精神，率先在农村发起改革，推行的土地家庭联产承包责任制以磅礴之势推向全国，解决了当时 9 亿农民的温饱问题，并使之逐步走上小康路。但单家独户经营"一亩三分承包田"，后受到严重挑战，部分村集体甚至出现了"空壳"现象。农村贫富差距逐渐拉开，两极分化问题逐渐凸显出来。农业新型现代化的推进也十分困难。我们选择了豫中华北平原的河南、河北、天津及东南沿海的浙江省的刘庄等 8 村 1 乡和其他农村，对两种不同土地经营模式的村落经济、政治、文化进行调查剖析后，深深感到两种不同土地经营模式会导致截然不同的两种结果。刘庄等 8 村 1 乡走以新集体经济为主体、多种经济成分并存的社会主义乡村新社区的路，没有暴发户，没有贫困户，家家都是富裕户。

实现土地合作与联合，建立新时代以新集体经济为主体、多种经济成分并存的社会主义乡村新社区，推进了乡村"三农"的全面振兴。

"无农不稳、无工不富、无商不活"，这已成为我国农村发展的共识。刘庄等 8 村 1 乡的以新集体经济为主体、多种经济成分并存的社会主义乡村新社区扬长避短，成了全省乃至全国的文明小康村。浙江省的航民村靠 6 万元积累和 6 万元的贷款，以 12 万元起家，办起了印染企业，在乡镇企业改制的浪潮中，全村 26 家企业，仍坚持集体所有、集体经营。2016 年，全村集体工业产值达到 124.7 亿元，利润达 8.21 亿元，为国家创造税金 5 亿零 5 万元。河南省的刘庄村工业起步早，从双音扬声器起家，之后食品厂、造纸厂、机械厂、制药厂相继建立。到了 2015 年，工农业总产值超过了 30 亿元。河北省的周家庄乡实行乡村合一，村和生产组二级核算。土地一直实行集体所有、集体经营，企业全归乡集体所有。自 1983 年成立农工商合作社起，全社农业、工业、旅游业、畜牧业、金融业全面发展。2016 年工农业总产值达到 107406 万元，创造税金 2960 万元。浙江省的滕头村建起了 1000 亩规模的工业园，2016 年全村实现了社会总产值 93.47 亿元，荣获了"世界十佳和谐乡村"称号。浙江省的方林村依靠紧靠城市的优势，村集体工业、商业、农业一起上，2016 年，仅千人的村，村工农业总值达到 10.5 亿元，纯利润超过 7800 万元。地处国家级贫困县的河北省周台子村也依靠村集体经济脱贫了、致富了。浙江省的花园村经济实现三大跨越，村党委书记"小家"富后不忘"大家"的落后，奉献、奉献，再奉献，投资、投资，再投资，原本一无所有的村集体经济在 2016 年固定资产达到 15.13 亿元。近 3 年，集体经济收入每年接近 2 亿元，这来之于民的钱，仅 2016 年一年，用之于民的人均资金就接近 4 万元。全村变成了一个"大花园"，成为 4A 旅游景区。天津市的王兰庄村依托天津市的区位优势，一产转二产，二产转三产，形成了一个以钢铁、化工、仓储、物流、大型商业并举的多元化企业集团，村集体拥有固定资产超过 60 亿元，全面迈入福利型的新型乡村新社区。天津市郭家沟村的农家院推进了旅游产业的发展，不到 200 人的小山村，2016 年村旅游农家院收入就达到 3079.95 万元，2017 年农民人均纯收入超过 7.5 万元。

　　"合作与联合"，如何合作？如何联合？8 村 1 乡实现土地紧密一体化的联合与合作，他们成功了。但 2017 年我见到的 2 件事，发人深省：2 月 13 日，《浙江日报》头版在《改革攻坚看浙江》栏目下的《杭州西湖区 9500 亩的土地流转》报道中说："为告别土地利用低、小、散，发展规模化、标准化、品牌化的现代农业，西湖区春节后打响了土地流转'攻坚战'。2 月 3 日，该区动员灵山村、杭富村、三阳村等 9 个村的农户，将土地经营权流转到村股份经济合作社，再集中流转到国有公司。"报道中又说："本次集中流转价格为每亩每年 2000 元，且 3 年一次性付给。"这租金可不低，政策也挺优惠。但杭州市西湖区政府真正把这项土地流转工作当作了"攻坚战"来打。报道中还说："党员干部带头，克难攻坚，春节刚过，来自区、镇、村的 300 多名党员干部，分成 9 个工作组，每个组负责一个村的签约工作。党员干部们有的约谈经营户，有的找土地承包农户谈。同时成立了由国土、城管、公安等组成的法治组。"这场"攻坚战"经过 10 天的苦攻、苦战，终于将 9500 亩责任地流转合同签下了。而江西省资溪县乌石镇新月村与杭州西湖区灵山村等 9 个村几乎同时实施了土地流转工作。新月村 3600 亩山林、724.9 亩耕地实现流转，只开了一次村"两委"成员和村民代表会，全村农户就同意流转了。因为新月村是村上将承包到户的山林和土地集中起来集体入股，与江西邂逅资溪旅游开发公司联合开发新月民俗生活文化体验基地项目。全村 105 户、419 人都是这个基地项目的小股东，基地产生的红利，新月村民都将年年分红。而杭州西湖区灵山开发项目是老板赚了再多的钱，灵山村等 9 个村的村民也只能得到每亩流转的租金 2000 元。他们觉得这样做好似把这些地"卖"了，农民们思想一下转不过弯来，工作肯定难做。因此，政府当然要把土地流转这项工作作为"攻坚战"来打了。

刘庄等 8 村 1 乡走以新集体经济为主体、多种经济成分并存的社会主义乡村新社区道路，关键在共享上。航民村每年每人仅股份分红就超过 1 万元，方林村 2016 年股份分红达到 9000 元。周台子、花园、王兰庄等村的福利实现了全覆盖，共享之后又充分体现了公平、公正、清廉。村变成乡村都市了，农业实现新型的现代化了，农民变成乡村都市的企业工人或农业工人了，"三农"问题在这里就彻底解决了。

实现土地合作与联合，建立新时代以新集体经济为主体、多种经济成分并存的社会主义乡村新社区，没有暴发户，没有贫困户，家家都是富裕户。

社会主义的核心价值观是富强、民主、文明、和谐、自由、平等、公正、法治、爱国、敬业、诚信、友善。这核心价值观 24 个字中的核心观念是"自由、平等、公正、法治"。以新集体经济为主体、多种经济成分并存的 8 村 1 乡在发展集体经济的过程中，始终坚持平等、公正。人人体现出自我价值，人人感到是这个村的主人。如滕头村的"滕头三先"精神（号召群众，党员先行；号召党员，党委先行；执行党的决定，书记先行），航民村的"雷锋精神"加市场意识，周台子村的"想民、信民、为民、富民"精神，王兰庄的"清正廉洁、办事公道"和"吃喝不去，请客不到，送礼不要"的"三不"精神，郭家沟村共产党员"不像党员、不在组织、不守规矩、不起作用"的四个坚决不做精神，花园村的"榜样"精神（要求群众做的，党员先做到；村干部不向村里报销一分钱，不向村集体拿一分工资）。周家庄乡的"铁规矩"精神，严禁公款吃喝，严禁铺张浪费，严禁弄虚作假。8村1乡干部群众在这种思想精神引领下，群众紧紧依靠党组织，围绕各个时期的发展目标，贡献力量，贡献智慧，真正实现劲往一处使。

8村1乡经济发展了，首先是想民、为民、富民。家家户户不仅有稳定增长的收入来源，也有稳定增长的集体福利，已不同程度地做到了基本保障靠集体，村民还享有养老、医疗保险，此外每月还有各种生活补贴、教育补贴、奖励、节假日福利和老人福利享受。这就是以新集体经济为主体、多种经济成分并存的社会主义乡村新社区的优越性所在。在平等、公正中，8村1乡虽然经济发展各不一样，但住房一律严格按照规定统一规划、统一设计、统一补贴，没有特殊化。8村1乡，家家住进新洋房。在分配上，8村1乡坚持多劳多得，但有一条，干部能得到的不一定完全得到。航民村党委提出"宁愿共同富裕，不要亿万富翁"，把"共同富裕"作为一切工作的出发点，对全村26家村办企业考核完不成任务收入低的负责人采取保底，保留基本年薪72000元。村集团公司每年按企业规模、企业效益等4项指标，对村企业负责人进行考核。近几年来，企业家家效益都很好，每年账上企业负责人大多可拿50万元以上的年薪，有的超过100万元。村"两委"规定：村里所有在集团企业拿工资的村民、村干部，年薪不得超过50万元，控制全村不能出现一家暴发户。王兰庄村集体经济壮大后，全村村民全面融入天津市民一样的保障体系，仅 2016 年村上就为近千名 60 岁以上的老爷子、49 岁以上的妇女发放退休金 536.5 万元，每人每月达到 1706 元。周家庄乡规定上级奖给乡干部的奖金，全部上交给集体，乡、队干部不得从事第二职业，不得用公款买一包烟、买一斤水果、请一次客。周台子村所在的县是国家级贫困县。2015 年，该县农民人均可支配收入只有 5565 元，而周台子村村民人均可支配收入达到 13000 多元。村党支部书记范振喜介绍说："我们村走的是以新集体经济为主体、多种经济成分并存的社会主义乡村新社区道路，虽然起步迟了，但可喜的是，我们全村没有一户暴发户，也没有一户贫困户，全村 700 户农家，农民人均收入 7000 元至 20000 元的占到了 600 户以上，年人均收入超 20000 元的农户不足 40 户，年人均收入 6500 元至 7000 元的低收入农户也只有 60 户左右。而且我们村人均最低收入也超过全县农民人均可支配收入 1500 元以上。"

在共富共享的环境中，民心向着集体向着党，社会安定，和谐幸福，有困难通过集体都能解决，这使得这 8 村 1 乡几万人 10 多年来，没有农户上访，生活祥和，睦邻融洽，家庭和睦，社会稳定。

实现土地合作与联合，建立新时代以新集体经济为主体、多种经济成分并存的社会主义乡村新社区，推进了乡村文化的蓬勃兴起。

刘庄等 8 村 1 乡已是充满着现代化气息的乡村都市了。他们住的是排屋式、别墅式的新社区，这里除去老人与孩子，大多进入村办的现代化企业，而且企业不同程度地吸引了大量的外地就业人员。这里的就地城镇化，实现了城乡一体化，解决了当下多数农村"空壳村"、无钱办文化、无人享受文化的问题。参与农村文化活动，本地的、外地的，老中青各层次都有，为农村文化的活动影响力、吸引力带来了勃勃生机。

坚持集体、发展集体、依靠集体、奉献集体、维护集体是 8 村 1 乡思想意识形态最突出的特征。在这种集体主义的主流意识形态影响下，理想信仰积极向上，宗教信仰、宗教影响大为减弱，这里几乎无宗教问题。相反，在以农户家庭经济为主要形式的农村，就是另一番情景。

社会主义文化的建设，集体主义思想的传承，离不开教育，这8村1乡注重把素质教育和理想信仰教育紧密结合。8村1乡毕业的大学生，为集体所吸引，纷纷回乡就业，这些集体经济培养出的新型人才，愿意回到集体，参与集体经济社会生产管理。一方面是集体经济的发展，带给青年人实现自我价值的机会；另一方面，这里与城市无大差异的乡村都市生活也吸引着他们。航民村在1996年就投资2000多万元建成了综合性的文化中心。方林村在2000年就投资1100多万元，建起了集村民学校、老年大学、老年俱乐部、图书馆、阅览室等设施于一体的文化中心。花园村投资2亿多元，建立了花园娱乐城。刘庄和周家庄都建立起了创业展览馆和农民艺术团，周台子村建成了全国农村实用人才培训基地，周家庄乡建立了农民文化宫。王兰庄投资3000多万元建起了星光老年活动中心、村图书馆、梁斌文学馆、"一二·九"运动纪念馆、青少年活动中心，村里还办起了评剧团、秧歌花会等文化娱乐场所、团队。郭家沟村把文化建设与旅游事业结合起来，让游客和村民共享。这些文化中心、展览馆和文化宫，既是群众文化娱乐中心，也是展示社会主义理想、集体主义精神和宣传教育的平台。

改革开放前，我国农村最大的问题是农民的温饱问题，改革开放后，我们农村全面推行土地家庭联产承包责任制，温饱问题很快解决了。但在那场展开"阳关道与独木桥"的大讨论中，全国有80个大队，仍然坚持走集体化的道路。我们走访了坚持走以集体经济为主体、多种经济成分并存的社会主义乡村新社区道路60多年的滕头、刘庄、周家庄2村1乡，发现他们走的路是成功的。另外，采访了重新抉择走以新集体经济为主体、多种经济成分并存的社会主义乡村新社区道路的航民、花园、方林、周台子、王兰庄、郭家沟6个村，发现他们走的路也是成功的。

在加速工业化、推进城镇化和城乡一体化中，引发出"三农"

问题。农村出现了"空壳村"问题、两极分化问题、农民工问题、留守儿童问题、留守妇女问题、土地抛荒问题、土地碎片化问题和养老问题等。这些问题引起了党中央、国务院的高度重视。2016年4月29日，习近平总书记在安徽省凤阳小岗村创造性地提出"把农民土地承包经营权分为承包权和经营权，实现承包权和经营权分置并行，这是农村改革又一次制度创新"。接着，中共中央和国务院下发了一系列文件，2017年6月1日，新华社受权播发了《中共中央办公厅、国务院办公厅关于加快构建政策体系　培育新型农业经营主体的意见》，该《意见》提出："加快形成以农户家庭经营为基础，合作与联合为纽带，社会化服务为支撑的立体式复合型现代农业经营体系。"中共中央、国务院第一次提出了建立现代农业经营体系要以"合作与联合为纽带"，这是一项伟大的创新。6月23日，习近平总书记在山西考察工作时，又提出"要以构建现代农业产业体系、经营体系为抓手，加快推进农业现代化"。在中国全面进入新时代、加快推进农业现代化中，抓什么、怎么抓更具体化了。特别是习近平总书记在中国共产党第十九次全国代表大会上做的《决胜全面建成小康社会，夺取新时代中国特色社会主义伟大胜利》的报告中，着眼解决"三农"问题，向全党、全国人民发出"实施乡村振兴战略"的政治宣言，并亮出了"壮大集体经济，深化农村土地制度改革""促进一二三产业融合发展，支持和鼓励农民就业创业，拓宽增收渠道"等行动纲领。

改革中出现的问题，一定要用改革的办法来解决。土地所有权、承包权、经营权三权分置后，"合作与联合"将在我国建立的立体式复合型现代农业产业体系、经营体系中发挥出巨大的作用。我们也坚信，农村也一定会沿着以集体经济为主体、多种经济成分并存的社会主义乡村新社区的道路，不忘初心、牢记使命，将农村改革进行到底。

我们坚信，在中国特色社会主义全面迈向新时代的过程，"三农"问题将彻底告别历史，全面振兴乡村就在"明天"。

《江山抗战纪实》序

2015 年 10 月，我拿到了老朋友徐义祥主编的《江山抗战纪实》书稿，洋洋六七十万字的大书，渗透着义祥先生的心血和汗水。2015 年底，该书将由中国文史出版社出版，可喜可贺。

我是 20 世纪 70 年代在常山县广播站工作时认识义祥先生的，他是当时金华地区 13 个县级广播站中最年轻的编辑部负责人。他文凭不高，水平挺高。从事广播电视工作 38 年，算得上是多功能、复合型人才了；搞新闻采编，多次获奖，江山市首届"十佳记者"当之无愧；兴趣广泛，娴熟收录机操作，创作了金华地区县站第一个广播剧；江山市最早使用笔记本电脑，独立完成户外视频采编剪，探索江山电视数字化播出途径；擅长电脑印刷排版，图版设计制作，主编出版《江山市交通旅游图》，策划制作"纪念抗战胜利 60 周年图片展""改革开放 30 周年票证展""百年证券展览"等。退休后，笔耕不辍，发挥余热。参与《中共江山市党史》第四编编纂，撰写多年《衢州年鉴》江山部分文稿，还策划制作"铭记历史 珍爱和平——纪念抗战胜利 70 周年图片展"，为市博物馆举办纪念抗战胜利 70 周年图文展提供资料，今又主编出版《江山抗战纪实》一书，成为江山抗战史研究的翘楚，令人钦佩。我为有这样一位广播战线上的挚友而自豪。

《江山抗战纪实》一书，是义祥先生多年的苦功和追求，全书收录了大量的档案资料，以亲历、亲见、亲闻的笔法，分 10 大部分（含大事记）详细介绍了江山县的抗战历史，给人留下深刻的印象。

江山地处浙、闽、赣 3 省交界，战略位置十分重要，历来是兵家必争之地，也是抗战时期"浙赣战役"的主战场，是全省遭受日本军国主义侵略创伤严重的地区之一。在纪念抗日战争胜利 70 周年之际，徐义祥主编出版《江山抗战纪实》一书，还原抗战历史进程，多角度、多层面展示了江山军民在敌后战场、正面战场抗击日军的英勇场面；深刻揭露了日本军国主义侵略者在江山烧、杀、抢、掳、强奸妇女、实施细菌战的滔天罪行。全书立意高，选题准，把握了时代脉搏，对传播正能量，弘扬主旋律，具有极其重要的现实意义和深远的历史意义。

《江山抗战纪实》集档案和口述于一体，汇群贤著作之精华，坚持用唯物史观来审视和认知江山抗战历史，对江山抗战时期的大事件、各党派、重点人物、主要数据做了全面、客观、公正的表述。准确把握了江山抗战和救护美军飞行员与世界反法西斯战争的关系，准确把握了江山县国共合作、同仇敌忾、军民共同抵抗日本军国主义侵略的历史进程、主流与本质。

1929 年 4 月，勇敢、强悍的江山人民就在《江声报》上公开提出"反抗日本帝国主义到底"的响亮口号，充分展现了江山人民疾恶如仇、同仇敌忾，敢于同中华民族敌人反抗到底的英雄气概。1931 年"九一八"事变后，特别是在 1937 年"七七卢沟桥"事变抗日战争全面爆发后，江山县在抗日民族统一战线旗帜下，国共合作出现大好局面，全县抗日救亡图存宣传活动风起云涌，如火如荼。上万名江山籍热血青年先后弃锄提枪、投笔从戎，共赴国难，奋战在敌后战场、正面战场，浴血抗击日本军国主义侵略者。当美国为报日本偷袭珍珠港之仇派飞机轰炸日本东京，6 名美军飞行员弃机跳伞降落在江山境内时，憨厚、朴实的江山民众又无私相救，为夺取世界反法西斯战争胜利做出了贡献。为此，遭到侵华日军极其野蛮、极其残暴的报复。具有伟大国际主义和爱国主义精神的江山军民没有因此而屈服，凝聚起同日本军国主义侵略者血战到底的空前斗志，与日军展开了不屈不挠的战斗。中共党员姜献华在失去与上级党组织联系的情况下，建立临时党小组，组织游击队，活跃在浙赣边区，与日军作战 10 余次，成为江山敌后战场与日军作战的先锋队；国民政府军第四十九军 105 师在江山民众的大力支持下，鏖战仙霞岭，歼灭日军 1200 余人，有效阻止了日军的南进，在东南战场树立了抗日战争以少胜多的旗帜；县团警和各乡村自卫队、游击队奋勇杀敌；秉性强悍的江山民众纷纷拿起柴刀鸟铳，挥舞锄头扁担，甚至赤手空拳，与日军开展殊死搏斗。据统计，全县警民与日军作战 92 次，击毙日伪军 824 人，伤敌 298 人，抗战事迹突出。

《江山抗战纪实》一书除了反映江山军民为夺取世界反法西斯战争胜利做出的贡献和为民族解放付出的牺牲外，还以铁证如山的档案史料，以及受害者、目击者、采访者的口述笔录，深刻揭露了日本侵略者在江山烧、杀、抢、掳、强奸妇女的暴行，记载了侵华日军在江山实施的细菌战及战后对日细菌战罪行的诉讼。

1939 年至 1944 年，日军飞机空袭江山 65 次，出动飞机 704 架次，投弹 2000 枚左右。在"浙赣战役"中日军攻占江山的 75 天时间里，直接造成 10106 名江山无辜民众的伤亡，其中死 4812 人（未计在外地阵亡的 650 名江山籍国民政府军将士和警员）、伤 5194 人；民夫被掳后失踪 3850 人，被强奸妇女 3000 余人。被烧毁房屋 44638间，掠夺走粮食、油类、牲畜等财物价值 116168 万元（1937 年 7 月的当年价）。同时，有数以万计的平民遭受细菌战荼毒，6170 余人直接死于病毒（未计抗战胜利后数以万计的死亡者），1000 余人感染炭疽菌，落下终身残疾。《江山抗战纪实》一书史料之翔实，数据之细致，在全省各县（市）的抗战史书中实为罕见。"二战"中，江山民众救护了 6 名美军飞行员，为世界反法西斯战争做出贡献；江山有一支失联中共党员领导的抗日游击队，在敌后战场打击日本军国主义侵略者；民国时期，江山有 100 名国民政府军将级军官，是名副其实的"百将县"。抗战期间，日军直接造成江山逾万人伤亡，抢掠财物 11 亿元；江山县各乡镇民众歼灭日伪军 1122 人，这些史实、名录、数据的披露和揭秘，是义祥先生研究江山抗战史的成果，填补了江山史志的空白。江山历史不应遗漏，江山后人不会忘记。

为了确保史料的真实、可靠，《江山抗战纪实》主编徐义祥与祝王飞、薛培泽、郑科位、金效军、杨俊贤、祝春和、姜洪水、邵作彬、祝向宇、朱青麟、曹之炀、周善忠、徐忠等退休老同志深入上余、峡口、新塘边及江西上饶等地，调查走访亲历者、亲见者、亲闻者，采集口述及回忆等第一手材料，从饱经沧桑的受害者、目击者那里抢救性地收集、挖掘江山抗战史料。为了潜心研究抗战历史，义祥先生不惜花重金收集 1937 年至 1945 年出版、反映日本军国主义侵略中国的罪证的日本历史画报。收集日本朝日新闻社出版的 35 辑《支那事变画报》《周日临时增刊》大全套，日本东京东洋文化协会出版的 46 册《画报跃进之日本》，日本东京共同印刷株式会社出版的 35 册《历史写真》画报，以及彩色《不许可写真》《日本的战历》等日本历史画报。其中不乏彩色照片和彩色地图。有不少是省市档案馆没有收藏、国内收藏界罕见的。此外，他又扫描、拍摄了日本大阪每日新闻社、东京日日新闻社联合出版的 101 辑《支那事变画报》大全套、26 本《大东亚战争画报》等影像资料，成为全国屈指可数的日本侵华影像资料收藏者。采用电子计算机、扫描仪、手机等现代化工具与技术，运用短信、QQ、微信等网络载体，义祥先生还向外地征集抗战资料、图片，征询史料的真实性。先后与将军级退役军人、国家级美术大师、省市级领导干部、抗日志士亲属进行沟通联系，收集、核实史料。直接将书稿发给沈阳侵华日军第 731 部队罪证展览馆、中国人权发展基金会、衢州市政协等有关领导、学者和美军杜立特行动研究者，以及革命烈士、抗战老兵的后代审阅修改，力求史料的真实、可靠，真正使《江山抗战纪实》"让历史说话，用史实发言"。这充分彰显了一个老新闻工作者"实事求是"的良好品德和崇高的职业操守。

《江山抗战纪实》一书文风朴实无华，不失影响力和感召力。没有采用写史常用的章节目体，而是按部分类，更具灵活性，史实容纳量更大，结构更严谨。以当今的视角，回忆历史，审视历史，认知历史。除档案原始资料外，涉及"光绪""康德""民国"和日本的"昭和"等年份，一律转换为公元纪年；以农历纪时的月、日，一律换算为公历。义祥先生还专门到江山市地名办，收集大量地名资料、查对各种地图，对抗战时期的一些地名进行注释，精心绘制抗战时期地图。为达到图文并茂，义祥先生多方搜集人物和事件照片，约请市老年书画会同志画插图。《江山抗战纪实》一书在称谓上，除引文或特殊场合，一般不使用"日本鬼子""日寇""倭寇"等称谓，而称"日本军国主义侵略者""日本侵略军"，简称"日军""敌"。标点的运用、数字排序按最新的要求书写。所以，《江山抗战纪实》的史料价值更具现代意义，更适合青少年一代阅读。

如今，尽管抗战的硝烟早已散尽，但历史不会因时代变迁而改变，事实也不会因巧舌抵赖而消失。在中国人民抗日战争胜利暨世界反法西斯战争胜利 70 周年之际，编纂出版《江山抗战纪实》，深切地回望历史、正确地记录历史、坚定地捍卫历史，目的是要筑牢江山抗战的记忆、弘扬抗战精神、缅怀革命先烈，更好地教育人民和我们的子孙后代。我们牢记历史并不是要延续仇恨，而是要以史为鉴、勿忘国耻，激励江山和全国人民为实现中华民族伟大复兴的中国梦而努力奋斗，这正是义祥先生出版《江山抗战纪实》一书的目的所在吧。

阅读《江山抗战纪实》，我感慨万千，写下一大篇读后感，权作该书之"序"。并拿起劣笔书写下"牢记历史　不忘过去　珍爱和平　开创未来"，以表祝贺《江山抗战纪实》出版发行。

2015 年 10 月

《历史的逻辑——四十人口述诸暨四十年》序

2018 年 7 月的一天，我的老广播同行赵卫明、孟琼辉冒着酷暑，带着人民出版社刚出版的《走进新时代的乡村振兴道路——中国"三农"调查》（以下简称《中国"三农"调查》）来到我的工作室，请我这个作者签名留念。我虽然离开广电媒体 25 年了，彼此也没有工作联系，但对广电仍然情有独钟。他们从诸暨专程赶来，这点小事当然该办。时隔 3 个月，这 2 位广电媒体领导把他们策划编写的《历史的逻辑——四十人口述诸暨四十年》（以下简称《口述诸暨四十年》）样书寄来请我作序。诸暨人在政界、科技界及文坛等领域的名人不计其数，他们要我这个诸暨"老外"作序，估计是 2 位《口述诸暨四十年》的主编认为第三只眼看诸暨相对比较准，我无法推辞了。

为《口述诸暨四十年》这样大气的书作序的人确应是大家，我真有点力不从心，但作为一个读者，认真听听诸暨各路英杰在 40 年改革开放征途上的酸甜苦辣，也是挺有意义的一件事。读着、读着，我身体内的血液流速加快了，他们那一篇篇刻骨铭心的叙述深深地打动了我，许多地方是用眼泪一字一句读完的。诸暨这 2311.33 平方公里土地上的 125 万儿女，是中国改革开放的勇敢奠基人和忠实践行者，是中国改革开放的积极推动者和坚决推行者。诸暨这片土地也是中国经济最活跃的一块神奇之地。他们编印的《口述诸暨四十年》可谓中国当代发展道路上的一部人生百科全书。

神奇的土地孕育出神奇的人才

省级机关乃至国家部委都常有人在议论，诸暨走仕途的人多，省里的厅厅局局领导岗位，几乎都有诸暨人坐镇。其实诸暨人不仅政界多，科技界、教育界、文艺界的诸暨人均在全省乃至全国崭露头角，从诸暨这片土地走出来的仅中国科学院、中国工程院院士就有 14 人，在县级市县的体量中，可谓泱泱大观。他们每个人在工业自动化、航天、石油、农业等领域都有着卓越的成就。春秋战国时期，在国

《历史的逻辑——四十人口述诸暨四十年》封面

难当头之际，西施这位诸暨乡姑忍辱负重，以身许国，表现了一个爱国女子高尚的思想情操，一直深受后人怀念。诸暨是一块神奇的土地，这里的东西南北中都流传着"诸暨木柁"这句俗语，这话听上去好似在骂人，其实是一种尊称，其意是诸暨人有一股韧劲，天不怕，地不怕，"大拳头"捏紧，什么事都会做好。这种精神是这片土地特有的，一方水土养育一方人呀！当了 3 届全国人大代表的赵林中，他的口述就把诸暨这块神奇的土地点明了。

赵林中这位富润控股集团的董事局主席，从 1998 年开始担任第九届全国人大代表，此后连任第十届、第十一届，每届 5 年，参加了 15 次大会，还列席了 4 次全国人大常委会会议，履职 15 年，递交议案建议 1606 件。《高速公路节假日取消收费》的议案是赵林中代表提出的。《全面取消春运对农民工车票涨价》的议案是赵林中

代表提出的。要求废止《投机倒把行政处罚暂行条例》，赵林中共提了 3 次，经国务院批准，《投机倒把行政处罚暂行条例》终于废除了。在审议政府工作报告时赵林中这位农民出身的企业家，还和时任中共中央总书记胡锦涛、国务院总理温家宝直接对话提建议。赵林中 15 年的人大代表期间被新闻媒体列入全国 10 位有影响的人大代表。

俗话说：一个篱笆三个桩，一个好汉三个帮。赵林中这位好汉是诸暨人，大家帮着他取得了这么多成就。自赵林中当上全国人大代表后，诸暨市人大常委会办公室每年都将赵林中向全市征集议案建议的报告以文件形式下发到各部委局办和各乡镇，然后《诸暨日报》、诸暨广播电台、诸暨电视台 3 家媒体原文刊播，这样广而告之了 15 年。不管市人大主任是谁，不论新闻媒体负责人换了谁，市人大和 3 家新闻媒体，15 年一贯制，全力支持赵林中。赵林中当全国人大代表 15 年，每年春节前后，都能收到三四百件建议意见，他认为每一件建议意见都是人民群众对人民代表的愿望和信任，对所有来信、建议都认真进行阅读、整理、筛选。因此他每年递交的议案建议不仅数量多，质量也高。每年诸暨市人大下文，新闻媒体刊播，一人办事，大家帮，这在全国是绝无仅有的。

神奇人才成为改革开放经验的奠基人

我对中国农村进行了 50 年的观察思考后，在《中国"三农"调查》序中开笔写下三句话："社会发展的阶段性是历史唯物主义的基本规律和核心价值；20 世纪七八十年代中国农村全面推行的土地家庭联产承包责任制是亿万农民的呼喊和时代选择；在习近平新时代中国特色社会主义思想指引下，建立以新型集体经济为主体、多种经济成分并存的乡村新社区是新时代中国通向共同富裕的历史然和发展趋势。"诸暨敢为天下先，勇立改革开放潮头，他们创造的经验，传进了中南海，总理亲面诸暨农户，他们的经验成为宪法修改的条文。

王金才口述：《包干到户"第一村"》；章光华口述：《县委书记，你错了》；俞德口述：《"种粮阿德"坐"过山车"》；周永楷口述：《定塘畈"土改"》；陈照米口述：《解放村的土地"解放"了》。5 位口述的故事跨度近 40 年，土地经营制度的更迭反映了农村走过的路程。

《口述诸暨四十年》的开篇《包干到户"第一村"》和《县委书记，你错了》说的是党的十一届三中全会后，诸暨 2 个生产队推行承包责任制的事。1979 年章光华在秋日的一天，率领全生产队的社员把全队的土地按人头分了，而后他多次被公社叫去办学习班。1 年后，章光华给县委主要领导写信说："县委在对待农村改革问题上，特别是生产责任制问题上，思想保守右倾。"不久，又给《人民日报》写信，并明确指出："县委在对土地承包问题上确实错了。"1981 年 5 月 5 日，《人民日报》在显著的位置刊发了评论员文章。文章写道："浙江省诸暨县三都公社长连大队一名叫章光华的社员，他是《人民日报》的热心读者，他关心的是他所在地区落实党中央关于'左'的错误、落实各种责任制的问题，他认为党中央的方针很正确，但是在本地却得不到相应的贯彻。"从此，诸暨、绍兴乃至浙江省的土地承包责任制大大推进了。俞德讲述的从"鸭司令"到农场主的故事更是令人欣慰，20 世纪 90 年代，由于乡镇企业的兴起，大量承包田抛荒了，俞德放下了赶鸭竿，租种了承包户的 100 多亩承包田，一下子成为新闻人物，也惊动了时任国务院总理温家宝。1996 年 12 月 26 日，温总理冒着冷雨来到俞德家，他们同坐在一条板凳上，手拉手算了几笔种粮账，种田的农药化肥投入多少？劳力成本多少？每亩有多少投入？温总理原打算在俞德家停留 1 个小时，结果话匣子一打开，一谈就谈了 1 小时 55 分钟。当天，温家宝总理对俞德敢于创新、王家井镇总结推行的这种土地双层经营体制产生极大兴趣，他又考察了王家井镇水底俞村的现代农业园区。正因为有王家井镇这样的体制改革创新，1999 年修改宪法时，第八条第一款相关内容修改为：

"农村集体经济组织实行家庭承包经营为基础，充分结合的双层经营体制。农村中的生产、供销、信用、消费等各种形式的合作经济是社会主义劳动群众集体所有制经济。"直到 2003 年《中华人民共和国农村土地承包法》称主体成员获得的土地权利为"承包经营权"。陈照米口述：《解放村的土地"解放"了》，实现了土地新的合作与联合。2012 年，陈照米把自己水泥公司的股份转让后，获得了一大笔资金，捐助社会公益事业达到 4000 多万元后，他全力投入了农业开发。最后，陈照米和山下湖镇解放村一拍即合，当年浙江米果果生态农业集团有限公司成立。解放村 1100 多农户带着全部承包土地入股，实行了"土地收益+赠送 10%股份+保底收益"的新型合作模式，全村所有农户都成了集团公司的小股东，并实现了保底分红。广大农户称这种合作形式好。公司经短短 5 年时间的运转，由原来传统农业的湖畈，嬗变成一个集种养殖、产品深加工、休闲旅游、教育培训、创新创意发展于一体的综合性特色农业园区，并先后获得"国家 4A 级旅游景区""全国休闲农业与乡村旅游五星级企业""农业部首批农村三产研合试点企业"等荣誉。村上的四五百个年轻人成为集团公司的职业农业工人，还吸纳了一批老弱富余劳力。仅2018 年，村民仅工资收入就达到 1000 万元，为几百户农家增加了收入，为农业现代化创出了一条新路。

王金才等 5 人口述农村土地承包责任制经营管理模式的变化，折射出我国农村土地制度改革向纵深发展的历程，承包地"三权"分置制度已逐步得到完善。农村已逐步走上习近平总书记 9 月 22 日主持政治局第八次集体学习会上指出的"坚持农村土地集体所有制性质，发展新型集体经济，走共同富裕道路"这条新时期具有中国特色的社会主义乡村新社区的康庄大道。

神奇人才成为改革开放市场的奠基人

在诸暨乃至在绍兴、浙江都有一种传闻：名扬国内外的义乌小商品城本来应该办在诸暨的，但义乌有个谢高华书记，他的胆略成就了义乌商贸城。至于诸暨、义乌小商品市场谁办得早，我们没必要去考证了。但读了何月娜《珍珠，我的心血我的泪》这篇口述文章，你便深知他们推广养蚌育珠、开拓市场的艰辛了。在开荒扩种一株南瓜、番薯就被当作资本主义尾巴割掉的那个年代，何月娜和丈夫冒着风险，偷偷养蚌育珠获得成功后，在深更半夜，满身被蚊子咬，剖蚌挖珠，换来七八万元珍珠款。钱在手里还没捂热，公社干部找上门来了，老公游斗，家里抄家，钱款没收。这个家庭遭遇了第一次挫折。改革的春风吹进山下湖后，老百姓名正言顺地开始养蚌育珠，当时的何月娜就成为珍珠名师，她亲手带出的珠蚌播种徒弟少说也有几十个。1985 年 6 月，几位广山村民用毛竹、油毛毡搭起了一个简易的珍珠交易市场，但这市场不合法又不合理，有关部门出来制止。1987 年 3 月，西江乡政府又办起了一个农贸市场专给珍珠交易使用。一家市场是政府建的，一家交易场是民间办的，2 个市场互相争斗。何月娜的丈夫是党员，她就听从政府的话，凭着她的信誉，乡政府又给了免交摊位费的优惠，她以赊账的方式，以高出市场价 5 元的价格在国办市场里收购了 182 斤珍珠，共花去人民币 17.42 万元。她运往广州，在香港客商来车接货的途中，被广州当地公安局截获，珍珠全部没收，何月娜因贩销珍珠被拘留 48 天。刚满 50 岁的老公急得在病床上再也没有起来。在老公离开人世后不久，那些没有拿到珍珠款的珠农又去法院起诉，何月娜又走进了诸暨看守所的大门。诸暨市的第一个珠农就这样倒下了。但改革开放的大门在继续打开，一批批新的珠农诞生了，如今何月娜所在的山下湖村已成为"华东国际珠宝城"。

诸暨的珍珠之路和袜业之路是我国计划经济走向市场经济的成熟跨越，也是诸暨走向兴盛的康庄大道。现在它们已驰名国内外，但 20 世纪 80 年代当地的大唐，人们只知道这里曾有一个"大唐庵"。1988 年 10 月，诸暨县决定将城山和柱山两个相邻的乡合并成立一个大唐镇，并拨出 5000 元钱作为筹建该镇的启动资金。1990 年 7 月新建的镇政府办公楼总算建成了，但大唐的经济该如何发展？章水木口述《要发财，大唐来》和钟百万口述《见证大唐袜业》，2 份亲身经历展现了神奇诸暨人创建"富裕高地"的艰辛历程。大唐袜业起源于城山袜厂，家织连裆袜，钟百万是第一家。他花了 60 元钱买来一台抗日战争时期的手摇袜机，那时是割资本主义尾巴时期，白天他老婆在家拆丝线，晚上自己上阵摇机织袜子。做的人多起来了，到街上兜售怕被没收，就在晚上躲到张淮桥头的麻地里，到 12 点钟后打着电筒等义乌人来收购。义乌人再打着拨浪鼓，挑着货郎担把袜子卖到全国各地。改革开放的大门慢慢打开后，城山、柱山两乡的农户胆子也逐渐大起来了，到大唐镇成立时，大唐镇已拥有袜机 947 台。那时，大唐汽车站的公路两旁，大唐附近的菜园地、芝麻地都成了地下袜业市场，鼎盛时期交易人员超过 500 人。到了 1988 年下半年，大唐金家村的晒谷场，卖丝、卖袜、卖袜机，已真正成马路市场了。就这样，1988 年 12 月 25 日的大唐镇党代会和 1989 年 1 月 25 日的大唐镇人代会，正式高调提出大唐轻纺市场的提案，实现"以市场聚集产业，以市场拓展城镇，以市场吸引人才"的战略目标。这在诸暨甚至省市都引发了一场震动，在那"以粮为纲"的农业发展主流时代，这是逆向而行，大唐镇委和诸暨市委承担着多大的压力呀！大唐轻纺市场 1990 年底破土动工，翌年 10 月 11 日开张营业，大唐的聚财宝盆建成后，发展出现奇迹，到了 2017 年，大唐全镇拥有各类袜企 3000 多家，仅 2.96 平方公里的大唐袜艺小镇就聚集了 518 家袜企，实现年产值 92 亿元。

何月娜承担起了珍珠市场的磨心，做出了巨大的牺牲和损失，但今天的珍珠城成了诸暨人的聚宝盆。

章水土是大唐镇首任镇长，钟百万是大唐个体袜厂第一人，还有一大批冒着风险创业的人为大唐轻纺市场铺路搭桥，他们都是大唐经济腾飞的奉献者。

诸暨勇立潮头的弄潮人，他们用心血和汗水冲破了计划经济时期的一个个阻碍社会经济发展的条条框框，终于和全国人民一道创立了今天有中国特色的社会主义市场经济体制，他们是社会发展的推动者和财富创造者。

传奇人才成为改革开放教育传承人

诸暨改革开放经验不断创新，经济突飞猛进，在教育界他们又出手不凡，海亮集团董事局主席冯海良是中国基础教育第一个"吃螃蟹"的人。冯海良对教育不仅有股特殊的情感，而且有种强大的社会责任感。他打出海亮集团的牌子后不久，在 2001 年就吸纳了国内外有影响力的汪鸣先生，使之加盟，并任命这位新诸暨人为海亮教育董事会主席兼任海亮集团副总裁。冯、汪联盟后把海亮教育定位在"精品化、特色化、国际化"的战略方向上，10 年内功积蓄，2011 年开始走出国门，在境外设立了公司，并筹备在美国上市，试图以国际公司的身份在全世界范围内开展交流和合作办学。经过几年发力，2015 年 7 月 7 日 13 时（美国东部时间）海亮教育在纳斯达克全球市场挂牌交易，敲响了海亮教育上市的钟声，创造了中国第一家在美股上市挂牌交易的基础教育集团新纪录。起家于诸暨一个县级市的海亮教育实现了打响国际品牌优先战略，雄姿英发地迈向了世界。海亮教育自抢占世界基础教育最高平台后，社会效益、经济效益年年飙红。学生人数从 2015 年的 1.7 万多人，升至 2017 年的 5.5 万人。利润从 2015 年的 1.41 亿元，升至 2017 年的 1.68 亿元，上市公司市值也从 2015 年的 2.31 亿元美元上升到现在的 20 亿美元左右，市值增加了近 10 倍。

诸暨的女儿魏珍在捐助基础教育小学时更是大把大把地花钱。今年上半年，这位已 93 岁的老太听到她捐助的学校有 3 位学生同期获得全国数学竞赛一等奖的消息后，彻夜未眠，天一亮就跑进书店，特地买来了一本 10 多厘米厚的大 16K《中学生百科知识词典》作为礼品送给他们，鼓励他们继续努力，更上一层楼。魏珍口述的《台胞创办荣华》，令人敬畏。魏珍出生在诸暨山下湖镇樊家岭，1948 年随夫去了中国台湾，她丈夫陈宗熙，当年是台北市市长。魏珍这位家庭主妇，经常与宋美龄等一批官太太过 Party、看电影、逛公园。1967 年那年，她 55 岁，一次偶然的机会，在台北松山国际机场开了一爿"免税商店"，一开就是 13 年，她骨子里有那股"诸暨木柽"精神，靠傻劲发了一笔大财，还学会了经商之道，这个时候就想为社会办一二件有益的事。她下决心要继续挣钱。她考察了美、日、英、法等国后，便放胆买下了台北"万岁点心店"和"沾美西餐厅"，做起以服务旅游为主的餐饮业，一做又是 17 年。这 17 年，她做得风生水起，有声有色，又挣了一大桶金。那时她已年过八旬，不想动了。当时时局动荡，不少人移居外地，一个个找上门来，她就用现款低价收下了许多房产，不到几年，天下太平，房价骤涨，她将收下的房产统统卖出，又积累了一大笔财富。

在台湾，她四处造桥铺路，助学办学，救弱扶贫。1994 年，她第一次回大陆看望母亲，到了诸暨，给家乡下宣村出资 2.2 万美元，建造了一个菜市场，替每户安装了有线电视，在诸暨中学设立 10 万美元的奖学金。到杭州给杭州市残障康复中心捐赠 11.5 万美金，赠给江干区弱智儿童学校 7 万美元，在杭州医学高等专科学校设立了10 万美元奖学金，捐给杭州总工会女职工 5 万美元，给老人基金协会 2 万美元，给杭州下城敬老院 10 万美元。到了奉化老家，又送给奉化一中 10 万美元。她一路走一路撒钱，说争取将她拥有的钱在生前全部处理干净。

台北诸暨同乡会会长见魏珍用钱大手大脚，就直截了当地对她说："就在家乡办一所现代化的平民学校吧。为振兴中华出一份力，不是更好吗？""好！"魏珍就照会长说的去做了。1996 年，诸暨市政府鼎力支持，"荣怀中学"在袁家一片 600 万平方米的荒滩地上

奠基开工了。首期投入人民币 5000 万元，造了一所初级中学；1997
年，又追加 5000 万元，扩建了小学部；1998 年，又出资 5000 万元，
造起了高中部，并开始招收外国中小学留学生。其间又出资数千万
元，在诸暨新老城区建起了 3 所幼儿园，形成了荣怀学校集团公司，
并设立 400 万元学生扶贫基金、200 万元教职员工保险基金、100 万
元奖学基金。她 55 岁之后辛苦赚来的 3 亿多元全部用光了。今天她
快乐地担任起了荣怀学校集团公司的董事长。

"海亮教育"的故事让人看到了诸暨人办事的胆略，学校不仅从
诸暨办到市外，还从浙江办到湖北、江苏、江西、山东……学校从
上市前的 3 所增加到 31 所。今天，"海亮教育"已站到世界的制高
点，将中国文化传到世界的角角落落。

魏珍这位嫁出去的诸暨女儿，一心以教育兴中华。魏珍老太是
中国改革开放进程中一位不可忘记的同胞。

神奇人物编写了一部人生教科书

诸暨市民间文艺家协会在诸暨市文联领导下，瞄准了时代的大
局，把回顾总结改革开放 40 年同实现中华民族伟大复兴的中国梦结
合起来，出了一个奇招，他们把本地的作家发动起来，选择诸暨市
40 年身边的新鲜事，由 60 位代表人物来叙述，再由一批诸暨文坛的
高手来加工。赵卫明、孟琼晖 2 位主编从 60 篇口述作品中筛选出精
品 40 篇，精心雕琢编排成书，被诸暨市委、市政府确定为纪念改革
开放 40 年的精品文化工程。可敬、可贺、可喜。

《口述诸暨四十年》选择的口述者年纪最轻的刚过 40 岁，最大
的已达 93 岁。他们从历史、全局、战略的高度来总结 40 年改革开
放的成就和经验。口述者从小处切口，点上发力，以个人的心灵史、
发展史、成就史弥补了国家宏大叙事的一些盲区，特别是这些口述
者突出了时代性、思想性、实践性，从平民最底层的视角去观察、

去认识、去思考这一特殊的时段，读后让人感到有深度、有厚度、有广度，可读、可亲、可信。

说句真心话，我对《口述诸暨四十年》是用心读的，对诸暨人民在改革开放的年代那砥砺奋进的历程是敬佩的。读过《口述诸暨四十年》后，感到诸暨 40 年的实践证明诸暨人民始终保持战略定力、把住了大局、看清了方向、站住了脚跟、担起了风险，为国家、为诸暨做出的贡献是巨大的，40 人的口述篇篇都会唤起人民对那段历史的思念和追思，激励起人们对新时代的憧憬和奋进，由于序的篇幅有限，我对其余口述者只能加一句评述，留下一点自己读后记忆吧！

马启煌口述：《文科状元》把读者带进了恢复高考的考场；周晓东口述：《那场"人生观大讨论"》把读者带进了一个思想空前解放的年代；寿彩凤口述：《从"百树"到"步森"》把读者带进了彩凤团队创业的艰难路；陈天义口述：《"师傅"是余姚》把读者带进了诸暨的五金兴业路；童铁波口述：《深山坞底"首富村"》带人们走上了脱贫艰辛路；杨才贤口述：《龙羊峡工地"打工仔"》把人们带上了农民工背井离乡赚钱的辛酸路；俞关和口述：《当年"战"拉萨》把读者带上了援藏工程的自豪路；汪富木口述：《农民常委》让读者看到了一个敢于为民请命的汪富木；金国伦口述：《弹簧产业那些事》让读者看到了大唐不仅有袜业，还有第二大支柱产业弹簧业；梁焕木口述：《焕木大帝》让人们进一步认识了名人梁焕木活过的 4 次人生；陈利浩口述：《珠海弄潮》把读者带进了一个真真切切从爬电线杆的学徒到全国人大常委会副主任的成长路；鲍利军口述：《二十五本家庭档案》，一个草根平民的日常生活档案记述的是家事，反映的却是国事；孙其焕口述：《充电灯之祖》和赵科明口述：《种花养草有故事》，让读者听到两个改革开放时为所有人搭建施展才华平台的故事；杨守和口述：《B 超医生"第一"》讲述了一"诸暨木柁"用 B 超创造奇迹的故事；侯国年口述：《下山脱贫岗顶村》说的是岗顶村创造了大唐乃至诸暨破天荒大事的故事；

张仲透口述：《三十六洞移位》是诸暨父老乡亲怎么也忘不了的一段往事；陈爱华口述：《柬埔寨里女老板》讲的是口述人在柬埔寨追梦 20 年的故事；吴五六口述：《"西施断缆"名扬中外》讲了一个县级市剧团将自己创作的《西施断缆》带出国门的故事；杨伟江口述：《群众演员中"诸漂"》讲了口述人当电影、电视剧群众演员的快乐故事；斯多林整理的《那时火车站》讲了他怀旧思新展未来的故事，给人们留下一段历史的记忆；吕禹均口述：《印度爸爸》讲述了自己跨越 40 年的创业故事，回味自己当印度爸爸、爷爷的快乐和幸福。读了杨彩平的口述：《现实版"战狼"》，在她身上油然想到两个词：气宇轩昂、敦厚有力。读了蒋桂凤口述：《西路乱弹传承人》，让人感动，改革开放使什么奇迹都可能被创造出来，一个小剧种成了一大国粹，奇。还有吴海京口述：《当代"司马光"》，一个年岁刚过四十的书生，却写了 952 年历史、400 多万字的《资治通鉴续纪》，这绝对是诸暨甚至是全国的神奇人物呀！还有一位 93 岁的陈仲瑜口述：《我是远征军老兵》，他曾击毙日本军 93 人，在阶级斗争为纲的年代，却被批斗得躺在门板上不会动，今天他轻描淡写地说："这是历史的误会。"他的胸怀令人敬佩。应建英口述：《小中介，大胸怀》，告诉读者："我的努力能帮助别人，心里总是甜甜的，不信，你去试试。"刘建萍口述：《第一舞蹈老师》，一位 67 岁的老太，"诸暨木柁"精神依存，在出精品送文化中，焕发出新的活力。最后的一文，史伟兵口述：《中国好人》，虽然口述的是一位从小拄着拐杖的社区医生，但他因创造了一个个中国奇迹，入选了中国好人榜，令人感动。

改革开放变化大，千变万化故事多。《口述诸暨四十年》中这 40 位有代表性的普通人的所见所闻所思与所为，不仅是诸暨人民甚至也是全省全国人民改革开放 40 年最真实的集体记忆，坚信会为广大读者所喜爱，为历史学家所重视。

我作为《口述诸暨四十年》的第一读者，写了读后感，是为序。

2018 年 11 月 16 日

《许祯祥黑白摄影作品集》序

　　我在常山工作时，许祯祥可谓知心的友人了。前两年，他打电话给我说，要出一部摄影集，并要我为摄影集作序。我搞新闻，主要是文字，摄影是外行，但又难以推托。最近，许祯祥把 40 年摄影集的目录寄来了，还在信上附了一张全家福，全家福上的 2 位千金和他那位宝贝儿子都成才了。彼此多少快乐的合作，随着他的全家福涌泉般地浮现出来，我也乐意为许祯祥的摄影集说上一番。

　　许祯祥不仅有一个幸福的家庭，他的艺术道路走得也很灿烂。他 1961 年高中毕业踏上工作岗位，县文化馆的事业正是他人生的追求，"天"又赐予他一次好机会。他在整理办公室时发现了一架 120 海鸥牌照相机，如获至宝，就一头钻进新华书店、图书馆去求他需要的摄影书籍。那时候常山很少有懂摄影艺术的人，连书籍也难寻到。过不了几天，他听说金华地区要举办全国摄影名家邀请展，他连忙向单位请了假，风尘仆仆地赶到金华，因为没有邀请信，被拒之门外，他软磨硬缠，才勉强同意他观展，条件是必须交 50 元观展费。他当时每个月的工资也只刚过 30 元呀！观展结束，他大开眼界，照相中还有那么多艺术呀！从此，他就与摄影结下了不解之缘。许祯祥于 1983 年 5 月从海南艺术函授学院高级班毕业时，就成了中国摄影家协会浙江分会的会员了。

　　20 世纪七八十年代，我在常山县广播站和县委报道组工作，我搞文字，许祯祥搞摄影，我们俩配合得十分默契。特别是我担任县委报道组组长的那段时间，我们白天一起下乡，晚上我写稿子，许祯祥洗照片，彼此接触中，我感到许祯祥脑袋特别灵，那时，他自己搞了一个暗室，拍照、冲卷、洗印、放大一条龙，大都是头天采访，第二天新闻稿、照片一起寄出。很快，我们的新闻报道和新闻照片就在《浙江日报》《金华日报》上刊出了。后来，我离开常山，他向摄影艺术的更高层次迈进了，他的新闻艺术照片不仅上了报纸，还进入县、市、省甚至全国的摄影大展。1980年拍摄的《后继有人》入选南方八省区卫生美术摄影作品展并获优秀奖；《科技货郎担》于1983年12月入选中国科协、浙江科协在杭州、北京的联展。1981年彩色胶卷进入常山，他的摄影艺术产生了质的飞跃。《科普进山村》的彩色照片于1987年上了《人民日报》头版，填了常山县

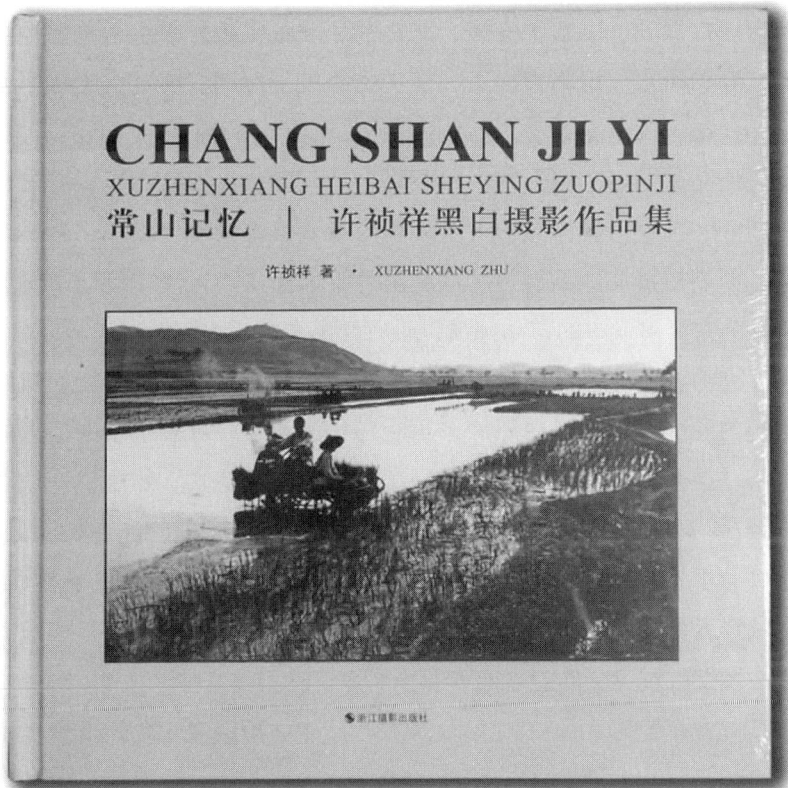

《许祯祥黑白摄影作品集》封面

人文景观上《人民日报》的空白，并获全国摄影比赛优秀奖；《土地的主人》荣获 1993 年"人与土地"全国摄影大赛三等奖；《古老与时尚》在庆祝中华人民共和国成立 55 周年中老年全国摄影大赛中荣获优秀奖，并入选浙江省老摄影家作品集；《言传身教》在 2003 年被评为全国老年"四方杯"书画摄影大赛一等奖；《乡邮员》又获 2004 年"黄山杯"全国中老年摄影大赛银奖……

许祯祥的工作足迹不断变化着：县文化馆、县展览馆、县委宣传部、县国土资源局，但他的相机始终捧在手里，或是以摄影为主业，或是以摄影为副业，但摄影占了他生活的一大半时间。许祯祥拍摄的照片千千万万，常山的山山水水、常山的人文景观在他的相机镜头下都熠熠闪光，那一个个瞬间留下的壮观是常山改革开放的财富。在报刊、比赛中发表、获奖的那一张张照片都渗透着许祯祥的辛勤和汗水，粗略算一下，他在省级以上报刊、展览、比赛中发表、入选、获奖的新闻、艺术摄影作品达到 105 幅。在《浙江日报》发表作品就达 22 幅，其中 10 幅上了《浙江日报》头版。有 217 幅新闻、艺术摄影作品选入金华地区专业摄影画册，参加了金华地区、衢州市摄影作品展览。这些照片折射出常山人民在创建中国特色社会主义事业中的丰功伟绩，也衬托出许祯祥的智慧和艰辛。

许祯祥这部摄影集是他半个世纪的工作、生活记录。特别值得一提的是那一张张黑白照片，更有历史沧桑感，更展示了许祯祥的睿智，这些照片会勾起你对美好生活的憧憬和追求。如今，许祯祥已经 75 岁了，不能再像当年那样跋山涉水去寻求他的向往和满足。也好，现在家家户户都有照相机了，没有照相机，手机也能替代，许祯祥就把 40 年积累的经验进行传授，盼我的老友——许祯祥培养出一批批胜过自己的业余或专业摄影家。这可也是他一生的追求。

2014 年 12 月 25 日

《一山一村一世界》序

一次下乡调研，在淳安县文昌镇与章建胜同志的交谈中，他给我留下了深刻的印象。该同志对农村文化是那样熟悉、那样热情、那样有追求，我被感动了。不久，收到了他即将出版的文集《一山一村一世界》，我一口气读完了，书中他对社会、对生活的深刻剖析，对家乡的山和水的那种激情倾吐，令我激动了。他要我为文集作序，我就提起笔为同乡文化人写上几句感受。

《一山一村一世界》封面

《一山一村一世界》分"大山情结""乡村写真""乡贤轶事""人生感悟""民间情绪""名人足迹""草根文化""乡村诗歌"8 辑，总 100 余篇，题材覆盖自我、人生、社会等领域。有对大山的感恩，如《山之语》《话说"山里人"》《黄土岭》《山里火炉》；有对人生的感悟，如《品味失败》《择碑的启示》《新碑前的沉思》《灵山大佛感叹》；有对亲情、友情的珍视，如《父亲》《春蚕》《悠悠恩师情》；亦有对社会的思考，如《"做人"与"做官"》《治吏》《老村庄怎么了》。这些

内容虽不是所谓学者关注的"我是谁？我从哪里来？我到哪里去""人的本质是什么？""真善美何者为先？""理性与感性、意识与潜意识对人类社会有何作用？"等深奥命题，也不是文化大散文孜孜以求的文物古迹、古墓遗踪等玄妙话题，但都源于个人生活实感，出自真情流露，纯净朴素，乡土气息浓郁。以"小我"之情沟通"人类"之爱，"与岁月一起芬芳"。《父亲与土地》一文从儿子的视角表现爸爸热爱劳动的品质，生命的价值体现在劳动的点点滴滴之中，爱生活、爱工作、爱阅读、爱亲人……不仅是一种美好的品质，也是一种生活态度。换言之，这种生活本身就是精致的散文。

对于一个写作者而言，故乡往往有着地理空间和精神情感上的双重含义。《毛脚女婿》《乡下人》《村戏》《茶乡之夜》让文字穿行于大山和乡村风情之间，故乡的青山疏影、绰约风姿、人文底蕴已熔铸在作者笔下，化为美妙、亲切的文字。如《溪边拙石》中描写的："回山里老家小居，最喜欢站在村前的小溪边凝神沉思。那溪，自山谷深处迤逦而下，清清浅浅，仿佛天上仙人随手丢弃在人间的一根琴弦，有不尽的乐声从水中袅袅而出，弥弥漫漫……溪里，有款款小鱼；溪边，有青绿的水草。不过，最叫我注目且日后不能忘怀的是水里水外的石头。"又如《芹溪灵动》中写道："一条芹溪，水流不急不缓，从不远的山谷里潺潺而来，清清澈澈，千年不涸的样子。因此，四季晨昏，两岸村姑浣衣洗菜，溪面白鹅灰鸭嬉戏，水底野鱼成群结队，一座千年古村因此活泼灵动起来，显得生机盎然。"

除了内容的丰赡、情感的真挚之外，在艺术表现上，章建胜同志的散文也有自己的独到之处。《一山一村一世界》无论是追怀抒情还是现实叙事，能循着"言事"而"说理"的思路生发开去，引出自己的感怀，把自我、社会、人生的认识传达给读者，做到我们常说的"景情理"合一。在这一过程中，作者实现了对自我言说的突破，让思想自由飞翔，化为缕缕情思，流淌在字里行间。散文固然是一种很自我、很个性的文体，但散文不能长久滞留在自我、感性的层面，而应有思想、精神层面的推进和提升，应当说《一山一村一世界》中，许多篇章做到了两者的合二为一，水乳交融。生活的叙写、情感的融入、思想的徜徉相得益彰，不仅是与自己内心的对话，也是与外在世界的交流。

章建胜同志从事散文写作 20 余年，创作发表在各种报刊上的散文、诗歌、小品文等 100 余篇。视散文创作为"行走的风景"的他，凭借自己的勤奋与执着，力求成为散文天地中的"一分子"，显示了良好的创作潜力。特别是书中"大山情结""乡村写真""人生感悟"等章节中的散文，都是一幅幅让人陶醉的山水画，作品散发出一个有心人的"韵和味"，散发出一个有心人的"土和情"，散发出一个有心人的"草和木"及一个有心人的"山和水"的生命气息；让一个个、一群群鲜活的、有灵性的山里人跃然纸上。作者感悟了人生的快乐，感悟了记忆乡亲的幸福，也让读者品味了一种乡土文化的浓郁气息。如果将《一山一村一世界》的一些文章再进行一番"锤打"，编写一部纯文学的散文集，依我所见，可能就是一部很有品位、接地气的"乡游图"了。

章建胜同志从事农村基层群众文化工作 30 余年，是一位优秀的群文工作者。在《一山一村一世界》行将付梓之际，我乐意为其作序。我坚信，将来将有更多接"地气"的作品在章建胜同志的妙笔下流淌出来。

本文原刊于 2014 年 10 月 15 日《今日千岛湖》

《真情的表白》序

我与江涌贵同志虽然是威坪老乡，但彼此并不熟悉。一次，徐树林（已病故）来我办公室谈起淳安故乡的文化人，他说："江涌贵可是一个笔耕不辍的人。"此后，我与江涌贵联系上了。他先后给我送来好几本自己创作并正式出版的书，有中央文献出版社出版的党史专著《红色的记忆》、中国文史出版社出版的纪实文学《血染的历程》、中国文联出版社出版的散文集《大美千岛湖》、世界汉文化出版社出版的理论文集《哲学的思考》和散文集《苦旅》等 10 多部，我惊呆了。我花了 20 年才写成一部书，江涌贵工作期间特别是退休后的 10 多年时间里，几乎每年写成一部书，了不起。在交谈中，我感到江涌贵同志血液中流淌着威坪人的憨厚和淳朴，也涌动着威坪人倔强与献身的基因。他人生中的多次机遇丢失了，最终在故乡淳安这片文献名邦的土地上绽放出耀眼的光彩。

关于江涌贵这位威坪乡友，我只知道他是淳安的一个党史专家，也写过散文，但不曾知道他还是一位诗人。不久前，他又带着一部书稿来到我的工作室，请我写序言。我打开一看，却是一部厚厚的诗集。我笑着，看着这位兄长不解地说："你怎么还是一位诗人呀？"他自我介绍着："我一生爱诗，第一次由手稿变成铅字的处女作就是一首诗，发表在 1966 年 2 月 22 日的《湖北日报》文艺副刊版上，时年 26 岁。从此，我就爱上了写诗。我正式出版的第二本文学作品《大江的涛声》，也是一部诗歌集，今天这是第二本诗歌集了。"

我是乐意帮忙的人，但叫我为诗集作序，却真难为我了。我多

年从政，文学上也是一个门外汉。那
我只得"笨鸟先飞"，努力读吧。我
静下心来，读着读着，《真情的表
白》中那激情奔放、优美的诗句吸引
住了我。在下笔时，我想起了江涌贵
同志送诗集那天与我讲的故事。他
说："一天，县政协原主席王建生拉
着我的手，他动情地连声说：'江主
任，真谢谢您、谢谢您啊！您那首诗
写得太好了、太动人了，我老太婆看
了后都伤心地流眼泪了。'原来是发
表在《淳安报》上，写他儿子王成海
烈士的一首题为《海之魂》的诗。当
时，我有点莫名其妙，不就是一首诗

《真情的表白》封面

吗？说真的，当时写这首诗时，我的确是怀着一股激情写成的。"我
想，一位诗人的一首诗能产生这样的效果和反响，应该是很让人欣
慰、很不错的了。细读《真情的表白》这部诗歌集，每首诗都发自
江涌贵的内心，是他从肺腑中喷射出的一股激情。江涌贵的《真情
的表白》使我明白：诗歌创作应当避免抽象的东西，避免一切仅仅
属于头脑的思索，凡不是从希望、记忆和感觉中喷射出来的，都要
避免。否则，就不会激起读者的共鸣。

　　诗歌创作有它自身的规则，我们固然重视个人发展所处的民族
文化历史背景，却必须更加看重诗歌在个人历史横截面上的认知。
因为，在一个民族最优秀的诗人身上，这两者是联动和融通的，具
体表现为一种血脉和气息上的沿袭。在这里，它既依赖又排斥我们
既成的生活经验，有时也会遭到我们民族传统思维观念的驳斥，凸
现于我们现有的审美经验之外，又真切地触及我们的知觉。超越日
常已知的经验范畴，一时无从把握，可又力拒我们的写作惯性以及

与此相关的有效原则。可能正是激发我们潜能的更加本质的写作，才能真正深入探索我们民族深层心理的复杂性，探索我们每天运用的实验、怀疑、焦虑、幻灭和惊奇。它的这种面临解放的广泛意义，超越了狭隘的民族性。

我们评判一个诗人成功的标志，不在于他的诗多么具有国际性，或使用了国际通用的语言，或顺应了世界诗歌一体化的总秩序，或在情感和具体处理方式上与国际化标准趋同和靠拢。我认为，首先诗人必须是一位"民族诗人"，具有生他、养他的这块土地的印记。优秀诗人的诗作是一个民族精神精粹的核心。不能想象，缺少了屈原、李白、杜甫、王维、苏轼等诗人的中国，缺少了惠特曼、费罗斯特的美国，缺少了洛尔迦的西班牙，缺少了聂鲁达的智利，缺少了叶芝的英国，该是怎样的缺憾和不幸。他们是这些国家、民族永恒的鲜花和纪念碑。他们传达出诗歌中真理的声音，甚至那片土地上神的声音。高尔基这样评说叶赛宁："他是我们俄罗斯大地上的一个抒情器官。"这是对叶赛宁诗歌民族化的一个重要注脚。"为什么我的眼里常含泪水？因为我对这土地爱得深沉。"每次读到老诗人艾青这段独白，我总是感慨不已。

鲁迅先生曾说过：诗，应该读起来朗朗上口。我们的文学艺术作品是给人民大众看的，而不是一种故弄玄虚的摆设。因此，写诗就要坚持源于生活而高于生活的原则。作为一个诗人，必须付出代价。综观当代诗坛，不少诗人忽视了诗歌产生与诗人个体劳动这种健康、正常的关系，忽视了诗人必须为此付出代价这个关键环节。这种代价即是命运，紧随着你的现实生活，是你诗歌中风景确立的基调。撇开诗人的先天条件不论，从诗人后天的努力上看，生活本身会通过赋予你爱与恨、忧伤与激情、悲哀与梦想来丰富诗人的人性，并让你借助诗的形式充分宣泄、阐述。《真情的表白》正是诗人江涌贵坚持体验生活、抒发情感的标志。该诗集由 8 辑组成，有歌颂党、歌颂改革开放的；有赞美家乡美丽千岛湖的；有抒发对大好江山热爱的；有讴歌英雄模范人物的；还有叙述个人婚姻情感的。总之，题材丰富，涉及面广；细腻生动，激情奔放。在写情感发生变化时，他写道："暴雨，淋湿了破碎的鸟巢/电闪，照亮了悲剧的发生/狂风，把鸟巢刮落地下/雷鸣，轰走了鸟儿"；"鸟巢破碎了/鸟儿分飞了/留下悲怆的哭声/只有雨点而没有泪滴。"这是发自内心情感的呼喊。

　　老江虽属性格内向型的文人，但他又是一个富有情感的人，只是这种情感表露的方式跟别人不一样。常言说："愤怒出诗人，激情出好诗。"大凡一个诗人没有点激情，是写不出好诗的。诗的高贵，不是诗人高贵，是诗人在字里行间表达的情感高贵，这是诗本身的高贵。诗的高贵，要求诗人本身也应当高贵，起码应该向高贵靠拢。当然，这种高贵绝不是附庸风雅、装腔作势、随处胡诌。这种高贵，出自一种贫寒、一种自悟、一种对人缺憾的警觉。诗人一辈子最怕缺乏情感、真诚和思想。诗人总是要努力追求一般之上，把自己有力的想法倾吐出来。因而诗永远是高贵的，因为思想总是用来指引方向。你看，他在《赶考》中写道："是的，为了新中国的庄严/面对敌人的屠刀，有谁想过/明天，自己是否升官晋级/明天，是否有优厚的奖金可发/做完一张张特别的考卷/显得那么潇洒/为的是——/民众手中红旗舞/神州大地开鲜花。"他回忆部队当兵的日子时写道："一滴汗水/汇成人生前进的洪峰/一份艰辛/酿造人生成长的光荣。"在《春之湖》中写道："花儿，点缀得分外妖娆/鸟儿，唱得格外动听/万紫千红，胜似山水画/香气醉人画中游/春之湖/一湖令人陶醉的美酒。"

　　爱诗是幸福的。

　　热爱诗歌可以表达完整的人生。你在与人同行之时，就比别人多了一份勇猛和正气，多了一份聪颖与深沉，你的爱和恨就多了一种抒发方式。天底下除去空气、阳光和水之外，还有一种东西是洁净的，那就是诗。诗是洁净的艺术。诗人之心不染纤尘，并远离虚伪奸诈，抵御一切心灵的阴暗。诗是洁净的艺术，落笔简约为上，诗就是一种简单的方式。诗人既要深入了解社会，又要童心不泯地维护纯洁，因此说诗人难做；诗人不但要以诚为本，还要有对复杂多变生活的概括力，因此说诗难写。涌贵同志爱好诗歌，他的处女作就是一首诗，从那时起，似乎诗歌就与他结下了不解之缘。他的诗作以自由诗为主体，兼有五言、七言格律诗。他能创作出这么多诗歌，实属不易。当然，他毕竟是一位业余作者，不能同大诗人相比。

诗人是一个坚定的自己。诗人的出现是一种精神的再现，人们通过诗人，唤起从前所有真诚美好的忆念。在诗人身上，人们也同样能看到明天的模样。涌贵同志虽是 75 岁的人，但精力充沛、思维畅达、诗情开阔，写下一首首诗。诗依诗之根吸取生命的养分，这养分是人民的乳汁和血泪，是百姓的吐纳和呼吸，更是时代沸腾的生活之波。诗之根，是诗人与人民的血管脐带，它决定着诗的生存命运。因之，诗之根须臾不可离开大地与人民。他在《诗人的心言》中写道："一棵无名小草/一丝淡淡的笑容/也许是昨天的遗忘/抑或今天的感动/遍地潜伏的蓬勃生命/随处活动的熙攘人群/也许让你感动/抑或让你遐思/诗的语言/能拨动我们的心弦/能陶冶我们的性灵/这是诗言的力量。"

诗人的修养，是指除读书之外的身心气韵和视野襟怀的修炼与培养。诗人要感知世界的雷霆风云，要透彻人生的波澜起伏，化为自我的丹田之气，喷射而出即为诗篇。这一过程，是诗人折射世界的现象，也是诗人自我修炼的方式。当然，这样的方式是极其微妙复杂的，它处于诗人心海一角。每个诗人内心起伏着什么，只有他自己知道。诗人的修养尽管由自己主宰，但修养品位的高低，却与所处的环境、目光、意志力有着密切的关联。优秀诗人的一生，正是自我修养不断提高的一生。

以上所言，是我品读江涌贵老乡《真情的表白》诗集之感受，也是受老乡之托，挤出的一些肺腑之言，这也就算该集之序吧！

盼江涌贵同志不断有新作问世。

2015 年 1 月 18 日

《新安儿女》序

我们威坪乡友江涌贵，是位热爱家乡、热爱书写家乡的人，我案头就有他书写家乡的散文集《大美千岛湖》和《秀水之恋》。最近，他又将要出版的大作《新安儿女》拿来让我给他作序。这本书是一部记载淳安历史人物的专著。

1982 年初，江涌贵同志从部队转业回家乡后，从事地方党史、地方志工作 10 多年，手头上掌握着大量的历史资料。据淳安老家了解他的人说，他是一个干一行、爱一行、钻一行的人。组织上叫他搞党史工作，他就认认真真、兢兢业业、一丝不苟地搞好这项工作，并做出成绩来。眼前这本记载淳安历史人物的书，应该说，是他从事党史、地方志工作的成果之一。该书内容丰富，展示了淳安厚重的历史文化。受老乡之托，我就谈点读后感吧。

老江对我讲，这是一部以革命烈士为主体的历史人物书。1997 年 9 月，江涌贵曾主编出版过《淳安英烈》一书。这本《新安儿女》，是在《淳安英烈》一书的基础上进行扩展、修改、补充后出版

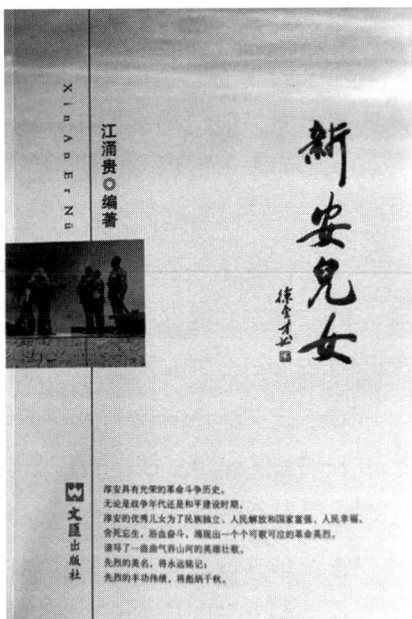

《新安儿女》封面

的，内容更丰富了。我仔细地将《新安儿女》书稿和《淳安英烈》一书进行了对照，《新安儿女》不仅在文字上做了修改、校核，重要的是又增加了 3 个方面的内容：一是除了革命烈士之外，还收录了中华人民共和国成立前淳安（遂安）县各个历史时期有广泛影响的部分（因历史人物很多）著名历史人物。二是收编了新民主主义革命时期及中华人民共和国成立后在淳安县（含原遂安县）战斗过、工作过的一些外省（县、市）重要历史人物。三是将革命烈士名录延伸至 2015 年。尤其是在附录部分，作者对革命烈士墓地（部分）、纪念碑、革命旧址遗址，做了比较全面的介绍，史料更加丰富，使该书更具有使用价值和收藏价值。该书既记录了淳（安）遂（安）两县的本土人物，也记录了外省外县籍在淳安县牺牲、在淳安县工作过并做出贡献的人物。从这点看，这里的《新安儿女》，又是广义上的，既记载了为革命、为人民而壮烈牺牲的革命烈士，也记载了为淳（安）遂（安）两县地方党组织建设和各项事业中做出贡献且有较大社会影响的人物。这样，就将我们近现代的优秀儿女都汇集在一起，让读者感到淳安不仅是一个文献名邦的古县，也是一个为我国新民主主义革命和社会主义建设做出巨大贡献的神圣宝地。

英烈们的人生经历，无疑为广大党员干部、人民群众，尤其是青少年进行热爱党、热爱祖国、热爱社会主义的教育和革命传统教育，提供了既朴素又极富说服力的好教材。我们的党员干部、青年学生，只要细读这部书，从中一定能悟出许多做人的道理。这可谓是部集思想性、史料性、可读性、包容性于一体的好书。

新安江水是淳安人的圣水。一方水土育一方人，淳安在 1800 多年的历史长河中，英杰辈出，震惊中外的新安江水库 30 万移民为中国的工业起步做出了巨大牺牲。《新安儿女》记载的革命先烈更是令人自豪。据烈士名录统计，仅抗美援朝，淳安就有 206 位壮士的热血洒在朝鲜战场上。《新安儿女》这部书，捧在手上是沉甸甸的。我细读名录后，为之震撼，抚今追昔，感慨万分。这些历史人物，使我们见证了淳安的峥嵘岁月，淳安的沧桑历史；使我们追寻革命足迹，重温那枪林弹雨的红色岁月；使我们站在时代的潮头，回顾那革命烈士上下求索、前赴后继的艰辛；使我们解读文献名邦的内涵，领略淳安人才辈出的光辉历史；使我们了解淳安人民的高尚品质，好山好水育一方优秀儿女。

江涌贵也经历了许多磨难。1961年7月，他从严州高中毕业就被保送到空军雷达学院；毕业后，为保卫祖国领空而"南征北战"。1982年初转业，曾被分配到中共浙江省委宣传部。但老江对家乡有一种特殊的情结，他再三要求回到淳安县。从此，他就与淳安的党史工作挂上钩，结下了不解之缘。当时，淳安的党史资料"一穷二白"，加上他对县级机关各单位和人员也不熟悉，面临重重困难。但他迎难而上，脚踏实地，一头钻进县公安局、县档案馆和县民政局查阅了大量的敌伪档案和有关档案资料，又通过各种办法征集资料。在20世纪80年代初交通很不方便和自己又不会骑自行车的情况下，他乘车赶船加徒步，下乡进村找到当年的见证人或当事人逐个访问调查，征集到第一手珍贵的"活资料"，为后来县人民政府向省人民政府审批革命老区县打下了坚实的基础。他曾自豪地说："我掌握的第一手资料，是用两条腿走出来的。"他坚持"板凳宁坐十年冷，文章不写一句空"的原则，搞好党史征集和编研工作。因此，他取得了丰硕的成果，也得到了县领导和机关干部的好评。2005年2月，中共淳安县委、县人大、县政府、县政协4套班子的理论中心组学习会上，江涌贵做了淳安党史专题讲座。会后，时任县委书记郑荣胜、县长陈新华都当着江涌贵的面夸奖他："你是淳安的党史专家"。据了解，在淳安县县级机关中，也有不少干部夸奖他"是淳安的党史专家。"是的，10多年的冷板凳造就了一个淳安的党史专家。此后，江涌贵便静下心来进行了整理。1991年9月，第一本党史专题书《闪光的足迹》由浙江省新闻出版局批准出版。从此以后，一部接一部的党史专著问世了，一连主编出版了6本党史书，还有组织史 3 部。为此，江涌贵曾连续 3 次被评为浙江省党史工作先进工作者，2 次被评为杭州市党史工作先进工作者。涌贵同志对淳安的党史工作、地方志工作做出了很大的贡献，我作为一个淳安人，对其感到敬佩并为其高兴！

时间成就伟大的历史，历史造就杰出的人物！编撰《新安儿女》这部书，也是历史赋予他的使命。老江对我说："先烈们的英雄事迹激励着我，我有责任把先烈们的英雄事迹编成书，让先烈们的精神发扬光大，让后来人继承先烈们的遗志。"正是这种责任心促使他在枯燥无味的史料中辛勤耕耘，为我们留下一部部党史著作。2011年，他自费出版了《红色的记忆——新民主主义革命时期淳安县历史》和《血染的历程——中国工农红军北上抗日先遣队纪实》2 部大作，为我们留下了宝贵的精神食粮和珍贵的教材。

今天，历经百年的沧桑巨变，中国人民以站起来的自尊和自豪，中华民族从改革开放带来的自信和自强，大踏步地迎来民族复兴的曙光。在淳安这块浸染着烈士鲜血的红色沃土上，处处回荡着丰收喜悦的笑声，涌动着生机勃发的气息，续写着革命老区的新篇章。

我们重温历史，不仅要铭记他们的奋斗与牺牲，缅怀和颂扬他们的丰功伟绩，而且要继承和发扬先烈们为振兴中华而奋斗不息的革命精神。青山有幸埋忠骨，细雨无声悼英烈。他们的光辉业绩，彪炳千秋，光照后人。今天的胜利来之不易，它是无数革命志士用鲜血和生命换来的。革命先辈那种至死不渝的共产主义理想和信念，全心全意为人民服务的崇高精神和艰苦奋斗、廉洁奉公、舍身忘我的高尚品格，集中体现了中国共产党的先进性和优良的革命传统。

道德的养成，讲道理、讲理论，固然重要，但还要寻求一种道德样本，寻求一种心灵的震撼。革命烈士就是人格化的精神和道德。烈士们用自己的生命告诉我们：什么是崇高，什么是卑鄙？什么是正确，什么是错误？应该追求什么，应该摒弃什么？他们是我们的标杆和警示。只有通过内在的道德修养和道德建立，外部的灌输才能取得效果。无论是那血雨腥风的革命年代还是硝烟弥漫的战争年代，无论是激情燃烧的建设岁月还是波澜壮阔的改革开放岁月，共产党人始终如一，是什么样的政治品格有如此持久的向心力，让鲜红的党旗始终能凝聚起各种力量，把中华民族变成一个坚强的共同体？是信仰！什么是信仰？从哲学的概念理解，信仰就是持有的人生观、价值观和世界观。对信仰的选择，体现了一个人生命的宽度和厚度。

《新安儿女》是一部好书，是一份珍贵的精神礼品。此书的发行，对进行革命传统教育、党史教育来说是一份好教材，愿此书能在社会主义精神文明建设中发挥应有的作用！

是为序。

2016 年 1 月 15 日

《青峰红叶》序

涌贵兄是称得上谦谦君子的。我们以书会友，相识已有 10 多年了。每次见面，他那虚怀若谷的胸怀，令我十分感慨。他生性温和、恬淡；为人低调、内敛；对朋友真诚、厚道；对文学虔诚、执着。

收录的 75 篇游记散文，让我穿行在书中每篇文章的字里行间，带我领略了一个旅行者的足迹和思想，感受到一个旅行者的情怀和认知。

涌贵兄是一个善于观察并记录的有心人。人们都戏称"中国式的旅游"是"上车睡觉，下车尿尿，景点胡拍乱照，回家一问什么都不知道"。从涌贵兄散文集里的篇篇游记中写的体会来看，他的"玩法" 可不一样，旅游那些规定的动作，他当然不放弃，但他附加动作可多了！他每到一地，在认真听取导游的讲解、认真观看的同时，善于注意收集相关资料，或购买相关书籍，或把有关的文字资料拍下来带回家。旅游回家后，就写下一篇篇游记散文。这些散文不但记叙了游览的情况，还记载了景点的形成历史等内容。在《土楼，民居建筑的一枝奇葩》最后画龙点睛地道出了感慨："土楼，其实不'土'。奇特的结构让人目不暇接、眼花缭乱。看看厅柱楹联，深感意义深远、教育深刻。通过看资料、听介绍，我增加了不少知识，得到了艺术的欣赏和享受。"

涌贵兄是一个情感丰富的文化人。多数人旅游是一个"玩"字，满足于"到此一游"，回家后对他人吹起来，张口就骄傲地说"某某地方我去玩过了""某某景点我早游过了"。可他却与众不同，他的脑子始终非常活跃，景中生情，大脑常常起波涛。他除了"到此一游"，玩一个地方还会产生一种感觉，游一个景点就激发出自己的情感。他的散文集中几乎篇篇都抒发了一个游览者的感慨之情。《拜谒孔夫子》一文写道："当然，我们今天学孔子，并不是说儒家的学说就是一剂包治社会百病的万能良药。任何一种学说，都是在特定的时间、地点、条件下产生、发展起来的！有精华，也有糟粕。任何一种文明，都是在吸取其他文明养分的基础上壮大、完善起来的，只有万紫千红，世界才缤纷多彩。儒学是传统，五四也是传统，我们不能以一种传统否定另一种传统。"《春日朝圣武当山》的结尾抒发了作者的感想："从前山上去，从后山漫步下来，夕阳也就慢慢隐入山中了。一天紧张的爬山旅行，从女导游小刘那里了解和学到了不少知识，同时把我的思念、我的沉醉、我的祈祷和祝福也根植于山中了。"

涌贵兄是一个红色文化的追求人。这也许与他长期从事地方党史、地方志的编研工作相关，也许与他从旧社会苦海中走来、沐浴着中国共产党的阳光雨露成长有关，他对革命纪念馆、博物馆、烈士陵园、革命圣地有一种特殊的情感，每到一地，这些地方他是必去的。在《长征，一部厚重的史书》中写着："历史不能忘记。70年前，长征擎起熊熊的革命火炬，没有随着长征的结束而结束，它一直在中国人民的心中炽烈地燃烧着。随着历史的发展，将会放射出更加耀眼的光芒。"在《烈士陵园中的"特殊党课"》中写道："硝烟散尽，热土依然；英雄业债，日月同辉；烈士精神，山川共存。党的光荣传统和先烈们的英雄精神，是我们宝贵的精神财富，将永远激励后来者在新的征程中奋勇前进。"

涌贵兄是一个正能量的宣传人。散文中感情的抒发，充满着一个老党员的情怀。在他的散文中，通过一个景点、一个历史人物抒发一番感慨，这起到了教育人、激励人的作用。《不到长城非好汉》一文中写着："我们登上长城，触摸承载着民族精神的每一块城砖，立志弘扬长城精神。登上万里长城，我们感受到祖国的强大而心中充满自豪和爱国热情，就是让我们有一种'不到长城非好汉'的精神，相信全国上下齐心协力就能实现中华民族的伟大复兴。登上万里长城，会让我们国人珍惜和平，汲取'二战'教训和启示，从而增强民族凝聚力。将爱国精神铸造成坚不可摧的钢铁长城，齐心协力实现中华强国之梦。"在《参观胡雪岩故居抒怀》中发出由衷的感慨："走出这个豪宅时，我不由自主地转过身来，回眸这粉墙黛瓦的高墙，顿感它既是胡雪岩人生的写照，又是其心灵的缩影。我想，今天在社会主义市场经济体制下，我们的企业家们，所有经商的商人，难道不应该从胡雪岩身上学到怎样经商、怎样做人的道理吗？"

涌贵兄外出旅游，因年龄关系，都是参加旅行社组织的团队。但是，他并不满足于仅仅"到此一游"，不满足于在回家后一问"什么都不知道"；他不但完成了"共同科目，留下足迹"，而且留下了丰富的历史、人文、地理知识，游出了思想、信仰、情操和感怀。这就是不同于大众旅游的地方，也是难能可贵之处。

如今，老军人出身的涌贵兄是一个闲不住的文化人。多年来，他笔耕不辍，勤奋耕耘，基本每年都有一部巨著问世！他不仅是我们淳安一位忠实的文化传承人，更是一位中华优秀文化的弘扬者。

是为序。

2019 年 12 月 1 日

《德兴市新安江移民志》序

今天是辛卯年立秋，在入秋的收获季节收到了《德兴市新安江移民志》的第二稿，充满着父辈们艰难和辛酸的巨著成形了。故乡人半个多世纪的艰辛创业路跃然纸上，欣喜、悲伤、激奋、祝贺，万千思绪涌向我这个游子的心头。

《德兴市新安江移民志》封面

悲壮奉献的淳安人

"改变中国'一穷二白'面貌，这是一种责任，否则我们中华民族就对不起全世界各民族，就要从地球上开除球籍。"1957 年毛泽东主席讲这番话之前就曾提出"15 年赶上或超过英国"的豪言壮语。但是，作为中国最重要轻纺工业基地的上海、浙江、江苏 3 个省、市，当时装机容量不足 80 万千瓦，一年的发电总量也只有 15 亿千瓦时左右。1953 年浙江省全省装机容量也只有 4.47 万千瓦，全年发电量刚过 1 亿千瓦。动力严重不足，赶超英国从何谈起？开发新安江的议题摆上了中国决策者的案头。1954 年 5 月 24 日，当时任华东局第三书记的谭震林在上海召集华东各省市负责人会议，会上，抛出了新安江一级开发和二级开发两种方案，二级开发迁移人口不到 10 万人，但装机容量只有 20 多万千瓦，而如果采用一级开发，66 万多千瓦的电力将通过电网覆盖半径 300 公里的长江三角洲，巨大的电力冲向沪、宁、杭工业地区和浙江、安徽、江西、江苏的其他城市、农村。但是，新安江水电站建成后，水库形成，将有 23 万多淳安、遂安人离开故土。这一天谭震林考虑再三，最后拍板采纳了新安江一级开发的方案。1956 年国务院批准新安江水电站正式列入第一个五年计划。实际上 1954 年 5 月 24 日这一天就决定了今天 50 万淳安（遂安）人民将要在异地扎根。话又说回来，可以说，那时各级党委、政府对新安江水库的移民是重视的，当时淳安县移民迁入建德和嘉兴两个地区，遂安县移民安排在金华地区。"兵马未动，粮草先行"，嘉兴地区的王店、德清、余杭等安置点，都造好了房，等着移民搬迁。茶园、泗渡洲的移民先期迁往王店、德清，但故土难离，他们又返回了原籍。这时，"大跃进"的浪潮涌来了，1958 年 3 月初的一天，建德地委的一次常委会上决定，并报请浙江省人委批准，新安江水库移民全部在建德地区安置，取消金华和嘉兴专署安置新安江水库移民的任务，移民经费也降为每人 150 元。

渴望生存的再迁人

当我们翻开当时淳安的原迁移民记录，心情就会沉重起来，新安江水库移民自 1956 年启动，原本定的 5 年完成 18 万多移民任务，一下压缩到 4 年完成；原确定移民在金华、嘉兴、建德 3 个地区的 29 个县安置，一下又主要集中安置在建德地区的淳安、开化、桐庐和建德 4 个县。最贫困又是血吸虫病流行的开化县移进了 8837 户、35347 人，超常规的安置，移民缺田、缺地、缺山林，缺房、缺粮、住草棚。从此，积累起大量难以破解的难题和困境。新安江水库移民安置不当，导致安置地恋土的新社员与排外的老社员之间的矛盾不断升级，1961 年，新安江水库行政命令式的移民导致自流潮、倒流潮、滞流潮三潮碰撞，形成一股巨大的冲击波。一位专家面对新安江水库移民出现的"三潮鼎立"，曾说："违背规律的行政强制性措施导致了新安江水库移民处于一种'无产'和'无序'的状态，自流、倒流、滞流是不可避免的。"

人生的生活质量标准粗分为 4 个阶段：贫困型、温饱型、小康型、富裕型，人们追求生活的幸福指数是无穷尽的，但一个人处于食不果腹、衣不遮体的时候，他追求的目标就只是居有其屋、食有其饭、身有其衣，当时要求重迁移民的人，他们的目标就是"能吃上一顿白米饭，死了也心甘"。因此，有田种、有柴烧、有好水喝就是当时新安江水库移民重迁向政府提出的条件。当时，我正值大学毕业，正在封闭的军垦农场锻炼，我接到家里一封信，征求我重迁之事的意见。当时社会经验十分缺乏的我，对此事难以判断，重迁的地方好，我反对移，将来父母要怪我，重迁的地方不好，我支持移，将来父母也要怪罪我，在两难选择中我只能表态："移民之事父母做主，移与不移，都全力支持。今后长子都应当承担起照顾父辈和弟妹的义务。"我家于 1970 年 4 月从开化青阳血吸虫病流行区迁入万村公社新屋大队，翌年 3 月，母亲血吸虫病晚期，在县人民医院住院 2 个月，花去全家九口人移民费的 90%以上，最终还是难以救回母亲的生命，父亲见到大家在轰轰烈烈地建房，他看着只有 200 多元的移民建房费，就活活地急死了。没过半百的父母在三个月内相继离开人世，一家老少生活的重担都落在我这个长子身上。我家只是千千万万新安江水库移民中典型的一户，可以说，新安江水库移民每家每户的悲壮史都可以写成一本书。邵华泽社长对新安江水库移民深怀同情，他在《淳安县志》的序言上曾写下："他们在心灵上所受到的震动和重建家园中遇到的艰难，是不曾亲自经历过的人所难以想象的。"

包容移民的江西人

值得敬佩和歌颂的不仅是淳安的新安江水库移民，还有肯收留移民的井冈山下的儿女，是他们以大局为重，才使 10 多万难以生存的新安江水库移民重新安居下来。1968 年江西、浙江两省协调会上，江西省领导的一席话，我们应当永远记住："我们非常欢迎浙江移民到江西来，这绝不是浙江一个省的问题，也绝不是两个省的问题。上海要江西安排 15 万上海下乡知识青年，我们也同意了，这是关系到国家建设的问题。浙江提出要江西安排 10 万人，我们非常欢迎。我们能够做到的，要积极去做。关于安置时间问题，以 10 万人计算，可分 2 到 3 年完成。具体时间由有关专区、县商量定，能提早最好。今年时间不多了，就明后 2 年完成。关于安置地点问题，现在初步定在抚州地区安置 5.5 万人，上饶地区安置 3 万人，九江地区安置 2 万人。关于安置方式问题，安置要因地制宜，我看一个县要集中成片安置上万人是比较困难的，原则上以队插到大队，或者以大队插到公社为宜。移民安置的县、社要把这项工作作为政治任务来看待，这不是单纯的移民问题，也不是可有可无的问题，而是严肃的政治任务。"这位当时江西的最高领导把对新安江移民的安置时间、安置方案、安置方式都做了明确的安排。从那以后，红色根据地的井冈山儿女确实把安置新安江水库移民当作一项严肃的政治任务。没有江西人包容移民的胸怀，当时这 10 万人和还没有移民的几十万人，生活出路究竟在哪里，谁也说不清，我们有今天，也要深深感谢江西老表们。

喜学向上的新安人

这里的新安人有两层意思，一层是原新安江两岸的淳安儿女，再一层是在江西省新安家的新安江人和他们的后代。淳安人喜学向上远近闻名，在科举制度下，淳安县（含遂安县）一县有状元 3 人，进士 308 名（含原遂安县 84 名），比杭州市平均每县（市、区）216.9 名高出将近 100 名。中华人民共和国成立后高考也年年创造辉煌，北大、清华几乎年年有淳安的弟子，2011 年超过重点分数线的有 385 人，在杭州 7 县市中名列第三。在德兴市的新安江人上学读书也远近闻名，据不完全统计，德兴市 2009 年新安江水库移民 4469 户，16453 人中有 357 名子弟考取了省内外大中专院校。现在德兴市各条战线上大都有淳安移民和他们的后代，其中副科以上干部 77 名，还有不少有志人士当了教师、校长、经理和企业家。

淳安为中国的工业起步、发展做出了巨大贡献和牺牲，不少人甚至牺牲了自己的生命，是他们这一代人的奉献和牺牲才迎来了今日中国的兴旺和发达。浙江省原省委第一书记江华临终前曾说："我对不起淳安人，新安江水库移民遗留问题那么多，责任在我身上。"新安江水库移民的壮举，应该载入我们社会主义建设的史册，为他们树碑立传怎么也不过分。

原迁德兴的 1573 户、7728 人，他们大多都经历了 2 次大的搬迁，有的甚至历经几次迁徙，他们的名字，后人要记住，因此，我这个顾问对这一点始终不忘，多次劝告编委会，这 7728 人，一定一人不漏地上"志"，他们是这本"志"的"魂魄"。

今日，我们迎来了改革开放的好时代，我们坚信，吃苦耐劳，有聪明才智，有勇于善进精神的淳安儿女，在第二故乡、第三故乡一定会创造出新的生活、新的希望、新的奇迹。

2011 年 8 月 8 日

《千岛湖水下古村泗渡洲村个案研究》序

弹指一挥间，一甲子 60 年，那永远抹不去的岁月！乡情、亲情，甚至父子情、母女情、兄弟情、姐妹情，洒泪故土后，就成了分别，甚至永别。移民之后没有和亲人见上最后一面就离开了人世，留下的只是心酸和遗憾、艰难和困苦。一个个千年古村落就此破碎，永远沉入库底；一村村、一家家为了生计，就此各奔东西。我曾就新安江水库移民作过两首诗，一首是"歙水沉古墙，千岛映湖光。追忆少年趣，梦里寻故乡"；另一首是"坝起万屋倒，故里群鱼跃。一湖托千岛，贺狮①尽舜尧"。

今天，淳安县原屏峰乡泗渡洲村的村民和你们的后代们从江西、安徽和浙江德清、开化、建德等地会集于富阳佛鲁村方家桥，追忆那沉入库底永远回不去的故乡，追思 60 年背井离乡创建新家园艰难的日日夜夜。这是原泗渡洲人非常有意义的一场悲喜交加的聚会；这是让新老泗渡洲人永远铭记的一次村史变迁的聚会。值得纪念、应当纪念，我为之庆贺。

泗渡洲村的开创奠基人有远见，选择山港交汇的沼泽地取名泗渡洲，村名三字字字有水，又位于沙洲，其意是这一片水乡泽国之地经过泗渡洲人的辛劳，一定会成为泗渡洲人的鱼米之乡。它隶属二十都，西靠三十六都的贺城。淳安曾是浙江的甲级县，泗渡洲又

---

① 贺城，原淳安县县城。公元 208 年，东吴大将贺齐任新都郡太守，次年在灵岩山 (今龙山) 之麓兴建新都郡城，后称贺城。狮城，原遂安县县城，建于唐武德四年 (621)，因背依五狮山，故又称狮城。

是淳安的富饶之村，近 200 户人家的徽派建筑群恢宏气派，连同他们的 1000 多亩良田、1000 多亩洲地和 5000 多亩山林，这是泗渡洲人一代一代辛勤积累起来的财富啊！这美丽的江南水乡即将沉入库底，离别故乡，人人心中一片茫然。水库形成水汪汪，移民迁徙路茫茫。泗渡洲人没有奢望，只能多带新思想，去创建新的家园。泗渡洲人就这样走上了国家特别行动的新安江水库移民远迁他乡的试验路了。

1957 年 10 月，根据淳安县移民安置委员会的部署，泗渡洲村开始动员、迁移。1958 年 3 月，淳安县县外转迁试验工作开始，泗渡洲外半村的 103 户、472 人就远迁当时嘉兴地区武康县的五龙、兴山 2 个村。应当说，政府当时对第一批试点移民是重视的，房屋基本造好，家产也尽可能搬走。外半村移民后，淳安中学即搬入泗渡洲农家办学。

"大跃进"式的移民开始了。1959 年 4 月的一天，泗渡洲村一下开进 20 多辆卡车，规定一辆卡车装 3 户农家的家具，可想而知，每家只能带上几只箱子、床铺和锄头、铁耙等农家具了。77 户 309 人就这样仓促搬到当时建德专区的桐庐县新登公社高坪耕作区、三合耕作区。一户一户被分别安插在老社员屋里，暂时居住。还剩下参与新安江电站建设的 15 户 65 名职工家属，1959 年 5 月，他们属于照顾性地被迁徙到新安江大坝所在县的建德大同镇盘山村落户。

新安江水库移民无产无序的迁徙，安置不当引发的移民恋土情和安置地排外矛盾的不断升级，三年困难时期，加上共产风，移民食不果腹、衣不遮体，移民的大量倒流开始了。移入武康的泗渡洲人一马当先，成了倒流潮的新浪涛。倒流回淳安的泗渡洲人见原先居住的房屋、自己耕种的良田已沉入库底，成了一片汪洋，他们就在村后背的山头上搭起茅铺，刀耕火种过起了原始状态的生活。国家对劝不回去的倒流者采取了强大的政治攻势，他们被强制迁徙到浙江省的开化县，或通过投亲靠友自行迁徙至安徽省的旌德县、绩溪县。被国家安置在开化县星口村的泗渡洲人忍受不了血吸虫病的苦痛，他们中的部分农户又要求政府安排他们重新迁徙至江西省铅山县湖坊镇安兰村插队落户。

泗渡洲人世代传承，经历了 30 多代人的辛勤劳动，创立起了江南文明浙西的古村，原 195 户、846 人现在已分散居住在浙江省德清县的五龙、兴山，杭州市富阳区胥口镇佛鲁村、外坞村、里坞村，建德市大同镇盘山村，江西省资溪县嵩市镇下章村，江西省铅山县湖坊镇安兰村，江西省安福县平都镇向阳村和安徽省旌德县、绩溪县。一个好端端的古村落被拆散分居在 3 省 8 县市十几个村庄，在那里艰难创立新家园。90 岁的方富香谈起她移民开化星口村，儿子患上急性血吸虫病，10 多岁就告别了人间时，她那双堆满皱纹的双眼中眼泪就滚滚地流淌出来。方东朝老人，我在采访他时，他谈起艰难经历，眼泪夺眶而出，当时他是武康中学的高才生，家庭倒流，移民开化，最终成为一个木匠。如果没有移民，他肯定是一个大学生、一个国家的栋梁之材。所以我在报告文学《国家特别行动：新安江大移民》中写下：我们淳安近 10 万个移民家庭，每户都可写成一部悲壮的移民史啊！特别是泗渡洲，你们村是外迁移民的试点，今天可以说，淳安移民如今生活得最好的是你们泗渡洲人，但是移民吃苦最多的也是你们泗渡洲人。

我们要感谢改革开放，如果没有这 40 年的巨变，我们就不可能走出移民造成的困境。今天，我们凭着不怕苦的移民精神，创造了新的家园，美化了自己新的生活。我坚信，新安江移民明天会更好。

今天，我们要感谢这次聚会的组织者方新安，还要感谢泗渡洲有志之士的鼎力相助，终于使我们这些分散在角角落落的泗渡洲人从四面八方会集在富阳佛鲁村，来纪念、追思我们艰辛的 60 年移民路。

我们更要感谢方建移教授，他虽然是泗渡洲的"移二代"，但他一来到人世，就生活在移民中，天天耳濡目染，对新安江水库移民有特别的情结。另外，他又出身于书香门第，爷爷在 20 世纪三四十年代就在杭州教书。方教授采用口述实录的表现形式，更形象、更真实、更有说服力地抢救出泗渡洲人为社会主义建设做出巨大贡献的那段被人们遗忘的历史。方建移教授带着翁慧芬、洪悦、李冰、陈子怡等一批学生，从 2017 年 3 月开始，跑德清、去建德，下江西、去安徽，历时两年半时间，访谈了泗渡洲近 30 位老人，记叙了泗渡洲人移民创业的艰辛路。

不忘初心、牢记使命。铭记移民情，莫忘淳安根。在新的历史时期，我们要进一步发扬无私奉献的移民精神和艰苦奋斗的优良传统，为实现"两个一百年"奋斗目标、实现中华民族伟大复兴的中国梦贡献自己新的力量！

2019 年 3 月 29 日淳安泗渡洲村移民 60 周年纪念会书面发言稿

《新安江移民故事》序

　　我的老同学徐南发和老乡汪升源、洪洛阳、方德全等人自己垫钱亲自奔走，去帮新安江水库移民留下那忘不了的思念故乡的恋情。他们收集了 100 多人写下的亲身经历，编成一部《新安江移民故事》。他们请我这个淳安移民游子给作个序，我那根牵动着移民的神经，一听到新安江水库移民，就特别兴奋，于是答应了。

　　每到淳安，面对新安江水库，外来的游客或是淳安的老乡，总会对那一湖秀水赞叹不已，我却不然，我的心情特别复杂和沉重。我曾在报告文学《国家特别行动：新安江大移民》中写道："千岛湖那碧蓝碧蓝的湖水，近看能见青鱼在水中游弋，湖水晶莹澄澈；远看这湖水，我总好像见到是一种被油漆搅拌过的绿色，有一种让人难以喘息的鲜艳；再远看那一座座浮在水面上的山头、岛屿，仿佛是外迁淳安人魂灵永驻的坟茔。"这一段话我往常与各级领导和乡亲们重复着。这是我经历 20 年调研，内心涌起的一层难以抹去的波涛。

　　忆往昔，那段悲壮的历史，令人心酸。1957 年 6 月 25 日，浙江省人民委员会颁布的《关于新安江水库移民安置工作的初步方案》（以下简称《初步方案》）确定分散插队 178046 人。移民安置区分别为建德、金华和嘉兴 3 个专区的 29 个县，移民安置费每人 558 元。如果执行好《初步方案》，那么新安江水库移民肯定是一项成功的事业，会成为全国水库移民的典范。《初步方案》颁布不久，一场声势浩大的反右斗争开始了，接着又迎来"大跃进"等 3 面红旗，天灾人祸一起涌向人间，全国遭殃了，新安江水库移民雪上加霜，遭受了一场大浩劫。安置方案一变再变，安置地点一变再变，安置时间提前再提前，整个移民安置出现失控。重迁，再重迁；安置人数谁也搞不清。比如，计划转迁到开化县安置的新安江水库移民应该有一个准确的数据，但出入相当大，《淳安县志》记载的是 34062人，《开化县志》记载的是 35347 人，而 1963 年浙江省民政厅等 3个部门联合调查报告记载的原迁移民数据是 37426 人。一个县的移民安置人数都搞不清，安置工作怎么做？那只能脚踏西瓜皮，滑到哪里算哪里。因此，新安江水库移民中的"倒潮流""滞留湖""自流湖"形成了一场无产、无序的水库移民大迁徙。这场新安江水库移民却是几代人的灾难，结果出现了多少悲壮的故事，每家移民都可以写一部书呀！

那段不堪回首的悲壮历史，造成几代人的艰辛和辛酸。徐南发学友和汪升源老师等几位老乡又做了一件好事，他们把这些故事收集起来，留给后人。毛红星撰写《故乡断忆》：他来到人世只有 5 个月就随着父辈们迁徙了，他对故乡应该是没有记忆的，但只是长辈们传给他的"记忆"，也是很珍贵的。新安江水库移民已快 60 年了，真正有记忆的，真正能说上一、二、三的人都年过七十，进入"古来稀"了。经历了"九九八十一难"的迁移，很多长辈都告世了。何翠花撰写的《一家三代齐创业》：1920 年来到人世的何梅春，他做过长工、打过仗、负过伤，特别是经历了二次移民，家庭贫困的何梅春又担负着大队党支部书记的重任，终于积劳成疾，49 岁就离开了人间。人们对沉入库底的那一幕幕惨景已无法去追忆了。《新安江移民故事》一书中的 108 篇文章，虽然是零碎的，但拼起来，却折射出那段历史的整个原貌。这是值得庆幸的，也是留给后人的一笔财富。

《新安江移民故事》记叙的是一种淳安移民精神，我曾赞颂新安江水库库沿的一棵青松，写了一首小诗，诗中说："小草似的卑贱/

洪荒般的严酷/然而，是青松的种子/总不坠青云之志/您看它纤细的根须/紧紧吸住了青山/任风吹雨打不放松/经多少磨难/待来年回首/它已长成一棵好大的树"。淳安移民就是靠一种精神，靠创业精神，靠奋斗精神，靠一种顽强的毅力在江西，在安徽，在浙江贫瘠的土地上耕耘，终于使荒山变绿，瘦田变肥。当地的"老社员"都夸："新安江移民佬真是什么苦尝尽，就是拼着命创出一块新天地。"《新安江移民故事》一书，108 个故事，每个故事里面都散发着这种顽强的求生精神，每个移民都像一颗青松的种子，无论撒播在哪里，都会发芽、生根、成长，不久就会长成大树。这就是淳安移民的精神，也是淳安移民的"新社员"比当地"老社员"有内在的那股"精气"的原因所在。

《新安江移民故事》是一部好书，值得一读。

2017 年 2 月

《威坪葛氏宗谱》序

起高去年送来道光二十一年（1841）修纂的《葛氏宗谱》，并嘱予撰序。这是件好事，也是一宗难事，威坪葛家、蛟池等地已沉入湖底，葛氏宗亲背井离乡。我在采写《国家特别行动：新安江大移民》报告文学时，曾到过他们重建家园的开化高坪、德兴苏家、铅山湖坊安兰等葛氏后裔住址，但为谱作序难哉。

按葛氏之源，本太夏伏羲氏之后也，居戊纪以木德王天下相传，至始祖，葛天氏。至穆祖，仕夏禹王时，官拜司空赐姓名，

《威坪葛氏宗谱》外观

葛世望。河内周灵王时，上大夫世臣祖，由河内宦迁顿邱，自顿邱迁丹阳句容，至晋湘公，乃隐睦州，五世孙尚书洪公，始家淳安漆树岭，历十五世承德公，由漆树岭迁椹里，今为本族一世之迁祖也。

承德公后裔，族系繁衍迅速，今炉香火旺盛，葛氏宗亲世代相传，文人鹊起，英才辈出，百世繁华，原淳安威坪葛家、蛟池、亭头、严州乌龙岭、遂安郁川叶园葛家坪、葛氏皆承德公后裔。

国家要振兴，电力必先行，1955年中央决定在新安江上建设一

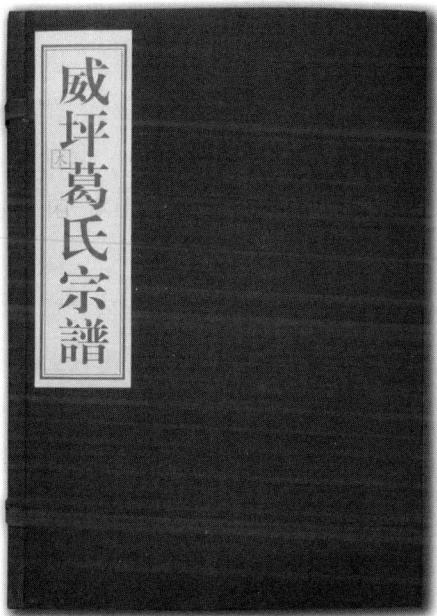

座大型水力发电站，1959 年新安江水库建成，淳安、遂安 2 县，贺城、狮城、茶园、港口、威坪 5 个千年古镇、49 个乡镇、1300 多个村庄沉入库底。吾葛家、蛟池、叶园为了支援国家建设，舍弃难忘的故土，举村千里迁徙至异地落居。

原葛家迁到开化县马金区霞山公社、霞山三大队、霞山四大队安置，蛟池一部分迁开化城关区桃坑大队，另一部分迁开化村头区天峰大队安置。遂安叶园迁江西金溪县石杨村葛家安置。1961 年，原后靠葛家 10 余户宗亲重迁常山县芳村区新昌公社新峰大队定居。

天灾人祸，初到霞山，因正处国家"三年困难时期"，加之新老社员人口众多，土地少，人均口粮每天不足 3 两 6 钱，住房奇缺，新老社员矛盾日趋激化，葛氏宗亲在霞山实在无法久居。1960 年 11 月，再次扶老携幼迁到马金区徐塘公社高坪大队定居。

至 1970 年 3 月 20 日，高坪大队又有 54 户、288 人，高峰大队 18 户、70 人，卷起铺盖，挑上家当，再次迁徙至江西婺源县许村公社庄坞口村、汪村、立新村、朝阳村落户。

原蛟池迁开化城关镇横坑大队的葛氏大部分宗亲又迁徙至江西德兴市黄柏公社苏家大队，另一部分则迁至江西铅山县湖坊镇安兰、康家大队居住。金溪县石杨村葛家所有葛氏，皆为太祖承德公之后，虽零散迁徙，但其根脉相依。

原亭头、安徽歙县葛家塘两支葛氏后裔经多方寻找无果，难以归谱，实为遗憾。

《葛氏宗谱》自光绪二十三年（1897）修纂后，至今已有 120 年历史，顿邱郡淳安威坪《葛氏宗谱》第十修的启动历经千辛万苦，幸有永祥、国玉、新华和起高等葛氏宗亲不辞辛劳、四处奔波，历时 3 年，经修谱小组成员的共同努力，更有葛氏有志之士的鼎力相助，终于圆谱，可喜可贺。

综观葛氏后人，如今已遍及五湖四海，乡贤在前，功高德重，泽被万民，丰碑耸立，聪明勤劳善良的葛氏族人可亲可爱可信。

谱为一家之史，写一代之兴衰，千秋之感慨，记录一族尊祖敬宗之史，鞭策世人，教育后人。

顿邱葛氏创业四海，祝葛氏宗亲后人英才辈出。

2016 年 9 月 21 日

《松崖童氏宗谱》序

国庆 66 周年，松崖童氏新宗谱初稿问世，可喜可贺。

童氏迁淳鼻祖，景谈公于东晋偕五子从王渡江，相宅于仰韩，历经 1700 余年。淳安童氏 35 代道统公于宣德八年（1433）安居云溪口，至今已有 582 年。江山风风雨雨，童族世代繁荣，今日百废俱兴，盛世政通人和，族国同庆，喜悦畅倾，宗情相依，以文记之。

景谈公后裔，族系繁衍迅速，金炉香火旺盛，童氏宗亲世代相传，人丁兴旺，文人鹊起，英才辈出，

《松崖童氏宗谱》(2015 年版) 外观

百世繁华。松崖童氏太祖道统公子子孙孙在云源溪冲击形成的大沙洲上耕种，丰衣足食。童族兴盛，后支分派，又在云头、息村、毛家坎、上溪埠安营扎寨，定居建村，其中也有不少童族子孙迁居花洲、墙里等村落户定居。松崖童族子孙都生活在紧接新安江畔的云源溪口平坦沙洲上。这里地处淳安西部，亦称松崖人为淳安西乡人，因此，生活习性、语言风俗皆与威坪一样。近 600 年的奋斗，松崖人创建了一座名扬浙西的古村落，村前的小溪，村后的松涛，村中的宗祠，村间的穿屋渠，还有山中、溪上的十二美景，如今这些留

给后人的只是美好的追记和思念。移民开化，一是大饥荒，二是那该死的血吸虫，童氏后代靠毅力和坚强，生存的希望还是难以找寻。无奈之下部分童氏后代又选择了重迁。松崖、童家、息村等村一分为二，甚至一分为三、为四，移民至江西德兴万村等地。经过几十年的抗争，终于走上了小康路。童氏后代血液里流淌着几千年遗传下来的不畏艰辛的基因，这是值得童族人骄傲和自豪的。

淳安开县，城落威坪，400年威坪镇盛兴，100里新安人扬眉，文献名邦名落青溪，忠孝文化流芳松崖。1000亩松崖沙洲育英才，松崖2000余童宗子孙抛家园，昔日后裔相继竞相超，今日人才辈出更值骄。新中国长龙彩莲、春香、饭娣成为第一代领头人；林春、宝林同日参军，至今军人已达49人；灶明、建中、本仁首入工人队伍，至今国家干部已达38人。彭庆、裳林公抗美援朝凯旋，彭庆公进入复旦大学，成为国际政治系的创始人。元春公长子于20世纪60年代初考取大学，创下了松崖大学生之先，兆诚、剑文，丽霞、丽敏，今天松崖童氏后代大学生层出不穷，已达57名。禅双之女雪薇西南财经大学毕业，直接考取美国马里兰大学，硕士毕业进摩根大通银行，打开了松崖童氏后人留洋之门。如今的松崖，几千事业人重建家园创业干大事，几十读书人上京留洋深造成大器。

我国修纂谱牒之风源远流长，松崖童氏续修谱牒则定以30年为期。我松崖谱牒自1948年修辑至今已有60余载，今吾族辑修意在不忘木本水源。吾族文化遭受践踏，老谱丢失被毁，修建新谱，是老辈人的盼望。今日，童家福华的举措得到广大有识之士的支持，"谱头"幸得童家福祥抢救保存，谱牒喜获云头童氏乐庆鼎力操持，圆谱值得庆贺。但修谱杂音也时时挥之不去，致使几百童族后人没有入谱，给松崖童族人留下了一大遗憾，这憾事只得留给后人解决了。

本文原刊于2015年10月25日《今日千岛湖》

《足迹——童禅福摄影选集》自序

大学学农，历史的"误会"使我走上了新闻之路，"笨鸟先飞"先天不足后天补。近 20 年的新闻崎岖之路，艰难地行走滚爬。加入浙江省作家协会，最后终于走进新闻的自由王国。1988 年被广播电影电视部授予"全国优秀记者"称号。在表彰会上，我从当时的艾知生部长手中接过奖品——一架高档理光照相机，从此就和照相机结下了不解之缘。

《足迹——童禅福摄影选集》封面

摄影拍照对于我来说只是一种爱好，从大学到跨入新闻队伍，用借来的 120 海鸥牌照相机拍了几个胶片，也在暗房里"捣鼓放大"了几张黑白照。但这些照片都拿不出手，大多只得压在箱底下作为一个阶段的历史记忆。自从有了这架理光相机，拍照不仅成了我的一种爱好，而且可称得上是一种嗜好了。1995 年秋天，我有幸跟随全省党委系统的部分领导到中国香港，现在回忆起来既是幸运，也是遗憾。那次我欣喜地承担起领导交给我的拍照任务。我办事有一个原则，要么不干，要干就设法干好。在香港的 4 天时间，在考察参观中，每到一个地方，我就东奔西跑踩点，选好镜头，把团里 20

多位成员瞬间的美好形象，装进相机里，但对于周围的一切，我的头脑中却是一片空白。回杭之后，我只得从每位成员照片的背景中，追忆着香港的美景。2001年我带团到美国考察涉外收养工作，在美国真正品味到了领养中国儿童的美国父母把我们当作孩子"父母官"的滋味。他们陪同我们考察游览，我是一路采访，一路拍照。友谊、真情的照片拍了不少，还采写了《架设友谊的桥梁》的长篇通讯，而我自己在美国行中，连一张自己满意形象的照片也没有。每次出差，每次出访，我都当义务摄影师，对于这一切，我并不后悔，我拍照的技术学到了，经验积累了，已有照片在省里评比中获奖，这是我的又一笔财富。

2003年浙江人民出版社出版了《一个老记者的路》，书中汇编了我从事新闻工作30年来写的新闻、札记。今年在一位领导的劝导下，我又鼓起勇气，对摄影作品进行了筛选，又请了原人民日报社社长、全国记协主席、著名书法家邵华泽题写了书名——《足迹》。我又请省委副书记、全国著名画家梁平波题"自然风光，陶冶情操"。当他一口气写成"自然风光"，直腰面对4字琢磨时，他拿着毛笔摇着头说："童禅福，你这对子毫无诗意。"他马上新铺开一张宣纸，欣然命笔写下了"自然得天趣，随意畅生机"10个大字，边上的人连连拍手称好。我也连声说："合我心意也。"同时我内心对梁平波同志产生了无限的崇敬。

《足迹》出版过程中，得到了朱方洲等同志的帮助和支持，在此深表谢意。

《足迹》选了120多幅照片，西北沙漠无缘相见，中国最神奇的地方——九寨沟也没涉足，故选了女儿童雯琼毕业考察设计的几幅照片。外行人粗看《足迹》，"赤橙黄绿青蓝紫"，画面艳美；内行人一看，用光、定时、构图，破绽百出。《足迹》无别意，就为摄影界凑凑热闹。请朋友和各位读者见谅。

2004年5月

后　记

　　《察访中国——农村 70 年调查追寻》这部书集 3 大编于一体，3 编之间并无太多的内容联系，相对独立，本不应拼在一起出版，但自己已是耄耋之年，从各个不同的角度梳理一下走过的历程，也十分必要。

　　我很幸运，走上社会以后，遇到的大都是贵人，小人也有，但我尽力避开了他们。常山县广播站张立新、徐德铨，浙江人民广播电台张桂芝，浙江广电厅杜加星，浙江省委办公厅俞文华，他们在我人生的关键点都给指了路，搭建了一个个平台，让我施展。因此，事业的征途越走越宽广、越走越阳光。

　　一个人的幸运当然有偶然性，但幸运常伴，必定有其必然性，前提是要把人做好，其中重要的是把一件件事做实。我从上学至今一直注重这一点。因此，学习、事业的路途也就比较顺畅了。

　　我在 1958 年小学六年级就入了团，班长从小学四年级一直当到高中毕业。在部队农场，两次荣获"五好战士"称号，1973 年 10 月入党，1984 年 2 月底刚到浙江人民广播电台报到，3 月 1 日就跟随杜加星厅长、张桂芝台长来到海盐衬衫总厂参加浙江省委宣传部组织的步鑫生改革创新综合报道。在浙江电台的 3 年多时间里，我先后被评上省广电厅和省级机关优秀共产党员。1987 年调入浙江广电厅后不久的一天，杜加星厅长把我叫到他办公室对我说："几年观察下来，童禅福你办事还认真，脑子也还活络，厅里给你垫支 20 万元启动资金，去办一家为厅里干部职工搞福利的公司。"厅长交办的事，我只得答应了。1988 年 3 月 24 日，我启程去上海，结果发生震惊中外的上海两列火车相撞事故，我坐在杭州去上海的列车上，受了点轻伤，我把所见、所闻、所做的事写成《3·24 上海撞车事故目击记》，《钱江晚报》发表后，我一下成了新闻人物。我对杜厅长说："我办公司，出师不利，估计承担不起你交给的这项任务。"杜加星厅长思忖了一下笑着说："你不当老板，就当模范吧。"后来，《3·24 上海撞车事故目击记》被评为全国好新闻一等奖。为此，我也获得了浙江省劳动模范、全国先进工作者光荣称号，广电部还做出《向童禅福学习的决定》。1993 年，我从浙江省广电厅总编室副主任调任中共浙江省委办公厅调研写作处副处长，在此，时任省委常委、省委秘书长吕祖善，省委副秘书长、办公厅主任俞文华，省委副秘书长侯靖方对我的工作十分关心和支持，这为我事业的进一步发展拓展了新的空间。

退休之后，2005 年，时任省长吕祖善聘任我为浙江省政府参事后，浙江省政府参事室方泉尧、陈金寿、潘海生、陈东凌 4 任参事室主任和省文史研究馆魏新民专职副馆长对我的工作都曾给予了极大的支持和关注，这里更值得一提的是方泉尧、魏新民 2 位领导为我亲自谋划，共商共议，一起调研撰写的一件件重大课题参事、馆员建议件，都产生了极好的社会影响。我曾 5 次被评为优秀参事。2012 年，我作为全省唯一的一位退休干部被评为浙江省优秀共产党员。

我工作 50 年的历程中，在各个岗位上，都受到这些好心领导的关怀，在我编著的《察访中国——农村 70 年调查追寻》一书中，收集了我撰写发表但没有成书的一些文章，其意是再次感谢这些背后支持我的领导、恩师，没有他们的关怀，没有他们的相助，我的事业之路不可能走得这么顺畅，也不可能有今天的圆满。

2020 年 7 月